教皇のスパイ

ダニエル・シルヴァ
山本やよい 訳

THE ORDER
BY DANIEL SILVA
TRANSLATION BY YAYOI YAMAMOTO

ハーパー
BOOKS

THE ORDER
BY DANIEL SILVA

All characters in this book are fictitious.
Any resemblance to actual persons, living or dead,
is purely coincidental.

Published by K.K. HarperCollins Japan, 2021

いつもどおり、妻のジェイミーへ
そして、わが子、リリーとニコラスへ

ピラトは、それ以上言っても無駄なばかりか、かえって騒動が起こりそうなのを見て、水を持って来させ、群衆の前で手を洗って言った。「この人の血について、わたしには責任がない。お前たちの問題だ」民はこぞって答えた。「その血の責任は、我々と子孫にある」

——『マタイによる福音書』二十七章二十四—二十五節

その後ユダヤ民族に降りかかったあらゆる災いは、エルサレムの破壊からアウシュヴィッツに至るまで、イエスの裁判の場で民が叫んだという〝血の責任〟から来たものとされている。

——アン・ロウ『ポンティオ・ピラト』

このすべてがどこへ向かうかを知りたくないのなら、過去のことは知らぬ存ぜぬで押し通すしかない。

——ポール・クルーグマン『ニューヨーク・タイムズ』紙のコラムより

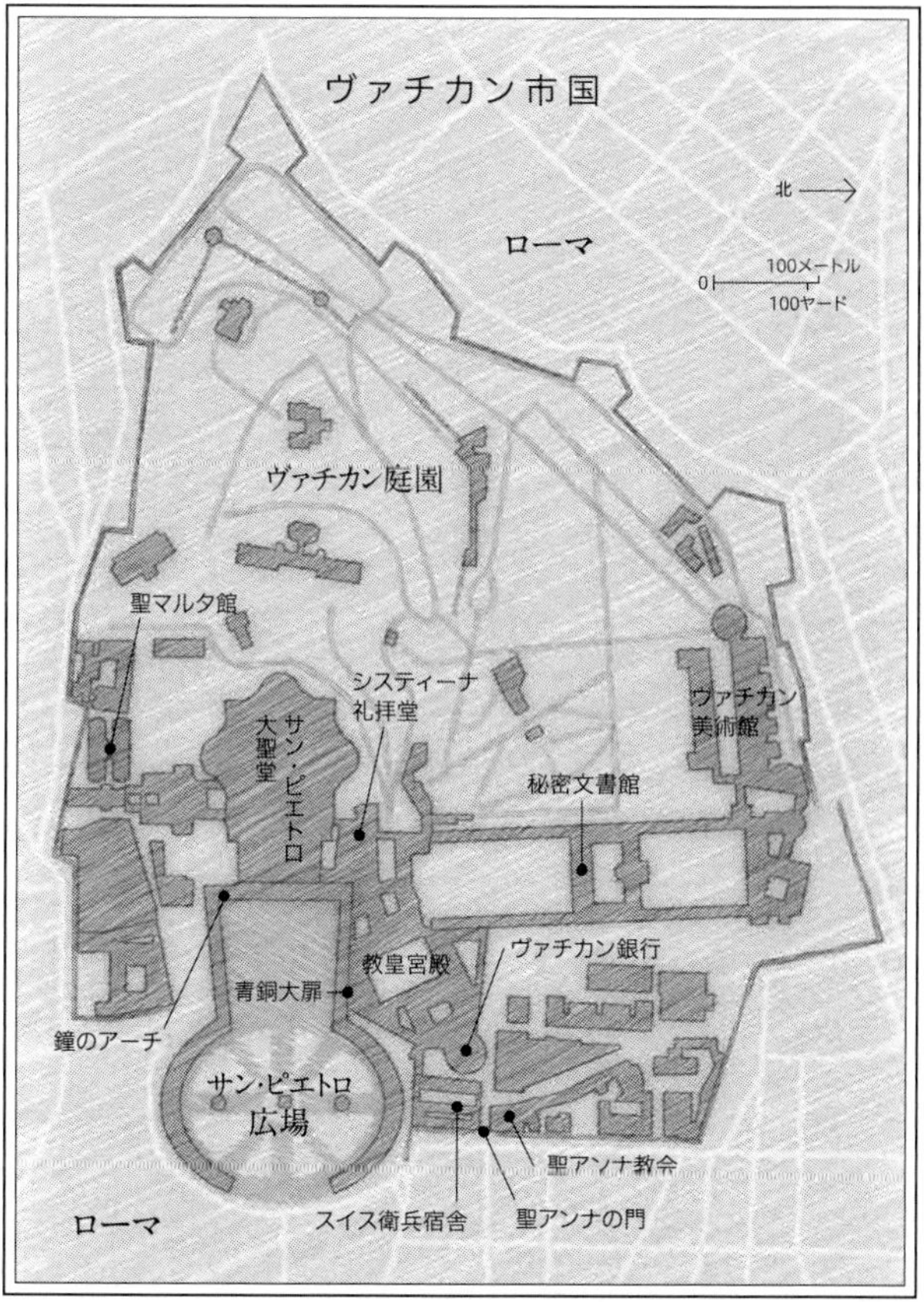

ヴァチカン市国
北
ローマ
100メートル
0
100ヤード
ヴァチカン庭園
聖マルタ館
システィーナ礼拝堂
サン・ピエトロ大聖堂
ヴァチカン美術館
秘密文書館
ヴァチカン銀行
教皇宮殿
青銅大扉
鐘のアーチ
サン・ピエトロ広場
聖アンナ教会
スイス衛兵宿舎
聖アンナの門
ローマ

教皇のスパイ

おもな登場人物

ガブリエル・アロン――――イスラエル諜報機関〈オフィス〉の長官。美術修復師
キアラ――――ガブリエルの妻
ピエトロ・ルッケージ――――ローマ教皇パウロ七世
ルイジ・ドナーティ――――大司教。ローマ教皇の個人秘書
ドメニコ・アルバネーゼ――――枢機卿。カメルレンゴ。秘密文書館長官
アロイス・メッツラー――――大佐。スイス衛兵隊司令官
ニクラウス・ヤンソン――――スイス衛兵
ハンス・リヒター――――司教。聖ヘレナ修道会の総長
マルクス・グラフ――――神父。リヒターの個人秘書
アンドレーアス・エスターマン――――聖ヘレナ修道会の警備部主任
ロバート・ジョーダン――――神父。聖ペテロ修道院の修道士
ヨーナス・ヴォルフ――――ドイツの実業家
アクセル・ブリュナー――――ドイツ国民民主党党首
クリストフ・ビッテル――――スイスの諜報・保安機関（NDB）のテロ対策部チーフ
チェーザレ・フェラーリ――――将軍。イタリア国家治安警察隊の美術班長
アレッサンドロ・リッチ――――ジャーナリスト
ヴェロニカ・マルケーゼ――――博士。国立ヴィッラ・ジュリア・エトルスコ博物館館長

序文

ローマ教皇パウロ七世が初登場する作品は、ガブリエル・アロン・シリーズ三作目の『告解』(論創社、山本光伸訳)である。その後、*The Messenger* と *The Fallen Angel* にも登場する。本名はピエトロ・ルッケージ、元ヴェネツィア大司教で、ヨハネ・パウロ二世の次の教皇となった。わたしの物語のなかのヴァチカンでは、教皇ベネディクト十六世(ヨーゼフ・ラッツィンガー)と教皇フランシスコ(ホルヘ・マリオ・ベルゴリオ)の任期は存在していない。

第一部

空位時代《インテレグヌム》

1

ローマ

電話があったのは午後十一時四十二分だった。ルイジ・ドナーティは電話に出る前にためらった。彼の電話《テレフォニーノ》の画面に出ていたのはアルバネーゼの番号だった。こんな時刻にアルバネーゼが電話してきた理由はひとつしか考えられない。

「いまどこだね、大司教？」

「城壁の外ですが」

「ああ、そうか。今日は木曜日だったな」

「何かあったのですか？」

「電話で詳しい話はしないほうがいいだろう。誰が聞いているかわからない」

ドナーティが夜の通りに出ると、じっとりと冷えこんでいた。いまの彼の服装は聖職者用の黒いスーツと白い立ち襟《ローマンカラー》で、執務室で着る赤紫の縁どりのあるカソックではなかった。ちなみに、ドナーティのような高位聖職者たちは教皇宮殿のことを〝執務室〟と呼んでいる。ドナーティは大司教で、教皇パウロ七世に個人秘書として仕えている。背が高く、ほっそりしていて、豊かな黒髪に映画スターのような顔立ちで、六十三歳の誕生日を迎えたばかりだ。年齢を重ねても容姿にはまったく衰えがない。『ヴァニティ・フェア』誌が最近、〝魅惑のルイジ〟と題してドナーティのことを記事にした。ドナーティは中傷が渦巻く教皇庁内部でずいぶん居心地の悪い思いをさせられた。とはいえ、冷酷無比という彼にふさわしい評判のおかげで、面と向かって非難を浴びせてきた者は一人もいなかった。唯一の例外は教皇で、遠慮なくドナーティのことをからかった。

〝電話で詳しい話はしないほうがいいだろう〟

ドナーティはこの瞬間が来るのを一年以上前から覚悟していた。教皇が初めて軽い心臓発作を起こして以来ずっと。発作のことは世間に隠し通し、教皇庁の多くの者にも秘密にしてきた。しかし、なぜよりによって今夜？

　通りは妙に静まりかえっていた。不意に、死のような静けさだと思った。ここはヴェネト通りから脇に入った豪邸が建ち並ぶ並木道で、聖職者が足を踏み入れるような場所ではない。イエズス会で学び、薫陶《くんとう》を受けた聖職者であればとくに。イエズス会は高等教育を重視し、ときとして権威に批判的な姿勢をとる修道会で、ドナーティはそのメンバーだ。

〝ヴァチカン市国〟を意味するSCVのナンバープレートをつけた彼専用の公用車が、車道のすぐ脇で待っていた。運転手はコルポ・デッラ・ジェンダルメリーア――人員百三十名の市国警察——の男だ。ゆっくりした運転でローマの街を西へ向かった。

　この男はまだ何も知らない……。

　ドナーティは携帯電話でイタリアの主要な新聞のウェブサイトにざっと目を通した。どこもまだ何もつかんでいない。ロンドンとニューヨークの新聞も同じだった。

「ラジオをつけてくれ、ジャンニ」

「音楽でしょうか、大司教さま」

「ニュースを頼む」

　今夜もまたイタリア首相サヴィアーノがたわごとを並べ立てていた。アラブ諸国とアフリカからの移民がこの国を破壊しつつあるとわめいている。イタリア人だけでは国を破壊しきれないとでもいうように。サヴィアーノはここ何カ月間も、教皇への個人謁見をヴァチカンに頼みこんでいた。ドナーティは少なからぬ喜びを胸に抱きつつ、その頼みを退けてきた。

「もう充分だ、ジャンニ」

　ラジオはありがたくも沈黙した。ドナーティはドイツ製の高級車の窓から外を見た。キリストの兵士がこんな車を使うとはもってのほかだ。運転手つきのリムジンでローマの街を走るのも今夜が最後になるだろう。ドナーティは二十年近くにわたってローマ・カトリック教会の首席補佐官のような役目を果たしてきた。嵐のような日々だった——サン・ピエトロ大聖堂を狙ったテロ攻撃、古代遺物とヴァチカン美術館をめぐるスキャンダル、聖職者による性的虐待事件――だが、ドナーティはその日々を一分一秒に至るまで精一杯勤めてきた。それがいま、一瞬にして終わりを迎えることとなった。今後はふたたび、ただの聖職者だ。いまほど深い孤独を感じたことはなかった。

車はテヴェレ川を渡ってコンチリアツィオーネ通りへ曲がった。ムッソリーニがローマのスラム街をつぶして造った広い通りだ。修復で往時の輝きをとりもどした大聖堂のドームがライトアップされ、遠くに姿を見せている。ベルニーニ設計の列柱が描くカーブに沿って聖アンナの門まで行くと、スイス衛兵が手をふってヴァチカン市国の領土内へ車を通してくれた。衛兵が着ているのは夜勤用の制服だ。白い丸襟がついたブルーのチュニック、膝丈のソックス、黒いベレー帽、夜の冷気を防ぐためのケープ。衛兵の目に涙はなく、表情にも乱れはない。

この男もまだ何も知らない……。

車はゆっくりとサンタンナ通りを進んで、スイス衛兵宿舎、聖アンナ教会、ヴァチカン印刷所、ヴァチカン銀行を通り過ぎ――やがて、聖ダマシウスの中庭に続くアーチの横で停止した。ドナーティは砂利敷きの庭を歩いて横切ると、キリスト教世界でもっとも重要なエレベーターに乗りこみ、教皇宮殿の四階まで行った。片側がガラス壁、反対側にフレスコ画が描かれた柱廊を足早に歩いた。左に曲がると、その先が教皇の居室だった。

別のスイス衛兵が、こちらは正装に身を固めてドアの外に直立不動で立っていた。ドナーティは無言のまま、衛兵の横を通り過ぎて部屋に入った。木曜日——しきりに考えていた。なぜよりによって木曜日に?

教皇の書斎に目を走らせて、ドナーティは思った——十八年のあいだ、何ひとつ変わらなかった。変わったのは電話機だけだ。ドナーティの説得で、ヨハネ・パウロ二世時代の古めかしいダイヤル式電話をようやく最新型マルチライン電話に替えることができた。あとはすべて、ヨハネ・パウロ二世がこの部屋を去ったときのままだった。同じ簡素な木製デスク。同じベージュ色の椅子。同じすりきれた東洋緞通《だんつう》。同じ金色の時計と十字架。吸い取り紙とペンさえもヨハネ・パウロ二世が使っていたものだ。ピエトロ・ルッケージは使徒座についたばかりのころ、これまでより優しい教会、権威をふりかざすことのない教会を約束したが、それでもやはり前任者の長い影から完全に逃れることはできなかった。

ドナーティは無意識のうちに腕時計で時刻を確認した。午前零時七分。教皇が一時間半ほど読書と執筆をしようとして書斎にこもったのは、夜の八時半のことだった。普通なら、ドナーティは教皇のそばに控えるか、廊下の先にある彼自身のオフィスで待機する。しかし、今日は木曜日、週に一度だけ自由になれる夜だったので、教皇のそばにいたのは九時までだった。

〝きみが出かける前に頼みがある、ルイジ……〟

教皇は書斎の窓を覆った分厚いカーテンをあけるよう、ドナーティに頼んだ。この窓から、教皇が毎週日曜の正午にアンジェラスの祈りを唱えるのだ。ドナーティは言われたとおりにカーテンをあけた。さらに、重要な書類仕事に追われる合間に教皇がサン・ピエトロ広場を眺められるようにと、鎧戸《よろいど》まであけておいた。ところが、いま、カーテンはぴったり閉ざされている。ドナーティはカーテンをひいてみた。鎧戸も閉ざされていた。

デスクの上はきれいに片づき、ルッケージのいつもの散らかりようとは違っていた。中身が半分になったティーカップが置かれ、受け皿にスプーンがのっていたが、ドナーティが書斎を出たときにはそんなものはなかった。収納式スタンドの下に、書類をはさんだ紙製フォルダーがいくつか積み重ねてある。性的虐待スキャンダルによる財政面の痛手に関してフィラデルフィア大司教区から届いた報告書。来週水曜の一般謁見についてのコメント。目前に迫ったブラジル訪問のさいにおこなう説教の草稿。移民問題について教皇から全世界の司教に送る回勅のためのメモ。これを見たら、サヴィアーノ首相と彼の同調者である国内の極右勢力が激怒するのは間違いない。

しかしながら、消えている品がひとつあった。

〝かならず彼に渡してくれるね、ルイジ？〟

ドナーティはくずかごを調べた。空っぽだ。紙切れ一枚入っていない。

「何かお捜しですかな？」

ドナーティが顔を上げると、ドメニコ・アルバネーゼ枢機卿《すうききょう》がドアのところから彼をじっと見ていた。生まれはカラブリア州、現在は教皇庁の仕事をしている。いくつか高位の役職についていて、諸宗教対話評議会議長や、ローマ・カトリック教会の文書管理と司書の役目もそこに含まれている。しかしながら、そのどれをとっても、午前零時七分に彼が教皇の居室に来たことの説明にはならない。ドメニコ・アルバネーゼはカメルレンゴ、すなわち、使徒座空位期間管理局の長官という地位にある。使徒座空位の正式宣言は彼がおこなうことになる。

「あの方はどこに？」ドナーティは尋ねた。

「神の王国におられる」アルバネーゼ枢機卿は答えた。

「で、ご遺体は？」

ドナーティはアルバネーゼのあとから短い廊下を歩き、教皇の寝室に入った。薄明かりのなかで、さらに三人の枢機卿が待っていた。マルセル・ゴベール、ホセ・マリア・ナバロ、アンジェロ・フランコーナ。ゴベールは国務省長官。つまり、世界最小の国家の実質的な首相と主席外交官を兼ねている。ナバロは教理省長官。カトリックの正統性を守護し、異端信仰を排除する役目だ。フランコーナは三人のなかでもっとも年長で、枢機卿団の首席枢機卿である。従って、次の教皇選挙《コンクラーベ》のさいに進行役を務めることになる。

ドナーティに最初に声をかけたのは、スペイン貴族の出であるナバロだった。四半世紀近くローマで暮らし、聖職についているが、彼の話すイタリア語はいまもスペイン語の訛《なま》りが強い。「ルイジ、きみにとってどれほど辛いことかは、わたしにもよくわかる。われわれすべてが教皇さまの忠実なしもべであったが、いちばん愛されていたのはきみだった」

ゴベール枢機卿は猫のような顔立ちのほっそりしたパリジャンで、ナバロの月並みな慰めの言葉に深くうなずいた。寝室の隅の暗がりに立っていた三人の平信徒も同様だった。教皇の侍医を務めるオクタヴィオ・ガッロ、市国警察長官のロレンツォ・ヴィターレ、スイス衛兵隊司令官のアロイス・メッツラー大佐。到着したのはドナーティが最後だったようだ。逝去した教皇の枕辺に教会の高位聖職者たちを呼び集めるのは、本来ならカメルレンゴではなく、個人秘書ドナーティの役目だったはずだ。ドナーティは不意に、罪悪感に打ちのめされた。

しかし、ベッドに横たわった人の姿を見下ろしたとき、罪悪感は圧倒的な悲嘆に変わった。ルッケージはいまも白い法衣《スータン》のままだった。ただ、スリッパは脱がされているし、帽子《ズケット》はどこにも見当たらない。誰かがルッケージの両手を胸の上で組ませていた。その手にロザリオが握られている。目は閉じ、顎はゆるんでいるが、表情に苦悶《くもん》の跡はなかった。苦しんだ様子はまったくない。それどころか、急に目をあけた教皇に〝今夜は楽しかったかね？〃と尋ねられたとしても、ドナーティは驚かなかっただろう。

いまも白い法衣のまま……。

ルッケージが教皇となったその日から、スケジュール管理はドナーティが担当してきた。夜のスケジュールが変更されることはめったになかった。七時から八時半まで夕食。八時半から十時まで書斎で書類仕事、そのあと、教皇専用のチャペルで十五分の祈りと瞑想《めいそう》。たいてい十時半にはベッドに入る。英国の探偵小説をお供にするのが常で、これがルッケージの罪深き喜びだった。ベッド脇のテーブルを見ると、P・D・ジェイムズの『策謀と欲望』が置いてあり、読書用眼鏡が上にのっていた。ドナーティはしおりがはさまれたページを開いた。

〝四十五分後、リカーズ主任警部はふたたび殺人現場を訪れた……〃

ドナーティは本を閉じた。教皇の逝去から二時間近くたっている。いや、もっとだろう。冷静に尋ねた。「誰が見つけたのですか？　身のまわりのお世話をする修道女でなかったのならいいのですが」

「わたしだ」アルバネーゼ枢機卿が言った。

「教皇さまはどこにおられたのでしょう？」

「チャペルから旅立たれた。わたしが見つけたのは十時を数分まわったころだった。正確な死亡時刻となると……」アルバネーゼはがっしりした肩をすくめた。「わたしにはわかりかねる」

「なぜすぐに連絡してくれなかったのです?」

「きみを見つけようとしてあらゆる場所を捜した」

「携帯に電話してくれればよかったのに」

「したとも。何回も。だが、応答がなかった」

アルバネーゼは嘘《うそ》をついている——ドナーティは思った。「ところで、あなたはチャペルへ何をしにいらしたのです?」

「取調べのような雰囲気になってきたな」アルバネーゼの視線がナバロ枢機卿のほうへちらっと移り、ふたたびドナーティに戻った。「一緒に祈ってほしいと教皇さまに頼まれて、そのお誘いに応じたのだ」

「教皇さまからじきじきに電話があったのですか?」

「わたしの居室に」アルバネーゼはうなずきながら言った。

「何時ごろでした?」

アルバネーゼは記憶から抜けてしまった詳細を思いだそうとするかのように、目を天井へ向けた。「九時十五分。いや、九時二十分ごろだった。十時過ぎにチャペルに来るようにと言われた。行ってみると……」

ドナーティはベッドに横たわった命なき人を見下ろした。「で、教皇さまはどうやってここに？」

「わたしがお運びした」

「一人で？」

「教皇さまは教会の重みをその肩で支えてこられた」アルバネーゼは言った。「だが、死を迎えると同時に羽根のように軽くなってしまわれた。きみに連絡がとれなかったため、国務省長官を呼びだし、長官がナバロ枢機卿とフランコーナ枢機卿に電話してくれた。次にドットーレ・ガッロに電話し、診断をお願いした。重い心臓発作が命とりになったそうだ。たしか二度目ではなかったかね？　それとも三度目だったか？」

ドナーティは教皇の侍医に目を向けた。「診断なさったのは何時ごろでしたか、ドットーレ・ガッロ？」

「十一時十分でした」

アルバネーゼ枢機卿が軽く咳払《せきばら》いをした。「わたしの正式な報告書では少しばかり時間を修正した。ルイジ、お望みなら、教皇さまを見つけたのはきみだということにしてもいいが」

「必要ありません」

ドナーティはベッドの横に膝を突いた。生前の教皇は小さな妖精のようだった。亡くなったいまは、さらに小さくなったように見える。コンクラーベで番狂わせが起きて、当時ヴェネツィアの大司教だったルッケージが二百六十五代目の教皇に選ばれた日のことを、ドナーティは思いだした。〈嘆きの部屋〉に用意されていた仕立て済みのカソック三着のなかから、ルッケージは最小サイズを選んだ。それでもなお、父親のシャツを着た小柄な少年のように見えた。サン・ピエトロ大聖堂のバルコニーに出たときには、頭が手すりからほとんど出ていなかった。ヴァチカン担当の記者《ヴァアチカニスティ》たちはルッケージに〝あっと驚きのピエトロ〟というあだ名をつけた。教会の強硬派の連中は嘲《あざけ》りをこめて〝アクシデント教皇〟と呼んだ。

しばらくすると、ドナーティは肩に誰かの手がかかるのを感じた。鉛のような感触だった。アルバネーゼの手に違いない。

「指輪を、大司教」

かつては、亡くなった教皇の〝漁師の指輪〟を枢機卿団が見守る前で破壊するのがカメルレンゴの役目だった。しかし、教皇の額を銀のハンマーで三回叩《たた》いて死亡を確認する儀式と同じく、指輪の破壊ももうおこなわれていない。ルッケージがほとんどはめたことのなかった指輪に、十字架を表す二本の線が深く刻まれるだけだ。しかしながら、それ以外の伝統は厳重に守られる。たとえば、教皇居室のドアはただちに施錠されて立入禁止になる。ルッケージの唯一の個人秘書だったドナーティですら、遺体が運びだされたあとはもう出入りできなくなる。

ドナーティは膝を突いたまま、ベッド脇のテーブルの引出しをあけて、ずっしりした黄金の指輪をとりだした。アルバネーゼ枢機卿に渡すと、枢機卿はそれをベルベットの小袋に入れた。厳粛な声で宣言した。「使徒座空位《セーデ・ヴァカンテ》」

いまのところ、聖ペテロの聖座には誰もついていない。使徒憲章に従えば、空位期間中はアルバネーゼ枢機卿がローマ・カトリック教会の教皇代行者となり、新教皇が選出された時点で空位期間は終わりを告げる。名目だけの大司教に過ぎないドナーティには、この件に口出しする権利はない。それどころか、教皇が亡くなったいまでは地位も権力も失い、カメルレンゴの指示に従わざるをえない。

「公式発表はいつの予定でしょう？」ドナーティは尋ねた。

「きみが到着するまで待っていたのだ」

「草稿を拝見していいですか？」

「時間が何より大切だ。これ以上遅らせたら……」

「わかりました」ドナーティはルッケージの手に自分の手を重ねた。教皇の手はすでに冷たくなっていた。「教皇さまとしばらく二人だけにしていただきたい」

「しばらくだぞ」アルバネーゼが言った。

人々が徐々に寝室からいなくなった。最後にアルバネーゼ枢機卿が出ていこうとした。

「伺いたいことがあります、ドメニコ」

アルバネーゼはドアのところで足を止めた。「なんだね?」

「書斎のカーテンを閉めたのは誰です?」

「カーテン?」

「九時にわたしが書斎を出たときは、カーテンはあいていました。鎧戸も」

「わたしが閉めた。あんな遅い時間に明かりがついているのを、広場にいる者たちに見られてはまずいと思って」

「なるほど、そうでしたか。賢明な判断です、ドメニコ」

アルバネーゼはドアを閉めもせずに出ていった。教皇と二人だけになったドナーティは涙をこらえようとした。悲しむための時間はあとでとれる。ルッケージの耳元に顔を寄せ、冷たくなった手をそっと握った。「話してください、古き友よ」ささやきかけた。「今夜、本当は何があったのか、教えてください」

2

エルサレム――ヴェネツィア

夫にはぜひとも休暇が必要だとひそかに首相に訴えたのはキアラだった。夫はキング・サウル通りの長官室にしぶしぶ腰を落ち着けて以来、わずか半日の休暇をとったことすらない。パリで爆弾テロに巻きこまれて腰椎骨二カ所にひびが入ったあと、何日か療養に専念しただけだ。だが、休暇をとるといっても簡単にできることではない。安全な通信回線と厳重な警備が必要だ。キアラと双子もそうだ。アイリーンとラファエルはもうじき四歳の誕生日を迎える。アロン一家はつねに大きな危険にさらされているため、家族そろってイスラエル国外へ出たことは一度もない。

でも、行き先はどこがいいだろう？　遠い異国へ旅をするのは無理だ。いつなんどき国家の緊急事態が起きるかわからないから、数時間でキング・サウル通りに戻れるよう、イスラエルからそう遠くないところでなくてはならない。一家で南アフリカへサファリ旅行に出かけるのは当分無理だし、オーストラリアやガラパゴス諸島への旅行もできない。まあ、そのほうがいいだろう。ガブリエルは野生動物とどうも気が合わない。それに、キアラがいちばん避けたいのは長時間のフライトで夫を疲労困憊《ひろうこんぱい》させることだ。〈オフィス〉長官に就任して以来、ラングレーにいるアメリカの情報機関の連中と協議をおこなうために、ガブリエルは頻繁にワシントンへ出かけている。いまの彼にもっとも必要なのは休養だ。

だが、その反面、ガブリエルは休養をすなおに楽しめるタイプではない。豊かな才能に恵まれた男だが、趣味はほとんどない。スキーもシュノーケルもだめ。ゴルフクラブやテニスラケットは、武器として使う以外に一度もふったことがない。海岸へ出かけても、寒い強風の日でないと退屈してしまう。セーリングを楽しむことはあるが、いちばんのお気に入りはイングランドの西の沖合にある波の荒い海域だ。また、リュックを背負って殺風景な荒野を歩きまわることもある。かつて〈オフィス〉の現場工作員だったキアラですら、彼の無謀なペースにつけていけるのは二キロか三キロぐらいだ。子供たちはいじけてしまうに決まっている。

こうなったら、ガブリエルが休暇先で何かできるよう、考えておくしかない。毎朝、子供たちが起きて着替えをすませ、一日を始める用意ができるまでのあいだ、ガブリエルが時間をつぶせるような小さな仕事を。彼がすでに馴染《なじ》んでいる街でその仕事ができるとしたら？　絵画修復の技術を学び、見習いとして腕を磨いた街。彼とキアラが出会って恋に落ちた街。キアラはこの街の生まれで、父親は縮小しつつあるユダヤ人社会のために首席ラビとして尽力している。母親からは、子供たちを連れて遊びに来るようしつこく言われている。完璧だとキアラは思った。いわゆる一石二鳥というやつだ。

でも、いつにしよう？　八月は論外だ。気温も湿度も高すぎるし、パッケージツアー客の波の下に街が沈んでしまう。自撮りの好きな連中が、わめきたてるツアーガイドのうしろにくっついて一時間か二時間ほど街をまわり、そのあと〈カフェ・フローリアン〉でやたらと高いカプチーノを飲んで、それからクルーズ船に戻る。しかし、十一月ぐらいまで待てば、爽やかな涼しい季節になり、この街を一家がほぼ独占できる。〈オフィス〉にも、イスラエルでの日々の暮らしにも邪魔されることなく、自分たちの将来について考える機会になるだろう。長官の任期は一期だけにしてほしいとガブリエルから首相に伝えてある。その後の人生をどんなふうに送るか、どこで子供たちを育てるかを考えるのは、けっして早すぎはしない。二人ともこれ以上若くなることはないのだから。ガブリエルはとくに。

キアラはこの計画をガブリエルに内緒にしておいた。でないと、ガブリエルが長ったらしい演説を始めて、彼が一日でも職務から離れればイスラエル国が崩壊してしまう理由をあれこれ並べ立てるに決まっている。キアラはかわりに副長官のウージ・ナヴォトを味方にひきいれ、日程を選んだ。〈オフィス〉で安全な不動産の取得・管理を担当しているハウスキーピング課が滞在場所を手配してくれた。ガブリエルときわめて親しい関係にある地元警察と情報機関が警備を担当してくれることになった。

あとはガブリエルを忙しくさせておくために、何か仕事を見つければいい。十月下旬、キアラはフランチェスコ・ティエポロに電話をかけた。この街でもっとも評判の高い美術品修復会社のオーナーだ。

「ちょうどいい作品がある。メールで写真を送ろう」

三週間後、イスラエルの気むずかしい閣僚たちと侃々諤々《かんかんがくがく》の議論を終えてガブリエルが帰宅すると、アロン家の複数の旅行カバンに荷物が詰めてあった。

「きみ、出ていくのか?」

「いいえ」キアラは答えた。「休暇旅行に出かけるのよ。一家そろって」

「わたしは無理だ――」

「話はつけてあるから大丈夫、ダーリン」

「ウージは知ってるのか?」

キアラはうなずいた。「それから、首相もご存じよ」

「どこへ出かけるんだ? 期間は?」

キアラは質問に答えた。

「二週間ものあいだ、わたしは何をすればいい?」

キアラは夫に写真を渡した。

「二週間で仕上げられるわけがない」

「できるところまでやればいいでしょ」

「そして、あとはほかの誰かに任せろというのか？」

「世界の終わりってわけじゃないわ」

「わからないぞ、キアラ。終わりになるかもしれん」


そのアパートメントは、ヴェネツィア市街を構成する昔ながらの六つの区《セスティエーレ》のうち、いちばん北のカンナレッジョ区にあり、崩壊しそうな古い大邸宅の主階《ピアノ・ノビーレ》を占めていた。大広間と、現代的な調理器具のそろった広いキッチンと、ミゼリコルディア小運河に面したテラスがついている。四つある寝室のうちひとつに、ハウスキーピング課によって、キング・サウル通りと連絡をとるための安全な回線が用意されていた。テントのような装置——〈オフィス〉では〝天蓋《フッパー》〟という隠語で呼んでいて、なかに入れば、盗聴の心配なしに電話でやりとりできる——までついている。外のフォンダメンタ・ディ・オルメジーニでは、私服姿の国家治安警察隊《カラビニエリ》の人間が見張りに立っている。ガブリエルはそちらの許可をとったうえでベレッタの九ミリを携行している。キアラも同じで、射撃の腕前は彼女のほうがずっと上だ。

運河沿いの道をしばらく行くと、鉄製の橋——ヴェネツィア市内で唯一のもの——があり、向こう岸にゲットー・ヌオーヴォ広場と呼ばれる大きな広場が見える。博物館、書店、ユダヤ人コミュニティの運営に当たる複数のオフィスなどがある。広場の北端に建っているのは高齢者のための介護ホーム〈カーザ・イスラエリティカ・ディ・リポーゾ〉。そのとなりに、ヴェネツィアのユダヤ人たちを追悼する簡素な浅浮彫りの碑がある。一九四三年十二月、ユダヤ人がここに集められて強制収容所へ送られ、のちにアウシュヴィッツで殺されたのだ。重装備の警官二人が防備を強化したボックスから追悼碑を監視している。水中に沈みつつあるヴェネツィアの島々でいまも暮らしている二十五万人のうち、二十四時間態勢で警察の保護が必要なのはユダヤ人だけだ。

広場を囲むアパートメントはヴェネツィアでもっとも背の高い建物だ。中世のころ、この住人たちが市内のほかの場所で暮らすことを教会が禁じていたからだ。いくつかの建物の最上階には小さなシナゴーグがある。丹念に修復されたそれらのシナゴーグに、かつては下の階に住むアシュケナージ（ドイツ・ポーランド・ロシア系ユダヤ人）やセファルディ（スペイン・ポルトガル系ユダヤ人）が通っていたのだ。広場の南側に、現在も礼拝をおこなっているシナゴーグが二カ所ある。どちらも目立たない建物で、外から見たかぎりでは、ユダヤ教の礼拝の場であることはまったくわからない。スペイン系のシナゴーグは一五八〇年にキアラの先祖が建てたもので、暖房はなく、過越祭から、大祭日——ロシュ・ハシャナ（新年祭）とヨム・キプル（贖《しょく》罪《ざい》日）——まで門戸を開放している。レヴァント系のシナゴーグは小さな広場の反対側にあり、冬のあいだ信者たちを迎え入れている。

ラビのヤコブ・ゾッリと妻のアレッシアはレヴァント系のシナゴーグの角を曲がった先に住んでいる。人目につかない中庭《コルテ》に面した小さな一軒家だ。アロン一家は月曜にヴェネツィアに到着し、数時間後、そちらで夕食をとった。ガブリエルが電話をチェックできたのはわずか四回だった。

「何か問題が起きたのでなければいいが」ラビ・ゾッリが言った。

「いつもどおりです」ガブリエルはぼそっと答えた。

「安心した」

「安心しないでください」

ラビは静かに笑った。テーブルの周囲を満足げに見まわして、二人の孫にしばし視線を向け、次に妻を、最後に娘を見つめた。ろうそくの光がキアラの目に映っていた。その目はカラメル色で金色の斑点が散っている。

「キアラがこんなに輝いて見えるのは初めてだ。きみのおかげでとても幸せに暮らしていると見える」

「本当ですか?」

「もちろん、ここに来るまでにはいろいろあっただろう」ラビは諭すように言った。「だが、いいかね、キアラは自分のことを世界でいちばん幸せな人間だと思っておる」

「いや、幸せなのはわたしのほうです」

「噂《うわさ》によると、キアラはきみに隠れて休暇の計画を立てたそうだな」

ガブリエルはしかめっ面になった。「ユダヤ教の律法《トーラー》のなかに、それを禁じる法があるはずです」

「わたしにはひとつも思いつけん」

「たぶん、それでよかったのでしょう」ガブリエルは認めた。「知らされていたら、わたしが休暇に同意したかどうか疑問ですから」

「ようやく孫たちをヴェネツィアに連れてきてくれて、こんな嬉《うれ》しいことはない。だが、むずかしい時代になったものだ」ラビ・ゾッリは声をひそめた。「サヴィアーノと極右の友人たちがヨーロッパの暗黒の勢力を目ざめさせてしまった」

ジュゼッペ・サヴィアーノはイタリアの新たな首相だ。外国人嫌い、偏狭、出版の自由に懐疑的、議会民主主義や法の支配といった優雅なものには我慢がならない。親しい友人のイェルク・カウフマンも同類だ。カウフマンは頭角を現しはじめたネオファシストで、現在オーストリアの首相の座にある。フランスに目を転じると、国民連合の党首セシル・ルクレールがエリゼ宮の次の主《あるじ》になるだろうというもっぱらの噂だ。ドイツでは、元ネオナチのメンバーでスキンヘッドのアクセル・ブリュナー率いる国民民主党が一月の総選挙で第二党に躍進すると予想されている。どちらを向いても、極右勢力が優勢のようだ。

西ヨーロッパにおける極右勢力の台頭は、グローバリゼーション、経済不安、どんどん変化する大陸の人口動態によってさらに加速している。ムスリムは現在、ヨーロッパの人口の五パーセントを占めている。生粋のヨーロッパ人のあいだで、イスラム教は自分たちの宗教と文化のアイデンティティーを脅かす存在だと言う者が増えてきている。彼らの怒りと恨みは、これまでは抑えこまれ、世間の目から隠されてきたが、いまではインターネットという血管のなかをウイルスのごとく駆けめぐっている。ムスリムへの迫害が大幅に増えている。ユダヤ人を狙った暴行や破壊行為も同様だ。じっさい、ヨーロッパの反ユダヤ主義は第二次世界大戦以来絶えてなかったレベルに達している。

「先週またしてもリド島の墓地が荒らされた」ラビ・ゾッリは言った。「倒された墓石、鉤《かぎ》十字……いつものことだ。うちの信者たちは怯《おび》えている。みんなを元気づけようとするのだが、このわたしまで怯えている。移民を敵視するサヴィアーノのような政治家どもが、壜《びん》を揺すってコルク栓を吹き飛ばしてしまったのだ。やつの支持者たちは中東とアフリカからの難民に難癖をつけているが、連中がもっとも蔑んでいるのはわれわれだ。最古の歴史を持つ憎悪だな。このイタリアでは、反ユダヤ主義者であっても、眉をひそめられることはもうない。ユダヤ人への軽蔑をおおっぴらに示せるようになった。どんな結果が待っているかは火を見るより明らかだ」

「嵐はいずれ過ぎますよ」ガブリエルは言ったが、説得力はほとんどなかった。

「きみの祖父母もたぶん同じことを言っただろう。ヴェネツィアのユダヤ人たちもそう言った。きみのお母さんは生きてアウシュヴィッツを出ることができた。ヴェネツィアのユダヤ人たちはそこまで幸運ではなかった」ラビ・ゾッリは首をふった。「わたしは前にも同じ状況を目にしてきた。どんな終わりを迎えるかを知っている。どうか忘れないでくれ――想像もつかないことが起こりうるのだ。だが、暗い話でせっかくの夜を台無しにするのはやめよう。孫たちと楽しく過ごしたい」

翌朝、ガブリエルは早起きをして、フッパーというシェルターのなかでキング・サウル通りの上級スタッフと二、三時間話をした。それがすむとモーターボートを雇い、キアラと子供たちを連れてヴェネツィア市内とラグーナに浮かぶ島々の観光に出かけた。寒すぎてリド島で泳ぐことはできなかったが、子供たちはビーチで靴を脱いでカモメやアジサシを追いかけた。カンナレッジョ区に戻る途中、ヴェロネーゼの《聖人に囲まれた栄光の聖母子》を見るためにドルソドゥーロ区のサン・セバスティアーノ教会に寄った。キアラの妊娠中にガブリエルがこの絵の修復を手がけたのだ。やがて、ゲットー・ヌオーヴォ広場の秋の光が薄れはじめるころ、子供たちはにぎやかな鬼ごっこの仲間入りをし、ガブリエルとキアラは〈カーザ・イスラエリティカ・ディ・リポーゾ〉の外に置かれた木製ベンチにすわってそれを見守った。

「これ、わたしが世界でいちばん好きなベンチかもしれない」キアラが言った。「あなたが意識をとりもどして、家に連れて帰ってほしいとわたしに頼んだ日に、あなたがすわっていたベンチよ。覚えてる、ガブリエル？　ヴァチカンが攻撃を受けたあとのことだった」

「どっちがひどかったのか、わたしにはわからない。肩撃ち式ロケットランチャーRPG7と自爆テロ犯か、それとも、きみの看護か」

「自業自得でしょ、お馬鹿さん。もう一度会うことに同意しなければよかった」

「おかげで、いま、われわれの子供が広場で遊んでいる」ガブリエルは言った。

キアラはカラビニエリが詰めているボックスにちらっと目をやった。「銃を持った男たちに見守られながらね」

翌日の水曜日、ガブリエルは午前中の電話を終えるとアパートメントを抜けだし、ニスを塗った木箱を小脇に抱えて徒歩でマドンナ・デッロールト教会へ向かった。身廊は薄暗く、足場が組んであって、側廊にある二重壁の尖塔アーチを隠していた。この教会には袖廊がないが、奥に五角形の後陣があり、そこにヤコポ・ロブスティの墓がある。ティントレットという名前のほうがよく知られている。ガブリエルがフランチェスコ・ティエポロを見つけたのはそこだった。ティエポロは熊のごとき大男で、白髪交じりのもじゃもじゃの黒い顎鬚《ひげ》を生やしている。いつもどおり、流れるようなラインの白いチュニック姿で、首に巻いたスカーフを粋な感じに結んでいる。

ティエポロはガブリエルを強く抱きしめた。「いずれあんたがこっちに戻ってくることは、ずっとわかってたんだ」

「休暇で来ただけだよ、フランチェスコ。まあ、そう興奮しないで」

ティエポロはサン・マルコ広場の鳩の群れを追い払おうとするかのように、片手をふった。「今日は休暇だとしても、あんたはいつの日かヴェネツィアで死を迎える」そう言って、ティントレットの墓を見下ろした。「あんたを埋葬するときは、教会以外の場所にしないとだめだよな」

ティントレットは一五五二年から一五六九年にかけて、この教会のために十点の作品を描いた。そのひとつが《聖母の神殿奉献》で、身廊の右側にかかっている。四八〇×四二九センチの巨大なカンバスに描かれていて、ティントレットの傑作とされている。修復の第一段階のニス落としは完了していた。あとは絵具を塗り直すだけだ。歳月とひずみによって絵具が剝落《はくらく》した部分に手を入れていく。気の遠くなりそうな作業だ。ガブリエルが見た感じでは、修復師がたった一人で作業を進めたら、最長で一年ほどかかるだろう。

「ニス落としを担当した気の毒なやつは誰だい？　アントニオ・ポリーティだったら嬉しいんだが」

「新人のパウリーナだ。あんたの作業を見学したいと言っていた」

「無理だと言ってくれただろうな」

「きっぱり言っといた。パウリーナからの伝言だが、どこでも好きな箇所を修復してかまわないってさ。ただし、聖母を除いて」

ガブリエルはそびえ立つカンバスの上のほうへ目を向けた。ナザレからやってきたヨアキムとアンナというユダヤ人夫婦の娘で三歳になるマリアが、エルサレム神殿の十五段の階段を祭司長のほうへためらいがちにのぼっていく。階段の下のほうに茶色い絹のローブをまとった女性がいて、階段にもたれかかっている。幼子を抱いているが、男の子か女の子かは判然としない。

「この女性にしよう」ガブリエルは言った。「それから、子供も」

「いいのか？　かなり手間がかかるぞ」

ガブリエルはカンバスに目を向けて悲しげに微笑した。「この二人のために、せめてそれぐらいはしないと」

ガブリエルは教会で二時まで作業を続けた。予定より長くなってしまった。その夜は子供たちを祖父母に預け、キアラと二人で大運河の対岸のサン・ポーロ区にあるレストランで食事をした。翌日の木曜日は、午前中は子供たちを連れてゴンドラに乗り、午後は五時までティントレットの修復に没頭した。五時になるとティエポロが教会の扉に錠をおろしてしまうのだ。

キアラはアパートメントで夕食をこしらえることにした。食後はガブリエルが〝バスタイム〟と呼ばれる夜ごとのバトルを監視し、それからフッパーというシェルターにこもって祖国の小さな危機に対処した。ベッドにもぐりこんだときは午前一時近くになっていた。キアラは音を消したテレビには目もくれずに小説を読んでいた。テレビ画面に映っていたのはサン・ピエトロ大聖堂からの生中継だった。ガブリエルは音量を上げ、旧友が亡くなったことを知った。

3

カンナレッジョ区、ヴェネツィア

教皇パウロ七世の遺体は午前中の遅い時間に、教皇宮殿の三階にある広間、サーラ・クレメンティーナへ移された。翌日の昼過ぎまでそこに安置されたあと、厳《おごそ》かな行列と共にサン・ピエトロ大聖堂へ運ばれ、二日にわたって一般弔問を受けた。逝去した教皇を囲むようにして、鉾槍《ほこやり》を構えた四人のスイス衛兵が警護に当たった。ヴァチカンの記者団は、教皇にもっとも近い補佐役で腹心の友でもあったルイジ・ドナーティ大司教が遺体のそばをほとんど離れなかったという事実を、新聞で大きくとりあげた。

教会の伝統が定めるところによると、教皇の葬儀は逝去後四日から六日以内にとりおこなわなくてはならない。カメルレンゴのドメニコ・アルバネーゼ枢機卿から、葬儀は翌週の火曜日、その十日後にコンクラーベを招集するとの発表があった。ヴァチカン担当の記者たちは、改革派と保守派の熾烈《しれつ》な争いになることを予想した。本命はホセ・マリア・ナバロ枢機卿で、教理省長官という地位を活《い》かして、亡くなった教皇をも脅かすほどの勢力基盤を枢機卿団の内部に作りあげている。

ピエトロ・ルッケージがかつて大司教を務めていたヴェネツィアでは、市長が三日にわたって喪に服すことを宣言した。街じゅうの鐘が沈黙し、サン・マルコ寺院でほどほどの人数が出席して礼拝式がとりおこなわれた。それを別にすれば、ふだんどおりの日常が続いていた。高潮《アックア・アルタ》でサンタ・クローチェ区の一部に浸水被害。巨大なクルーズ船がジューデッカ運河の桟橋に衝突。あちこちのバーに地元民が集まり、秋の冷気を撃退するためにコーヒーやブランデイを飲んでいたが、亡くなった教皇の名前が出ることはほとんどなかった。元来冷笑的なヴェネツィア人なので、几帳面《きちょうめん》にミサに出る者はほとんどいないし、ヴァチカンの聖職者たちの教えに従って暮らす者はさらに少ない。ヴェネツィアにある数多くの教会はキリスト教世界で最高の美を誇っているが、いずこも観光客がルネサンス美術に見とれる場所でしかない。

しかしながら、ガブリエルは並々ならぬ関心を抱いてローマの出来事を追っていた。教皇の葬儀当日の午前中は早めに教会へ行って修復作業に没頭した。もうじき十二時十五分というころ、誰かの足音が身廊に虚《うつ》ろに響いた。ガブリエルは拡大鏡つきのバイザーを押しあげ、作業台の周囲にめぐらした防水シートを用心深く左右に分けた。カラビニエリの美術遺産保護部隊、通称〝美術班〟を指揮するチェーザレ・フェラーリ将軍が無表情にガブリエルを見つめかえした。

将軍は勝手に防水シートの奥に入ってきて、ハロゲンランプ二台の無慈悲な白いライトを浴びた巨大なカンバスを見つめた。「ティントレットのなかでは出来のいいほうだと思うが、きみの意見はどうだね？」

「ティントレットは自分の実力を証明しようとして、大きなプレッシャーの下敷きになっていた。世間ではすでに、ヴェロネーゼがティツィアーノの後継者として、ヴェネツィア最高の画家として認められていた。哀れなティントレットのもとに以前のように注文が舞いこむことはなくなっていた」

「ここはティントレットが通った教会だった」

「まさか」

「フォンダメンタ・ディ・モーリの角を曲がったところに家があったんだ」将軍は防水シートを脇にどけて身廊に入った。「この教会にはかつてベッリーニの絵がかかっていた。《聖母子》が。一九九三年に盗難にあった。以来、美術班はそれを捜しつづけている」肩越しにガブリエルをちらっと見た。「きみ、目にしてないかね？」

ガブリエルは微笑した。〈オフィス〉長官に就任するしばらく前に、世界でもっとも捜索に熱が入っていた盗難絵画をガブリエルがとりもどしたことがあった。その絵はカラヴァッジョの《聖フランシスと聖ラウレンティウスのキリストの降誕》。ガブリエルの配慮で手柄はすべて美術班のものになった。ガブリエルと家族がヴェネツィアで休暇を過ごすあいだ、二十四時間態勢の警備をつけることをフェラーリ将軍が承知した裏には、主としてこういう事情があったのだ。

「きみはのんびりと休暇を楽しむことになってるはずだ」将軍は言った。

ガブリエルは拡大鏡つきのバイザーを下ろした。「楽しんでるさ」

「何か問題は？」

「理由がわからないんだが、女性の衣装の色を再現するのに少々手こずっている」

「きみの身辺警護について尋ねたんだ」

「わたしがヴェネツィアに戻ったことは誰にも気づかれずにすんだようだ」

「そうでもないぞ」将軍は腕時計にちらっと目をやった。「ランチ休憩をとるよう勧めても、たぶんだめだろうな」

「仕事中はランチをとらないことにしている」

「知ってるとも」将軍はハロゲンランプのスイッチを切った。「覚えている」

ガブリエルはティエポロから教会の鍵を預かっていた。美術班のチーフに見守られながらアラーム装置をセットし、ドアに錠をおろした。ティントレットが住んでいた家の何軒か先にあるバーまで二人で歩いた。カウンターの奥のテレビが教皇の葬儀を中継していた。

「きみが疑問に思っているかもしれないから言っておくと」将軍が言った。「ドナーティ大司教はきみが葬儀に参列するのを望んでいた」

「だったら、なぜ招いてくれなかったんだ?」

「カメルレンゴが耳を貸そうとしなかった」

「アルバネーゼのことか?」

将軍はうなずいた。「きみがドナーティと親しくしているのが、アルバネーゼは前々から気に入らなかったようだ。ついでに、教皇と親しくしていたのも」

「わたしが参列しないほうが、たぶん正解だな。邪魔になるだけだろう」

将軍は渋い顔になった。「きみを貴賓席にすわらせるのが筋というものなのに。なにしろ、きみがいなかったら、ヴァチカンがテロ攻撃を受けたときに教皇は死んでいたはずだ」

黒いTシャツを着た二十代ぐらいの痩せこけたバーテンダーが、二人分のコーヒーを運んできた。将軍は自分のコーヒーに砂糖を入れた。カップをかきまわす手は指が二本欠けている。カモッラという犯罪結社が勢力をふるうナポリ管区の指揮をとっていたころ、手紙爆弾で指を吹き飛ばされたのだ。右目も失った。義眼を入れているが、瞳が静止したままなので、冷酷かつ無情な視線になってしまう。さすがのガブリエルもこれだけはつい避けたくなる。すべてを見通す神の目を覗きこむようなものだ。

その目はいま、テレビのほうを向いていた。カメラがゆっくりパンして、政治家、元首、世界のさまざまなセレブといった悪党どもの集団を映しだしていく。やがて、ジュゼッペ・サヴィアーノのところでカメラが止まった。

「やはり喪章もつけずに来ている」将軍はつぶやいた。

「おたく、やつの崇拝者じゃないのか？」

「サヴィアーノは美術班に気前よく予算をまわしてくれる。おかげで、われわれの関係はきわめて良好だ」

「ファシストは文化遺産が大好きだからな」

「本人はファシストじゃなくて、ポピュリストのつもりだ」

「安心した」

フェラーリの一瞬の笑みは、義眼にはなんの影響も及ぼさなかった。「サヴィアーノのような男の登場は避けがたいことだったのだ。この国の連中は、自由民主主義、欧州連合、西側諸国の同盟といった夢想的な観念を信じる心を失ってしまった。無理もない。グローバリゼーションとオートメーションのせいで、イタリアの若者の大部分はまともな職業に就くこともできない。給料のいい仕事がしたければ、英国へ行くしかない。この国に残っていたら……」将軍はカウンターの奥の若者にちらっと目を向けた。「観光客にコーヒーを運ぶことになる」声を低くした。「あるいは、イスラエルの諜報《ちょうほう》機関の工作員に」

「サヴィアーノにはそれを変える気はない」

「たぶんな。だが、首相の座にあって、力と自信をひけらかしている」

「有能さは？」

「移民の排斥を続けるかぎり、まともな文章が書けなくたって、サヴィアーノの支持者たちは気にしない」

「もし危機に直面したら？　本物の危機だぞ。右派のウェブサイトででっちあげるようなやつじゃなくて」

「例えば？」

「銀行制度が崩壊するような財政危機とか」ガブリエルは言葉を切った。「もしくは、それよりはるかに悲惨なこととか」

「わたしが一生かかって貯《た》めた金が煙となって消えるよりも悲惨なことがどこにある？」

「疫病の世界的流行《パンデミック》はどうだ？　新種のインフルエンザが広まり、人類はそれに対して免疫がないとか」

「疫病？」

「笑ってる場合じゃないぞ、チェーザレ。それが現実になるのは時間の問題だ」

「で、きみが言うその疫病とはどこから来るんだ？」

「衛生状態に問題のある場所で動物から人間に感染するだろう。例えば、中国の生鮮市場とか。始まりはゆっくりだ。ある地域でクラスターが発生する。だが、いまは世界じゅうが密接につながっているから、全世界に野火のごとく広がっていくだろう。疫病発生の初期段階で中国人観光客がウイルスを西ヨーロッパに持ちこむ。ウイルスが特定されるよりも前に。数週間もしないうちに、イタリアの人口の半分が、いや、たぶんもっと多くが感染するだろう。次はどうなる、チェーザレ？」

「聞かせてくれ」

「感染の広がりを抑えこむために全土を封鎖しなくてはならない。医療体制が逼迫《ひっぱく》して、もっとも若く健康な者以外はすべて見捨てざるをえなくなる。毎日数百人が死亡するだろう。いや、数千人かもしれない。感染の広がりを抑えようとして、軍隊が大規模な火葬を担当しなくてはならなくなる。それはまるで――」

「ホロコーストだ」

　ガブリエルはゆっくりとうなずいた。「そういう状況になったとき、読み書きもろくにできないサヴィアーノのような無能な政治家はどんなふうに対処すると思う？　医療の専門家の意見に耳を貸すのか、それとも、自分の知識のほうが上だと考えるのか？　国民に真実を告げるのか、それとも、ワクチンと治療薬がもうじき完成すると請け合うのか？」

「中国人と移民に責任をかぶせて、自分はさらに強大な存在になるだろう」フェラーリは真剣な顔でガブリエルを見た。「知っているのにわたしに話すのを省いたことが、まだ何かあるんじゃないかね？」

「一九一八年のスペイン風邪に匹敵する流行がそろそろ起きても不思議でないことは、少しでも脳みそのある者ならわかっている。わたしもわが国の首相に、イスラエルに対する脅威のなかでとりわけ懸念されるのはパンデミックだ、と進言してきた」

「わたしの任務が盗難絵画を見つけることだけで、つくづくありがたいと思う」将軍はテレビ画面に映しだされる緋色《ひいろ》の衣の海を見つめた。「あのなかに次の教皇がいるわけだ」

「ナバロ枢機卿が本命と言われている」

「噂に過ぎん」

「内部情報でもつかんでるのか？」

フェラーリ将軍は部屋を埋めた記者連中に話をするような調子で答えた。「次期ローマ教皇の選出に関して、カラビニエリが目を光らせるつもりはいっさいない。イタリアのほかの保安機関も情報機関も同様だ」

「冗談はやめてくれ」

将軍は低く笑った。「では、きみのほうはどうなんだ？」

「次期教皇が誰になろうと、イスラエル国にはなんの関係もないことだ」

「ところが、あるんだな」

「どういう意味だ？」

「説明はあの男にしてもらえ」フェラーリ将軍はテレビのほうを見てうなずいた。教皇パウロ七世の個人秘書を務めていたルイジ・ドナーティ大司教が画面に映しだされたところだった。「話をする時間をきみに少しだけとってもらえないかと言っていた」

「わたしに直接電話してくれればよかったのに」

「電話で話せるようなことではないそうだ」

「どんな話か、聞いてるのか？」

将軍は首を横にふった。「きわめて重大な件だということしか聞いていない。明日のランチをつきあってもらえないかと、大司教が言っている」

「場所は？」

「ローマ」

ガブリエルは返事をしなかった。

「飛行機で一時間だぞ。夕食の時間までにはヴェネツィアに戻ってこられる」

「本当に？」

「大司教の声の調子からすると、いささか疑わしいが。一時に〈ピペルノ〉で待っているとのことだ。きみがよく知っている店だと言っていた」

「どこかで聞いたような気がする」

「一人で来てほしいそうだ。それから、奥さんと子供のことは心配しなくていい。きみが留守にするあいだ、わたしのほうでしっかり警護するから」

「留守にする？」永遠の都ローマを日帰りで訪れるのに、ガブリエルだったらこんな言葉は使わないだろう。

将軍はふたたびテレビに視線を据えていた。「あの枢機卿たちを見てくれ。全員が緋色の衣をまとっている」

「キリストの血を象徴する色だ」

フェラーリの無事だったほうの目が驚愕《きょうがく》のあまり、まばたきをした。「いったいなぜそんなことを知っている？」

「わたしはキリスト教美術の修復に人生の大半を捧《ささ》げてきた人間だぞ。ローマ・カトリック教会の歴史と教えについては、ほとんどのカトリック教徒より詳しいと言っていいだろう」

「わたしも含めてな」将軍の視線がテレビに戻った。「誰になると思う？」

「ナバロがすでに、教皇宮殿の居室に置く新しい家具を注文しているという噂だ」

「うん」将軍は考えこみながらうなずいた。「そうらしい」

4

ムラーノ島、ヴェネツィア

「お願いだから、冗談だと言って」

「わかってくれよ。こっちから提案したわけじゃないんだから」

「今回の休暇を計画するのに、わたしがどれだけ時間と手間をかけたか、わかってるの？首相にまで会わなきゃいけなかったのよ。まったくもう」

「それについては」ガブリエルは厳粛な口調で言った。「心から永遠の謝罪をしたい」

二人はムラーノ島にある小さなレストランの奥の席にすわっていた。ガブリエルは前菜を食べ終えたあとで、翌日の午前中にローマへ出かけることになったとキアラに告げた。じつをいうと、ここに来たのは自分勝手な理由からだった。魚料理が専門のこのリストランテはヴェネツィアで彼が気に入っている店のひとつなのだ。

「日帰りなんだし、キアラ」

「自分でも信じてないくせに」

「まあね。だが、とにかく行ってみようと思う」

キアラはワイングラスを唇に持っていった。グラスに残ったピノ・グリージョがろうそくの光を反射して淡いきらめきを放った。「あなたがお葬式に呼ばれなかったのはなぜ？」

「アルバネーゼ枢機卿がサン・ピエトロ大聖堂のどこにもわたしの席を用意できなかったらしい」

「その枢機卿、たしか教皇の遺体を見つけた人よね？」

「教皇専用のチャペルで」

「ほんとにそのとおりだと思う？」

「ヴァチカン広報局がいい加減な声明を出したとでも言いたいのか？」

「あなただってルイジと共謀して、何年ものあいだ、誤解を招きかねない声明を出してきたじゃない」

「だが、われわれの動機はつねに純粋だった」

キアラはオフホワイトのテーブルクロスにワイングラスを置き、ゆっくり回転させた。

「ルイジがあなたに会いたがってる理由はなんだと思う？」

「ろくなことじゃなさそうだ」

「フェラーリ将軍はなんて言ってたの？」

「ほとんど何も言わなかった」

「あの人らしくないわね」

「ローマ・カトリック教会の次期教皇の選出に関係したことだと言いたげな口ぶりだった」

ワイングラスの回転が止まった。「コンクラーべ？」

「詳しい話はしてくれなかったが」

ガブリエルは電話のスリープモードを解除して時刻を確認した。お気に入りだったブラックベリーKEY2とついに別れるしかなかったのだ。新しい電話はイスラエル製のソラリスで、彼専用のスペックにカスタマイズされている。通常のスマートフォンに比べるとサイズが大きくて重量もあり、アメリカ国家安全保障局（NSA）やイスラエルの八二〇〇部隊を含めた世界最高レベルのハッカー集団からの遠隔攻撃にも耐えられるようになっている。〈オフィス〉の上級スタッフ全員が一台ずつ持っている。キアラにも支給されている。彼女の場合は二台目だ。一台目のソラリスはラファエルがエルサレムの自宅のテラスから放り投げてしまった。いくらハッカー攻撃に強いとはいえ、三階分の距離を落下して石灰岩の歩道にぶつかっても生き延びられるような設計にはなっていない。

「遅くなった」ガブリエルは言った。「お義父《とう》さんとお義母《かあ》さんを救出に行かなくては」

「急がなくても大丈夫よ。子供たちと一緒にいればご機嫌なんだから。両親の好きにさせておいたら、わたしたち、ヴェネツィアから出られなくなってしまうわ」

「キング・サウル通りがわたしの不在に気づくかもしれない」

「首相もね」キアラはしばらく黙りこんだ。「正直なところ、向こうに帰りたいって気持ちにはなれないわ。あなたを独占できて楽しいんですもの」

「わたしの任期はあとわずか二年だ」

「二年と一カ月よ。あら、細かすぎた？」

「辛かったかい？」

キアラは渋い顔をした。「愚痴っぽい妻を演じるつもりはなかったのよ。わかるでしょ、そういうタイプ。うっとうしいわよね、そういう女って」

「大変な人生になることは二人とも覚悟してたじゃないか」

「まあね」キアラは曖昧な口調で言った。

「人手が必要なら……」

「人手？」

「家のことを手伝ってくれる人」

キアラは眉をひそめた。「わたし一人でちゃんとやれるわ。お気遣いありがとう。ただ、あなたと一緒にいられないのが寂しいの。それだけのこと」

「二年なんてあっという間だ」

「二期目を頼まれても断わるって約束してくれる？」

「もちろん」

キアラの顔が明るくなった。「じゃ、引退後はどんなふうに暮らす予定？」

「介護ホームを探しておくほうがいいと言われてるような気がする」

「あなたも年老いてきたもの、ダーリン」キアラはガブリエルの手の甲を軽く叩いた。そうされても、ガブリエルは少しも若返った気分にはなれなかった。「ねえ、どうなの？」

「この地上における最後の数年を、きみを幸せにすることに捧げるつもりでいる」

「じゃ、わたしの好きなようにさせてくれる？」

ガブリエルは用心深く妻を見つめた。「無理のない範囲で」

キアラは視線を落とし、テーブルクロスのほつれた糸をひっぱった。「昨日、フランチェスコとコーヒーを飲んだの」

「あいつ、何も言ってなかったぞ」

「内緒にしてほしいって、こっちから頼んだから」

「なるほど。で、どんな話をしたんだい？」

「将来のこと」

「あいつが思い描く将来とは？」

「共同経営」

「わたしと？」

キアラは答えなかった。

「きみと？」

キアラはうなずいた。「しばらくフランチェスコの下で働いてほしいっていうの。そして、数年後に彼が引退したら……」

「そのあとは？」

「〈ティエポロ美術修復〉がわたしのものになる」

ガブリエルはティントレットの墓の上に立っていたときにティエポロが口にした言葉を思いだした。〝今日は休暇だとしても、あんたはいつの日かヴェネツィアで死を迎える〟……共同経営の件が昨日のコーヒータイムの産物だとは、ガブリエルには思えなかった。

「ゲットー出身のまじめなユダヤ人の女の子が、ヴェネツィアの教会とスクオーラ（商人や貴族を中心にした慈善事業をおこなう友好団体）を相手に商売をする。そういうことかい？」

「けっこうすごいことでしょ？」

「それで、わたしは何をすればいい？」

「ヴェネツィアの通りをうろつきながらのんびり暮らしたら？」

「もしくは？」

キアラは美しい笑みを浮かべた。「わたしの下で働いてくれてもいいわよ」

今回視線を落としたのはガブリエルのほうだった。電話が光り、キング・サウル通りからのメッセージの受信を知らせていた。ガブリエルは電話を裏返した。「物議をかもすかもしれないぞ、キアラ」

「わたしの下で働くことが？」

「任期を終えたとたん、イスラエルを離れることが」

「国会議員に立候補するつもり？」

ガブリエルは目を天井へ向けた。

「あなたの偉業を伝える本を書くとか？」

「そういうつまらん仕事は誰かほかのやつに任せればいい」

「それで？」

ガブリエルは返事をしなかった。

「あなたがイスラエルにとどまったら、〈オフィス〉にすぐつかまってしまうわよ。国が危機に見舞われるたびに、傾いた船を起こそうとして、あなたをひきもどすに決まってる。アリだってそうだったじゃない」

「アリは自分から望んで復帰したんだ。わたしは違う」

「ほんとにそう？　ときどき、その言葉が信じられなくなるわ。はっきり言わせてもらうと、あなた、日ごとにアリに似てきてる」

「子供たちはどうする？」

「二人ともヴェネツィアが大好きよ」

「学校は？」

「信じてもらえないかもしれないけど、ヴェネツィアにもすごくいい学校がいくつかあるわ」

「二人ともイタリア人になってしまう」

キアラは渋い顔になった。「それは残念だけど」

ガブリエルはゆっくりと息を吐いた。「フランチェスコの帳簿に目を通したかい？」

「わたしが黒字にしてみせる」

「ここの夏は猛暑だぞ」

「山へ避暑に行ったり、アドリア海でセーリングをしたりすればいいじゃない。あなた、セーリングにはもう何年もご無沙汰でしょ」

ガブリエルの反対理由が種切れになってしまった。正直に言うと、すばらしい案だと思っていた。ともかく、残された二年の任期のあいだ、キアラを忙しくさせておけることだけは間違いない。

「じゃ、これで決まりね？」キアラが訊いた。

「そのようだ。わたしの報酬額に関してきみと折り合いがつけばな。かなりの額になるぞ」

ガブリエルはウェイターに合図をして勘定を頼んだ。キアラはまたしてもテーブルクロスのほつれた糸をひっぱっていた。

「気にかかることがひとつあるの」

「子供たちを住み慣れた土地からヴェネツィアへ移すことについて？」

「ヴァチカンの公式発表について。ルイジはいつも夜遅くまでルッケージのそばにいたでしょ。ルッケージが寝る前の祈りと瞑想のためにチャペルへ行くときも、かならずルイジがついていった」

「そのとおりだ」

「だったら、どうして遺体を見つけたのがアルバネーゼ枢機卿だったの？」

「訊かれても答えられないよ」ガブリエルは言葉を切った。「明日わたしがローマへ出かけてルイジとランチをとらないかぎり」

「行くのなら、ひとつ条件があるわ」

「なんだい？」

「わたしを連れていくこと」

「子供たちはどうする？」

「うちの両親が面倒をみてくれるわ」

「きみの両親の面倒は誰がみるんだ？」

「カラビニエリに決まってるでしょ」

「しかし——」

「わたしに二回も頼ませないでよ、ガブリエル。愚痴っぽい妻の役を演じるのは大嫌いなんだから。うっとうしいわよね、そういう女って」

5

ヴェネツィア——ローマ

翌朝、ガブリエルとキアラは朝食をすませると子供たちをゾッリ家に預け、八時発のローマ行きの電車に間に合うようサンタ・ルチア駅へ急いだ。ゆるやかに起伏するイタリア中央部の平原が窓の外を過ぎていくあいだ、ガブリエルは新聞を読み、日課となっているキング・サウル通りとのメールとショートメッセージのやりとりをおこなった。キアラは人差し指の先をいちいちなめながら、大量に抱えてきたインテリア雑誌とカタログのページをめくっていた。

ときおり、光と影の組み合わせがほどよく調和すると、ガブリエルは窓ガラスに映る二人の姿を眺めた。自分で言うのもなんだが、魅力的なカップルだと思った。彼は粋なダークスーツに白いワイシャツ、キアラは黒いレギンスに革のジャケット。プレッシャーに押しつぶされそうな長時間の仕事を続けてきたガブリエルだが——そして、何度も重傷を負い、死にかけたこともあるが——なかなかうまく持ちこたえていると言っていいだろう。

そう、翡翠《ひすい》色の目のまわりのしわは少し深くなったが、いまも自転車競技選手のようにスリムだし、髪もぜんぜん薄くなっていない。短くカットしていて、濃い色だが、こめかみのあたりだけが白い。一夜にして白くなったのだ。〈オフィス〉の命令で初めて暗殺を実行してほどなくのことだった。その作戦がくりひろげられたのは一九七二年の秋、もうじきガブリエルたちが到着する都市でのことだった。

フィレンツェが近くなるころ、キアラが彼の鼻先にカタログを差しだして、開いたページに出ているカウチとコーヒーテーブルについて彼の意見を求めた。ガブリエルがおざなりな返事をすると、軽い非難のこもった視線が飛んできた。キアラはどうやら、新しい住まいを選ぼうとして、すでに不動産リストのチェックにとりかかっているようだ。これもまた、ヴェネツィアに戻ることをしばらく前から計画していたらしい、という彼の推測を裏づけるものだった。いまのところ、キアラは候補をふたつの物件に絞っていた。ひとつはカンナレッジョ区、もうひとつはサン・ポーロ区で、いずれも大運河に面している。どちらを購入しても、ガブリエルが絵画修復の仕事でこつこつ貯めたささやかな財産が大幅に減ることになりそうだし、キアラはサン・マルコ区にあるティエポロのオフィスに通勤しなくてはならない。それなら、サン・ポーロ区のアパートメントのほうがずっと近くて、水上乗合バス《ヴァポレット》でふたつか三つ目の乗場まで行けばいい。ただし、購入価格はカンナレッジョ区の二倍だ。

「ナルキス通りの家を売れば……」

「売るつもりはない」ガブリエルは言った。

「サン・ポーロ区のアパートメントには天井の高いすばらしい部屋があるのよ。あなたのアトリエにうってつけだわ」

「それはつまり、わたしが個人的に絵の注文を受けて、きみからもらう雀の涙ほどの給料の足しにすればいいということだね」

「そのとおりよ」

ガブリエルの電話がピッと鳴った。キング・サウル通りからの緊急メッセージを示す音だ。

メッセージを読む彼をキアラが心配そうに見守った。「帰らなきゃいけないの？」

「まだ大丈夫だ」

「なんだったの？」

「ベルリンのポツダム広場で自動車爆弾によるテロがあった」

「死傷者は？」

「たぶん出ているだろう。だが、確認はまだだ」

「犯人は？」

「イスラム国が犯行声明を出している」

「西ヨーロッパで爆弾テロを実行するだけの能力があるかしら」

「昨日、きみにそう質問されたら、〝ない〟と答えていただろう」

ガブリエルがベルリンからの最新情報を追っているうちに、列車はローマのテルミニ駅のホームに入った。駅の外に出ると、雲ひとつないセルリアン・ブルーの空が広がっていた。二人は横丁と路地ばかりを選びながら、テラコッタ色とシエナ色の建物に囲まれた通りを歩いた。横丁や路地のほうが尾行を見破りやすい。ナヴォーナ広場をぶらつくあいだに、尾行はついていないということで二人の意見が一致した。

〈リストランテ・ピペルノ〉はそこから少し南へ行ったところにあり、テヴェレ川に近い静かな広場《カンポ》に面している。まずキアラが一人で入っていくと、真っ白な上着を着たウェイターが窓ぎわの上等の席へ案内した。三分後にガブリエルが到着し、暖かな秋の日差しを浴びた外のテーブルを選んだ。キアラの親指が猛烈な勢いで電話のキーパッドを叩いているのが見えた。ガブリエルはスーツの上着のポケットから彼の電話をとりだし、〝何か問題でも？〟と打ちこんだ。

数秒後にキアラから返信があった。〝あなたの息子がたったいま、わたしの母の大切な花瓶を割ったそうよ〟

〝責任は花瓶にある。息子ではない〟

〝あなたのランチのお相手が到着だわ〟

くたびれたフィアットが石畳の小さな広場をためらいがちにのろのろとやってくるのを、ガブリエルは見守った。ナンバープレートはローマで見かける一般的なもので、ヴァチカンの車だけに許されたSCVのマークがついている特別製のものではなかった。うしろの席から背の高いハンサムな聖職者が降りてきた。黒いカソックに赤紫の縁どりがついている。大司教の装いだ。〈リストランテ・ピペルノ〉に彼が姿を見せたとたん、店内がざわついた。もっとも、キアラのときほどではなかったが。

「申しわけない」ガブリエルの向かいの席にすわりながら、ルイジ・ドナーティは言った。

「『ヴァニティ・フェア』誌の女性記者と話をしたのがそもそもの間違いだった。最近はローマのどこへ出かけても、すぐ人々に気づかれてしまう」

「なぜインタビューに応じたんだ？」

「わたしの協力があろうとなかろうと記事を出すつもりだと、その記者にはっきり言われたのでね」

「だから、それに屈したのかい？」

「荒波のなかで教会を正しい方向へ導くために協力している男をまじめに紹介する、と約束してくれたんだ。だが、約束どおりの記事にはならなかった」

「それはたぶん、あなたの容貌に関する部分のことだね」

「きみも読んだなどとは言わないでもらいたい」

「残らず読んだ」

ドナーティは渋い顔になった。「じつを言うと、ルッケージがけっこう喜んだんだ。教会の印象がクールになると言って。まさにそのとおりの言い方だった。教皇庁にいるわたしのライバルたちの意見は違っていたが」ドナーティは急に話題を変えた。「きみの休暇を邪魔して申しわけなく思っている。奥さんが怒っていなければいいが」

「逆に喜んでいる」

「嘘ではないだろうね？」

「かつてあなたを欺いたことがあっただろうか？」

「正直な返事が聞きたいかね？」ドナーティは微笑した。無理に浮かべた微笑だった。

「毎日どうしている？」ガブリエルは尋ねた。

「ルッケージの死を悼み、零落した境遇と身分の喪失に順応しようとしている」

「現在の滞在先は？」

「イエズス会本部だ。ヴァチカンのすぐ先のサント・スピーリト通りにある。わたしの部屋は教皇宮殿で使っていたアパートメントほど立派ではないが、居心地はとてもいい」

「教会のほうで何か仕事を考えてくれたかい？」

「グレゴリアン大学で教会法を教えることになっている。あとは、カトリック教会とユダヤ民族をめぐる苦難の歴史を学ぶコースを、わたし自身が計画中だ」ドナーティはいったん言葉を切った。「いつか、きみを説得して特別レクチャーをお願いしたいものだ」

「そんな場面が想像できるか?」

「できるとも。カトリックとユダヤ教というふたつの信仰の関係がこれほど良好だったことは、いまだかつてなかった。きみとピエトロ・ルッケージの個人的な友情のおかげだ」

「ルッケージが亡くなった夜、あなたにショートメッセージを送った」ガブリエルは言った。

「とてもありがたかった」

「なぜ返事をくれなかった?」

「きみの参列をアルバネーゼ枢機卿に拒まれたとき、わたしが抗議を控えたのと同じ理由からだ。ある微妙な問題に関してきみの助けを必要としていたので、われわれの親しい関係に光が当たるのを避けたかったのだ」

「で、その微妙な問題とは?」

「ルッケージの死に関することだ。いくつか……ひっかかる点がある」

「まず、遺体を発見した人物がひっかかる」

「きみも気がついたのか?」

「いや、じつはキアラが」

「頭のいい人だ」

「どういうわけでアルバネーゼ枢機卿が遺体を発見したんだ？　なぜあなたではなかったのだ、ルイジ？」

ドナーティは自分のメニューに視線を落とした。「まず前菜を注文したほうがいいだろう。アーティチョークのフリットと、かぼちゃの花のフリットはどうだね？　それから、鱈《たら》のソテー。鱈料理はここがローマでいちばんおいしい、とルッケージがいつも言っていた」

6

〈リストランテ・ピペルノ〉、ローマ

リストランテの支配人から、ワインを進呈したいとの熱心な申し入れがあった。「特別なワインでして、アブルッツォ州の小規模な生産者が造っているすばらしい白でございます。大司教さまに充分ご満足いただけると信じております」と、支配人は言った。ドナーティは儀式ばった態度で試飲をおこない、秀逸だと褒《ほ》め称《たた》えた。やがて、ふたたび二人だけになったところで、パウロ七世の最後の数時間の様子をガブリエルに語って聞かせた。教皇と個人秘書は教皇宮殿のダイニング・ルームで食事をとった。「最後の晩餐《ばんさん》だ」と、ドナーティは厳粛な面持ちで言った。ドナーティはコンソメスープを少し飲んだだけだった。食事がすむと二人で書斎へ移り、教皇の頼みでサン・ピエトロ広場に面した窓のカーテンをあけ、ついでに鎧戸もあけた。それが、ドナーティが教皇のためにとった最後から二番目の行動だった。少なくとも、生前の教皇のために。

「では、最後におこなったのは？」ガブリエルは尋ねた。

「ルッケージが毎晩服用していた薬を用意した」

「どのような薬をのんでおられたのだ？」

ドナーティは三種類の処方薬の名前を挙げた。すべて心臓病の薬だった。

「厳重に隠してきたわけだな」ガブリエルは言った。

「ヴァチカンの者はみな、隠しごとをするのが得意だ」

「そう言えば、二、三カ月前に、ルッケージが咳を伴うひどい風邪でジェメッリ・クリニックに短期間入院していたような記憶が……」

「心臓発作だったんだ。二回目の」

「それを知っていたのは？」

「もちろん、ドットーレ・ガッロが。それから、国務省長官のゴベール枢機卿も」

「なぜそこまで極秘にしたんだ？」

「教皇の肉体の衰えを教皇庁の者たちに知られたら、その任期は実質的に終わってしまう。任期中に片づけなくてはならない仕事が山のように残っていた」

「例えばどのような？」

「第三ヴァチカン公会議を開いて、ローマ・カトリック教会が直面している幾多の深刻な問題を討議しようと考えておられた。教会内の保守派の連中は、第二ヴァチカン公会議の採択事項をいまだに受け入れようとしない。半世紀も前に決まったことなのに。第三公会議が実現すれば、控えめに言っても、教会の分裂を招くことになっただろう」

「ルッケージに薬を渡したあとは?」

「一階に下りた。運転手つきの車が待っていた。時刻は九時。二、三分のずれはあったかもしれないが」

「どこへ出かけたんだ?」

ドナーティはワイングラスに手を伸ばした。「なあ、少しでいいから飲んでみたまえ。すばらしいワインだぞ」

前菜が運ばれてきたおかげで、ドナーティは二度目の猶予を与えられた。ローマ産のアーティチョークのフリットを食べながら、不自然なほどさりげない口調で尋ねた。「ヴェロニカ・マルケーゼを覚えているだろう?」

「ルイジ……」

「なんだ?」

「お許しください、神父さま、わたしは罪を犯しました」

「そういうことではない」

「違うのか?」

ヴェロニカ・マルケーゼ博士は国立ヴィッラ・ジュリア・エトルスコ博物館の館長で、

エトルリア文明と遺跡の分野におけるイタリア最高の権威だ。一九九〇年代にウンブリア州のモンテ・クッコという村の近くの遺跡発掘現場で作業を進めていたとき、信仰を捨てた聖職者と恋に落ちた。その聖職者はイエズス会士で、〝解放の神学〟の熱心な擁護者であり、エルサルバドルのモラサン県で宣教師をしていた時期に信仰を捨ててしまった。だが、教会に戻り、個人秘書としてヴェネツィア大司教に仕えることになったため、二人の恋は不意に終わりを告げた。悲嘆に暮れたヴェロニカは、貴族の生まれでヴァチカンと密接なつながりを持つローマの裕福な実業家、カルロ・マルケーゼと結婚した。カルロはその後、サン・ピエトロ大聖堂のドームの上の展望台から転落して死亡する。彼が手すりを越えて転落したとき、横にガブリエルが立っていた。六十メートル下では、カルロの無惨な遺体のそばでドナーティが祈りをあげていた。

「いつから続いていた？」ガブリエルは尋ねた。

「サラ・ヴォーンの曲だな。わたしも昔から好きだった」ドナーティはいたずらっぽく答えた。

「質問に答えろ」

「何も続いていない。ただ、一年ほど前から二人で定期的に食事をするようになった」

「ほど？」

「まあ、二年近くになるかもしれない」

「人前で食事をすることはたぶんないと思うが」

「ない」ドナーティは答えた。「いつもヴェロニカの屋敷だ」

ガブリエルとキアラは前に一度、その屋敷のパーティに出たことがあった。ボルゲーゼ公園の近くにあって、美術品と古代の遺物がふんだんに飾られた宮殿のような屋敷だった。

「どれぐらいの頻度で？」

「緊急の用件が入らないかぎり、毎週木曜の夜に」

「禁断の行為に走る場合の第一原則は、決まりきったパターンを避けることだ」

「ヴェロニカとわたしが食事を共にするのはけっして禁断の行為ではない。禁欲の誓いを立てていても、女性との接触がすべて禁じられているわけではない。結婚できないというだけだし、また——」

「愛することは許されるのか？」

「厳密に言うなら〝イエス〟だ」

ガブリエルは非難の目でドナーティを見つめた。「なぜ誘惑のそばに進んで身を置こうとする？」

「ヴェロニカに言わせると、わたしが登山をするのと同じ理由からだそうだ。足場を保持できるかどうかを試すため。墜落したときに神が手を差しのべて受け止めてくださるかどうかを確認するため」

「口の堅い女性だとは思うが」

「ヴェロニカ・マルケーゼ以上に口の堅い人間に会ったことがあるか？」

「では、ヴァチカンの聖職者仲間のほうは？」ガブリエルは尋ねた。「知っている者はいるのか？」

「性的に抑圧され、おいしいゴシップを交換するのが何よりも好きな男たちでぎっしりの、狭苦しい場所なんだぞ」

「だから、教皇宮殿を留守にする週に一度の夜に心臓の弱っていた男が亡くなったことを、あなたは不審に思ったわけだな」

ドナーティは無言だった。

「ほかにもまだあるはずだ」

「ある」ドナーティはアーティチョークをさらに食べながら言った。「まだまだある」

7

〈リストランテ・ピペルノ〉、ローマ

「まず、アルバネーゼ枢機卿からの電話の件がある。教皇専用のチャペルでアルバネーゼが遺体を発見したという時刻から二時間近くたっていた。アルバネーゼが言うには、わたしに何度も電話したが応答がなかったとのこと。わたしは自分の電話をチェックしてみた。着信は一度もなかった」

「隠蔽の証拠とするには弱いな。次は？」

教皇の書斎の状態に不審を覚えた、とドナーティは答えた。鎧戸もカーテンも閉まっていた。デスクには飲みかけの紅茶のカップ。消えたものがひとつ。

「なんだ、それは？」

「手紙。個人的な手紙だ。公式の書簡ではない」

「ルッケージ宛に届いたものか？」

「いや、ルッケージが書いたものだ」

「内容は？」

「教えてもらえなかった」

ドナーティがすべてを正直に語っているのかどうか、ガブリエルは判断しかねた。「手書きだよな、たぶん」

「イエス・キリストの代理者はワープロを使わない」

「誰に宛てた手紙だった？」

「古い友人」

ドナーティは次に、アルバネーゼ枢機卿の案内で教皇の寝室に入った瞬間、どんな光景が待ち受けていたかを説明した。ガブリエルはその場面を、カラヴァッジョが油絵具でカンバスに描きだしたかのように想像した。死せる教皇がベッドに横たわり、三人の高位聖職者が見守っている。カンバスの右手には、闇のなかに沈んでいてほとんど見えないが、教皇の信頼を得ていた平信徒が三人。教皇の侍医、ヴァチカン市国警察長官、スイス衛兵隊司令官。ガブリエルはガッロ医師には一度も会ったことがないが、ロレンツォ・ヴィターレとは面識があり、好感を持っている。アロイス・メッツラーのことはよく知らない。

ガブリエルの心に浮かんでいたカラヴァッジョの絵が溶剤で拭きとられたかのように消えていった。遺体を発見してよそへ移したというアルバネーゼの説明について、ドナーティが詳しく語っていた。

「はっきり言うと、アルバネーゼの説明のなかでうなずける点はそこだけだ。ルッケージはきわめて小柄だったし、アルバネーゼは雄牛のような体格だ」ドナーティはしばらく沈黙した。「もちろん、もうひとつ別の説明もつけられる」

「どんな？」

「ルッケージはチャペルへは行かなかった。書斎のデスクの前で紅茶を飲んでいたときに死亡した。わたしが寝室を出たときにはすでに消えていた。紅茶のことだ。わたしがルッケージの遺体の前で祈りをあげているあいだに、誰かがカップと受け皿を運び去ったのだ」

「検死解剖がおこなわれることはないだろうな」

「イエス・キリストの代理者には――」

「防腐処置は施されたのか？」

「おそらく。ヨハネ・パウロ二世のときは、サン・ピエトロ大聖堂での一般弔問のあいだに遺体が変色してしまった。また、ピウス十二世の例もある」ドナーティの表情がひきつった。「そうなっては大惨事だ。アルバネーゼはいかなる危険も冒したくないと言った。いや、もしかしたら、証拠を隠そうとしたのかもしれない。とにかく、遺体に防腐処置が施されれば、毒物の痕跡を見つけるのははるかに困難になる」

「テレビの法医学ドラマを見るのはぜったいやめたほうがいいぞ、ルイジ」

「わたしはテレビを持っていない」

ガブリエルはしばらく黙りこんだ。「わたしの記憶だと、教皇の居室の外のロッジア（片側に壁がない屋根つきの柱廊）には、防犯カメラが一台も設置されていなかった」

「カメラなどつけたら、プライバシーが守れなくなる。そうだろう?」

「だが、スイス衛兵が警備についていたはずだ」

「つねに」

「すると、誰かが居室に入ったとしたら、その衛兵が姿を見たはずだな?」

「おそらく」

「衛兵に尋ねてみたか?」

「その機会がなかった」

「きみの懸念をロレンツォ・ヴィターレに話してみたかね?」

「話したところで、ロレンツォに何ができる?　殺人の疑いありとして、教皇の死を捜査するのか?」ドナーティの微笑は寛大だった。「きみもヴァチカンであれこれ経験したはずなのに、そんな質問をするとは驚きだ。それに、アルバネーゼが捜査を許可しなかっただろう。自分の説明で強引に押し通そうとしていた。午後十時を二、三分過ぎたころ、専用チャペルで教皇を見つけ、誰の手も借りずに寝室へ運んだというのだ。そのあと、教会で最大の権力を持つ枢機卿三人と協議を重ねつつ、サン・ピエトロ大聖堂の使徒座が空位となったことを公表するまでの一連の手筈《てはず》を整えた。すべては、わたしがかつて愛した女性と遅い夕食をとっていたあいだの出来事だった。アルバネーゼのやり方に異議を唱えれば、わたしは破滅に追いやられる。ヴェロニカもだ」

「信用できる記者にリークしてはどうだ？　サン・ピエトロ広場に何千人も詰めかけているぞ」

「問題が深刻すぎて、ジャーナリストを頼るわけにはいかん。事の真相を突き止めるだけの腕と冷酷さを備えた人物に任せる必要がある。それも早急に」

「例えば、わたしのような？」

ドナーティは何も答えなかった。

「こっちは休暇中なんだ」ガブリエルは抵抗した。「それに、一週間後にはテルアビブに戻る予定だし」

「一週間あれば、ルッケージを殺した犯人をコンクラーベの開始までに突き止めるには充分だ。コンクラーベは事実上すでに始まっている。次期教皇を選出する者たちの大半が聖マルタ館に集められた」聖マルタ館――ラテン語でドムス・サンクタエ・マルタエ――は五階建ての聖職者用宿舎で、ヴァチカン市国の南端にある。「ひとつ断言しておくが、赤い帽子をかぶった枢機卿たちは、ディナーの席で夜毎ゴシップに花を咲かせているわけではない。彼らが列をなしてシスティーナ礼拝堂に入っていき、ドアに錠がおろされる前に、なんとしてもわが主人の殺害事件の背後にいる人間を見つけださねばならない」

「失礼ながら、ルイジ、ルッケージが殺害されたという証拠はどこにもないぞ」

「わたしの知っていることを残らずきみに話したわけではない」

「だったら、いますぐ話してもらおうか」

「消えた手紙はきみに宛てたものだった」ドナーティはしばらく黙りこんだ。「さて、あの晩、教皇の居室の外で警備に立っていたスイス衛兵のことを尋ねてくれ」

「そいつはいまどこにいる？」

「教皇逝去の二、三時間後にヴァチカンを離れた。その後、姿を見た者は一人もいない」

8

〈リストランテ・ピペルノ〉、ローマ

ウェイターたちが前菜の皿を片づけていたとき、広場にふらっと入ってきた男の姿にガブリエルは一瞬注意を奪われた。男はサングラスに黒い帽子で、がっしりした肩の片方にナイロン製のリュックをかけていた。ガブリエルの印象では、北ヨーロッパの人間のようだ。ドイツか、オーストリアか、ひょっとするとスカンジナビアか。男は現在地を確認しようとするかのように、ガブリエルたちのテーブルから数メートル離れたところで足を止めた。ガブリエルはそのあいだに、背中のくぼみに差しこんだベレッタを抜くのに必要な時間を計算した。だが、かわりに電話をとりだし、広場を出ていこうとする男のスナップを撮った。

「では、手紙のことから始めよう」ガブリエルは電話を胸ポケットに戻した。「だが、ルッケージが手紙を書いていた理由は知らないときみが主張した部分については、省くことにしないか?」

「本当に知らないんだ」ドナーティは強く言った。「だが、しいて推測するなら、秘密文書館で見つかった何かに関係がありそうだ」

ヴァチカン秘密文書館というのは、宗教とヴァチカン市国の両方に関係する教皇所有の文書を保管するための集中管理庫である。ベルヴェデーレ宮殿内にあるヴァチカン図書館にも近く、約八十五メートルも続く書庫となっていて、書棚の多くは補強された地下室に並んでいる。数多くの貴重な文書のひとつに、デケト・ロマーヌム・ポンティフィケムがある。レオ十世が一五二一年に出したローマ教皇回勅で、厄介なドイツの聖職者であり神学者でもあったマルティン・ルターへの破門状である。ここはまた、教会の恥となる文書が最後にたどり着く休息所でもある。ルッケージが教皇になったばかりのころ、ガブリエルはドナーティと教皇に協力して、第二次世界大戦中の教皇ピウス十二世の行動を記した外交文書並びにその他の文書の公開に漕《こ》ぎつけた。あの戦争で六百万のユダヤ人が組織的に殺害され、カトリック教徒が手を下したこともしばしばあったのに、教皇庁から抗議の言葉はほとんど出なかった。

「秘密文書館は教皇の個人財産とみなされている」ドナーティは話を続けた。「つまり、教皇が見たいと思えば、どのような文書でも見ることができる。教皇の個人秘書のほうは、そうはいかない。じつを言うと、ルッケージが目を通している文書がどういう性質のものなのか、わたしには教えてもらえないこともしばしばあった」

「ルッケージはどこで目を通していたんだ？」

「文書館長官が教皇の居室に文書を届けたこともある。だが、文書がひどく脆《もろ》い場合や、扱いに繊細さを要する場合は、ルッケージが館内の特別室へ出向き、ドアのすぐ外に長官を立たせておいて、文書に目を通したものだった。長官のことはきみもたぶん聞いていると思う。名前は――」

「ドメニコ・アルバネーゼ枢機卿」

ドナーティはうなずいた。

「すると、アルバネーゼは教皇がどの文書に目を通したかを、残らず知っていたわけだな？」

「そうとも限らない」ヘビースモーカーのドナーティは優美な金色のケースから煙草《たばこ》を一本とりだし、ケースの蓋に軽く打ちつけてから、おそろいの金色のライターで火をつけた。「きみも覚えていると思うが、ルッケージはこのところ深刻な睡眠障害に悩まされていた。毎晩同じ時刻に、そうだな、十時半ごろにベッドに入るんだが、そのまま眠りにつくことはめったになかった。ときたま秘密文書館へ出向き、夜中に文書を読んでいたようだ」

「夜の夜中にどうやって文書を見つけだすんだ？」

「秘密の助けがあったようだ」ドナーティの視線がガブリエルの肩越しに見える何かに釘付けになった。「おや、あの人は――」

「うん、そうだ」

「こっちに来ればいいのに」

「忙しいから」

「きみの背中を見つめるので忙しい？」

「ついでに、あなたの背中も」ガブリエルは行方知れずのスイス衛兵のことを尋ねた。

「名前はニクラウス・ヤンソン。先日、二年の任期を終えたのだが、わたしから頼みこんであと一年残ることを承知してもらった」

「気に入っていたのか？」

「信頼していた。そちらのほうがはるかに大切だ」

「ヤンソンの勤務記録に何か汚点は？」

「門限破りが二回」

「二回目はいつだった？」

「教皇が亡くなる一週間前だ。友達と出かけていて時間を忘れてしまったと言っていた。メッツラーから、慣例となっている罰を与えられた」

「どんな罰だ？」

「兵舎の中庭で鎧の胸当ての錆《さび》落としをするとか、かつての処刑台の上で古くなった制服を切り刻むとか。衛兵たちはその台を〝シャイトシュトック〟と呼んでいる」

「ニクラウス・ヤンソンの姿がないことに気づいたのはいつだ？」

「教皇逝去の二日後、わたしは、大聖堂での一般弔問のあいだ遺体を警護すべく選ばれた衛兵のなかに、ニクラウスが含まれていないことを知った。彼が除外された理由をアロイス・メッツラーに尋ねたところ、行方不明だと言われて驚愕した」

「行方不明についてメッツラーはどう説明した？」

「教皇の死でニクラウスが悲嘆に暮れていたそうだ。率直に言って、メッツラーには、ニクラウスの身をとくに心配している様子はなかった。ついでに言うなら、カメルレンゴもだ」ドナーティは灰皿の縁で苛立たしげに煙草を叩いた。「なにしろ、やつは全世界にテレビ中継される葬儀の準備をしている最中だったから」

「ヤンソンに関してきみがほかに知っていることは？」

「衛兵仲間から〝聖ニクラウス〟と呼ばれていたことぐらいかな。前に本人から聞いたのだが、聖職者になることも一時期考えていたそうだ。スイスで兵役を終えたあと、ヴァチカンの衛兵隊に入った。知ってのとおり、あの国はいまでも国民皆兵制だ」

「出身地は？」

「フリブール州の小さな村。カトリック教徒の多い州だ。そこに好きな女がいる。たぶん、婚約者だろう。名前はシュテファニ・ホフマン。教皇が亡くなった翌日、メッツラーが彼女に連絡をした。わたしの知るかぎりでは、ニクラウスの居所を突き止めるためにメッツラーがとった行動はそれだけだった」ドナーティは言葉を切った。「きみならたぶん、もっとうまくやれるだろう」

「何を？」

「もちろん、ニクラウス・ヤンソンを見つけることだ。きみのような地位にいる者にとって、そう困難なことではないと思う。さまざまな捜索手段を駆使できるはずだ」

「まあな。だが、行方不明のスイス衛兵を見つけるのに使うわけにはいかん」

「なぜだ？　あの夜何が起きたのかをニクラウスは知っているのだぞ。間違いない」

あの夜何かが起きたのかどうか、ガブリエルにはまだ判断がつかなかった。わかっているのは、心臓の弱っていた老人が、ガブリエルが尊敬していた大好きな人が、専用のチャペルで祈っていたときに亡くなったということだけだ。とはいえ、不審な点が多くてさらなる調査が必要であることは、ガブリエルも認めるしかなかった。第一にすべきはニクラウス・ヤンソンの居所を突き止めることだ。ドナーティを安心させるためだけにでも、ヤンソンを見つけなくてはならない。それに、ガブリエル自身も安心したかった。

「ヤンソンの携帯番号は知っているか？」ガブリエルは尋ねた。

「いや、残念ながら」

「スイス衛兵の兵舎にコンピュータ・ネットワークはあるのか？　それとも、いまだに羊皮紙を使っているとか？」

「二年ほど前にコンピュータ化している」

「大きな間違いだ。羊皮紙のほうがはるかに安全なのに」

「スイス衛兵隊のコンピュータ・ネットワークをハッキングするつもりか？」

「もちろん、あなたの承認を得たうえで」

「それは差し控えたい。申しわけないが」

「いかにもイエズス会士らしい答弁だ」

ドナーティは微笑しただけで、何も言わなかった。

「教皇庁に戻って二日ほどおとなしくしていてくれ。何かわかったら、こっちから連絡する」

「なあ、きみとキアラが今晩空いていないかと思ってたんだが」

「ヴェネツィアに戻る予定だ」

「なんとか滞在を延ばしてもらえないかな？　ボルゲーゼ公園の近くにちょっとした場所があるので、そこで食事をどうかと思ってね」

「ほかにも誰か一緒かい？」

「古い友人が一人」

「あなたの？　それとも、わたしの？」

「じつは、われわれ両方の友人だ」

　ガブリエルは躊躇《ちゆうちよ》した。「いい考えだとは思えない、ルイジ。わたしは彼女とあれ以来一度も――」

「彼女の提案なんだ。きみ、住所は覚えているね？　食前酒は八時に」

9

〈カフェ・グレコ〉、ローマ

「ねえ、どう思う?」キアラが訊いた。

「ここの暮らしにすぐまた馴染めるのは間違いない」

二人が腰を下ろしているのは〈カフェ・グレコ〉の優美な店内だった。小さな丸テーブルの下に高級店のショッピング・バッグがいくつも置いてある。夕方からコンドッティ通りを歩きまわって散財した成果だ。ガブリエルたちは着替えを持たずにヴェネツィアからローマにやってきた。二人ともヴェロニカ・マルケーゼの豪邸でのディナーにふさわしい装いが必要だった。

「わたしが訊こうとしたのは――」

ガブリエルは優しく彼女の言葉を遮った。「何を訊こうとしたかはわかっている」

「それで?」

「すべて簡単に説明のつくことだ」

キアラは見るからに納得できない様子だった。「まず、電話の件から」

「よし」

「アルバネーゼがドナーティに電話で連絡するのが、なぜそんなに遅れたの？」

「教皇の死はアルバネーゼがスポットライトを浴びるチャンスだったから、ドナーティに邪魔されたり、自分の決断にケチをつけられたりするのを避けたかったんだろう」

「肥大したエゴに負けたってこと？」

「権力の座につくと、ほぼすべての者がそうなる」

「あなたは例外ね、もちろん」

「言うまでもない」

「でも、アルバネーゼはどうして一人で勝手に遺体を動かしたのかしら。それから、なぜ書斎のカーテンと鎧戸を閉めたの？」

「本人が言ったとおりの理由からだろう」

「じゃ、ティーカップは？」

ガブリエルは肩をすくめた。「たぶん、家事を担当している修道女の一人が片づけただけさ」

「ルッケージのデスクにのっていた手紙も修道女が片づけたの？」

「手紙か……」ガブリエルは降参した。「説明がつかない」

「行方をくらましたスイス衛兵の件と同じようにね」ウェイターが二人分のコーヒーと生クリームたっぷりのローマふうフルーツタルトを運んできた。キアラはフォークを手にしてためらった。「今回の休暇で、少なくとも三キロは増えてるわ」

「気がつかなかった」

キアラは彼に羨望の視線を向けた。「あなた、百グラムだって増えてないわね。ぜったい太らない人なんだから」

「ティントレットに感謝しないと」

キアラはタルトをガブリエルのほうへ押しやった。「あなたが食べて」

「きみが注文したんだぞ」

キアラは生クリームにのっている苺の薄切りを食べた。「八二〇〇部隊がヤンソンの電話番号を突き止めるのにどれぐらいかかると思う?」

「ヴァチカンのネットワークの脆弱《ぜいじゃく》さからすると、五分きっかりというところかな。番号がわかれば、居場所を特定するのに長くはかからないだろう」ガブリエルはタルトをキアラのほうへ少しずつ押し戻した。「そのあと、われわれはヴェネツィアに帰って休暇の続きを楽しむことができる」

「電話が電源を切られていたり、テヴェレ川の底に沈んだりしてたら?」キアラは声をひそめた。「あるいは、犯人の手ですでに殺されてたら?」

「ヤンソンが？」

「ええ、もちろん」

「じゃ、犯人というのは？」

「教皇を殺したのと同じ人物」

ガブリエルは眉をひそめた。「殺人かどうか、まだわからないんだぞ、キアラ」

「あら、とっくにわかってるじゃない、ダーリン」キアラはタルトを少し切り、生クリームと底のタルト生地までフォークを突き刺した。「正直に白状すると、今夜のディナーが楽しみだわ」

「わたしもそう言えればいいんだが」

「何を心配してるの？」

「会話がぎこちなく中断すること」

「あのね、ガブリエル、あなたがカルロ・マルケーゼを殺したわけじゃないのよ」

「手すりから転落するのを防ごうとしなかった」

「ヴェロニカがその話を出してくることは、たぶんないと思うわ」

「もちろん、わたしから出すつもりもない」

キアラは微笑して店内を見まわした。「普通の人たちは休暇に何をすると思う？」

「われわれも普通だよ、キアラ。ただ、興味深い友人たちがいるだけだ」

「興味深い問題を抱えた人たちがね」

ガブリエルはタルトに自分のフォークを突き刺した。「それもある」

スペイン階段をのぼったところに〈オフィス〉の古い隠れ家がある。トリニタ・デイ・モンティ教会からもそう遠くない。ハウスキーピング課のほうで食料を補充しておく時間がなかった。それは別にかまわない。ガブリエルも長く滞在するつもりはない。

二人は寝室でショッピング・バッグの中身を出した。ガブリエルが立ち寄った店は〈ジョルジオ・アルマーニ〉だけで、そこで夜の装いを手早くそろえた。キアラは自分の好みにもっとこだわるほうだった。〈マックス・マーラ〉でストラップレスの黒のカクテルドレス、〈バーバリー〉で七分丈のコート、〈フェラガモ〉でおしゃれな黒のパンプス。そして、ガブリエルはいま、〈ミキモト〉の真珠のネックレスを差しだしてキアラを驚かせた。

満面の笑みを浮かべて、キアラは尋ねた。「どうしてこんなすてきなプレゼントを?」

「きみはイスラエル諜報機関の長官の妻であり、二人の幼い子供の母親だ。せめてこれぐらいはさせてほしい」

「大運河に面したアパートメントのことを忘れてしまったの?」キアラは真珠のネックレスを着けてみた。美貌が際立った。「いかが?」

「わたしは世界でいちばん幸福な男だと思う」カクテルドレスがベッドに広げてあった。

「それ、ネグリジェかい？」

「変なこと言わないで」

「武器をどこに隠す気だ？」

「持っていくつもりはなかったわ」キアラは彼をドアのほうへ押しやった。「出てって」

ガブリエルはリビングへ行った。狭いテラスに出ると、下の広場へ向かってゆるやかに傾斜するスペイン階段が、そして遠くには、ライトアップされてヴァチカンの上に浮かんでいるドームが見えた。不意に声が響いた。カルロ・マルケーゼの声だった。

〝これはどういうことだ、アロン？〟

〝審判だ、カルロ〟

落下の衝撃で、カルロの身体はメロンのようにざっくり割れた。しかしながら、ガブリエルがもっとも鮮明に覚えているのはドナーティのカソックについた血だった。ドナーティはカルロの死をヴェロニカにどう説明したのだろう？　今夜は興味深い夜になりそうだ。

部屋に戻った。となりの部屋から、着替えながらハミングするキアラの声が聞こえてきた。彼女が大好きな他愛ないイタリアのポップスだ。カルロ・マルケーゼの声よりキアラの歌声のほうがずっといい。いつものように、ガブリエルの胸に満ち足りた思いがあふれた。人生の旅路が終わりに近づきつつある。キアラと子供たちは必死に生き延びてきた彼への褒美だ。とはいえ、前妻リーアの存在が彼の脳裏を去ることはけっしてない。いまもリーアが部屋の隅の暗がりから彼を見つめている。火傷《やけど》を負い、骨折し、傷だらけの手で命なき子を抱きしめて――ガブリエルのひそかな〝ピエタ〟だ。〝あなた、その人を愛してるの?〟。愛している、とガブリエルは思った。キアラのすべてを愛している。雑誌のページをめくるときに指をなめる姿も。コンドッティ通りを歩きながらハンドバッグをふる姿も。誰にも聞かれていないと思ったときにハミングする姿も。

テレビをつけた。チャンネルはBBCになっていた。驚いたことに、ベルリンの爆弾テロで死者はこれまで一人も出ていない。もっとも、負傷者が十二人いて、そのうち四人が重傷だ。極右の国民民主党党首のアクセル・ブリュナーは、テロが起きたのはドイツ連邦の中道派首相がとってきた移民受け入れ政策のせいだと非難している。ネオナチとその他の極右過激派の連中が松明《たいまつ》デモをおこなうためにライプツィヒの街に集合している。連邦警察は暴動の夜に備えて厳戒態勢をとっている。

ガブリエルはCNNにチャンネルを替えた。CNNが誇る外交問題担当の女性記者がサン・ピエトロ広場から生中継をおこなっていた。彼女もライバル局の記者たちと同じく、教皇が亡くなった夜、イスラエルの秘密諜報機関の長官に宛てた手紙が不可解にも教皇の書斎から消えたという事実を知らずにいた。あるいは、教皇居室のドアの外で警備に当たっていたスイス衛兵が姿を消したことも。ニクラウス・ヤンソンの電話の電源が入っていて信号を発しているなら、八二〇〇部隊のサイバー戦士たちが見つけだしてくれるはずだ。

たぶん、今夜のうちに。

　キアラがリビングに入ってきたので、ガブリエルはテレビを消した。ゆっくり時間をかけて彼女の姿に見入った——真珠、ストラップレスの黒いドレス、パンプス。名画のようだ。

「どうしたの？」ついにキアラが訊いた。

「その姿、まるで……」ガブリエルは口ごもった。

「二人の子供の母親で、四キロも増えた女のようだと？」

「たしか三キロって言ったと思うが」

「いま、バスルームの体重計に乗ったばかりなの」キアラはバスルームのドアのほうを示した。「はい、ご自由にお使いください」

　ガブリエルは手早くシャワーと着替えをすませた。二人で一階に下りて、待っていた大使館差しまわしの車のリアシートに乗りこんだ。ヴェネト通りを走っていたとき、ガブリエルの電話が振動して、キング・サウル通りからのメッセージの着信を知らせた。

「なんだったの？」

「八二〇〇部隊がスイス衛兵隊のコンピュータ・ネットワークの外壁を突破した。ヤンソンの人事ファイルと連絡先のデータベースを調べているところだ」

「すでに削除されてたら？」

「誰の手で?」

「教皇を殺害した犯人よ、もちろん」

「殺人かどうか、まだわからないんだぞ、キアラ」

「ええ、そうね」キアラはうなずいた。「でも、もうじきわかるわ」

10

聖マルタ館

　ふだんなら、スイス衛兵が聖マルタ館の外で警備に立つことはない。しかし、この夜は八時十五分に二人の衛兵が警備をしていた。目下、この聖職者用宿舎には遠方から来た者を中心として、数十人の枢機卿が滞在している。コンクラーベ開始の前夜に残りの有権枢機卿たちも加わる予定だ。それ以降、聖マルタ館に出入りできるのは、ここで働くスタッフ――聖ヴィンセンシオ・ア・パウロの愛徳姉妹会からやってきた修道女たち――だけになる。いまのところは、選ばれた少数の者だけが自由な出入りを許されていて、聖ヘレナ修道会の総長ハンス・リヒター司教もその一人だ。ドメニコ・アルバネーゼ大司教がヴァチカン市国を動かす力を握ったおかげで、長きにわたっていたリヒター司教の亡命生活もついに終わりを告げたと言えよう。

　スイス衛兵の一人がガラス扉をあけて支えていたので、リヒターは右手を上げて祝福を与え、それから館に入った。光り輝く白いロビーには何カ国もの言葉がざわざわと響きわたっていた。この日の午後、枢機卿団のメンバー二百二十五人が集まり、教会の将来について討議をおこなった。いまは聖マルタ館の簡素なダイニングルームで夕食をとる前に、ロビーで白ワインとカナッペを口にしている。コンクラーベに参加できるのは八十歳以下の大司教百十六名のみ、と使徒憲章に定められている。高齢の名誉枢機卿たちが今夜のような非公式の集まりの場で自分の好みを述べることもある。つまり、コンクラーベを前にして、早くも本格的な駆引きが始まっているわけだ。

　リヒターはよく知られた伝統派の枢機卿二人の挨拶に控えめに会釈を返し、ケヴィン・ブレイディ大司教の氷のような視線には無視を決めこんだ。ブレイディはロサンゼルスからやってきたリベラル派の獅子《しし》のような男で、鏡で自分を見るたびに、これぞ次の教皇だと思っている。第三世界の偉大なる希望の星と言われるマニラ出身の小柄なドゥアルテと、ひそかに気脈を通じている。ナバロ枢機卿は自信満々で、早くも教皇の座を手にしたかのような態度だ。ゴベールはリヨンから来たヴィリエと手を組んでいて、簡単に敗北するつもりはないように見える。

　このなかの誰にも勝ち目がないことを知っているのはハンス・リヒター司教だけだった。次期教皇はいまこの瞬間、受付デスクのそばに立っている。肥大したエゴと無限の野心に満ちたサロンのなかでは補欠のような存在だ。彼に枢機卿の赤い帽子を授けたのは、ほかならぬピエトロ・ルッケージだった。彼のことを誤解して穏健派だと思いこんでしまったからだ。だが、本当の彼はけっして穏健派ではなかった。ヴァチカン銀行の千二百万ユーロも含めて世界じゅうの銀行口座にひそかに預けられていた五千万ユーロは、コンクラーベで彼が選出されるのを確実にするために使われた。教皇の座を金で買うのに必要な莫大《ばくだい》な資金を用意するのは、今回の計画のなかでいちばん簡単な部分だった。財政破綻に瀕《ひん》している教会の大部分の組織と違って、聖ヘレナ修道会は潤沢な資金に恵まれている。

ドメニコ・アルバネーゼ枢機卿が、枢機卿団の首席枢機卿であるアンジェロ・フランコーナの耳に何やらささやきかけていた。リヒターに気づいて、アルバネーゼは毛深い肉厚の手で差し招いた。リベラル派の代表ともいうべきフランコーナはその場でまわれ右をして逃げだした。

「あの方の気分を害するようなことを、わたしが何かしたのだろうか？」リヒターは教皇庁で使われている完璧なイタリア語で尋ねた。

「フランコーナ枢機卿は司教さまの存在そのものに気分を害しているのでしょう」アルバネーゼはリヒターの腕をとった。「話はわたしの部屋でしたほうがよさそうです」

「早くもこちらに越してきたなどとは言わないでくれ」

アルバネーゼは渋い顔をした。秘密文書館長官として、ヴァチカン美術館の〈石碑のギャラリー〉の上の階に贅沢《ぜいたく》な部屋を与えられている身だ。「こちらの部屋はコンクラーベ開始までの執務室として使っているに過ぎません」

「運がよければ」リヒターは静かに言った。「きみはここに長く足止めされずにすむだろう」

「メディアは改革派と保守派の熾烈な戦いを予想しています」

「ほう?」

「投票は七回に及ぶだろうというのがおおかたの意見です」

ブルーの衣をまとった修道女がリヒターにワインのグラスを差しだした。リヒターはそれを断わり、アルバネーゼのあとについてエレベーターのほうへ向かった。エレベーターが来るのを待つあいだ、サロンの連中の視線が背中に突き刺さり、穴があくような気がした。ようやくエレベーターが来ると、アルバネーゼが五階のボタンを押した。リオ・デ・ジャネイロから来たおしゃべりなロペスが強引に乗りこんでくる前に、幸いにも扉が閉まった。

ゆっくりと上昇するエレベーターのなかで、リヒター司教は必要もないのに、紫色で縁どりされたカソックの乱れを直した。チューリッヒの高級紳士服専門店で誂《あつら》えたカソックは彼の身体にぴったり合っている。七十四歳になるいまも堂々たる体格を誇っている。長身、がっしりした肩、鉄灰色の髪、体格にふさわしい凛《りん》とした顔つき。

リヒターはエレベーターの扉に映るアルバネーゼの姿に目を向けた。「今夜のメニューは何かな?」

「何が出るにしても、火を通しすぎたものばかりでしょう」アルバネーゼは品のない微笑を浮かべた。

赤い縁どりのカソックを着ていても、臨時雇いの使用人のようにしか見えない。「コンクラーベに実質的に関わる必要がなくて、ご自分のことを幸運だと思ってください」

ローマ・カトリック教会の専門用語で言うなら、聖ヘレナ修道会はいずれの司教区にも属さない独立高位区である——だが、じっさいには、境界線のないグローバルな教区だ。修道会の総長であるリヒターに与えられた身分は司教だが、彼自身はローマ・カトリック教会で最大の権力を持つ者の一人である。数十人の枢機卿がひそかに聖ヘレナ修道会のメンバーになっていて、リヒターの指示に全面的に従うことを義務づけられている。ドメニコ・アルバネーゼ枢機卿もその一人だ。

エレベーターの扉が開いた。アルバネーゼはリヒター司教の先に立って無人の廊下を歩いた。二人が入った部屋は真っ暗だった。アルバネーゼが照明をつけた。

リヒターは周囲を見まわした。「贅沢な続き部屋を確保したものだな」

「部屋はくじ引きで決まるのです、閣下」

「運のいい人だ」

リヒター司教が右手を差しだし、手首をわずかに曲げた。アルバネーゼは床に膝を突いてリヒターの薬指の指輪に唇をつけた。アルバネーゼが先日教皇の居室から運び去った

〝漁師の指輪〟とそっくりの大きさだ。

「リヒター司教、あなたへの永遠の従属を誓います」

リヒターは手をひっこめ、ポケットに入れてある消毒剤の小瓶に手を伸ばしたい衝動をこらえた。細菌恐怖症なのだ。アルバネーゼを見るたびに、保菌者のような印象を受ける。

窓辺へ行き、薄く透けるカーテンをあけた。この部屋は宿舎の片側にあって、聖マルタ広場と大聖堂のファサードを見渡すことができる。ライトアップされたドームが輝いている。イスラム過激派のテロ攻撃で受けた傷はすっかり癒えたようだ。聖母教会についても同じことが言えればいいのだが。いまは見る影もなく変わり果て、瀕死《ひんし》の状態でかろうじて呼吸しているようなものだ。

ハンス・リヒター司教はローマ・カトリック教会の救世主になろうと以前から決めていた。ルッケージの腹立たしい任期が終わるまでじっと待ち、そののちに自分の計画を実行に移すつもりだった。ところが、ルッケージのせいでリヒター自身が手を下すしかなくなった。悪いのはルッケージだ、自分ではない、と自らに言い聞かせた。しかも、神はしばらく前からルッケージを天に召そうとしておられた。リヒターから見れば、〝アクシデント教皇〟のためにお決まりの列聖式のプロセスを早めてやったに過ぎない。

雷鳴のごときトイレの水音にリヒターの思いは妨げられた。アルバネーゼが大きな手をタオルで拭きながらトイレから出てきた――溝掘り作業員のようだとリヒターは思った。

こんな男が教皇の有力候補のつもりでいるのだから呆《あき》れたものだ。教皇といっても、結局はリヒターの操り人形となるだけだが。アルバネーゼはけっして知の巨人ではないが、教皇庁の内部で巧みに立ちまわって、重大な任務をふたつ遂行した。カメルレンゴとして、ルッケージの遺体を教皇宮殿の居室からサン・ピエトロ大聖堂の地下墓所へスキャンダルに見舞われることなく移した。また、過ちを犯したことのある枢機卿の人事ファイルをヴァチカン秘密文書館から何人分か持ちだして、リヒターに渡してくれた。コンクラーベの準備をするうえで、これがきわめて貴重な資料となった。その褒美として、アルバネーゼはもうじき国務省長官に就任する。教皇庁で二番目に大きな権力をふるえる地位だ。

アルバネーゼはあばたのある顔を拭いてから、タオルを椅子の背にかけた。「僭越《せんえつ》ながら、リヒター司教さま、今夜ここに来たのが賢明なことだと思われますか？」

「階下にいる枢機卿の多くがわたしのおかげで大金持ちになったことを忘れたのかね？」

「だったらなおさら、コンクラーベが終わるまで目立たないようにしていただかなくては。フランコーナやケヴィン・ブレイディのような連中がこの瞬間に何を言っているか、容易に想像がつきます」

「われわれからすれば、フランコーナやブレイディなど問題ではない」

アルバネーゼが簡素な木製のアームチェアに腰を下ろすと、その重みで椅子がうめいた。

「ヤンソンの行方はわかったのですか？」

リヒターは首を横にふった。

「あの晩、ヤンソンは悲嘆に暮れていました。自らの命を絶つかもしれません」

「われわれにとっては大いなる幸運だ」

「本気ではないでしょうな、閣下。ヤンソンが自殺すれば、彼の魂が由々《ゆゆ》しき危険にさらされることになります」

「すでにさらされておる」

「わたしの魂もです」アルバネーゼは静かに言った。

リヒターはアルバネーゼのがっしりした肩に手を置いた。「きみの行為にはわたしが赦免を与えたではないか、ドメニコ。きみの魂は神の恩寵《おんちょう》に包まれている」

「では、司教さまの魂は？」

リヒターは手をはずした。「あと二、三日で教会はわれわれの意のままになることがわかっているから、わたしは夜もぐっすり眠ることができる。相手が何者であれ、われわれの邪魔をすることは許さない。そこにはフリブール州から来た農家出身の可愛い坊やも含まれる」

「でしたら、やつを早く見つけるよう提案します。早ければ早いほどいい」

リヒター司教は冷たく微笑した。「きみはそういうたぐいの鋭利かつ分析的思考法を国務省に持ちこむつもりかね？」

アルバネーゼは総長の叱責に無言で耐えた。

「安心するがいい」リヒター司教は言った。「ヤンソンを見つけるために、修道会のほうでありとあらゆる手段を講じている。ただ、困ったことに、ヤンソンを捜しているのがわれわれだけではなくなってしまった。ドナーティ大司教も捜索に加わったようだ」

「われわれにヤンソンを見つけることができないなら、ドナーティにどれほどの希望があるというのです？」

「ドナーティは希望よりはるかに価値あるものを持っている」

「なんですか？」

リヒター司教は大聖堂のドームを見つめた。「ガブリエル・アロンだ」

11

サルデーニャ通り、ローマ

その豪邸は大使館や政府の省庁とよく間違えられる。頑丈な鋼鉄製のフェンスに囲まれ、防犯カメラが外に向けて何台も設置されているからだ。バロック様式の噴水が前庭でしぶきを上げていたが、かつて玄関ホールを飾っていた二千年前のローマ時代のものである冥府の神プルートーの彫像は見当たらなかった。かわりに、国立ヴィッラ・ジュリア・エトルスコ博物館の館長、ヴェロニカ・マルケーゼ博士が立っていた。洗練された黒のパンツスーツ、首には幅の広い金のチョーカー。黒髪はうしろへ流し、うなじでまとめてバレッタで留めてある。フォックス型のフレームの眼鏡がかすかに学者っぽい雰囲気を醸しだしている。

ヴェロニカ・マルケーゼは笑みを浮かべて、キアラの左右の頬にキスをした。ガブリエルには用心深く手を差しだしただけだった。「アロン長官。お越しいただけてとても喜んでおります。もっと前にお招きしなかったことが残念でなりません」

和やかな雰囲気になったところで、ヴェロニカはイタリアの巨匠の絵画がかかっているギャラリーへ二人を案内した。美術館に展示するにふさわしい名画ばかりだ。いまは亡きヴェロニカの夫が蒐集《しゅうしゅう》していた絵画のごく一部に過ぎない。

「ご覧のとおり、あなたが前回いらしたあとで少し模様替えをしました」

「春の大掃除ですか？」ガブリエルは尋ねた。

ヴェロニカは笑った。「そんなところかしら」

かつてギャラリーに並んでいた古代ギリシャとローマ時代のみごとな彫像は姿を消していた。カルロ・マルケーゼが築きあげたビジネス帝国はほぼすべてが違法なもので、盗掘された古代遺物の活発な国際取引もそこに含まれていた。主な取引相手のひとつがレバノンのイスラム過激派組織ヒズボラで、レバノン、シリア、イラクで出土した品々をひっきりなしにカルロのもとに送ってきていた。カルロはそれとひきかえにヒズボラの金庫を国際通貨で満たし、ヒズボラはそれを使って武器を購入し、テロ活動の資金にしていた。ガブリエルがヒズボラのネットワークを破滅に追いやった。次に、神殿の山の地下五十メートルの深さで驚愕すべき考古学上の発見をしたあと、カルロを破滅に追いやった。

「夫が亡くなって数カ月たってから」ヴェロニカ・マルケーゼが説明した。「夫のコレクションをひそかに処分したのです。エトルリアの出土品はわたしの博物館に寄贈しました。もともと、そこに置くべき品でしたから。大部分はいまも倉庫に保管されたままですが、ごく一部が展示されています。言うまでもなく、展示品に添える解説カードには出所はいっさい記されておりません」

「エトルリア以外の品々は？」

「あなたのお友達のフェラーリ将軍が親切な方で、わたしのかわりに処分をひきうけてくださいました。極秘で。あの方にしては珍しいことね。世間の注目を浴びるのが好きな方なのに」ヴェロニカは心からの感謝をこめてガブリエルを見た。「あなたに感謝しなくてはなりません。夫が盗掘遺物の国際取引の中心人物だったことが世間に知られれば、わたしのキャリアは破滅に追いこまれていたでしょうから」

「誰にでも秘密はあるものです」

「ええ」ヴェロニカは遠くへ思いを馳《は》せるような声で言った。「そうでしょうね」

格調高い客間でヴェロニカ・マルケーゼのもうひとつの秘密が待っていた。それはカソックをまとった男性だった。室内には柔らかな音楽が流れていた。メンデルスゾーンのピアノ三重奏曲第一番ニ短調。抑えつけた情熱を表現した曲。

ドナーティがプロセッコの栓を抜き、四つのグラスに注いだ。

「聖職者にしてはなかなか上手だ」ガブリエルは言った。

「わたしは大司教だぞ。覚えているね？」

ドナーティはグラスのひとつを、ヴェロニカが腰を下ろしたブロケード織りの椅子まで持っていった。人間行動の観察の訓練を積んでいるガブリエルは、親密なしぐさを目にすればすぐにぴんと来る。ここはヴェロニカの屋敷の客間なのに、ドナーティは見るからにくつろいでいる様子だ。カソックを着ていなければ、初対面の人間は彼のことを屋敷の主だと思うかもしれない。

ドナーティはヴェロニカの横の椅子にすわり、そのあとにぎこちない沈黙が続いた。招かれざるディナーの客のごとく、過去が割りこんできていた。ガブリエルはヴェロニカ・マルケーゼと最後に会ったときのことを思いだしていた。場所はシスティーナ礼拝堂。ミケランジェロの《最後の審判》の前に二人きりで立っていた。ヴェロニカはそのとき、ピエトロ・ルッケージの指から〝漁師の指輪〟が最後にはずされたあとでどんな人生がドナーティを待ち受けているかを、ガブリエルに語って聞かせていた。教皇庁立の大学で教鞭《きょうべん》をとり、やがて、年老いた聖職者のための介護施設に入る。〝とても孤独よ。恐ろしいほど寂しくて孤独……〟。ガブリエルはふと、夫を亡くして自由な立場となったヴェロニカには別の夢があるのかもしれないと思った。

かなり時間がたってから、ヴェロニカがキアラのドレスと真珠を褒めた。次に子供たちのこととヴェネツィアのことを尋ね、それから、かつて文明世界の中心だったローマが呈している惨状を嘆いた。

「最近は国じゅうがこの話題ばかりよ。市内の通りの八割は修理されてなくて穴だらけだから、車を走らせるのが、いえ、歩くのだって危なくてしようがない。子供たちは教科書のカバンにトイレットペーパーを詰めていく。学校のトイレにはペーパーがないから。市内バスは、やってくるとしても遅れてばかり。この前は、乗降者数の多い地下鉄駅のエスカレーターで観光客の足が切断される事故があったわ。それから、大型ゴミ容器は中身があふれそうだし、収集されないゴミの山がいくつもできている。この街でいちばん人気の高いウェブサイトは〝ローマ・ファ・スキーフォ〟。つまり〝ローマは醜悪〟ってサイトよ。

この嘆かわしい現状は誰の責任なの？　数年前、ローマ市の主任検察官の調査によって、マフィアがローマの市政を牛耳り、市の財源を着実に枯渇させていることが明らかになった。マフィアの所有する会社がゴミ収集の仕事を請け負った。会社はもちろん、ゴミ収集などしようとしない。経費がかかるばかりで、利益が減ってしまうから。道路の修理も同じよ。なぜわざわざ穴ぼこを修理しなきゃいけないのか？　修理には金がかかるのに」ヴェロニカはそう言って、ゆっくりと首を横にふった。「マフィアはイタリアの災いのもとだわ」それから、ガブリエルにちらっと目を向けてつけくわえた。「わたしの災いのもとでもあったし」

「サヴィアーノが首相になったからには、さぞかしすべてがよくなることでしょう」

ヴェロニカは顔をしかめた。「わたしたちって過去から何も学んでないの？」

「そのようです」

ヴェロニカはため息をついた。「しばらく前に、サヴィアーノが博物館の視察にやってきたのよ。煽動が得意な政治家の例に漏れず、うっとりするほど魅力的だった。サヴィアーノがどうしてヴェネト通りに近い豪邸で暮らす人々以外のイタリア国民に支持されてるのか、よくわかる気がするわ」ヴェロニカはドナーティの腕に一瞬だけ手をかけた。「あと、ヴァチカンの城壁の内側で暮らす人々も除いて。移民を擁護し、極右勢力の台頭がもたらす危険について警告する教皇を、サヴィアーノは嫌悪していた。教皇に仕える極左の個人秘書によって画策された露骨な挑戦だと思っているの」

「そうなのかい？」ガブリエルは尋ねた。

ドナーティは考えこむ様子でワインをひと口飲み、それから答えた。「かつて極右勢力がイタリアとドイツで政権を手にしたとき、教会は沈黙を通した。それどころか、教皇庁内部の権力者たちはファシズムとナチズムの台頭を支持していた。ムッソリーニとヒトラーのことを、カトリック信仰に真っ向から敵意をぶつけてくるソ連共産主義への防壁とみなしていたのだ。教皇とわたしは、今度こそ同じ過ちを犯してはならないと決心した」

「そして、いま」ヴェロニカ・マルケーゼが言った。「教皇は亡くなり、スイス衛兵が姿を消した」ガブリエルに目を向けた。「ルイジの話では、スイス衛兵の行方捜しをひきうけてくださったそうね」

ガブリエルがドナーティに渋い顔を向けると、ドナーティは急に、しみひとつないカソックから糸くずを払いはじめた。

「軽率なことを申しあげたかしら?」ヴェロニカが尋ねた。

「いえ。軽率なのは大司教です」

「この人に腹を立てるのはやめて。教皇宮殿という金ぴかの檻のなかで送る人生は世間から隔絶したものだわ。世俗的な事柄に関して、大司教がわたしのアドバイスを求めることがしばしばあるのよ。あなたもご存じのように、わたしはローマの政界と社会にかなり強いコネを持っています。そういう立場の女はあらゆることを耳にするものなの」

「例えば?」

「いろんな噂とか」

「どのような噂です?」

「ハンサムな若いスイス衛兵が、ゲイの集まるナイトクラブで教皇庁の聖職者と一緒にいるところを見られたとか。ドナーティ大司教に伝えたら、証拠のない非難は本人の評判にとりかえしのつかない傷をつけることになると警告され、噂を広めたりしないよう助言されたわ」

「大司教も知っていたのですね」ガブリエルは言った。「だが、不思議でならないのは、今日の午後のランチの席で、大司教がなぜその件にひと言も触れなかったかということだ」

「今回のことと関係があるとは思わなかったのでしょう」

「もしくは、ヴァチカンのセックス・スキャンダルに巻きこまれては大変だとわたしが思って協力を渋るのではないかと、大司教が危惧したのかもしれない」

ガブリエルの心臓の近くで電話が振動した。キング・サウル通りからのメッセージだった。

「何かまずいことでも？」ドナーティが尋ねた。

「教皇が亡くなった二、三時間後に、スイス衛兵隊のコンピュータ・ネットワークからヤンソンのファイルが削除されたようだ」ガブリエルがキアラとちらっと視線を交わすと、キアラは微笑を嚙《か》み殺していた。「目下、わが国の八二〇〇部隊のメンバーがシステムのバックアップを捜している」

「何か見つかるだろうか？」

「パソコンのファイルは罪に類似したところがある」

「どういうことだ？」

「赦免を受けても、けっして消えはしない」

一同は屋敷の屋上にある壮麗なテラスで食事をとった。上のほうに設置されたガスヒーターのおかげで、夜の冷気は追い払われていた。出されたのは伝統的なローマ料理だった。ほうれん草のラヴィオリにバターとセージをトッピングしたもの。続いて、子牛肉のローストと新鮮な野菜。ヴェロニカがカルロのセラーから出してきたブルネッロのヴィンテージワイン三本と同じく、会話もよどみなく流れた。黒のカソックを鎧のようにまとったドナーティは、ヴェロニカを右に、柔らかく輝くローマの街明かりを背後にして、すっかりくつろいでいる様子だった。ローマの街は破壊され、汚れ、腐りきっているかもしれないが、澄んだ爽やかな大気に包まれておいしそうな料理の匂いに満ちたヴェロニカ・マルケーゼの屋敷のテラスから見ると、世界でもっとも美しい都市のようにガブリエルには思えるのだった。

食事中、カルロの名前が出ることは一度もなく、この四人が出会うきっかけとなった暴力沙汰とスキャンダルが話題になることもなかった。ドナーティはコンクラーベの結果を予測したが、ルッケージの死を話題にするのは避けた。主として、ヴェロニカのひと言ひと言に聴き入っている様子だった。二人が愛情を寄せあっていることは痛々しいほど明白だった。ドナーティはアルプス山脈のクレバスの縁を歩いているようものだ。いまはとりあえず、神が見守ってくれている。

この夜、屋敷に集まった理由をみんなに思いださせたのは、ガブリエルの電話だけだった。十時を少しまわったころ、電話が振動してテルアビブからの最新情報を伝えた。八二

○○部隊のサイバー戦士たちが、ニクラウス・ヤンソンがスイス衛兵隊に志願したときの書類の復元に成功した。次の情報が入ったのは十時半、ヤンソンの完璧な服務記録が見つかったという。スイスで使われるドイツ語方言で書かれていた。これが衛兵隊の公用語である。門限破りが二回記録されているが、教皇庁の聖職者との性的関係云々《うんぬん》という記述はどこにもなかった。

「電話番号はどうなんだ？　そこに出ているはずだが。衛兵というのは四六時中待機状態でいなくてはならない」

「そう焦らないでくれ、ドナーティ」

次のメッセージまでの待ち時間はわずか十分だった。「古い採用ファイルが見つかった。ニクラウス・ヤンソン隊員の入隊記録もそこに含まれている。電話番号がひとつ、メールアドレスがふたつ書いてある。ヴァチカンのアカウントとＧｍａｉｌの個人アカウントだ」

「このあとは？」ドナーティが訊いた。

「電話がどこにあるのか、ニクラウス・ヤンソンがいまも所持しているのかどうかを調べる」

「それから？」

「ヤンソンに電話をかける」

12

ローマ――フィレンツェ

ドナーティは教会の鐘の音で目をさました。ゆっくりと目をあけた。きちんと閉めておいたシェードの縁から日の光が差しこんでいる。寝過ごしてしまった。片手を額に当てた。カルロ・マルケーゼのワインのせいで頭が重い。心も重かった。その理由について考える勇気はなかった。

身体を起こして、寄木細工の冷たい床にのろのろと足を下ろした。この部屋がどこなのかを思いだすのにしばらくかかった。本と書類が積み重なったライティング・デスク、簡素な衣装だんす、木製の祈禱《きとう》台。その上の薄暗がりにかすかに見えるのは十字架だ。オーク材のずっしりした十字架で、前回のコンクラーベの数日後にルッケージから手渡されたものだ。それがいま、イエズス会本部の彼の部屋にかかっている。ヴェロニカの贅沢な豪邸に比べて、なんという違いだろう。貧しき者の部屋だ――ドナーティは思った。聖職者の部屋。

祈禱台が差し招いていた。ベッドを出たドナーティはガウンをはおって部屋を横切った。聖務日課書のページを開き、膝を突いて、賛歌（朝の祈り）の最初の言葉を唱えた。

〝神よ、速やかにわたしを救い出し、主よ、わたしを助けてください……〟

背後にあるベッド脇のテーブルの上で携帯電話が鳴った。ドナーティはそれを無視して、朝の祈りのために選ばれた詩編と賛歌をいくつか読み、〈ヨハネの黙示録〉から抜粋した短い一節も加えた。

〝わたしはまた、もう一人の天使が生ける神の刻印を持って、太陽の出る方角から上って来るのを見た……〟

ドナーティは祈りの最後の部分をくりかえしてからようやく立ちあがり、電話を手にした。彼を待っていたメッセージは平易なイタリア語で書かれていた。表現が曖昧で、間違った言葉遣いや二重の意味にとれる箇所がいくつもあった。それにもかかわらず、メッセージが指示するものは明確だった。送信してきた者のことをドナーティがよく知らなかったら、ローマ教皇庁の人間からだと思ったことだろう。そうではなかった。

〝わたしはまた、もう一人の天使が生ける神の刻印を持って、太陽の出る方角から上ってくるのを見た……〟

整えていないベッドに電話を放り投げ、髭剃《ひげそ》りとシャワーを手早くすませた。タオルを身体に巻いて、衣装だんすの扉を開いた。ハンガーにかかっているのはカソック数着と聖職者用スーツ一着。聖歌隊の衣装もある。私服のほうは、肘当てつきのスポーツジャケット一着、薄茶色のチノパン二本、白のワイシャツ二枚、クルーネックのセーター二枚、スエードのローファー一足。それですべてだ。

チノパンとジャケットを身に着け、予備の分を小型の旅行カバンに詰めた。次に、下着の替え、洗面用具、帯状の布《ストラ》、白麻の長い祭服《アルバ》、祭服用の帯、ミサのための携帯セットを加えた。携帯電話はジャケットのポケットに入れた。

部屋の外の廊下は無人だった。共同の食事室からグラスとカトラリーと陶器の触れあうかすかな響きが届き、チャペルからは、祈りをあげる男たちの朗々たる声が聞こえてきた。ドナーティは仲間のイエズス会士たちに気づかれることなく急いで階段を下り、秋の朝の戸外に出た。

メルセデス・ベンツ・Eクラス・セダンがサント・スピーリト通りで待っていた。運転席にいるのはガブリエル。助手席にはキアラ。ドナーティがリアシートにすべりこむと、車は急発進した。何人かの歩行者が――見覚えのある教皇庁の聖職者もその一人だったが――あわてて飛びのいた。

「何か問題でも？」ドナーティは尋ねた。

ガブリエルはバックミラーにちらっと目をやった。「数分以内にわかる」

車は右に曲がって、グレイの法衣をまとった修道女の一団との衝突をかろうじて回避し、猛スピードでテヴェレ川を渡った。

ドナーティはシートベルトを着け、目を閉じた。

〝神よ、速やかにわたしを救い出し、主よ、わたしを助けてください……〟

車は北へ向かってスピードを上げると、川沿いのルンゴテヴェレを走ってポポロ広場まで行き、次は南のヴェネツィア広場へ向かった。危険運転で有名なローマのレベルからしても、身の毛のよだつ走りだった。教皇の車列に幾度も加わったことのあるドナーティは、パワフルなドイツ車を操る旧友の腕前と、ときたま方向指示やアドバイスを出すキアラの冷静さに驚きの目をみはった。車は曲がりくねったルートをたどり、急停止や突然のターンをくりかえした。すべては尾行の車がいないかどうかを確認するためのテクニックだった。スクーターが一般的な交通機関となっているローマのような都市でこういう走り方をするのは、きわめて困難なことだ。ドナーティは自分も何か役に立ちたいと思ったが、やがてあきらめ、落書きだらけのビルや、収集されていないゴミの山々が窓の外を通り過ぎていくのを見守るだけになった。ヴェロニカが言っていたとおりだ。ローマは美しい街だが、醜悪だ。

オスティエンセ区という、第八ムニチーピオにある労働者階級が暮らす無秩序な地区に着くころには、尾行されていないことをガブリエルも納得した様子だった。ローマの環状高速道路A90まで行き、そこから北のE35へ向かった。これは有料の高速道路《アウトストラーダ》で、イタリアを縦断してスイスの国境まで続いている。

ドナーティはアームレストをつかんでいた手をゆるめた。「どこへ行くつもりか、教えてもらえないかね？」

ガブリエルは道路脇の青と白の標識を指さした。

ドナーティは思わず軽い笑みを浮かべた。フィレンツェを訪れたのはずいぶん昔のことだ。

この日の午前五時少し前になるが、ヤンソンの電話がフィレンツェの電波圏内にあることを八二〇〇部隊が突き止めた。アルノ川の北に位置するサン・マルコ広場あたりのようだった。その昔、銀行業で台頭し、フィレンツェをヨーロッパの芸術と学問の中心地にした名門メディチ家が、キリンや象やライオンを飼っていたのがこの界隈《かいわい》である。八二〇〇部隊のほうでは、電話機に侵入してオペレーティング・システムを自由に操作する段階にはまだ達していなかった。ジオロケーション技術を使って電話のおよその位置を追っているだけだった。

「一般向きの言葉で説明してくれないか？」ドナーティは頼んだ。

「電話に侵入すれば、所有者の通話に耳を傾け、メールやメッセージを読み、ネットの閲覧履歴を追うことができる。カメラで写真や動画を撮影したり、マイクを盗聴器として使ったりすることまでできる」

「きみが神になったようなものだな」

「そこまではいかないが、人の魂を覗き見る力が持てるのは間違いない。相手のどす黒い恐怖や、心の奥にひそむ欲望を知ることができる」ガブリエルは悲しげに首をふった。

「通信産業も、その仲良しのシリコン・ヴァレーの連中も、便利な新世界が華やかに訪れて、誰もがすぐその恩恵に与《あずか》るようになるのだと人々に約束した。だが、そこには真実のかけらもなかった。連中は故意に嘘をついたのだ。われわれのプライバシーを奪い去った。そして、その過程ですべてを破壊した」

「すべて？」

「新聞、映画、本、音楽……すべてだ」

「きみが技術の進歩を嫌悪する人だとは知らなかった」

「わたしはイタリアの巨匠の作品を専門に扱う美術修復師なんだぞ。進歩を嫌悪する点では筋金入りだ」

「そう言いながら、携帯電話を持ち歩いてるじゃないか」

「特別製の携帯電話だ。アメリカのＮＳＡ（国家安全保障局）にいるわが友人たちも、わたしの電話には侵入できない」

ドナーティはアンドロイド搭載のスマートフォン、ノキア9をかざしてみせた。「では、わたしのは？」

「窓から投げ捨ててくれれば大いに安心できる」

「わたしの人生はこの電話にかかっている」

「そこが問題なのだ」

ガブリエルに頼まれて、ドナーティは電話をキアラに渡した。キアラは電源を切ると、ＳＩＭカードとバッテリーを抜き、両方を彼女のハンドバッグに入れた。魂の抜け殻となった電話機だけをドナーティに返した。

「早くも気分が上向いてきた」

コーヒーを飲むためにオルヴィエートの近くのサービスエリアに寄り、正午を二、三分まわったころ、フィレンツェ郊外に着いた。住民以外乗入れ禁止区域《ゾーナ・トラーフィコ・リミタート》の標識が赤く点滅していた。ガブリエルはベンツをサンタ・クローチェ聖堂近くの公共駐車場に入れて、サン・マルコ広場のほうへ向かった。

ガブリエルの電話の画面に出ている青い輝点からすると、ヤンソンの電話の位置はサン・マルコ美術館のすぐ西のようだった。たぶん、サン・ガッロ通りだろう。八二〇〇部隊からは、ジオロケーションで正確に認識できる距離は四十メートルまでと警告されている。つまり、電話があるのは、サンタ・レパラータ通りかデッラ・ルオーテ通りかもしれない。この三つの通りすべてに小さな安ホテルと宿泊所が並んでいる。ガブリエルが数えてみたところ、ニクラウス・ヤンソンが宿泊しそうな宿が少なくとも十四軒あった。

青い輝点の場所は、ピッコロという似合いの名前がついた小さなホテルの住所と一致していた。通りの真向かいにリストランテがあったので、ガブリエルがそこに入り、時間をまったく気にしていない男のような態度でランチをとった。ドナーティはSIMカードとバッテリーを返してもらって電話をふたたび使えるようにしてから、サンタ・レパラータ通りで食事をした。キアラはデッラ・ルオーテ通りの角の店に入った。

ガブリエルとキアラはそれぞれ、スイス衛兵の制服を着けたヤンソンの写真を自分の電話に入れていた。そこに写っているのは、髪が短く、痩せこけた顔のなかで小さな黒い目を光らせた、まじめそうな若い男だった。信頼できる雰囲気だが、けっして聖人ではない、とガブリエルは思った。ファイルに記されたヤンソンの身長は百八十センチ強。体重は七十五キロぐらい。

三時十五分になっても、ヤンソンの姿はどこにもなかった。キアラはホテル・ピッコロの向かいのリストランテへ、ドナーティはデッラ・ルオーテ通りへ移動した。ガブリエルはサンタ・レパラータ通りへ移り、電話をにらんで長い時間を過ごしながら、青い輝点が動きだすよう念じつづけた。最初に輝点が現れてから十二時間後の午後五時になっても、その位置は変わらなかった。ガブリエルは絶望に陥り、空っぽになったテイクアウトの紙容器が散乱する無人の部屋でプラグを抜かれたスマホが徐々に息をひきとりつつある光景を思い浮かべた。

キアラからメッセージが届いてガブリエルを元気づけてくれた。〝七キロも増えてしまった。そろそろヤンソンの番号にかけてみる？〟

〝やつも一味だったら？〟

〝そこまで断定するのはまだ早いって、あなた、言わなかった？〟

〝たしかにまだ早い。だが、もうじきはっきりすると思う〟

五時半、三人は二度目のポジション交換をした。ガブリエルはデッラ・ルオーテ通りのリストランテへ行った。テラス席にすわり、食欲が湧かないまま、スパゲッティ・ポモドーロをつついた。

「お気に召さなければ」ウェイターが言った。「何か別のものをお持ちしますが」

ガブリエルはエスプレッソのダブルを注文した。午後からすでに五杯目だ。かすかに震える手で電話をつかんだ。キアラから新たなメッセージが入っていた。

〝体重十キロ増加。お願い、ヤンソンに電話して〟

ガブリエルも電話したくてたまらなかった。だが、かわりに、フィレンツェの美食を堪能しながら長い一日を過ごしたあとに疲れた足どりでホテルに戻る観光客に目を光らせた。この通りにはホテルが四軒ある。リストランテのとなりは、グランド・ホテル・メディチという不似合いな名前がついたホテルで、ガブリエルの視線のまっすぐ先にあった。電話で時刻を見た。六時十五分。ガブリエルは次に、ジオロケーション・グラフに示された輝点の位置をチェックし、ごくわずかな揺れらしきものを目にした。さらに三十秒間、目を皿のようにして観察を続けると、やはり思ったとおりだった。輝点は間違いなく移動を始めていた。

四十メートルに満たない場合のエラーを考慮に入れて、この発見のことを急いでキアラとドナーティに伝えた。ドナーティから、サン・ガッロ通りにヤンソンらしき男の姿はないという返事があり、数秒後に、サンタ・レパラータ通りで監視中のキアラからも同じ報告があった。ガブリエルはどちらのメッセージにも返信をしなかった。グランド・ホテル・メディチから出てきたばかりの男に目を奪われていたからだ。

二十代後半、短い髪、身長百八十センチ強。体重七十五キロぐらい。ガブリエルは通りの左右に目を配ってから、リストランテの前を通って右へ向かうことにした。手の切れそうな紙幣を二枚テーブルに置き、ゆっくり十まで数えて立ちあがった。ひそかに思った——信頼できる雰囲気だが、けっして聖人ではない。

13

フィレンツェ

キアラとドナーティはリカゾーリ通りで待っていた。アカデミア美術館を出た人々がぞろぞろやってくる。キアラがいきなりドナーティに腕をまわして抱き寄せた。

「こんなことまでしなきゃだめなのか?」

「あなたの顔を見られたらまずいでしょ。とにかく、いまはだめ」

キアラがドナーティに抱きついているあいだに、ニクラウス・ヤンソンが人込みをかき分けて姿を現し、二人には目もくれずに通り過ぎた。一瞬遅れて、ガブリエルが通りをやってきた。

「きみたち、わたしに何か告白したいことがあるんじゃないか?」

ドナーティがキアラから身体を離し、わざとらしくジャケットの乱れを直した。「そろそろヤンソンに電話しようか?」

「まずあとをつける。電話はそれからだ」

「なぜ待つんだ？」

「ほかにもヤンソンを尾行している者がいないか、確認する必要がある」

「きみが尾行者を見つけたらどうなる？」

「そうならないことを願うとしよう」

ガブリエルとドナーティが通りを歩きはじめ、キアラがあとに続いた。前方にジョットの鐘楼が見える。ヤンソンはドゥオーモ広場の観光客の波に溶けこみ、視界から消えた。ガブリエルがやっとのことでふたたびその姿を見つけたときは、ヤンソンは右手に携帯電話を持って八角形の洗礼堂にもたれていた。しばらくすると、親指で画面をタップしはじめた。

「何をしていると思う？」ドナーティが尋ねた。

「メッセージを送っているように見える」

「誰に？」

「いい質問だ」

ヤンソンが電話をジーンズの尻ポケットに入れ、ゆっくり身体をまわして、混雑した広場を見渡した。視線がガブリエルとドナーティのところを通り過ぎた。表情からすると、二人に気づいた様子はまったくなかった。

「誰かを捜してるようだ」ドナーティが言った。

「ヤンソンにメッセージを送ってきた人物かもしれない」

「もしくは？」

「ヤンソンが尾行を警戒しているとも考えられる」

「尾行がついているのは事実だ」

ついにヤンソンが広場を出て、マルテッリ通りというショッピング・ストリートを歩きはじめた。今度はキアラがヤンソンのすぐうしろについた。百メートルほど行ったところで、ヤンソンは細い路地に曲がった。その先に別の広場があった。サン・ロレンツォ聖堂の広場だ。東側に未完成のファサードがそびえている。砂岩に似た色で、レンガを積んだ巨大な壁のように見える。ヤンソンは電話の画面をしばらく見つめたあとで、五段の石段をのぼって聖堂内に姿を消した。

広場の西側に観光客相手の衣類の露店が並んでいた。北側にはジェラートの店。キアラとドナーティはカウンターの列に並んだ。ガブリエルは広場を渡って聖堂に入った。ヤンソンがコジモ・デ・メディチの墓の前に立ち、耳の遠いツアーグループを相手にするかのように顔を真っ赤にして説明している英国人の女のことは目に入らない様子で、親指で電話の画面を叩いていた。

メッセージの送信を終えたヤンソンは広場に出て足を止め、ふたたび周囲を見まわした。明らかに誰かを待っている。ヤンソンのメッセージを受けとった人物だろう、とガブリエルは推測した。ヤンソンをまずドゥオーモ広場へ、次にサン・ロレンツォ広場へ導いた人物。

ヤンソンの視線が一瞬、ガブリエルのところで止まった。ヤンソンはやがて広場を離れ、サン・ロレンツォ通りを歩きはじめた。広場にも、周囲の店舗やレストランにも、彼を尾行している者はいないようだ。

ガブリエルはジェラートの店まで行った。ブリキのテーブルの前に置かれた高いスツールにドナーティとキアラが腰かけていた。注文したジェラートには口をつけていなかった。

「そろそろ電話していいか？」ドナーティが尋ねた。

「まだだめだ」

「どうして？」

「連中が来ているから」

「誰のことだ？」

ガブリエルは返事もせずに向きを変え、ニクラウス・ヤンソンを追って歩きだした。そのすぐあとで、キアラとドナーティはひと口も食べていないジェラートをゴミ容器に捨て、ガブリエルを追った。

ヤンソンがドゥオーモ広場を通り抜けた。広場を通るのはこれで二度目だ。誰かの隠れた手に導かれているのでは、というガブリエルの疑念はさらに強まった。フィレンツェのどこかで誰かがヤンソンを待っている。

ヤンソンは次にレプッブリカ広場まで行き、そこからヴェッキオ橋へ向かった。昔はここで、鍛冶屋やなめし革屋や肉屋が商売をしていた。だが、十六世紀の終わりには宝石商と金細工師の店が並ぶようになった。橋の東側に並ぶ店の階上に、画家であり、建築家でもあるヴァザーリがメディチ家専用の回廊を建設し、おかげで、メディチ家の人々は下々の者と交わることなく川を渡れるようになったという。

メディチ家は遠い昔に滅亡したが、宝石商と金細工師の店はいまも残っている。ヤンソンはきらめくショーウィンドーの前を通り過ぎてから、橋の中央部にあるヴァザーリの回廊のアーチの下で立ち止まり、ゆるやかに流れるアルノ川の黒い水を見下ろした。ガブリエルは橋の反対側で待つことにした。二人のあいだを観光客がとぎれることなく流れていく。

ガブリエルが左へちらっと目をやると、人込みをかき分けてキアラとドナーティが近づいてきた。ガブリエルは頭を軽く動かして、そばに来るよう二人に合図した。欄干に沿って三人で並んだ。ガブリエルとキアラはニクラウス・ヤンソンのほうを向き、ドナーティは川のほうを向いて。

「どうする?」ドナーティが訊いた。

　ガブリエルはもうしばらくヤンソンを見守った。ヤンソンは橋の中央に背を向けていた。それでも、ふたたび電話に何か打ちこんでいるのがはっきり見えた。ヤンソンが連絡をとっている相手が男にせよ、女にせよ、その正体を知りたいものだとガブリエルは思った。だが、もう充分に待った。

「先へ進もう、ルイジ。ヤンソンに電話してくれ」

　ドナーティはノキアをとりだした。ヤンソンの番号はすでに連絡先に入っている。画面にタッチして電話をかけた。数秒が過ぎた。やがて、ニクラウス・ヤンソンがためらいながら電話を耳に近づけた。

14

ヴェッキオ橋、フィレンツェ

「もしもし、ニクラウス。わたしの声がわかるかね？」

ドナーティが電話の画面に出ているスピーカーのアイコンをタップしたので、驚愕したヤンソンの返事がガブリエルの耳にも届いた。

「大司教さま？」

「そうだ」

「いまどこに？」

「わたしもきみがどこにいるのかと心配していた」

橋の向かい側にいる若い男からはなんの返事もなかった。

「きみに話がある、ニクラウス」

「なんの話です？」

「教皇さまが亡くなられた夜のことで」

今度も返事はなかった。

「もしもし、聞いているかね、ニクラウス？」

「はい、大司教さま」

「どこにいるのか教えてくれ。いますぐ会わねばならん」

「スイスにいます」

「大司教に嘘をつくとはきみらしくもないことだ」

「嘘ではありません」

「きみはスイスにいるのではない。フィレンツェのヴェッキオ橋の中央部に立っている」

「どうしてそれを？」

「わたしがきみのすぐうしろにいるからだ」

ヤンソンは電話を耳に当てたまま、あわててふりむいた。「お姿が見えませんが」

ドナーティもゆっくりとふりむいた。

「大司教さま？　本当に？」

「そうだ、ニクラウス」

「となりに立っているのは誰です？」

「友人だ」

「わたしをずっとつけてきた男だ」

「わたしのかわりに尾行してくれたのだ」

「その男に殺されるのかと思いました」

「なぜきみを殺そうとする者がいる？」

「申しわけありません、大司教さま」ヤンソンは低く言った。

「何を謝っている？」

「罪の赦《ゆる》しをお与えください」

「まず、きみの告解を聴かねばならん」

ヤンソンは左のほうを見た。「時間がありません」

そう言うと、ヤンソンは電話を下ろして橋を渡りはじめた。途中で不意に立ち止まり、両腕を大きく広げた。最初の弾丸が左肩に当たり、ヤンソンを独楽《こま》のように回転させた。二発目が彼の胸に穴を穿《うが》ち、ヤンソンは懺悔《ざんげ》するかのように膝を突いた。その場で左右の腕を両脇にだらりと垂らしたまま、三発目を受けた。弾丸は彼の右目の上に命中して頭蓋骨のかなりの部分を吹き飛ばした。

歴史ある橋の上で、それらの銃声が大砲の轟音《ごうおん》のごとく響きわたった。たちまちパニックの大渦巻が広がった。橋の上を南へ向かって逃げていく暗殺者を、ガブリエルの目がちらっととらえた。ふりむくと、ニクラウス・ヤンソンのそばで膝を突いているキアラとドナーティの姿が見えた。ヤンソンは最後の弾丸で仰向けになぎ倒され、両脚が身体の下敷きになっていた。頭部に大きな損傷を受けているにもかかわらず、まだ息があり、意識もあった。ガブリエルは彼の上にかがみこんだ。ヤンソンが何かつぶやいていた。

彼の電話が敷石の上にころがっていた。画面はひびだらけだ。ガブリエルはそれを上着のポケットにすべりこませ、ついでに、ヤンソンのジーンズの尻ポケットから抜いたナイロン製の財布もしまいこんだ。ドナーティが低く祈りを唱えながら、右手の親指をヤンソンの額にできた弾痕の近くに当てた。その指を垂直と水平に小さく二回動かして、ヤンソンに罪の赦しを与えた。

驚愕に見舞われた群衆がガブリエルたちのまわりに群がっていた。衝撃と恐怖を表す言葉がさまざまに異なる十以上の言語で飛びかい、近づいてくるサイレンの響きが遠くに聞こえた。ガブリエルは身を起こしてキアラを立たせ、次にドナーティを立たせた。三人が遺体のそばを離れると同時に、野次馬《やじうま》が押し寄せた。三人は目立たないよう北へ向かって歩き、現場に真っ先に到着した国家警察の車が投げかける青い光のなかに入りこんだ。

「いったい何があったんだ？」ドナーティが訊いた。

「よくわからない」ガブリエルは答えた。「だが、もうじきはっきりするだろう」

三人はヴェッキオ橋のたもとで、ヴァザーリの回廊のアーチを抜けて逃げてくる怯えた観光客の流れに加わった。ウフィツィ美術館の入口にたどり着いたところで、ガブリエルはヤンソンの電話を上着のポケットから出した。iPhoneで、ロックはかかっておらず、バッテリーの充電は八十四パーセントだった。ヤンソンのどす黒い恐怖も、心の奥にひそむ欲望も、彼の魂そのものも、ガブリエルがすべて自由に探りだせる。

「きみがそれを盗むところを目にしたのがわたし一人だけだったのならいいが」ドナーティが非難の口調で言った。「それから、ヤンソンの財布も」

「あなた一人だった。だが、そんなおどおどした顔はしないように」

「殺人現場から逃げてきたばかりなんだぞ。どうしておどおどせずにいられる?」

ガブリエルは電話のホームボタンを押した。いくつかのアプリが表示され、メッセージの受信リストもそこに含まれていた。リストのいちばん上までスクロールした。送信者の氏名はなく、番号が出ているだけだった。メッセージは英語で、最初に届いたのは昨日の午後四時四十七分だった。

〝どこにいるのか教えてくれ、ニクラウス……〟

「つかまえたぞ」

「誰を?」ドナーティが訊いた。

「われわれがヤンソンを尾行しているあいだに、やつにメッセージをよこした人物」

ドナーティがガブリエルの右側の肩越しに覗きこみ、キアラが左側から覗きこんだ。二人の顔がiPhoneの光に照らされた。不意にその光が消えた。ガブリエルがふたたびホームボタンを押したが、電話は反応しなかった。スリープモードになったのではない。完全にシャットダウンしていた。

　ガブリエルは電源ボタンを長押しして、お決まりのリンゴの画像が画面に現れるのを待った。

　反応なし。

　持ち主と同じく、電話も完全に死んでしまった。

「間違えて何かを押したんじゃないのか」ドナーティが意見を述べた。

「あなたが言っているのは、瞬時にしてOSを破壊し、メモリを消去してしまう魔法のアイコンのことか?」ガブリエルは真っ暗な画面から顔を上げた。「遠隔操作で電源を落とされてしまったから、画面に何が出ていたのかもわからない」

「誰がそんなことを?」

「スイス衛兵隊のコンピュータ・ネットワークからヤンソンの人事ファイルを消去したのと同じ連中だ」ガブリエルはキアラを見た。「教皇を殺害したのと同じ連中だ」

「わたしの言葉を信じてくれるのか?」ドナーティが訊いた。

「十分前だったら、疑っていただろう。いまは信じている」ガブリエルはヴェッキオ橋を見つめた。明滅する青い光で橋は輝いていた。「亡くなる前にヤンソンが何をつぶやいていたか、聞きとれたか?」

「口にしていたのは〝エリ、エリ、レマ・サバクタニ？〟、意味は――」

「〝わが神、わが神、なぜわたしをお見捨てになったのですか？〟」

ドナーティはゆっくりうなずいた。「十字架にかけられたイエスが亡くなる前に口にされた最期の言葉だ」

「ヤンソンはなぜそんなことを言ったのだろう？」

「衛兵仲間の言うとおりだったのかもしれない」ドナーティは言った。「ニクラウスはやはり聖人だったのかもしれない」

15

ヴェネツィア――フリブール、スイス

　ガブリエルたちはヴェネツィアに戻り、ゲットーの家で熟睡していた双子を受けとってから、二人を抱いて市内でただひとつの鉄の橋を渡り、ミゼリコルディア小運河に面したアパートメントに帰った。ドナーティにはゲストルームを使ってもらい、三人ともほぼ眠れぬ一夜を過ごした。翌日の朝食の席で、ドナーティはラファエルから視線をはずすことができなかった。なにしろ、有名な父親に生き写しなのだ。不自然なほど鮮やかな緑色の目まで父親にそっくりだ。アイリーンはどちらかと言えば母親似だ。ガブリエルにムッとしたときなど、さらに似てくる。

「たった一日か二日なんだよ」ガブリエルが娘に約束した。

「いつもそう言うじゃない、アバ」

　みんなで一階に下り、フォンダメンタ・ディ・オルメジーニで別れの挨拶を交わした。キアラの最後のキスは上品だった。「あなたまで殺されないように気をつけてね」ガブリ

エルの耳元でささやいた。「子供たちにはあなたが必要なのよ。わたしにも」

　ガブリエルとドナーティは待っていたモーターボート《モトスカーフィ》の船尾の座席に乗りこみ、灰緑色の水面が広がるラグーナを渡ってマルコ・ポーロ空港へ向かった。空港の混雑したコンコースでは、乗客がテレビの下に集まっていた。ドイツでまたしても爆弾テロ発生。今回のターゲットはドイツ北部の都市ハンブルクの市場だった。ソーシャルメディアに犯行声明が出て、黒幕と称する人物からの、プロが編集したと思われる動画も添えてあった。アラブ民族のかぶりものをつけたその人物は、日常会話に使われるごく自然なドイツ語で、〝イスラム国の黒い旗がドイツの国会議事堂の屋根にひるがえるまで爆弾テロは続く〟と宣言した。わずか四十八時間のあいだに二回もテロ攻撃を受けて、ドイツは目下、厳戒態勢に入っていた。

　テロの影響でヨーロッパじゅうの空の旅にたちまち混乱が生じたが、幸いにも、アリタリア航空ジュネーブ行きの遅い午後の便は定刻どおりに離陸した。スイスで二番目に利用客の多い空港に到着すると、保安検査が厳しさを増していたにもかかわらず、ガブリエルとドナーティは入国審査場を難なく通過した。〈オフィス〉の輸送課が空港の短期駐車場にＢＭＷのセダンを用意してくれていた。キーはフロントバンパーの下にテープで貼りつけてある。グローブボックスには、保管用の布で包んだベレッタの九ミリが入っていた。

「これは楽だな」ドナーティが言った。

「メンバーになると、いろいろ特典があるんだ」

ガブリエルは空港の出口ランプを抜けてＥ62に出てから、湖畔に沿って北東へ向かった。ドナーティは彼がカーナビに頼らずに運転していることに注目した。

「スイスにはよく来るのか？」

「まあね」

「今年もまた雪の少ない年になりそうだという噂だが」

「スイスの冬の観光産業がどうなろうと、わたしはなんの興味もない」

「スキーはしないのか？」

「スキーを楽しむタイプに見えるか？」

「そうだな、スキーのどこがおもしろいのか」ドナーティは湖の対岸にそびえる山々の峰を見つめた。「山を滑りおりるのはどんな馬鹿にでもできるが、歩いてのぼろうとすると、気骨と自制心が必要になる」

「わたしは海辺を歩くほうが好きだ」

「海面が上昇しているぞ。ヴェネツィアはもうじき、人の住めない街になってしまう」

「とりあえず、観光客は来る気をなくすだろう」

ガブリエルがカーラジオをつけると、ちょうど、スイスの国営ラジオで一時間ごとのニュースが始まったところだった。ハンブルクのテロの死者が四人、負傷者は二十五人、そのうち数人が危篤状態とのこと。前夜フィレンツェのヴェッキオ橋でスイス市民が殺害された件は、まったく報道されていなかった。

「国家警察は何をぐずぐずしているのだ?」ドナーティが訊いた。

「わたしの推測だが、ヴァチカンに口裏合わせをするチャンスを与えるつもりだろう」

「うまくいけばいいが」

最後のニュースでとりあげられたのはスイス司教会議の報告書で、新たな性的虐待事件の急増について詳しく述べたものだった。

ドナーティはため息をついた。「何かほかのことを議題にしてほしいものだ。例えば、ハンブルクの爆弾テロとか」

「この報告書が出ることは知っていたのか?」

ドナーティはうなずいた。「ルッケージが亡くなる二、三週間前に、第一稿に二人で目を通した」

「いまだに新たな性的虐待事件が後を絶たないのは、いったいどういうことだ?」

「われわれが謝罪をし、赦しを請うたが、根本的な原因に対処しなかったからだ。当然の報いとして、教会が大きな代償を支払うことになった。このスイスでは、カトリック教は瀕死の状態だ。洗礼も、教会の結婚式も、ミサの出席者も絶滅レベルにまで落ちこんでいる」

「あなたがふたたび謝罪を求められたら?」

「わが敵どもがわたしのことをどう言っていたにせよ、わたしは教皇ではなかった。ピエトロ・ルッケージが教皇だった。そして、ルッケージは生まれつき用心深い男だった」ドナーティは言葉を切った。「わたしに言わせれば、用心深すぎた」

「では、あなたが〝漁師の指輪〟をはめている男だったら?」

ドナーティは笑った。

「何がそんなにおかしい?」

「そう考えること自体、非常識だ」

「意見を聞かせてほしい」

ドナーティはどう答えるかを慎重に考えた。「まず、聖職者の改革にとりかかるだろう。小児性愛者をとりのぞくだけでは不充分だ。教会が今後も生き延び、栄えるためには、カトリックを信仰する者たちの活力に満ちたグローバルなコミュニティーを新たに創りださなくてはならない」

「それはつまり、女性司祭を認めるということか?」

「きみが言ったんだぞ。わたしではない」

「既婚者はどうなんだ?」

「危険な水域に入りこみつつあるぞ、わが友よ」

「聖職者の結婚を認めている宗派もあるが」

「そうした宗派にわたしは敬意を寄せている。問題は、ローマ・カトリック教の聖職者として、妻と子供たちを愛し慈しむと同時に、主に仕え、わが信者たちの精神的な支柱になることが、わたしにできるかどうかだ」

「答えは？」

「無理だ。わたしにはできない」

　道路標識に、湖畔のリゾートタウン、ヴヴェーはもうじきだと書かれていた。ガブリエルはE27に曲がり、そのまま北へ向かってフリブール市に到着した。バイリンガルの街だが、道路表示はフランス語だ。ポン＝ミュレ通りがエレガントな旧市街に百メートルほど続き、大聖堂の尖塔が空にそびえていた。ガブリエルはオルモー広場に車を置いてから、〈カフェ・デ・ザルカード〉のテーブルに着いた。ドナーティは一人で通りを渡って〈カフェ・デュ・ゴタール〉へ行った。

〈カフェ・デュ・ゴタール〉は格式ある古風な店で、床はダークな色調の板張り、頭上の照明器具はずっしりした鉄製だった。ランチタイムとディナータイムにはさまれた暇な時間帯なので、客はほかにひと組しかいなかった。長く悲惨な戦いのあとに儚《はかな》い休戦協定を結んだばかりという感じの英国人夫婦。給仕長がドナーティを窓際のテーブルへ案内した。ドナーティはガブリエルの番号をタップしてから、ノキアをテーブルに表向きに置いた。

数分が過ぎたとき、シュテファニ・ホフマンが姿を見せた。ドナーティの前にメニューを置き、無理に愛想笑いを浮かべた。

「お飲みものは何を？」

16

〈カフェ・デュ・ゴタール〉、フリブール

シュテファニ・ホフマンは垂れてきた金色の髪を耳にかけ、オーダー用のメモ帳の上からドナーティを見た。その目は夏のアルプスの湖の色だった。顔のほかの部分も目の美しさと調和している。頬骨が高く、顎の線がくっきりしていて、顎そのものは細く、かすかな刻み目が入っている。

彼女はドナーティにフランス語で話しかけた。ドナーティもフランス語で答えた。「グラスワインを」

彼女はペンの先端で、メニューのなかの、カフェのお勧めワインが並んでいるセクションを示した。フランスとスイスのワインが中心だった。ドナーティはフランスのシャスラを選んだ。

「何か召しあがります?」

「いまはワインだけでいい」

　彼女はバーカウンターまで歩き、黒いシャツの同僚がワインを注ぐあいだに自分の電話をチェックした。ワイングラスは彼女のトレイにしばらく置かれたままだったが、やがて彼女が、ドナーティのテーブルに運んできた。

「フリブールの人じゃなさそうね」

「どうしてわかるのかな？」

「イタリア？」

「ローマだ」

　シュテファニの表情は変わらなかった。「なんの用で退屈なフリブールに？」

「仕事なんだ」

「どんなお仕事？」

　ドナーティは返事をためらった。何を生計の手段としているのか、これまで満足に説明できたためしがない。「まあ、救済の仕事といったところかな」

　彼女の目がすっと細くなった。「もしかして、聖職者？」

「司祭だ」

「司祭には見えないわね」彼女の目が挑発的にドナーティに向けられた。「とくに、その服装ですもの」

　どの客にもこんなふうに遠慮のない態度をとるのだろうか、とドナーティは訝《いぶか》しんだ。

「じつをいうと、大司教だ」

「どちらの大司教区にいらっしゃるの？」明らかにカトリックの語彙《ごい》に慣れ親しんでいるようだ。

「かつてローマ帝国の一部だった北アフリカの辺鄙《へんぴ》な地域だ。いまでは、クリスチャンの数はほんのわずかだし、ましてやカトリック教徒はほとんどいない」

「名目だけの大司教区ってこと？」

「そのとおり」

「ほんとは何をしてらっしゃるの？」

「ローマのグレゴリアン大学で教えることになっている」

「イエズス会の方？」

「まあね」

「じゃ、グレゴリアンの前は？」

ドナーティは声を落とした。「教皇パウロ七世の個人秘書をしていた」

彼女の顔に暗い影が落ちたように見えた。「なんの用でフリブールに？」ふたたび尋ねた。

「あなたに会いに来た」

「なぜ？」

「ニクラウスのことで話がある」

「彼、いまどこに？」

「知らないのか？」

「ええ」

「ニクラウスから最後に連絡があったのはいつだった？」

「教皇さまのお葬式の朝だったわ。どこにいるのか、どうしても言ってくれなかった」

「なぜ？」

「連中に知られたくないからって」

「誰のことだ？」

彼女は答えようとしたが、思いとどまった。「彼に会ったの？」

「そうだ、シュテファニ。残念だが、会ってきた」

「いつ？」

「ゆうべ。フィレンツェのヴェッキオ橋の上で」


ガブリエルは〈カフェ・デ・ザルカード〉の監視場所で、ニクラウス・ヤンソンが死んだことをシュテファニ・ホフマンに静かに告げるドナーティの声に聴き入った。通りの向かいにいるのが自分ではなく旧友であることに安堵《あんど》していた。自分の職業を説明するのにドナーティがいつも苦労しているとすれば、ガブリエルも、愛する者が――息子が、兄弟が、父親が、婚約者が――冷酷に殺されたことを女性に伝えるときに、同じく辛い思いをしている。

彼女は最初のうち、ドナーティの言葉を信じようとしなかった。無理もない。自分にはそんなことで嘘をつく理由はないとドナーティが答えても、彼女の疑いを晴らす役にはほとんど立たなかった。ヴァチカンはいつも嘘ばっかり、と彼女が言いかえした。

「わたしはヴァチカンのために動いているのではない」ドナーティは答えた。「いまはもう」

ドナーティは次に、どこか邪魔の入らないところで話をしようと提案した。シュテファニ・ホフマンは、レストランの閉店は十時だし、早引けしたらボスに殺される、と言った。

「ボスはわかってくれるさ」

「ニクラウスのことをボスにどう言えばいいの？」

「何も言わなくていい」

「オルモー広場にわたしの車が置いてあるわ。そこで待ってて」

ドナーティは通りに出て、電話を耳に当てた。

「いまのやりとり、すべて聞こえたかね？」

「彼女、知っているな」ガブリエルは答えた。「問題はどこまで知っているかだ」

ドナーティは電話を切らずにポケットに入れた。数分後、スカーフを首に巻いたシュテファニ・ホフマンがレストランから出てきた。彼女の車はくたびれたボルボだった。ドナーティが助手席に乗りこむと同時に、ガブリエルもＢＭＷの運転席にすべりこんだ。イヤホンを通じて、ドナーティがシートベルトを着けるカチッという音が聞こえ、そのすぐあとに、シュテファニ・ホフマンの苦悶の叫びが続いた。

「ニクラウスはほんとに死んだの？」

「わたしの目の前で」

「どうして止めてくれなかったの？」

「止めようがなかった」

シュテファニ・ホフマンはバックで駐車場を出て、ポン＝ミュレ通りに曲がった。十秒後、ガブリエルも同じようにした。旧市街を離れて大アルプス・ルートを走りはじめてから、ドナーティは、教皇が亡くなった夜、ニクラウス・ヤンソンはなぜヴァチカンから逃げだしたのかと尋ねた。

「怯えてたからよ」

「何に？」

「あいつらに殺されるんじゃないかって」

「誰のことだ、シュテファニ？」

それからしばらくのあいだ、聞こえるのはボルボのエンジンの音だけになったが、やがてシュテファニ・ホフマンの金切り声が響いた。ガブリエルは電話の音量を下げた。彼女のとなりにすわっているのが自分ではなく旧友であることに安堵していた。

17

レヒタールルテン、スイス

ザンクト・ウルセンの村が近くなるころ、シュテファニは尾行されていることに気づいた。

「わたしの仲間だから心配いらない」ドナーティは説明した。

「聖職者がいつから仲間を持つようになったの？」

「フィレンツェでニクラウスを見つけるのに力を貸してくれた男だ」

「フリブールには一人で来たって言わなかった？」

「そんなことを言った覚えはない」

「その仲間という人も聖職者なの？」

「いや」

「ヴァチカン情報部の人？」

ドナーティはシュテファニ・ホフマンに、教皇庁にはヴァチカン情報部などという部署はなく、カトリックの敵がでっちあげたデマであることを教えたくなった。ヴァチカンのじっさいの情報収集機関は全世界に広がる教会そのものであり、教区、学校、大学、病院、慈善組織、各国の首都に派遣された教皇大使のグローバルなネットワークが情報集めに当たっている。いまはとりあえず、こうした説明を省くことにした。それでも、シュテファニがなぜ〝ヴァチカン情報部の人〟などという質問をしたのかに興味を覚えた。その点について問いただすのは〝仲間〟が合流するまで待とうと決めた。

次の村がレヒタールルテンだった。ドナーティはこの地名を見た覚えがある。ニクラウス・ヤンソンが生まれ育った村だ。住民はカトリック教徒が圧倒的に多い。大部分が政府の統計専門家の呼び方を使うなら〝第一次産業〟に従事している。大地を耕していることを気どって表現したものだ。ひと握りの者はシュテファニ・ホフマンのように、毎日フリブールへ通勤している。彼女の話だと、一年ほど前に実家を出て、いまは村の東端にあるコテージで一人暮らしをしているとのことだった。

そのコテージはA字形で、上の階に小さなサンデッキがついていた。シュテファニは舗装されていない車道に入り、車のエンジンを切った。数秒後にガブリエルが到着した。ハインリヒ・キーファだとドイツ語で自己紹介をした。この日の午後、ジュネーブ空港で提示したドイツの偽造パスポートに記された名前だ。

「ほんとに聖職者じゃないの？」シュテファニ・ホフマンはガブリエルが差しだした手を

握った。「こちらの大司教さまより聖職者らしく見えるわ」

シュテファニは二人をコテージに通した。一階はアトリエに改装されていた。シュテファニ・ホフマンが画家であることを、ドナーティは不意に思いだした。最新の作品が部屋の中央のイーゼルに立てかけてある。ハインリヒ・キーファと名乗った男が片手を顎に当て、首を軽くかしげて、絵の前に立った。

「すばらしい絵だ」

「あなたも絵を描くの？」

「休日にときどき水彩画を描く程度かな」

シュテファニ・ホフマンは明らかに疑っている様子だった。コートを脱ぎ、スカーフをはずしてドナーティを見た瞬間、青い目に涙があふれた。「何か飲みます？」

朝食の皿が狭いキッチンのテーブルに置かれたままだった。シュテファニはそれを片づけてから、電気ケトルにペットボトルの水を入れた。スプーンでコーヒーの粉をすくってフレンチプレスに入れながら、コテージが散らかっていて粗末なことを詫《わ》びた。レストランの給料と絵が売れたときに入るわずかな代金だけでは、この程度の暮らししかできなくて、と残念そうに言った。

「お金持ちのプライベート・バンカーなんて、この村には一人もいないのよ」

シュテファニはドイツ語を使っていた。この村で使われているドイツ語の方言ではなく、高地ドイツ語と呼ばれる標準的なドイツ語だった。六歳のときから学校で習ったという。ニクラウス・ヤンソンは同級生だった。眼鏡をかけた痩せっぽちで内気な少年だったが、十七歳になるころには魔法のような変身を遂げ、驚くほど美しい若者に成長していた。二人が初めて愛しあったとき、ニクラウスは十字架をはずすと言いはった。終わってから、村の教会のエーリヒ神父に告解をおこなった。

「ニクラウスは信仰心の篤《あつ》い若者だったわ。それもわたしが彼を好きになった理由のひとつなの。告解のときにわたしの名前は一度も出さなかったそうだけど、次の日曜にわたしが聖体を拝領したとき、エーリヒ神父に穴のあくほど見つめられたわ」

地元の州立学校で中等教育を修了したあと、シュテファニはフリブール大学で美術を専攻し、大工の息子のニクラウスはスイス陸軍に入隊した。兵役を終えるとレヒタールテンに戻って仕事を探しはじめた。スイス衛兵隊に入るようニクラウスに勧めたのはエーリヒ神父だった。当時の衛兵隊は人員不足で、新たな隊員の募集に必死だったのだ。シュテファニは猛反対した。

「なぜ？」ドナーティが訊いた。

「彼を奪われそうで怖かったの」

「誰に？」

「教会に」

「彼が聖職者になるかもしれないと思ったのかね？」

「あの人、いつもその話をしてたから。除隊してからもずっと」

ニクラウスは身元調査も正式な面接も受けずにすんだ。品行方正で敬虔《けいけん》なカトリック教徒であるというエーリヒ神父の保証があれば充分だった。ローマへ発《た》つ前夜、ニクラウスはシュテファニに小さなダイヤモンドのついた婚約指輪を渡した。数カ月後、シュテファニはその指輪をはめて、聖ダマシウスの中庭でおこなわれた厳粛な儀式に出席した。ヴァチカンと教皇に死を賭して仕えることをニクラウスたち新人衛兵が誓う儀式だ。彼は礼装に身を包み、赤い羽根飾りがついた中世ふうの兜《かぶと》を着けて得意満面だったが、シュテファニは馬鹿みたいだと思った。世界最小の軍隊に入ったおもちゃの兵隊。儀式のあとで、ニクラウスは両親を教皇の謁見の場へ連れていった。シュテファニは同行を許されなかった。

「教皇に謁見できる女性は妻と母親だけなの。衛兵隊って、恋人の存在にはいい顔をしないのよね」

ニクラウスに会えるのは二カ月に一度ぐらいだったが、二人は日々のビデオ通話とメッセージのやりとりを通じて交際を続けようと努めた。スイス衛兵の任務はひどく疲れるものので、その大半は死ぬほど退屈な時間だった。ニクラウスはスイス衛兵隊の規律に従って左右の足先を六十度の角度で外に向け、三時間の警備につくあいだ、いつもロザリオの祈りを唱えていた。非番のときはほとんど、聖アンナの門の近くにあるスイス衛兵の宿舎で過ごしていた。大部分の衛兵と同じく、ローマのことを不潔なゴミ溜《た》めだと思っていた。

　衛兵隊に入って一年もしないうちに、ニクラウスは教皇宮殿内部の警備を命じられた。宮殿で最高の地位にある聖職者たちの出入りを見守ることとなった――国務省長官ゴベール、秘密文書館長官アルバネーゼ、信仰そのものの守り手であるナバロ。しかし、ヴァチカン高官のなかでニクラウスがもっとも尊敬する人物は、赤い帽子をかぶっていなかった。それは教皇の個人秘書を務めるルイジ・ドナーティ大司教だった。

「ニクラウスがよく言ってたわ――教会に少しでも分別があるなら、ドナーティ大司教を次の教皇に選ぶだろうって」

　シュテファニは無理に微笑を浮かべたが、ニクラウスがだんだん落ちこんで鬱状態になり、深酒をするようになった話をするうちに、微笑は消えていった。ドナーティはどういうわけか、ニクラウスの精神的葛藤に気づかずにいた。だが、気づいた聖職者が一人いた。ローマ教皇庁のあまり重要でない部署で仕事をしている人物で、教会と無信仰者の対話を設定するのがその部署の役目だという。

「ひょっとして、文化評議会のことかな？」ドナーティは穏やかな声で探りを入れた。

「ええ、それよ」

「で、その聖職者の名前は？」

「マルクス・グラフ神父」

ドナーティがガブリエルに向けた視線からすると、問題の聖職者はかなり厄介な人物のようだった。その理由は、シュテファニ・ホフマンが沸騰した湯をフレンチプレスに注ぎながら説明した。

「きわめて保守的な修道会のメンバーなの。秘密主義でもあるし」

「聖ヘレナ修道会だね」ドナーティは言った。シュテファニ・ホフマンのためというより、ガブリエルのための説明だった。

「グラフ神父をご存じなの？」

ドナーティは以前の傲慢な態度をちらっと覗かせた。「グラフ神父とわたしでは、行動範囲がずいぶん違っている」

「わたしは一度会っただけなの。ウナギみたいにとらえどころのない人だった。でも、カリスマ性が強かった。誘惑的と言ってもいいぐらい。ニクラウスは彼にすっかり傾倒してしまった。衛兵隊には専属の司祭がいるけど、ニクラウスが自分の聴罪司祭として、魂の導き手として選んだのは、グラフ神父だった。二人で一緒に出かけることもずいぶん多かったみたい」

「出かける？」

「グラフ神父は車を持っていたの。ニクラウスがホームシックにならないように、彼を連れてローマ周辺の山地へよく出かけていた。アペニン山脈じゃ、アルプスには及びもつかないけど、ニクラウスはローマの街から逃げだせて喜んでたわ」

「門限を破って二回処罰されている」

「きっと、グラフ神父と出かけたときね」

「二人の関係にそれ以上のものはなかったのか？」

「ニクラウスとグラフ神父が肉体関係にあったかどうかをお尋ねなの？」

「うん、まあ」

「わたしもちらっと考えたわ。とくに、わたしが最後にローマへ行ったときの彼の態度を見て」

「何があったんだ？」

「わたしと寝るのを拒否したの」

「きみに理由を言ったかね？」

「グラフ神父に諭されたんですって。結婚してもいない相手と性的関係を持つのはよくないって」

「で、それに対してきみはどう答えた？」

「すぐ結婚しましょうって。ニクラウスも同意したけど、ひとつだけ条件をつけてきた」

「聖ヘレナ修道会の平信徒メンバーになるよう、きみに言ったんだね」

「ええ」

「ニクラウスはすでにメンバーになっていたわけだ」

「ジャニコロの丘に建つ修道会本部で、リヒター司教に従順の請願を立てたそうよ。ニクラウスの話だと、リヒター司教はわたしの人格の一部に懸念を持っているけど、入会を認めることにしたんですって」

「リヒター司教はなぜきみのことを知っているんだ？」

「エーリヒ神父を通じて。あの神父も修道会のメンバーなの」

「きみはどうした？」

「婚約指輪をテヴェレ川に投げ捨ててスイスに戻ったわ」

「日にちを覚えているかね？」

「どうして忘れられて？　十月九日だった」シュテファニは三つのカップにコーヒーを注いで、ひとつをハインリヒ・キーファと名乗った男の前に置いた。「この人からわたしへの質問はないの？」

「ヘル・キーファは寡黙な男なんだ」

「ニクラウスと一緒ね」シュテファニはテーブルの前にすわった。「わたしが修道会に入るのを拒否したら、連絡がぷっつり途絶えてしまった。あの火曜日に連絡をもらったのが、何週間ぶりかのことだったのよ」

「教皇の葬儀の朝だったことに間違いはないかね？」

シュテファニはうなずいた。「ひどい声だった。一瞬、彼だとはわからなかったぐらい。どうしたのって訊いたけど、ニクラウスは泣くだけだった」

「それで、きみはどうした？」

「もう一度訊いてみた」

「すると？」

シュテファニはコーヒーを口に持っていった。「何もかも話してくれたわ」

18

レヒタールテン、スイス

ニクラウスはその日すでに二回の勤務をこなしていた。午前中は鐘のアーチ（教皇謁見用ホールへの入口）で、午後は青銅大扉で。午後九時、教皇宮殿にたどり着いたときは疲労で脚が震えていた。最初に出会ったのは教皇の個人秘書だった。外出しようとしていた。

「わたしがどこへ出かけるのか、ニクラウスは知っていたかね？」

「お友達と食事をしに。城壁の外へ」

「その友達の名前をニクラウスは知っていた？」

「ボルゲーゼ公園の近くに住むお金持ちの女性で、夫が大聖堂のドームから転落して亡くなったとか。そのとき、あなたもその場にいたってニクラウスが言ってたわ」

「誰にそんな話を聞いたのだろう？」

「誰だと思います？」

「グラフ神父？」

シュテファニはうなずいた。コーヒーカップを両手で抱えていた。コーヒーの湯気が端整な顔のまわりに光輪のごとく渦巻いた。

「わたしが出かけたあとで何があったんだ？」

「九時半ごろ、アルバネーゼ枢機卿がやってきた」

「わたしには十時過ぎに教皇宮殿に着いたと言っていたが」

「それは二回目のことよ」シュテファニ・ホフマンは言った。「一回目じゃないわ」

もっと早い時刻に教皇の居室を訪れたことを、アルバネーゼ枢機卿はドナーティに黙っていたのだ。枢機卿はそれをヴァチカンの正式な予定表にも記入していなかった。この不審な行動ひとつでも世間に漏れれば、教会はスキャンダルの渦に投げこまれてしまう。

「教皇宮殿に来た理由をアルバネーゼはニクラウスに話したかね？」

「いいえ。でも、文書館の紋章がついたアタッシェケースを提げていたそうよ」

「宮殿内にいた時間は？」

「ほんの数分」

「帰るときもアタッシェケースを提げていた？」

シュテファニはうなずいた。

「では、十時にふたたびやってきたときは？」

「教皇さまと一緒に専用チャペルで祈ることになった、とニクラウスに言ったそうよ」

「次に来たのは誰だった？」

「三人の枢機卿。ナバロ、ゴベール、フランコーナ」

「時刻は？」

「十時十五分」

「ドットーレ・ガッロが到着したのは？」

「十一時。メッツラー大佐とヴァチカンの警官が姿を見せたのはその数分後だった」シュテファニは声を落とした。「その次があなたよ、ドナーティ大司教。あなたが最後だった」

「室内で何が起きているのか、ニクラウスは知っていただろうか？」

「見当はついてたようだけど、はっきりわかったのは、救急救命士たちがストレッチャーを押してやってきたときだった」

シュテファニの話は続いた――その人たちが教皇の居室に入って数分たつと、メッツラー大佐が出てきた。ニクラウスに事実を告げた。教皇が亡くなったという。その夜目撃したことはけっして口外しないようにとニクラウスに念を押した。衛兵隊の仲間にも、友人と家族にも、そして、もちろんメディアにも。次に、教皇の遺体が運びだされて居室が立入禁止になるまでひきつづき警備をするよう、ニクラウスに命じた。カメルレンゴがその儀式をとりおこなったのは午前二時半だった。

「アルバネーゼ枢機卿は居室を出るときに、何か持ちださなかっただろうか？」

「ひとつだけ。教皇さまの聖なる遺徳を偲《しの》ぶための品がほしいと言ったそうよ。教皇さまが手を触れたものを何か」

「それはなんだった？」

「本よ」

ドナーティの心臓が胸郭にぶつかった。「どんな本だね？」

「英国のミステリ」シュテファニ・ホフマンは首を横にふった。「考えられる？」


ニクラウスが教皇宮殿をあとにするころには、広報局からすでに教皇の逝去が発表されていた。サン・ピエトロ広場はテレビの取材クルーの照明に煌々《こうこう》と照らしだされ、ヴァチカンの回廊や中庭では修道女や聖職者たちが少人数で集まって祈り、泣いていた。ニクラウスも泣いていた。兵舎の部屋で一人になって私服に着替え、ダッフルバッグにわずかな荷物を放りこんだ。朝の五時半ごろ、ひそかにヴァチカンを抜けだした。

「スイスに帰るかわりにフィレンツェへ行ったのはなぜだ？」

「見つかるのを恐れたからよ」

「衛兵隊に？」

「修道会に」

「ところで、きみのところには一度電話があっただけで、それ以外の連絡は入ってないいんだね？　メッセージもメールも？」

「小包が一個だけ。彼と電話で話した翌日に届いたの」

「中身はなんだった？」

「ゲッセマネの園で祈るイエスさまを描いた出来の悪い宗教画。彼がなぜそんなものを送ってきたのか、さっぱりわからない」

「小包にはほかに何か入っていなかったかい？」

「ニクラウスのロザリオが入ってたわ」シュテファニはいったん言葉を切り、そのあとでつけくわえた。「それと、手紙も」

「手紙？」シュテファニはうなずいた。

「誰に宛てたものだった？」

「わたしよ。ほかに誰がいるの？」

「なんて書いてあった？」

「聖ヘレナ修道会に入ったことと婚約を破棄したことを謝ってた。とんでもない間違いだったと書いてあったわ。邪悪な連中だって。とくに、リヒター司教が」

「読ませてもらってもいいかな？」

「だめ。すごくプライベートな内容だから」

ドナーティはそれ以上強要しないことにした。とりあえず、いまのところは。「メッツラー大佐がきみと話をしたと言っていた」

「教皇さまが亡くなった翌日、大佐から電話があったの。ニクラウスが無断で兵舎を出ていったと言って。彼から連絡がなかったかって訊かれたから、いいえと答えたわ。その時点では事実だったし」

「きみに接触してきたのはメッツラーだけだった？」

「うぅん。その翌日も別の誰かから連絡があったわ」

「誰だね？」

「ヘル・バウエル。ヴァチカン情報部の人よ」

またか――ドナーティは思った。ヴァチカン情報部……。

「ヘル・バウエルはきみに身分証を提示した？」

シュテファニは首を横にふった。

「ヴァチカン情報部のどの部署にいるのか、言っていたかね？」

「教皇さまの警備を担当しているとか」

「ファーストネームは？」

「マクシミリアン」

「スイス人？」

「ドイツ人よ。言葉のアクセントからすると、たぶん、バイエルンの出身でしょうね」

「電話でしゃべったのか？」

「ううん。いきなりレストランに押しかけてきたの。あなたとヘル・キーファのように」

「用件はなんだった？」

「メッツラーと同じよ。ニクラウスはどこだって訊かれた」

「で、きみが〝知らない〟と答えたら？」

「信じてないようだった」

「人相を教えてもらえないかな」

そう質問したのはガブリエルだった。シュテファニ・ホフマンは目を天井へ向けた。

「長身、立派な身なり、四十代後半か、もしかしたら五十代の初め」

ガブリエルの表情には失望がはっきり出ていた。「いやいや、シュテファニ。もっとうまく説明できるはずだ。画家なんだから」

「わたしはロスコとポロックに傾倒している現代画家よ。肖像画は専門外なの」

「だが、いざとなれば描けるはずだ」

「下手よ。それに、記憶を頼りにして描くなんて無理だわ」

「たぶん、わたしが力になれるだろう」

「どうやって？」

「きみのスケッチブックとアクリル鉛筆を持ってきてくれ。そのうえで説明しよう」

それからほぼ一時間、二人はキッチンのテーブルに並んですわって休みなしに作業を続け、ドナーティが二人の肩越しに心配そうにそれを見守った。ガブリエルが思ったとおり、マクシミリアン・バウエルと名乗った男に対するシュテファニの記憶は、当人ですら意外に思ったほど鮮明だった。彼女の記憶をひきだすのに必要なのは、デッサンの達人であり、人体解剖学の知識を持つ人物――ベッリーニとティツィアーノとティントレットの筆遣いをまねることのできる人物、聖母マリアのぼろぼろになった顔と、釘を打ちこまれたキリストの手を修復してきた治癒者――による質問だけだった。

シュテファニが描きだしたのは貴族的な顔だった。高い頬骨、すっと通った鼻筋、優美な顎、めったに微笑を浮かべることのない薄い唇、王冠のごとく輝く豊かなグレイがかった金髪。敵として不足はない――ガブリエルは思った。あなどってはならない男だ。チャンスと見ればけっして逃さない男。

「休日にときどき水彩画を描くだけなんて言っても、もうだめよ」シュテファニは言った。

「あなた、明らかに本職の画家ね。ただ、目がぜんぜん似てないわ」

「きみの説明どおりに描いたつもりだが」

「ううん、だめ」

シュテファニはスケッチブックをとりあげ、空白のページを開いて、秀でた額の下から覗く、落ちくぼんだ生真面目な目を描いた。今度はガブリエルがその目のまわりに顔の残りの部分を足した。

「これだわ。これがわたしに会いに来た男よ」

ガブリエルは背後にいるドナーティのほうを向いた。「この男に見覚えは？」

「ない。残念ながら」

シュテファニがガブリエルからスケッチブックを横どりして、口のまわりのしわを深くした。「これで完璧だわ。でも、この絵を使って何をするの？」

「男の正体を突き止めようと思う」

シュテファニはスケッチブックから顔を上げた。「でも、あなた、何者なの？」

「大司教の仲間だ」

「聖職者なの？」

「違う」ガブリエルは答えた。「プロフェッショナルだ」


残るは手紙だけとなった。ニクラウス・ヤンソンが聖ヘレナ修道会のことを邪悪だと述べた手紙。見せてほしいとドナーティが三回頼んだ。三回ともシュテファニは拒絶した。ひどくプライベートな内容だし、自分が子供のころから知っている男が感情的に不安定な状態で書いたものだから、と言って。イタリアでいちばん有名な橋の上にいたとき、多くの人が見ている前で殺されたのよ。その彼が書いた手紙となれば、自分の親友にだって見せたくない。まして、ローマ・カトリック教会の大司教に見せるなんてとんでもない。

「だったら」ドナーティは言った。「せめて、絵だけでも見せてもらえないだろうか？」

「ゲッセマネの園で祈るイエスの絵？　ヴァチカンで飽きるほど見てるんじゃない？」

「わたしなりの理由があるんだ」

その絵は平たい段ボール箱に入ったまま、シュテファニ・ホフマンの椅子のうしろに立てかけてあった。ドナーティは配送伝票を調べてみた。ローマのテルミニ駅近くにあるDHLエクスプレスのサービスセンターから発送されている。ニクラウスがフィレンツェ行きの列車に乗る前に預けていったに違いない。

ドナーティは段ボール箱から絵をとりだし、気泡ビニールシートをはずした。三五×三〇センチぐらいのサイズだった。絵そのものは、ローマ人の手で拷問にかけられて処刑される前夜のイエスを描いた、どちらかと言えば陳腐なものだ。額縁とガラス板と裏板は高級品だった。

「ニクラウスが修道会への忠誠を誓った日にリヒター司教から贈られたものよ」シュテファニが説明した。「裏返したら、修道会の紋章がついてるのがわかるわ」

ドナーティはいまもイエスの姿をじっと見ていた。

「その絵が気に入ったなんて言わないでね」

「ミケランジェロには及びもつかないが」ドナーティは正直に言った。「わたしが生まれ育ったウンブリア州の小さな家で両親の寝室にかけてあった絵が、これとそっくりだった」

シュテファニには言わなかったが、母親が亡くなったあと、ドナーティはその絵の裏に数千ユーロの現金が隠してあるのを見つけた。母親は、無理もないことだが、イタリアの銀行を信用していなかった。

絵を裏返してみた。聖ヘレナ修道会の紋章が裏板に型押しされ、裏板は四個の金具で固定してある。ところが、金具の一個がゆるんでいた。

ドナーティはあとの三個もゆるめ、裏板をはずそうとした。どうしてもはずれないので、額縁を持ってひっくりかえし、ガラス板の重みを利用してはずすことにした。

ガラス板は割れることなくテーブルに落ちた。ドナーティが絵をとりだすと、裏板とのあいだにクリーム色の封筒が隠してあった。同じく高級品で、こちらも紋章がついている。パウロ七世聖下がプライベートな場で使っていた教皇の紋章だ。

ドナーティは封筒を開いた。上質の便箋が三枚入っていた。薄手のリネンのような感じだ。最初の一行を読んだ。次にドナーティは手紙を封筒に戻し、テーブルの向かいにいるガブリエルのほうへ押しやった。

「申しわけない。これはきみに渡すべきだった」

19

〈レ・ザルミュール〉、ジュネーブ

ガブリエルとドナーティがジュネーブに着いたときは九時近くになっていて、ローマ行きの最終便には間に合わなかった。二人はサン・ピエール大聖堂の近くの小さなホテルにとなりあった部屋をとってから、旧市街にある羽目板張りのレストラン〈レ・ザルミュール〉まで歩いた。料理を注文したあとで、ガブリエルは小規模ではあるが有能なスイスの諜報・保安機関、NDBにいる友人に電話をかけた。友人はクリストフ・ビッテルという名前で、テロ対策部のチーフをしている。ビッテルは警戒しつつ電話に出た。ガブリエルはスイスで長年にわたって派手な活躍をしてきた。前回彼がジュネーブに来たときに起こした騒動の後始末に、ビッテルはいまも追われている。

「いまどこだ?」

ガブリエルは正直に答えた。

「わたしがきみだったら、子牛のカツレツを注文するだろう」

「いま注文したところだ」

「入国してどれぐらいになる？」

「二、三時間かな」

「正規のパスポートで入国したとは思えないが」

「正規の意味を定義してくれ」

　ビッテルはため息をつき、ガブリエルが電話してきた理由を尋ねた。

「あるスイス市民を監視下に置いて保護してもらいたい」

「珍しい頼みだな。そのスイス市民の名前は？」

　ガブリエルは質問に答え、ついでに住所と職場も教えた。

「その女、ＩＳＩＳのテロリストか？　それとも、ロシアの暗殺者？」

「違う、ビッテル。画家だ」

「とくに警戒すべき相手が誰かいるのか？」

「その人物の似顔絵を送ろう。だが、きみが誰に監視役を命じるにせよ、二年ほど前にベルンでわたしの警備をしてくれたあの若いやつははずしてくれ」

「うちでいちばん有能な男の一人なんだが」

「以前、スイス衛兵だっただろ」

「フィレンツェの事件と何か関係してるのか？」

「なぜそんなことを訊く?」

「イタリアの国家警察のほうから、ゆうべ起きた銃撃事件の被害者の名前が発表されたばかりだ。被害者はスイス衛兵だった。考えてみたら、レヒタールテンの出身でもある」

ガブリエルは電話を切って、イタリアの主要な新聞のひとつ、『コッリエーレ・デッラ・セーラ』のウェブサイトを開いた。ドナーティのほうは、ヴァチカン広報局のツイッターへ直行した。短い声明が出ていた。五分前のものだ。理不尽で無差別的な銃の暴力によってスイス衛兵隊所属のニクラウス・ヤンソン隊員の命が奪われたことに対し、衝撃と悲しみが表明されていた。教皇が亡くなった夜、居室の扉の外で彼が警備に当たっていたという事実にはいっさい触れていない。また、仲間の隊員たちがコンクラーベの準備のため超過勤務をしていたときに、ヤンソンがなぜフィレンツェにいたのかという説明もなかった。

「教皇庁が使う二枚舌の典型例だな」ドナーティが言った。「一見、非の打ちどころのない声明だが、肝心な点を省いた欺瞞《ぎまん》であることは明白だ。アルバネーゼ枢機卿はどうやら、ニクラウスが殺害されても、コンクラーベの開始を遅らせるつもりはないらしい」

「そのやり方は間違っている、とわれわれがアルバネーゼを説得できるかもしれない」

「何を根拠に?　セックスと秘密主義に満ちた修道会についての荒唐無稽な話で?　その話をしたのは、若きハンサムなスイス衛兵との婚約を破棄することになって修道会を恨んでいる女性なんだぞ」

「彼女の話を信じないのか？」

「一言一句に至るまで信じている。だが、その話が完全な伝聞であるという事実は変えようがない。すべて否定できるという事実も」

「これだけは否定できないぞ」ガブリエルは封筒をとりだした。高級なクリーム色の封筒で、教皇パウロ七世が個人的に用いていた紋章がついている。「手紙の内容を本当に知らなかったなどと、わたしに信じさせるつもりか？」

「本当に知らなかったんだ」

ガブリエルは封筒から三枚の便箋をとりだした。手紙は淡いブルーのインクで書かれていた。書きだしの言葉は形式ばらないもので、ファーストネームだけが使われていた。

〝親愛なるガブリエル……〟時候の挨拶も社交辞令も抜きだった。

〝ヴァチカン秘密文書館でリサーチをしていたとき、きわめて重大な本に出会い……〟

パウロ七世の手紙は次のように続いていた。

〝その本は文書館のスタッフの一人が、文書館長官には知らせずに渡してくれたものだ。保管されていた場所は〝コッレッツィオーネ〟と呼ばれるエリアで、秘密文書館内に作られたさらなる秘密文書館といったところだろうか。文書館の地下にある。コッレッツィオーネの文書はいずれも国家機密に関わるものだ。政治・行政関係の蔵書や資料もあれば、教義関係のものもある。これらの文書については、索引室に保管されている一千にのぼる蔵書目録のどこにも記載がない。それどころか、文書館のどこを探してもコッレッツィオーネの文書に関する記録はない。何世紀も昔から、文書館の長官から長官へ口頭で伝えられる決まりとなっていた〟

手紙を読んだかぎりでは、問題のその本がどういうものかは不明で、わかったのはただ、中世には教会によって禁書とされていたため、ひそかに読み継がれていたが、ルネサンス時代に入ってついに禁書狩りで消滅したということだけだった。秘密文書館に保管されていたのが最後の一冊と考えられている。教皇はその本が本物で、歴史上の重大な出来事を正確に伝えているとの結論に達した。一刻も早くガブリエルに本を託そうと決心した。それをどう扱うかはガブリエルの判断に委ねるとのことだった。教皇が彼に頼んだのはただひとつ、最高機密扱いにしてほしいということだけだった。〝この本が全世界を震撼《しんかん》させることになるだろう。その存在を明かすに当たっては慎重な扱いが必要となる。さもないと、偽書として退けられてしまう〟と、教皇は警告していた。

手紙は途中で終わっていた。最後の文章は完全な文章になっておらず、最後の単語は途中で切れて〝文書……〟となっていた。ガブリエルが推測するに、暗殺者が現れたため、教皇は途中でペンを置いたのだろう。ドナーティも同じ意見だった。彼が真っ先に疑ったのは、カメルレンゴであり、ヴァチカン秘密文書館長官でもあるドメニコ・アルバネーゼ枢機卿だった。ガブリエルはドナーティに、それは間違っていると遠慮がちに告げた。

「だったら、アルバネーゼはなぜ、最初に教皇の居室を訪れたときのことで、わたしに嘘をついたのだ?」

「わたしは何も、アルバネーゼが教皇の暗殺に無関係だと言っているのではない。だが、じっさいに手を下したのはアルバネーゼではない。お膳立てをしただけだ」ガブリエルは手紙をかざしてみせた。「この手紙がシュテファニ・ホフマンの家で見つかったことこそ、ニクラウス・ヤンソンがあの夜の出来事をシュテファニに残らず告げてはいないという証拠になるんじゃないか?」

「なるほど」

ガブリエルは手紙を下ろした。「アルバネーゼが九時半にやってきたとき、教皇はすでに死亡していた。そのとき、アルバネーゼは教皇の書斎から本を持ちだした。十時にふたたびやってきて、教皇の遺体を書斎から寝室へ移した」

「しかし、本を持ちだしたとき、なぜ手紙も一緒に持っていなかったんだ?」

「手紙がそこになかったからだ。ニクラウス・ヤンソンのポケットに入っていた。最初にアルバネーゼがやってくる前に、ニクラウスが手紙をポケットに入れていたのだ」

「なぜだ?」

「わたしの推理を言うなら、ニクラウスは暗殺者を教皇の書斎に通してしまったことで罪の意識に苛《さいな》まれていたのだろう。暗殺者が出ていったあとで、ニクラウスは様子を見るために書斎に入った。そこで教皇の遺体と、机の吸い取り紙の上に置かれた書きかけの手紙を見つけた」

「ニクラウス・ヤンソンがなぜ暗殺者を教皇の書斎に入れたりする？　教皇を敬愛していたのに」

「それなら簡単に説明できる。暗殺者がヤンソンの知りあいだったからだ。彼が信頼していた人物」ガブリエルは間を置いた。「従順の請願を立てた相手」

ドナーティの返事はなかった。

「ヤンソンとグラフ神父が性的関係にあったことをヴェロニカから聞いていないか？」

ドナーティは躊躇したが、やがてうなずいた。

「なぜ言ってくれなかった？」

「ありえないと思っていたから」ドナーティは言葉を切った。「今夜まで」

「何者なんだ、ルイジ？」

「聖ヘレナ修道会の連中のことか？」

「そう」

「災厄だ」ドナーティは言った。「純粋で、混じりっけなしの、徹底した、とりかえしのつかない災厄」

20

〈レ・ザルミュール〉、ジュネーブ

　ドナーティの話は続いた。

「考えてみれば、聖ヘレナ修道会は最初から災厄だった。創立は西暦一九二八年。第一次世界大戦が終わって第二次大戦が始まるまでのちょうど中間に当たり、社会と政治に大変動が起きて、将来への不安が膨らんでいた時期だった。ドイツ南部のバイエルン州にウルリヒ・シラー神父という無名の聖職者がいて、ローマ・カトリック教が極右の君主や政治指導者と手を組まないかぎり、神を否定するボリシェヴィキからヨーロッパを救うことはできない、という信念を持ちはじめた。オーバーバイエルンのベルゲンという町に修道会を創立し、同じ意見の政治指導者や実業家たちとひそかにネットワークを作り、西はスペインとポルトガルまで、東はソビエト連邦のすぐそばまで勢力を広げていった。ほどなく、平信徒メンバーが聖職者たちの力を削《そ》いで修道会の実権を握り、影響力を持つようになった。メンバーの名前は極秘にされていた。修道会の会員名簿に目を通せるのはシラー神父だけだった。

その名簿は革で装丁されていた。すばらしく美しいものだったらしい。シラー神父が会員の名前を記入し、秘密の連絡先も添えた。会員は一人一人番号を与えられ、ローマ・カトリック教会ではなく修道会に対して誓願を立てた。きわめて政治的な組織で、ある意味では軍隊に似ていた。初期のころの修道会は教義をさほど重視していなかった。自分たちのことを何よりもまず聖戦士とみなし、キリストとローマ・カトリック教に敵対する者どもと戦おうという熱意に燃えていた」

「聖ヘレナ修道会という名前の由来は?」

「一九二〇年代の初めにシラー神父がエルサレムへ巡礼の旅に出た。ゲッセマネの園と聖墳墓教会で何時間も祈りつづけた。イエスが十字架にかけられ、埋葬された場所をローマ皇帝コンスタンティヌスの母ヘレナが見つけたと言われていて、そこに造られたのが聖墳墓教会なのだ」

「うん、わたしも知っている」ガブリエルは言った。「わが家がたまたまそこから遠くない場所にあるのでね」

「これは失礼」ドナーティは言った。

シラー神父は磔刑《たっけい》に異様な関心を寄せていた。毎日のように自分を鞭《むち》で打ち、聖なる受難節のあいだは自分のてのひらに釘を突き刺し、茨《いばら》の冠をかぶって眠りについた。キリストの受難と死を偲《しの》ぶ彼の熱意はユダヤ人への憎悪と一体となっていた。ユダヤ民族が神を殺したというのが神父の考えだった。

「ここで論じているのは教義上の反ユダヤ主義ではない。シラー神父は異様なほどユダヤ人を憎んでいた。シオニズム運動が始まったばかりのころから、エルサレムにあるキリスト教の聖地がユダヤ人に奪われてしまうのを警戒していた」

シラー神父のような人物が、一九三三年にドイツの権力者となったオーストリア出身の元伍長とのあいだに共通の利害を見つけたのは、当然の成り行きだった。シラー神父はナチ党に入党し、一般党員ではなく、憧れの黄金ナチ党員バッジを着けていた。一九三六年に出した著書『国家社会主義の教義』のなかで、アドルフ・ヒトラーとナチスがキリスト教国ヨーロッパへのたしかな道筋を示してくれたと論じている。ヒトラーはその著書を読んで高く評価した。ベルヒテスガーデン近郊のオーバーザルツベルクの山荘にも、これが一冊置いてあった。ミュンヘンの大司教との会談で議論となったときには、シラー神父の著書の一部を引用し、カトリックとナチスが力を合わせればボリシェヴィキとユダヤ人からドイツを守ることができることを示す証拠とした。

「ヒトラーはかつてシラー神父にこう述べたことがある——自分はユダヤ人問題に関して、教会が千五百年前に定めたのと同じ方針に従っているに過ぎない、と。カトリックの歴史に対するヒトラーのこの解釈に、シラー神父が異議を唱えることはなかった」

「戦時中に聖ヘレナ修道会がどのような行動をとったか、尋ねたほうがいいかな？」

「ヒトラーがヨーロッパのユダヤ人を一人残らず殺すつもりでいることが明らかになったあとも、遺憾ながら、修道会はヒトラーに忠実でありつづけた。バルト諸国やウクライナへ出向くナチスの特別行動部隊《アインザッツグルッペン》に修道会の聖職者たちが同行し、毎晩、虐殺のあとで、殺《さつ》戮《りく》を実行した者たちに罪の赦しを与えていた。フランスでは修道会のメンバーがヴィシー政権の側に立ち、イタリアでは最後の最後までムッソリーニを支持しつづけた。修道会はまた、スロヴァキアとクロアチアの宗教界のファシストたちとも結びついていた。こうした政権との関わりが、教会の歴史に消すことのできない汚点となって残っている」

「では、終戦後は？」

「新たな戦争が始まった。西側社会と神を否定するソビエト連邦とのグローバルな戦いだ。シラー神父と修道会は突然、注目の的となった」

シラー神父は教皇ピウス十二世の暗黙の了解を得て、何十人ものドイツとクロアチアの戦争犯罪人が南米へ逃亡するのに手を貸した。修道会では南米がキリスト教と共産主義の次なる戦いの舞台になると見ていた。ヴァチカンから資金援助を受けて、ラテンアメリカ全域に神学校のネットワークを広げ、何千人という新たな平信徒を入会させた——裕福な地主、兵士、秘密警察の人間などが中心だった。一九七〇年代から八〇年代にかけてアルゼンチンで軍事政権による革命勢力弾圧が続いた時期には、修道会はまたしても犠牲者側ではなく殺戮する側についた。

「シラー神父が亡くなった一九八七年ごろが修道会の全盛期だった。平信徒メンバーの数は少なくとも五万人、叙任された聖職者は千人、そして、教区司祭がさらに千人いた。この司祭たちは聖ヘレナ修道会司祭会なるもののメンバーだった。ルッケージとわたしが教皇宮殿に入ったころは、この連中が教会内で最大の勢力を誇っていた」

「それで、きみはどうした？」

「連中の翼を切り落としてやった」

「向こうはどう反応した？」

「まさしくきみが想像しているとおりだ。ハンス・リヒター司教はルッケージを憎悪した。わたしを憎悪するのに劣らず」

「リヒターはドイツ人か？」

「正確にはオーストリア人だ。グラフ神父もそうだ。グラフ神父はリヒター司教の個人秘書であり、侍者であり、個人的な護衛でもある。司教が公の場に出るとき、神父はかならず銃を携行する。使い方も心得ているそうだ」

「心に留めておこう」ガブリエルはローマの〈ピペルノ〉でランチをとったときに写したスナップをドナーティに見せた。

「グラフ神父だ。わたしがイエズス会の建物を出たときから尾行していたに違いない」ドナーティは言った。

「どこへ行けばこいつに会える？」

「グラフにはぜったい近づくな。リヒター司教にも」

「いちおう訊いてみただけだよ」

「リヒターはジャニコロの丘に建つ豪邸と、スイスのツーク州のメンツィンゲンという村にある修道会本部の両方で過ごしている。修道会は一九八〇年代にそちらへ移転したのだ。きみが疑問に思っているといけないから言っておくと、司教が民間の航空機に乗ることはない。聖ヘレナ修道会には唸《うな》るほど金があるから。リヒターは一日二十四時間自由に使える自家用ジェットを持っている」

「所有者は誰だ？」

「秘密の後援者。カーテンの陰にいる男。少なくとも、そういう噂が流れている」ドナーティは教皇の手紙を手にとった。「ここに本の題名が書いてあればよかったのだが」

「コッレッツィオーネのことには詳しいのか？」

ドナーティはゆっくりうなずいた。

「場所はわかるか？」

「まず文書館の入館証を手に入れる必要がある。生易しいことではないぞ。なにしろ、秘密文書館と呼ばれているのにはそれだけの理由がある」ドナーティはシュテファニ・ホフマンに会いに来たという男の似顔絵に目をやった。「なあ、ガブリエル、絵で食べていくことを本気で考えたほうがいいぞ」

「こいつも修道会のメンバーだろうか？」

「もしそうだとしても、聖職者ではない」

「なぜ断言できる？」

「シュテファニ・ホフマンのような相手に質問する場合、あの修道会が聖職者の一人を送りこむことはぜったいにないからだ」

「誰を送りこむんだ？」

「プロフェッショナルさ」

21

ローマ――オーバーザルツベルク、バイエルン州

翌朝の五時、ハンス・リヒター司教は部屋のドアを遠慮がちにノックする音に起こされた。そのすぐあとに、コーヒーと新聞の束をのせたトレイを持って神学生が入ってきた。トレイをベッドの端に置くと、それ以上指示がなかったので出ていった。

リヒターは身体を起こし、華麗な銀のポットからコーヒーを注いだ。砂糖とスチームミルクを加えてから、新聞に手を伸ばした。『ラ・レプッブリカ』を開いたとたん、落胆した。フィレンツェの事件が第一面を派手に飾っていた。ヴァチカンの広報局が出した曖昧な声明に説得力がなかったことは明らかだ――とくに、新聞社の花形報道記者で、聖ヘレナ修道会をテーマにしたベストセラー本の著者でもあるアレッサンドロ・リッチは納得していなかった。陰謀の証拠をつかんだと主張していた。まあ、リッチがそう主張するのは毎度のことだが。とはいえ、ニクラウス・ヤンソンの死が修道会にとって災厄となったことは否定できない。今後のコンクラーベに向けたリヒターの野心が脅かされる危険がある。

次はドイツの新聞に目を通した。ハンブルクの市場を襲った爆弾テロの記事と写真でいっぱいだった。挑戦を受けたドイツ首相は連邦警察の対テロ特殊部隊に対して、すべての主要な鉄道駅、空港、政府関係のビル、各国大使館の警備を厳重にするよう命令を出した。その一方でドイツの内務大臣は、次のテロ攻撃の危険がある、おそらく数日中に起きるだろうと予告している。新たな世論調査では、アクセル・ブリュナーと、彼が率いる反移民主義の国民民主党の支持率が急激な伸びを示している。ブリュナーと首相はいまや、支持率をめぐってデッドヒートを演じている。

リヒターは新聞を脇に置くと、ビーダーマイヤー様式の天蓋つきベッドを出た。彼の居室の面積は三千平方メートル、ローマ・カトリック教会の最高位の聖職者たちに与えられている部屋よりずっと広い。室内に置かれたその他の贅沢な家具――整理だんす、大型衣装だんす、ライティング・デスク、サイドテーブル、フレームつきの鏡など――もすべて、優美なビーダーマイヤー様式のアンティークだ。絵画はイタリアとドイツの巨匠の名画ばかりで、ティツィアーノ、ヴェロネーゼ、レンブラント、ファン・アイク、ファン・デル・ウェイデンなどが含まれている。これらは修道会が所有している膨大なコレクションのほんの一部で、大半が投資目的で購入したものだ。コレクションはリヒターの莫大な個人資産の多くと一緒に、チューリッヒのダウンタウンにあるパラデ広場の銀行の地下金庫に隠されている。

リヒターは贅沢なしつらえのバスルームに入った。シャワーヘッドを四個備えたシャワールーム、大型ジャクージ、スチームルーム、サウナ、作りつけのオーディオビジュアル装置がそろっている。バッハの《ブランデンブルク協奏曲》を伴奏に、入浴と髭剃りと排泄《はいせつ》をすませた。そのあと、ふだんの赤紫で縁どりされたカソックではなく、オーダーメードのビジネススーツに着替えた。次にオーバーをはおり、マフラーを巻いて一階に下りた。

建物の前庭に出ると、エレガントなメルセデス・マイバッハのリムジンのそばでグラフ神父が待っていた。すらりとしたアスリート・タイプの聖職者で、四十二歳。細面の顔、きちんと櫛《くし》を入れた金髪、鮮やかな青い目。リヒター司教と同じく、彼もオーストリア貴族の家柄だ。二人の血管を流れる血はきっと、高貴なミッドナイトブルーの色をしているだろう。グラフ神父も法衣ではなくビジネススーツ姿だった。リヒターが近づいていくと、携帯電話から顔を上げ、ドイツ語で朝の挨拶をした。

マイバッハのうしろのドアがあいていた。リヒターはリアシートに腰をすべらせた。グラフ神父も続けて乗りこんだ。車は石と鉄でできた修道会の頑丈なセキュリティ・ゲートを抜けて通りに出た。カサマツの並木が夜明けの赤褐色の光を受け、シルエットとなって浮かんでいた。けっこう美しいものだとリヒターは思った。

グラフ神父がふたたび携帯電話に視線を据えていた。

「けさのニュースに何か興味深いことでも？」リヒターは尋ねた。

「ヴァチカン市国警察から、フィレンツェで射殺された若者の身元について発表がありました」

「われわれが知っている男かね？」

グラフ神父は顔を上げた。「ニクラウスがあの橋を渡ったらどうなっていたか、わかりますか？」

「やつが〈アクシデント教皇〉の手紙をガブリエル・アロンに渡していただろう」リヒターは言葉を切った。「だからこそ、きみが教皇の書斎から手紙を持ちだすべきだったのだ」

「それはアルバネーゼの役目でした。わたしではありません」

リヒターは顔をしかめた。「アルバネーゼは枢機卿であり、修道会のメンバーだぞ、マルクス。せめて、多少の敬意は払うようにしろ」

「教会がなかったら、あの男はレンガ職人になっていたでしょう」

リヒターはサンバイザーの裏の鏡に自分の顔を映した。「レンガ職人が出した声明のおかげで、われわれはひと息つくことができたのだ。だが、教皇が亡くなった夜にニクラウスがどこで勤務についていたかを、そして、修道会のメンバーであったことを、マスコミが探りだすのは時間の問題だ」

「六日後にはもう、気にする必要もありません」

「六日間は永遠にも等しい。とくに、ガブリエル・アロンのような男がからんでくると」

「わたしとしては、いまのところ、われらが旧友アレッサンドロ・リッチのほうが気になります」

「同感だ。やつがひそかに使っている教皇庁内部の情報源はきわめて優秀だ。われらの敵がリッチに情報を流しているのは間違いない」

「リッチとも話をしたほうがいいかもしれませんね」

「まだ早い、マルクス。だが、やつから目を離してはならんぞ」リヒターは窓の外を眺めて眉をひそめた。「嘆かわしい。この街はじつに醜悪だ」

「われわれが権力を握ったあとは、この街も変わるでしょう、閣下」

そうだな――リヒター司教は思った。大きく変わるだろう。


チャンピーノ空港に着くと、運行支援業者シグネチャー・フライト・サポートの外の滑走路で、修道会所有のガルフストリームG五五〇が待っていた。リヒター司教とグラフ神父はザルツブルクへ飛び、そこでプライベート・ヘリに乗り換えて、短時間のフライトでドイツとの国境を越えた。ベルヒテスガーデン郊外の屋敷のヘリパッドでは、かつてドイツの情報機関に所属し、現在は聖ヘレナ修道会の警備部主任であるアンドレーアス・エスターマンが、ローターが巻きおこす風にグレイがかった金髪をなびかせながら待っていた。リヒター司教が差しだした右手の指輪に唇をつけてから、待機しているメルセデスのセダンのほうを手で示した。

「急がなくてはなりません。司教さまが最後の到着となりそうです」

車は一行を乗せて私有地の峡谷をなめらかな走りでのぼっていき、シャレーふうの建物に到着した。石とガラスでできた現代の要塞といった感じで、屹立《きつりつ》する山々を背景にしている。車道には十台以上の車が並び、武装した警備員の一団が監視の目を光らせていた。全員、黒いスキージャケット姿で、〈ヴォルフ・グループ〉という派手なロゴがついている。ミュンヘンに本社を置くコングロマリットだ。

エスターマンがリヒター司教とグラフ神父を案内して建物に入り、階段をのぼった。左のほうに、秘書連中やダークスーツの警備担当者でぎっしりの控えの間があった。リヒター司教はグラフ神父にオーバーを手渡すと、エスターマンのあとについて大広間に入った。一八×一五メートルほどの広さがあり、巨大な一枚ガラスの窓から北のオーバーザルツベルクを望むことができる部屋だった。壁にはゴブラン織りのタペストリーと数点の油絵がかかっていて、ボルドーネの《ヴィーナスとキューピッド》もそのひとつだった。台座にのったリヒャルト・ワーグナーの胸像がリヒターに不機嫌な顔を向けている。古代ローマふうの鷲の紋章に飾られた振り子時計を見ると、時刻は九時だった。リヒター司教はいつものように、ぴったりの時刻に着いたわけだ。

偏見に満ちた目でほかの者たちをざっと眺めた。つきあう気にもなれない連中ばかりで、悪党とペテン師ぞろいという感じだ。だが、必要悪でもある。目的達成のための手段なのだ。労働者の利益を守ろうとする連中や、社会民主主義を支持する俗世の連中がヨーロッパをいまのような苦境に追いこんだ。戦後七十五年にわたるリベラルな駄弁がもたらしたダメージを修復するのに必要な激務を担う覚悟があるのは、ここに集まった連中だけだ。

例えば、アクセル・ブリュナーがいる。高級スーツを着て、縁なし眼鏡をかけていても、かつては、パリでユダヤ人狩りをおこなった悪名高きナチ党員と遠い血縁関係にあることぐらいしか自慢できないスキンヘッドのやくざ者だった、という事実は隠しきれていない。いまはセシル・ルクレールと話をしている。ブリュナーと似たりよったりの思想を持つフランス女で、父親――マルセイユ出身の能無し――から、反移民政策を掲げる党を受け継いで党首となった。

リヒターはコーヒーの匂いの混じった生温かな息がかかるのを感じてふりむき、気づいたときには、イタリア首相ジュゼッペ・サヴィアーノの脂ぎった手を握っていた。次に彼が握った手はペーター・ファン・デア・メーアのものだった。プラチナ色の髪とパテのような肌をしたカトリック教徒で、出身はアムステルダム、オランダに住むムスリムを二〇二五年までに一人残らず追いだしてやると断言している。実現不能なゴールではあるが、見上げたものだ。いつでも撮影オーケイといった感じのオーストリア首相、イェルク・カウフマンが古くからの友達のようにリヒター司教に挨拶した。事実、昔からのつきあいだ。

カウフマンの洗礼も初聖体もリヒターがとりおこなった。それから、カウフマンが先日オーストリアでもっとも有名なファッション・モデルと結婚したときも、この結婚をかなり不安視しつつ、リヒターが式の司祭を務めた。

本日の集まりをとりしきっているのはヨーナス・ヴォルフだった。分厚いタートルネックのセーターにフランネルのズボンという装いで、銀色の豊かな髪をオールバックにし、猛禽《もうきん》のような鼻が強烈にその存在を主張している。硬貨に刻印するにふさわしい顔だとリヒターは思った。いつの日か、ムスリムの侵略者どもが追いだされ、ローマ・カトリック教会がふたたび世界を支配するようになれば、実現するかもしれない。

九時五分過ぎ、ヴォルフが巨大な窓の近くに置かれていた会議テーブルの上座についた。アンドレーアス・エスターマンはヴォルフの右側、リヒターは左側の席だ。リヒターはヴォルフに頼まれて、全員で唱和する主の祈りの先導役を務めた。

「そして、われらに聖なる使命を果たす力と覚悟をお与えください」最後にリヒターはこう結んだ。「聖霊の交わりのなかで、あなたとともに世に生き、支配しておられる御子《みこ》、わたしたちの主イエス・キリストによって」

「アーメン」テーブルを囲んだ者たちが唱和した。

ヨーナス・ヴォルフが革表紙のフォルダーを開いた。会議の始まりだ。

ヴォルフがようやく小槌《こづち》を叩いて会議の終わりを告げたときには、山々の峰が闇のなかに消えていこうとしていた。暖炉に火が入り、カクテルが出された。リヒターは常温のミネラルウォーターしか飲まなかったが、いつのまにかセシル・ルクレールにつかまってしまい、理解不能のフランス語訛りのドイツ語でしつこく話しかけられた。四語か五語のうち一語しか理解できなかったが、そのほうが幸いだった。セシルも父親と同じくけっしてインテリではない。だが、どういうわけか、パリのエリート大学で法律の学位を取得している。

そんなわけで、たぶん、リヒターが困りはてているのを察したのだろうが、舞踏室のフロアに立ったダンサーのごとくヴォルフが近づいてきて、二人だけで話ができないかと尋ねてくれたので、リヒターもほっとした。二人はアンドレーアス・エスターマンをうしろに従えて無人の部屋をいくつも通り抜け、ヴォルフのチャペルまで行った。教区教会で見かけるような標準的な広さのチャペルだった。壁にはドイツとオランダの巨匠の名画が並んでいる。祭壇の上には、ルーカス・クラナハ（父）の傑作《磔刑》がかけてある。

ヴォルフは片膝を突き、それから危なっかしく立ちあがった。「全体として見れば、実りある会議だった。そう思われませんか、司教さま」

「正直に白状すると、ファン・デア・メーアの髪が気になって仕方がなかった」

ヴォルフは同感だと言いだけにうなずいた。「そのことで、わたしから本人に話をしたことがあります。本人はブランド戦略の一部だと言って譲りません」

「ブランド戦略？」

「現代の用語で、ソーシャルメディアに向けたイメージ作りを意味する言葉だそうです」

ヴォルフはエスターマンのほうを手で示した。「その分野に関しては、アンドレーアスがわが修道会のエキスパートです。ファン・デア・メーアの髪は政治的資産になると断言しています」

「『めまい』のキム・ノヴァクに似た色だね。しかし、あのみっともないバーコードのような髪ときたら！　どうすれば、ひと筋の乱れもなく整えられるのだろう？」

「膨大な時間と努力が必要らしいです。ヘアスプレーをケース買いしているとか。雨の日は外に出ないという、オランダでただ一人の男でしょう」

「虚栄心と深刻な不安定さを示すものだ。われらが推す候補者は非の打ちどころのない人物でなくてはならん」

「誰もがイェルク・カウフマンのように洗練されたタイプになれるわけではありません。ブリュナーにも問題があります。幸い、ベルリンとハンブルクの爆弾テロのおかげで、大いに必要だった盛り上がりがブリュナーの選挙運動に生まれています」

「新たな世論調査の結果は上々だ。だが、ブリュナーで勝てるだろうか？」

「もう一度テロが起きれば」ヴォルフは言った。「ブリュナーの勝利は約束されたも同然です」

ヴォルフは最前列の信者席にすわった。リヒターも横にすわった。そのあとに心地よい沈黙が続いた。リヒターは大広間の有象無象にうんざりしているかもしれないが、ヨーナス・ヴォルフには心酔している。ヴォルフはリヒターよりも先に修道会に入ったわずかな者たちの一人だ。平信徒メンバーのなかでもっとも重要な人物で、実質的にはもう一人の修道会総長と言ってもいい。十年以上にわたって、ヴォルフとリヒターは西欧世界およびローマ・カトリック教会を変革すべく、秘密裏に十字軍の戦いを続けてきた。ときには、その成功のスピードに自分たちでさえ驚くことがあった。イタリアとオーストリアはすでに手中に収めた。いまはドイツ連邦首相の座が手の届くところに来ている。ヴァチカンの使徒座も然《しか》り。権力掌握は完成に近づいている。表向きの権力者となるのは小物連中だが、彼らの耳にささやきかけるのはヨーナス・ヴォルフと聖ヘレナ修道会のハンス・リヒター司教だ。自分たちは黙示録の世界にいるのだと思っている。西欧文明は滅びかけている。それを救えるのは自分たちしかいない。

アンドレーアス・エスターマンが聖三位一体の三人目のメンバーだった。リヒターの計画にとって欠くべからざる人物だ。金をばらまき、地元の党に働きかけて地盤を固め、人前に出しても恥ずかしくない候補者を立て、西ヨーロッパの情報機関や警察からひきぬいた工作員のネットワークを統括する。ミュンヘン郊外にあるパソコンでぎっしりの倉庫に情報戦担当ユニットを置き、そのメンバーが毎日のように、ムスリム移民の脅威に関するフェイク情報や誤解を招く情報をソーシャルメディアに垂れ流している。エスターマンのサイバー・ユニットはまた、電話を盗聴したり、コンピュータ・ネットワークに侵入したりする能力も備えている。その能力のおかげで、計り知れぬ価値を持つ危険な情報を山のように入手できる。

目下、エスターマンは身廊の右側を無言で行きつ戻りつしているだけだった。リヒター司教は何かが彼を悩ませていることを見てとった。ヨーナス・ヴォルフがその説明をした。前夜、ドナーティ大司教とガブリエル・アロンがスイスのフリブール州まで出かけ、シュテファニ・ホフマンに会ったという。

「彼女、きみには何も知らないと言ったはずだが」

「どう見ても、本当のことを言っている感じではなかったです」エスターマンは答えた。

「ヤンソンの若造は殺されたときに手紙を身に着けていたのか？」

「国家警察に勤務するわれらが友人たちの話だと、手紙はなかったそうです。おそらく、ドナーティ大司教が手に入れたのでしょう」

リヒター司教は大きく息を吐いた。「あの口うるさい大司教を遠ざけてくれる者はどこにもいないのか？」

「わたしは反対ですね」エスターマンが言った。「ドナーティが死ねば、コンクラーベが延期されるのは避けられない」

「では、かわりにやつの友達を殺すとしよう」

エスターマンは歩みを止めた。「言うは易《やす》く、おこなうは難《かた》し」

「やつらはいまどこだ？」

「ローマに戻りました」

「なんのために？」

「われわれは優秀です、司教さま。だが、そこまで優秀ではない」

「ひとつ助言してもいいかね？」

「もちろんです、司教さま」

「もっと優秀になれ。大至急」

22

ローマ

ヴァチカン秘密文書館の入口はベルヴェデーレの中庭の北側にある。推薦状を持った歴史学者と研究者でなくては入館できず、しかも、徹底的なチェックを受けないと入館が許可されないし、チェックをおこなうのは、なんと、文書館長官であるドメニコ・アルバネーゼ枢機卿その人だ。入館者が入れるのはサーラ・ディ・ストゥーディオと呼ばれる閲覧室までで、ここには古めかしい木製の机が二列に長く並んでいるが、最近ようやくノートパソコン用の電源コンセントがとりつけられた。書庫には、わずかな例外を除いてスタッフしか入ることができない。索引室にある窮屈なエレベーターで地下に下りるのだ。ドナーティですら、まだ一度も足を踏み入れたことがない。いくら頭をひねっても、スタッフの付き添いなしで書庫を歩きまわるためのもっともらしい口実をでっちあげることはできなかった。イスラエルの秘密諜報機関の長官と一緒では、なおさら無理というものだ。

ローマに戻ったガブリエルとドナーティがその足でイスラエル大使館へ直行したのは、

そういう事情があったからだった。二人で〝至聖所〟と呼ばれる地下の安全な通信室に下り、ガブリエルはそこで、ウージ・ナヴォトと八二〇〇部隊の指揮官ユヴァル・ガーションを相手に電話会議をおこなった。ガブリエルが考えている作戦のことを知って、ナヴォトは肝をつぶした。しかしながら、ガーションのほうは自分の幸運が信じられなかった。スイス衛兵隊のコンピュータ・ネットワークへの侵入に成功したと思ったら、今度は、ヴァチカン秘密文書館の電源装置とセキュリティ・システムを制御するよう頼まれているのだ。サイバー戦士にとって、これはまさに夢の任務だった。

「できるか？」ガブリエルは尋ねた。

「それ、冗談だよね？」

「どれぐらいかかる？」

「四十八時間かな。余裕を見て」

「二十四時間で頼む。だが、十二時間ならもっとありがたい」

ガブリエルとドナーティがようやくイスラエル大使館の敷地を出て、大使館の車のリアシートにすべりこんだときには、夕暮れになっていた。運転手はドナーティをイエズス会本部で降ろしたあと、スペイン階段をのぼってすぐのところにある隠れ家へガブリエルを送り届けた。疲労困憊だったガブリエルは整えていないベッドにもぐりこみ、夢も見ない眠りに落ちた。翌朝七時に電話に叩き起こされた。ユヴァル・ガーションからだった。

「何回かリハーサルできれば安心なんだけど、とにかく、そっちさえオーケイなら、こっちの準備は終わった」

ガブリエルはシャワーを浴びて着替えをすませると、冷えこんだ朝のローマの街を歩いてサント・スピーリト通りへ向かった。イエズス会本部の玄関先でドナーティがガブリエルを迎え、上の階にある彼の部屋へ連れていった。

時刻は八時半。

「まさか本気じゃあるまいな？」

「きみ、修道女の衣装のほうがいいのか？」

ガブリエルはベッドの上に広げられた衣類に目を向けた。聖職者用のスーツ、ローマンカラーがついた黒いシャツ。工作員として長いキャリアのなかでさまざまな変装をしてきた彼だが、聖職者の装いの下に身を隠したことは一度もなかった。

「なんて名乗ればいいんだ？」

ドナーティはガブリエルにヴァチカンの通行証を渡した。

「フランコ・ベネデッティ神父？」

「なかなか趣味がいいと思わないか？」

「ユダヤ系の名前だしな」

「ドナーティもそうだぞ」

ガブリエルは写真に渋い顔を向けた。「わたしには少しも似ていない」

「運がいいと思いたまえ。だが、心配はいらん。スイス衛兵が通行証をいちいちチェックすることはたぶんないから」

ガブリエルも反論はしなかった。かつてヴァチカン美術館の依頼でカラヴァッジョの《キリストの埋葬》の修復を手がけたとき、修復ラボに出入りするための通行証を渡された。聖アンナの門を警備するスイス衛兵はたいてい、通行証をちらっと見ただけで手をふり、ヴァチカン市国に入らせてくれた。ローマの大きな宗教社会で暮らす人々の大半は、身分証の提示などめったにしない。ヴァチカンで営業しているスーパー〈アンノーナ〉の名前が秘密のパスワードがわりになっている。

ガブリエルは聖職者用のスーツを身体に当てた。

「シュテファニ・ホフマンの言ったとおりだ」ドナーティが言った。「じつに聖職者らしく見える」

「わたしに祝福を求めてくる者がいないよう願いたい」

ドナーティは心配するなと言いたげに片手をふった。「むずかしいことではない」

ガブリエルはバスルームに入って着替えをした。出てくると、ドナーティがローマンカラーの歪《ゆが》みを直してくれた。

「どんな気分だね？」

ガブリエルはズボンのウェストの、背中のくぼみに当たるところにベレッタを差しこんだ。「はるかによくなった」

ドナーティは部屋を出る前にブリーフケースを手にとると、ガブリエルの先に立って階段を下り、通りに出た。ベルニーニの柱廊まで歩いて右に曲がった。ピウス十二世広場は衛星中継車とリポーターでごった返していた。そのなかにフランスのテレビ局の女性リポーターがいて、迫りつつあるコンクラーベについてドナーティのコメントを求めてきた。ドナーティがいかにも教皇庁の人間らしい視線を彼女に据えると、向こうはひきさがった。

「まことに印象的だ」ガブリエルはこっそり言った。

「わたしはけっこう評判の高い男なのでね」

ドナーティとガブリエルはパッセットの下を通り抜けた。城壁の上に造られた逃走用の通路で、これを最後に使ったのは教皇クレメンス七世、一五二七年の〝ローマの略奪〟のときだった。二人は次にスイス衛兵の兵舎のピンク色をしたファサードに沿って歩いた。聖アンナの門まで行くと、地味な紺の制服に身を包んだ鉾槍兵が警備に立っていた。ドナーティは歩調をゆるめもせずに、目に見えない国境を越えた。ガブリエルもベネデッティ神父の通行証をかざして同じようにした。二人一緒にサンタンナ通りを進んで教皇宮殿へ向かった。

「いまのすてきなスイスの坊や、こっちを見張ってるだろうか？」

「鷹のごとく」ドナーティはつぶやいた。

「あなたが街に戻ったことをあの坊やがメッツラーに報告するまでに、どれぐらいかかるかな？」

「わたしが推測するに、すでに報告済みだろう」


ヴァチカン秘密文書館長官であり、ローマ・カトリック教会のカメルレンゴでもあるドメニコ・アルバネーゼ枢機卿が、〈石碑のギャラリー〉の上階にある彼の居室で、目前に迫ったコンクラーベに関する世界各国のテレビ報道を次々と見ていたとき、不意に停電が起きた。さほど珍しいことではない。ヴァチカンは電力の大部分をローマの気まぐれで有名な供給網に頼っている。その結果、教皇庁の住民は闇のなかで多くの時間を過ごすことになる。ヴァチカンを批判する者たちにとっては、もちろん、意外なことではない。

枢機卿の大半はたびたび起きる停電をまったく気にしていない。しかしながら、ドメニコ・アルバネーゼは空調設備の行き届いた秘密の帝国の支配者であり、帝国のかなりの部分が地下にある。今日は日曜で、文書館は閉館しているので、測り知れない価値を持つヴァチカンの宝物がドアから出ていく心配はない。それでも、アルバネーゼは念には念を入れるタイプだった。

デスクの電話の受話器をとり、文書館の制御室の番号をダイヤルした。応答はなかった。それどころか、なんの音もしなかった。スイッチをカチャカチャ押してみた。そこで初めて、発信音が聞こえないことに気づいた。ヴァチカンの電話システムにも不具合が起きたようだ。

アルバネーゼはまだ寝間着のままだった。幸い、彼の部屋の下が職場だ。ベルヴェデーレの中庭が見渡せる関係者以外立入禁止の通路を通れば、秘密文書館の上の階まで行ける。どこを見ても照明がなかった。制御室では警備員二人が椅子にすわり、真っ暗になった壁のビデオモニターを凝視していた。ネットワーク全体が機能不全に陥ったらしい。

「なぜ非常用電源に切り替えなかった？」アルバネーゼは問い詰めた。

「作動しないんです、猊下《げいか》」

「文書館内には誰もいないだろうな？」

「閲覧室と索引室は無人です。書庫にも人はいません」

「地下に下りて見まわってくれないか？　念のために」

「承知しました、猊下」

アルバネーゼは彼の王国が危険から守られていることに満足して居室に戻り、二人の男がサンタンナ通りを歩いてヴァチカン銀行の前を通り過ぎたことなど夢にも知らぬまま、朝の湯浴《ゆあ》みを始めた。二人の男の片方は身体に合わない聖職者用スーツの下に銃を隠し、異様に大きな携帯電話を耳に押し当てている。セキュリティ万全の電話で、目下、テルアビブ北部にあるオペレーションズ・ルームとつながっていて、そちらで世界最強のハッカーチームがガブリエルの次の指示を待っている。言うまでもないことだが、アルバネーゼの帝国は安全からほど遠かった。それどころか、この瞬間、深刻な危険にさらされていた。

ガブリエルとドナーティはベルヴェデーレの中庭の入口まで行く前に右に曲がり、ヴァチカン市国の商業区域を抜けて、古代の遺物がぎっしり展示されたキアラモンティ美術館の、めったに使われることのない通用口まで行った。すぐそばに、書庫の室温を調整する業務用エアコンの室外機が置いてある。書庫があるのは二人が立っている場所の数メートル地下だ。

ガブリエルは防犯カメラのレンズを真正面から見つめた。「わたしの姿が見えるか?」

「すてきな衣装だ」ユヴァル・ガーションが言った。

「黙ってドアをあけろ」

デッドボルトがカチッとはずれた。ドナーティが取っ手をひき、ガブリエルを連れて狭い入口スペースに入った。二人の前に二番目のドアともうひとつの防犯カメラがあった。ガブリエルが合図を送ると、ユヴァル・ガーションがそのドアも遠隔操作であけた。

ドアの向こうは階段室だった。階段を四つ下りると別のドアがあった。ここが書庫のファースト・レベルだ。階段をさらに四つ下りた先がセカンド・レベルで、またしてもドアがあった。ブザーが鳴って、デッドボルトがカチッとはずれた。ドナーティが取っ手をひき、二人はなかに入った。

23

ヴァチカン秘密文書館

一寸先も見えない闇だった。ガブリエルは電話についている強力なライトのスイッチを入れ、目の前の光景になんとなく落胆した。一見したところ、文書館の書庫は一般的な大学図書館の地下と似たようなものだった。本が積み重なったワゴンまであった。一冊の本の背表紙を照らしてみた。ヴァチカン市国国務省から戦時中に出された外交文書と通信文を集めたものだった。

「次の機会にしよう」ドナーティが約束した。

前方に無人の通路が伸び、その左右にガンメタル・グレイの棚が並んでいた。ガブリエルとドナーティは棚のあいだを進んで通路が交差する地点まで行き、右へ曲がった。三十メートルほど行ったところで、金網の囲いに行く手を遮られた。

ガブリエルは囲いの奥を懐中電灯で照らしてみた。金属製の棚に並んだ本はきわめて古いものばかりだった。典型的な論文サイズのものもあった。もっと小型で、ひび割れた革装丁のものもあった。どれも手作りという感じだった。

「この場所で正解だと思う」

二人がいまいるのは書庫の西の端、ピーニャの中庭の真下だった。ドナーティはガブリエルの先に立って囲いが並ぶ箇所を通り過ぎ、やがて、なんの標示もない金属製のドアまで行った。ドアの色は薄緑で、ここにも防犯カメラが設置されていた。奥の部屋にどんなものが保管されているのかを示す標示や貼紙はいっさいない。頑丈な錠前は最近とりつけられたばかりに見える。デッドボルトが一個、ラッチ錠が一個。いずれも五本ピンシリンダータイプのようだ。

ガブリエルはドナーティに彼の電話を渡した。次に、借り物の聖職者用スーツのポケットから薄い金属製ツールをとりだし、デッドボルトのシリンダーに差しこんだ。

「きみにできないことが何かあるのか？」ドナーティが訊いた。

「あなたが口をつぐんでくれないと、この錠をはずすことができない」

「どれぐらいかかる？」

「あなたがあといくつ質問をよこすつもりかで変わってくる」

ドナーティは電話のライトをデッドボルトに向けた。ガブリエルはシリンダーに差しこんだツールを慎重に動かしながら、抵抗の具合をたしかめ、ピンが落ちる音に耳をすました。

「やめたほうがいい」静かな声が聞こえた。「捜し求めるものは見つからないだろう」

ガブリエルはふりむいた。闇のなかには何も見えなかった。ドナーティが電話の光線を闇に向けた。カソック姿の男性が照らしだされた。いや――ガブリエルは思った――カソックではない。ローブだ。

男性はサンダルをはいた足で音もなく進みでた。身長も体格もガブリエルとほぼ同じで、身長は百七十センチほど、体重はせいぜい七十キロというところだ。髪は黒くてカールし、肌は浅黒い。古代人のような顔立ちで、まるでイコンの聖像が命を帯びたかに見える。男性はさらに一歩進みでた。左手に包帯が分厚く巻いてある。右手にも。その手に茶封筒が握られていた。

「何者だ？」ドナーティが訊いた。

男性の表情はまったく変わらなかった。「わたしをご存じないのですか？　ヨシュア神父といいます、大司教さま」

流暢《りゅうちょう》なイタリア語だった。ヴァチカンで使われている言語だ。だが、彼の母国語でないことは明らかだった。名前を聞いても、ドナーティには心当たりがない様子だった。

男性は天井へ視線を向けた。「ここでぐずぐずしていてはなりません。アルバネーゼ枢機卿が書庫を調べるよう警備員たちに指示を出しました。連中がこちらに向かっています」

「なぜ知っている？」

男性は視線を落とし、薄緑のドアのほうを見た。「残念ながら、本は失われてしまいました」

「どのような本か、知っているのか？」

「ここにあなたの知りたいことがすべて書かれています」男性はドナーティに茶封筒を渡した。フラップに梱包《こんぽう》用の透明テープが貼りつけてある。「ヴァチカンの城壁を出るまで開いてはなりません」

「なんだ、これは？」

男性はふたたび天井に目を向けた。「そろそろここを出なくては、大司教さま。連中がやってきます」


ガブリエルにもようやく、警備員たちの声が聞こえてきた。ドナーティの手から電話をとりあげてライトを消した。あたりが漆黒の闇になった。

「ついてきてください」ヨシュア神父が低く言った。「ご案内します」

三人は一列になって歩いた。先頭が神父、次にドナーティ、ガブリエルがしんがり。右へ曲がり、次に左へ曲がり、あっというまに、書庫に入るのに使ったドアのところに戻っていた。ヨシュア神父が手を触れるとドアが開いた。神父は片手を上げて別れを告げ、ふたたび闇に溶けこんだ。

　ガブリエルとドナーティは階段室に入り、八つの階段をのぼった。ガブリエルの電話は八二〇〇部隊との接続が切れていた。リダイヤルしたとたん、ユヴァル・ガーションの応答があった。

「やきもきしてたんだぞ」

「こっちの姿が見えるか？」

「いまは見えている」

　ガーションは最後のふたつのドアのロックを同時に解除した。外に出ると、ローマのまばゆい陽光が二人の目を射た。ドナーティは封筒をブリーフケースに入れ、ダイヤル錠をリセットした。

「わたしが持ったほうがいいだろう」サンタンナ通りのほうへ向かいながら、ガブリエルが言った。

「わたしの身分のほうが上だぞ、ベネデッティ神父」

「そのとおりだ、大司教。だが、銃を持っているのはわたしだ」

　ドメニコ・アルバネーゼ枢機卿の居室で電気が息を吹き返したのはその瞬間だった。水の滴る手でアルバネーゼがヴァチカンの内線電話の受話器をとると、心地よい発信音が聞こえてきた。最初の呼出音で、文書館の制御室の当直担当者が出た。「はい、電力は復旧しました。コンピュータ・ネットワークが再起動しているところで、防犯カメラも自動ドアもふたたび正常に機能するようになりました」

「外部からの侵入の形跡は？」

「ありません、猊下」

アルバネーゼはほっとして受話器を戻し、自分の書斎の窓からしばらく外の風景を眺めた。教皇の居室から見る景色の壮麗さには及ばない。ここからだと、サン・ピエトロ広場を見渡すことはできないし、大聖堂のドームすら眺められない。しかし、聖アンナの門の出入りに目を光らせることはできる。

目下、聖アンナの門には人影がほとんどなく、長身の大司教と、身体に合わない聖職者スーツを着た小柄な神父の姿があるだけだった。二人は練兵場の兵士のようなきびきびした足どりで門のほうへ向かっていた。神父の両手は空いていたが、大司教のほうは右手に上質の革のブリーフケースを持っている。アルバネーゼはそのブリーフケースに見覚えがあった。それどころか、何度も褒めたことがある。大司教の顔にも見覚えがあった。

だが、神父のほうは何者なのか？　アルバネーゼに心当たりがあるのはただ一人だった。電話に手を伸ばし、もう一度電話をかけた。

スイス衛兵隊司令官のアロイス・メッツラー大佐は、敬虔なカトリック教徒として毎日ミサに出ていて、日曜はできるかぎり兵舎に顔を出さないようにしている。しかし、今日は、世界じゅうで何十億もの人々が見守るはずの最高に神聖な行事、コンクラーベ開始の前の日曜に当たっているため、兵舎のデスクで仕事をしていた。するとそこにアルバネーゼ枢機卿から電話があった。カメルレンゴたる枢機卿は激怒していた。ヒステリックなイタリア語で——メッツラーもしぶしぶではあるが、イタリア語を流暢に話すことができる——次のような説明を始めた。ルイジ・ドナーティ大司教と友人のガブリエル・アロンがさきほど秘密文書館に侵入し、目下、聖アンナの門へ向かっている。何があろうと、二人をヴァチカン市国の領土から出してはならない。枢機卿はそうわめき散らした。

正直なところ、メッツラーはドナーティやイスラエルから来た彼の友人のような連中と渡りあいたい気分ではなかった。戦闘態勢に入ったときのその友人の姿を、メッツラーは一度ならず目にしたことがある。だが、使徒座が空位となっている現在、カメルレンゴじきじきの命令となれば従うしかない。

席を立ったメッツラーが兵舎を抜けてロビーまで行くと、当直の衛兵が半月形のデスクの向こうにすわり、ずらりと並んだビデオモニターに目を向けていた。その一台に、聖アンナの門へ向かうドナーティの姿があった。横を神父が歩いている。

「くそっ」メッツラーはつぶやいた。

その神父はアロンだった。

開け放たれた兵舎のドアから、両手を背中で組んでサンタンナ通りに立っている鉾槍兵の姿が見えた。その兵士に向かって、メッツラーは門を閉めろとどなったが、手遅れだった。ドナーティとアロンは目に見えない国境を黒い影のごとく大股で越えて、行ってしまった。

メッツラーは急いであとを追った。二人は目下、観光客の群れに混じってポルタ・アンジェリカ通りを足早に歩いていた。メッツラーはドナーティの名前を呼んだ。大司教が足を止めてふりむいた。アロンはそのまま歩き去った。

ドナーティの微笑は愛嬌《あいきよう》があった。「何事だね、メッツラー大佐？」

「あなたがさきほど無断で秘密文書館に入ったばかりだと、アルバネーゼ枢機卿が言っておられます」

「わたしにそのようなことができるわけがない。今日は文書館の閉館日だぞ」

「枢機卿の意見では、ご友人の協力を仰いだのだろうと」

「ベネデッティ神父のことかね？」

「わたしもビデオモニターでその人物を見ました、閣下。誰なのかはわかっています」

「きみの見間違いだ、メッツラー大佐。アルバネーゼ枢機卿も間違っている。さて、申しわけないが、約束に遅れているので」

ドナーティはそれ以上何もいわずにサン・ピエトロ広場のほうへ向かった。メッツラーはその背中に向かって言った。

「あなたのヴァチカン通行証はもはや使えません、閣下。今後は、ほかの人々と同じように受付デスクにお寄りいただきたい」

ドナーティは承諾のしるしに片手を上げ、そのまま歩きつづけた。メッツラーは自分のオフィスに戻り、すぐさまアルバネーゼに電話を入れた。

カメルレンゴは激怒した。


ガブリエルは列柱の端近くでドナーティを待っていた。二人で一緒にイエズス会本部に戻った。ドナーティは二階の彼の部屋に入ると、ブリーフケースから封筒をとりだし、封筒のフラップをはがした。なかから出てきたのはクリアファイルで、文字を手書きした紙が一枚だけはさまれていた。紙の左側はきれいな直線だが、右側がズタズタに裂けている。文字はローマ字。言語はラテン語。

それを読むドナーティの両手は震えていた。

エウァンゲリウム・セクンドゥム・ピラティ……

ピラトによる福音書。

第二部

この人を見よ《エッケ・ホモ》

24

イエズス会本部、ローマ

彼のファースト・ネームすら、時間という靄《もや》の彼方《かなた》に失われてしまった——それは、彼が神々に奉献され、悪霊から身を守るためのブッラと呼ばれる黄金のお守りを小さな首にかけてもらった日に、両親がつけてくれた名前だ。のちには第三名で呼ばれたことだろう。第三名というのはローマ市民が持つ三番目の名前で、一族の分家どうしを区別するために代々使われるラベルのようなものである。彼の第三名は二音節ではなく、三音節から成り、長年彼と共にあって悪評を生みだすことになる名前とは別の響きを持っていた。

彼の生まれた年も、生まれた場所もわからない。ローマ帝国の属州だったスペインで生まれたという説もある。たぶん、カタロニアの海辺にあったタラゴナかセビーリャのあたりで。今日《こんにち》でも、セビーリャのアルグウェジェス広場の近くに、カーサ・デ・ピラトスと呼ばれる繊細な美を備えたアンダルシアふうの豪邸が建っている。また、中世になると別の説も生まれ、ティルスというドイツの王と愛人ピラのあいだに生まれた子だとされた。

伝承によると、ピラは自分を妊娠させた男の名前を知らなかったので、自分の父親と彼女自身の名前を合わせて、生まれた子をピラトゥスと呼んだという。

しかしながら、生まれた場所としてもっとも可能性が高いのはローマだ。先祖はおそらく、ローマ南部の岩の多い丘陵地帯に住んでいた好戦的な部族、サムニウム人だろう。彼の姓ポンティオからは、ローマの大物軍人を何人か輩出してきたポンティイ一族の子孫であることが窺《うかが》える。第三名のピラトゥスは〝槍の名手〟という意味だ。ポンティオ・ピラトが軍人として手柄を立て、この名を得たと考えることもできる。それ以上に可能性が高いのは、彼が騎士階級《エクイテス》の生まれであるという説だ。ローマ貴族の上から二番目に来る階級で、元老院議員になれる階級のすぐ下に位置している。

だとすれば、彼はおそらく、ローマで贅沢に育てられたことだろう。一家の屋敷には、吹き抜けの大広間《アトリウム》、列柱に囲まれた庭園、水道設備、個人用の浴室などがあったはずだ。そして、海を見渡せる場所に別荘を構えていただろう。彼がローマの街へ出かけるときは、徒歩ではなく、奴隷が担ぐ輿《こし》に乗ったはずだ。第一千年紀の夜明けの時代に生まれた多くの子供たちと違って、飢えというものを一度も経験したことがなく、やたらとものをほしがる子ではなかっただろう。

厳しい教育を受けたに決まっている――読み書き計算の授業を毎日数時間。もう少し大きくなると、批評的思考やディベートを細かい点まで学び、このスキルが後の人生で大いに役立つことになる。日々のウェイトリフティングで肉体を鍛え、浴場へ出かけて疲れを癒《いや》したことだろう。娯楽としては、血に染まった凄惨な試合見物に興じたものと思われる。彼がフラウィウス円形闘技場を見た可能性は低い。これは、カエリウス、エスクイリヌス、パラティヌスの丘のあいだの低い平地に建設された巨大な円形闘技場《コロッセオ》のことである。建設資金には、彼にも馴染みがあったエルサレム神殿からの略奪品の売却金が充てられた。西暦七〇年の神殿の破壊を彼が目にすることはなかったが、神殿の命運が尽きかけていたことは知っていたに違いない。

新たにローマ帝国の領土となった情勢不安定なユダヤ属州はローマから二千キロほど離れていて、海路で三週間以上かかる。ポンティオ・ピラトはローマ軍の下級士官として何年か兵役に就いたあと、西暦二六年に総督としてこの地に赴任した。人も羨む役職ではなかった。北のシリアと南東のエジプトのほうがはるかに重視されていた。ユダヤ属州は評価が低いくせに、厄介ごとには事欠かなかった。属州の住民は自分たちこそ神に選ばれた民であり、多神教を信じる異教徒の支配者より自分たちのほうが上だと信じていた。彼らの聖なる都エルサレムは、ローマ皇帝の像の前で住民がひれ伏す必要のない、帝国でただひとつの場所だった。ピラトが属州をうまく治めるためには、住民の扱いに注意する必要があった。

ピラトはローマでもこのような人々を目にしたことがあったはずだ。顎鬚を生やし、割礼を受け、ローマ帝国の初代皇帝アウグストゥスが定めた行政区のうち、十四番目の行政区で暮らす人々。そこはテヴェレ川の西側にあるにぎやかな地区で、のちに〝トラステヴェレ〟と呼ばれるようになる。このような人々がおそらく四百五十万人ぐらい、帝国全土に散らばって暮らしていたものと思われる。ローマの支配のもとで富み栄え、帝国が与えてくれる商売と行動の自由を享受していた。どこに腰を落ち着けても裕福になり、わが子を愛し、人間らしい生活を大切にし、貧しき者、病める者、夫を亡くした女、親を亡くした子供たちの面倒をみる信心深い人々として、彼らは深く尊敬されていた。ユリウス・カエサルが彼らのことを高く評価し、会合を開くという大切な権利を与えたおかげで、彼らはローマの神々ではなく自分たちの神を礼拝することができた。

しかし、その祖先の地であるユデア、サマリア、ガリラヤに住む人々は、彼らに比べるとかなり偏狭だった。ローマに激しい敵意を抱き、いくつかの宗派に分裂していて、その数はおそらく二十四にものぼっていたと思われるが、エルサレム神殿の権威を認めようとしない禁欲的なエッセネ派もそのひとつだった。エルサレムのモリヤの丘の頂上にはソロモン王の建てた巨大な神殿があって、サドカイ派の貴族祭司たちがここを支配し、占領者のローマ人に近づいて自分たちの利益を図り、ローマから来た総督と協調することで属州を安定させようとしていた。

ピラトはユダヤ属州総督としてはまだ五代目に過ぎなかった。官邸はカエサリアにあり、まばゆいばかりの白大理石を使って地中海沿岸に建てられたローマふうの豪邸であった。海辺には曲線を描く遊歩道が造られ、天気のいい日にはそぞろ歩きを楽しむことができたし、ローマふうの神殿では、属州の神ではなく彼が信じる神々に生贄《いけにえ》を捧げることができた。その気になれば、母国ローマを一歩も離れていないと思いこむこともできそうだった。

属州の住民はいずれ〝ユダヤ人〟と呼ばれることになるのだが、彼らをローマのイメージに合わせて変えることは、ピラトの任務には含まれていなかった。課税と、交易の推進と、ティベリウス帝に延々と報告書を書き送ることが彼の役目だった。報告書には蠟《ろう》で封をし、左手の小指にはめた指輪の印章を捺《お》すことになっていた。ローマ帝国は概して、属州となった国々の文化や社会にいちいち干渉することがなかった。安定した時代が続くかぎりローマの法律は冬眠状態にあり、秩序が破壊される危険が生じたときだけ目をさますのだった。

社会の安寧を乱す者はまず警告を受けるのが決まりだった。愚かにもひきさがろうとしない場合は、即座に残虐な処分を受けることになる。ピラトの前任者であったワレリウス・グラトゥスはかつて、ローマ帝国お気に入りの処刑法、つまり磔刑《たっけい》によって、二百人のユダヤ人を同時に処刑したことがあった。また、紀元前四年に起きた反乱のあとでは、二千人がエルサレム郊外で十字架にかけられている。唯一の神に寄せる彼らの信仰は篤く、誰もが恐れることなく十字架のもとへ進んでいった。

総督となったピラトはユダヤ属州の執政官であり、判事と陪審も兼ねていた。それでもなお、ユダヤの人々は属州の民政と法の執行の多くを最高法院《サンヘドリン》を通じておこなっていた。これは祭司たちによる裁きの場で、祭日と安息日《サバス》以外は毎日、エルサレム神殿の北側にある最高法院の集会所に祭司が集まるのだ。ピラトはティベリウス帝から、属州の社会運営に広い裁量権を与えるよう命じられていた。宗教関係の問題に関してはとくに。なるべく表に出ず、隠れた存在となり、ローマのひそかな手先でいることを求められたのだ。

しかし、ピラトは短気で底意地の悪い人物だったため、ほどなく、残虐行為、搾取、延々と続く処刑、不要な挑発などで悪名を馳せることとなった。例えば、エルサレム神殿を見下ろすアントニア要塞の壁に、皇帝の肖像画がついた軍旗を掲げる決定を下したことがある。案の定、ユダヤの人々は激怒した。カエサリアにあったピラトの官邸を数千人がとりかこみ、その後一週間にわたって膠着《こうちゃく》状態が続いた。要求が通らなければ死ぬ覚悟だとユダヤの人々が明言した時点で、ピラトも折れて、軍旗は下ろされた。

また、立派な水道橋を造ったが、人々が神殿に納めていた神聖な金を宝物庫から盗みだして建設費用の一部に充てたため、またしても大群衆に包囲された。今度の場所は、ピラトがエルサレム滞在中の拠点にしていたヘロデ王の宮殿にあるモザイク模様のバルコニーだった。高官用の椅子に無表情に身を預けたピラトは群衆の罵倒にしばらく黙って耐えていたが、やがて、剣を抜くよう兵士たちに命じた。丸腰だったユダヤ人の一部はズタズタに切り刻まれた。乱闘のなかで踏みつぶされた者もいた。
最後に、金箔《きんぱく》を張った盾をめぐる事件を紹介しておこう。それはティベリウス帝に捧げたもので、ピラトはエルサレムにある総督の邸宅に盾を掲げた。ユダヤの人々はこれをはずすよう求めたが、ピラトが拒否したため、皇帝にじかに抗議の書簡を送った。書簡はカプリ島で休暇中だったティベリウス帝のもとに届いた。というか、歴史家フィロンはそう述べている。皇帝は総督の不要な失策に激怒して、ただちに盾をはずすようピラトに命じた。

ピラトがエルサレムへ足を運ぶことはめったになく、出かけるのはたいてい、ユダヤの祝祭の期間中に治安を保つ必要があるときだった。過越祭は奴隷状態にあったユダヤ民族のエジプト脱出を祝う祭で、宗教と政治の両方の意味合いを多く含んでいた。何十万ものユダヤ人が帝国全土からエルサレムに集まってくる。ときには村人総出でやってくることもあった。街の通りは巡礼でごった返し、たぶん二百五十万頭もの羊がメエメエ鳴きながら生贄にされるのを待っている。暗がりに潜むのはシカリ派の者たち。マントをはおった熱狂的なユダヤの愛国主義者で、独特の形をした短剣でローマ兵を殺し、あとは群衆のなかに紛れこむのが常だった。

この狂騒の中心にあったのがエルサレム神殿だ。ローマの兵士たちはアントニア要塞から祭の様子を監視し、ピラトはヘロデ王の宮殿にある彼専用の豪華な部屋から見守っていた。少しでも不穏な動きが見られ、ローマによる統治や神殿を支配する集団に盾突く者が出てくれば、収拾がつかなくなる前に無慈悲に処罰されたことだろう。火花がひとつ散っただけで、煽動者が一人登場しただけで、エルサレムは修羅場と化してしまうのだから。一触即発のこの街にやってきたのが――その時期はたぶん西暦三三年、いや、もう少し早い二七年か、もう少し遅い三六年だったかもしれない――一人のガリラヤ人《びと》だった。病人を癒し、奇跡を起こし、たとえ話を用いて神の王国はすぐそこにあると説いてまわっていた人物。予言どおり、ロバに乗ってエルサレムにやってきた。ピラトがこのガリラヤ人のことをすでに知っていて、人々の大歓迎を受けてエルサレムに入る様子を見ていた可能性はある。一世紀のユダヤ地方にはこういうメシア的な人物が何人もいて、自らを〝聖別された者〟と呼び、ダビデの王国の再建を約束していた。ピラトはこうした伝道者たちをローマによる統治への直接的脅威とみなし、無慈悲に処分していた。その信奉者たちもかならず同じ運命をたどることとなった。

何がこのガリラヤ人の現世における死を招いたのかに関して、歴史家の意見は分かれている。罪を犯したからだというのが大部分の一致した見解だ。もしかしたら、神殿の境内で両替商たちに襲いかかったのかもしれない。あるいは、神殿の貴族祭司たちを罵倒したのかもしれない。おそらく、ローマ兵が騒ぎをその目撃し、すぐさまガリラヤ人を拘束したのだろう。しかし、言い伝えによれば、イエスは弟子たちと最後の晩餐を共にしたあと、オリーブ山でユダヤの祭司とローマ兵たちによって捕縛されたことになっている。

その後何が起きたかとなると、さらに曖昧模糊《あいまいもこ》としている。伝統的な数々の伝承ですら矛盾に満ちている。それによると、真夜中を過ぎたころ、ガリラヤ人は大祭司カイアファの屋敷へ連れていかれ、サンヘドリンのメンバーの一部から残虐な尋問を受けたという。しかしながら、現代の歴史家たちはこの言い伝えに疑問を持っている。なにしろ、この日は過越祭であり、安息日の前夜でもあったから、エルサレムは世界じゅうから集まったユダヤ人であふれていた。神殿で長い一日を終えたカイアファが深夜に押しかけてきた者たちを歓迎したとは思えない。それに、裁判についての記述を読むと、屋敷の中庭で篝火《かがりび》を焚《た》いておこなわれたとされている――これはモーセの律法で厳重に禁じられていることなので、とうてい事実とは思えない。

いずれにしても、ガリラヤ人の身柄は最終的に、ローマから来た総督であり、属州の執政官であるポンティオ・ピラトに預けられた。伝承によると、ピラトは正式な裁判を開いたとされているが、公式記録を見るかぎりでは、その証拠は残っていない。しかしながら、論争の余地なき事実がひとつある。ガリラヤ人が十字架にかけられて亡くなったことだ。これは暴動煽動者だけに用いられるローマ式の処刑法で、おそらく、見せしめのために市の城壁のすぐ外で執行されたものと思われる。ピラトはヘロデ王の宮殿にある彼の部屋からガリラヤ人の苦悶を見ていたかもしれない。しかし、ピラトの悪評から察するに、おそらくは何か新たな問題に気をとられ、ガリラヤ人をめぐる一部始終などたちまち忘れてしまったことだろう。なにしろ、ピラトは多忙な人物であった。

いや、もしかしたら、ガリラヤ人の処刑を命じたあともずっと、この男のことがピラトの記憶に残っていたかもしれない。ユダヤ属州の総督を務めた最後の数年間はとくに。この時期に、〝ナザレのイエス〟と呼ばれたガリラヤ人の弟子たちが新たな信仰を生みだそうとして、ためらいがちに最初の数歩を踏みだしたのだ。自分たちが目にした光景によって心に深い傷を負った弟子たちは、ガリラヤ人の聖なる言行について語ることでたがいの心を慰めあった。そのときの内容がやがて書き記され、福音書と呼ばれる伝道の書となって、初期の信者たちのコミュニティに広まっていった。そして、いま、ローマのサント・スピーリト通りにあるイエズス会本部の部屋で、ルイジ・ドナーティ大司教が福音書をめぐる物語の続きを語りはじめたのだった。

25

イエズス会本部、ローマ

『マタイ』ではなく、『マルコ』が最初だった。コイネーという標準ギリシャ語の口語体が使われていて、書かれたのは西暦六六年から七五年までのいずれかの時期。つまり、イエスの死後三十年以上たっていたわけで、古代の世界では、それは永遠にも等しい歳月だ。福音書は数十年にわたって、誰が書いたのかわからないまま人々のあいだに広まっていったが、やがて教父たちが、福音書を書いたのは使徒ペテロの通訳を務めた弟子であると言いだした。現代の聖書学者の大半はこの説を却下し、著者不明と主張している。

『マルコによる福音書』の読者層は、皇帝のお膝下であるローマに住む非ユダヤ人のキリスト教徒だった。福音書の著者がイエスや使徒たちと同じ言語を話していたとは思えないし、福音書の舞台となった場所の地理と風習にもさほど馴染みはなかったと思われる。著者が執筆にとりかかったころには、一部始終をじかに見た者のほぼ全員が亡くなるか、殺されるかしていたはずだ。著者が出典として用いたのは、口伝伝承と、あとはたぶん、わずかな記録だけだっただろう。『マルコ』の十五章では、ピラトは非の打ちどころのない慈悲深き人物として描かれ、ユダヤの群衆の要求に屈してイエスに死刑判決を下したことになっている。『マルコ』のもっとも古い版はイエスの墓が空っぽだとわかる場面で唐突に終わっている。初期キリスト教徒の多くはこの終わり方に拍子抜けして、納得できずにいたことだろう。のちの版は、二通りの終わり方に変わっている。いわゆる〝長い結尾〟では、復活したイエスがさまざまに姿を変えて弟子たちのもとに現れている。

「『マルコ』の本来の著者が最後の部分を書き足したのではない」ドナーティが説明した。「たぶん、著者の死後何百年もたってから補足されたのだろう。じつを言うと、最古の新約聖書である四世紀のヴァチカン写本は、オリジナルと同じく、空っぽの墓の場面で終わっている」

ドナーティの説明はさらに続いた。

「次が『マタイによる福音書』だ。西暦八〇年から九〇年あたりに書かれたものと思われるが、もしかしたら、もっとあとの一一〇年ごろだったかもしれない。激戦だった第一次ユダヤ戦争とエルサレム神殿の破壊からずいぶんたったころのことだ。『マタイ』の読者層はローマの支配下にあったシリアで暮らすユダヤ人のキリスト教徒たちだった。『マルコ』からの引用がかなり多く、六百の節を借用している。しかし、学者たちは、『マタイ』はQ資料の助けを借りて『マルコ』の内容をさらに広げたものだと信じている。ちなみに、Q資料とはイエスの言葉を集めたとされている仮説上の資料のことだ。『マタイ』には、イエスをメシアとして受け入れたユダヤ人のキリスト教徒と、受け入れようとしないユダヤ人との大きな溝が描かれている。ピラトの前にひきだされたイエスに関する記述は『マルコ』とほぼ同じだが、重大な追加がひとつある。

無慈悲なローマ人総督ピラトが、ヘロデ王の宮殿の外に集まったユダヤの群衆の前で手を洗い、〝この人の血について、わたしには責任がない〟と断言する場面だ。群衆はそれに対して〝その血の責任は、我々と子孫にある〟と答える。これはかつて交わされた問答のなかでもっとも重大な結果を招いたものと言えよう。二千年にわたってユダヤ民族がキリスト教徒に迫害され虐殺されてきたのも、もとはと言えば、〝その血の責任は、我々と子孫にある〟という群衆の答えのせいなのだから」

「福音書が書かれた理由は？」ガブリエルは尋ねた。

「カトリック教会の高位聖職者として、また、一人の熱心な信者として答えるなら、福音書は神の啓示を受けて書かれたものだとわたしは信じている。それでもやはり、イエスの死からずいぶんたってから書かれたものだし、イエスの人生と伝道について最初の弟子たちが語ったさまざまな逸話をもとにしていることは間違いない。裁判がおこなわれたのが事実だとしても、福音書の著者たちがピラトの発言として記したもののうち、ピラトがじっさいに口にした言葉はごくわずかに違いない。もちろん、ユダヤの群衆に関しても同じことが言える。〝その血の責任は、我々と子孫にある〟？　群衆は本当にそんな芝居がかったことを叫んだのだろうか？　しかも、声をそろえて？　ガリラヤからエルサレムまでイエスについてきた弟子たちはどこにいたのだ？　ローマに逆らう者たちはどこにいたのだ？」ドナーティは首を横にふった。「あの節は誤りだった。聖なる誤りだが、それでも誤りであることには変わりがない」

「だが、ついうっかり誤ったのでは？」

「グレゴリアン大学の恩師はよく、あれは史上最長の嘘だと言っていた。もちろん、プライベートな場で。公にそのような発言をすれば、教理省に呼びだされ、聖職を剝奪されていただろう」

「『マタイによる福音書』のあの場面は嘘なのか？」

「『マタイ』の著者に尋ねたなら、自分がじかに聞いた話を書いたのであり、自分はそれを信じている、と答えるだろう。とはいえ、『マルコによる福音書』と同じく、『マタイ』によってイエスの死の責任がローマ人からユダヤ人へ移ったことには疑いの余地がない」

「なぜだ？」

「磔刑から数年もたたないうちに、イエスの教えがユダヤ教にふたたび吸収されてしまいそうな重大な危機に瀕したからだ。キリスト教に未来があるとすれば、鍵となるのはローマの支配のもとで暮らしているキリスト教徒たちだ。伝道者と教父たちはローマ帝国に受け入れられる新たな信仰を創りださなくてはならなかった。イエスがローマ式の処刑法で死に至り、ローマ兵が処刑を担当したという事実は変えようがない。だが、ユダヤの群衆がピラトにイエスの処刑を迫ったのだとほのめかすことができれば……」

「問題は解決する」

ドナーティはうなずいた。「そして、残念なことに、のちの福音書では状況がさらに悪化する。『ルカによる福音書』は、イエスを十字架にかけたのはローマ人ではなくユダヤ人だとほのめかしている。『ヨハネによる福音書』になると、ストレートにそう書いてある。ユダヤ人が同じユダヤ人を十字架にかけるなどとは、わたしには想像できない。冒瀆行為に対してイエスを石打ちの刑にしたのなら、まだ納得できる。だが、十字架？　ありえない」

「だったら、なぜその記述が聖書に含まれることになったんだ？」

「ここで忘れてはならないのは、福音書が事実を記録するために書かれたのではないということだ。福音書は神学であって、歴史ではない。伝道のための書であり、それが新たな信仰の土台となるのだ。一世紀の終わりごろには、新たな信仰がその母体であったもとの宗教と激しく衝突するようになっていた。その三世紀後に初期キリスト教会の司教たちが北アフリカのヒッポ・レギウスで宗教会議を開いたときには、アフリカ北部と地中海東部のキリスト教徒のあいだに多数の福音書や聖句が出まわっていた。司教たちはそのうち四つだけを正典として認めることにした。四つの福音書のあいだに無数の不一致と矛盾があることは充分に承知していたのだが。例えば、イエスの処刑に至るまでの三日間の記述は、正典と認められた福音書のどれをとっても、少しずつ違っている」

「司教たちはそれらの福音書が二千年にわたるユダヤ民族の苦難の種をまいたことも承知していたのだろうか？」

「いい質問だ」

「答えは？」

「四世紀の終わりには、賽《さい》はすでに投げられていた。イエスを救世主として受け入れることをユダヤ民族が拒んだため、初期キリスト教会に対する由々しき脅威とみなされた。イエスの言葉をじかに聞いた人々の子孫が彼らの信仰を頑なに守りつづけていたら、どうしてイエスこそが救済への唯一の正しき道だと主張できるだろう？　初期キリスト教の神学者たちは、ユダヤ民族の存在を許すべきか否かという問題に頭を悩ませた。アンティオキアの聖ヨアンネス・クリュソストモスは説教のなかで、シナゴーグは売春宿であり泥棒の巣窟である、ユダヤ人は豚や山羊にも劣る連中だ、たらふく食べて太っているから屠らなくてはならない、と述べている。意外なことではないが、アンティオキアに住むユダヤ人は数えきれないほど襲撃を受け、シナゴーグは破壊された。四一四年にはユダヤ人がアレキサンドリアから追放された。悲しいことに、それはユダヤの受難の始まりに過ぎなかった」

　ガブリエルは借り物の聖職者用スーツのままで窓辺へ行き、ブラインドに隙間を作って、サント・スピーリト通りを覗いた。ドナーティはライティング・デスクの前にすわっていた。クリアファイルにはさまれたままデスクに置いてあるのは、本から破りとられたページだった。

　エウァンゲリウム・セクンドゥム・ピラティ……

「念のために言っておくと」しばらくしてから、ドナーティは言った。「第一ニカイア公会議で採択されたニカイア信条には、〝イエスはポンティオ・ピラトのもとに苦しみを受け〟とはっきり記されている。さらに、カトリック教会は、一九六五年に出たノストラ・エターテ（キリスト教以外の諸宗教に対する教会の態度についての宣言）のなかで、イエスの死の責任をユダヤ人全体に負わせることはできないと明言している。その二十三年後、教皇ヨハネ・パウロ二世が〝われわれは忘れない――ホロコーストへの反省〟という文書を発表した。カトリック教会とホロコーストについて述べたものだ」

「わたしも覚えている。ユダヤ人が神を殺したという二千年にわたる教会の教えは、ナチスとも最終的解決ともまったくの無関係であることを、大変な手間をかけて論じていた。体裁のいいごまかしだ。教皇庁お得意の詭弁だね」

「だからこそ、ルッケージがローマの大シナゴーグで講壇の前に立ち、ユダヤ人に赦《ゆる》しを請うたのだ」ドナーティはいったん言葉を切った。「覚えているだろう？　たしか、きみもあの場にいたはずだ」

ガブリエルはドナーティの書棚から聖書をとりだし、『マタイによる福音書』の二十七章を開いた。該当する箇所を指で示した。「われわれユダヤ人が神殺しの罪を負うべきなのか？　それとも、四つの福音書の著者たちが史上もっとも悪質な名誉毀損の罪を負うべきなのか？」

「教会はユダヤ人の罪ではないと明言した」

「その点を遅ればせながらはっきりさせてくれた教会に感謝しよう」ガブリエルは指先で聖書のページを軽く叩いた。「だが、ここにはいまもユダヤ人の罪だと書かれている」

「聖書を書き換えることはできないからな」

「ヴァチカン写本の例からすると、そうでもないと思うが」ガブリエルは聖書を書棚の元の場所に戻し、通りの見張りを再開した。「では、その他の福音書は？　ヒッポ・レギウスの宗教会議で司教たちが却下したいくつもの福音書」

「外典とみなされた。その大部分は、正典として認められた四つの福音書を文学的に書き直したというところかな。言うなれば、古代のファン・フィクションだ。例えば、イエスの幼いころに焦点を当てた『トマスによる幼年期の福音書』というのがあった。グノーシス派による福音書、ユダヤ人キリスト教徒による福音書、聖母マリアによる福音書、さらには、ユダによる福音書まであった。また、受難に関する外典もかなりあった。イエスの苦難と死について語ったものだ。『ペテロによる福音書』と呼ばれるものもあった。もちろん、聖ペテロが書いたわけではない。偽りの記述だ。『ニコデモによる福音書』も同じく外典で、『アクタ・ピラティ』という題名のほうがよく知られている」

ガブリエルは窓辺でふりむいた。「『ピラト行伝』のことか？」

ドナーティはうなずいた。「ニコデモは最高法院の議員で、エルサレム郊外の立派な屋敷に住んでいた。イエスの隠れた弟子であり、ピラトの親友でもあったそうだ。カラヴァッジョの《キリストの埋葬》に彼の姿が描かれている。イエスの両脚を抱えている赤茶色の服の男がそれだ。ついでだが、カラヴァッジョはそれをミケランジェロの顔にした」

「本当か？」ガブリエルはいたずらっぽく尋ねた。「知らなかったな」

ドナーティは聞こえないふりをした。「『ピラト行伝』が書かれた年代を特定するのはむずかしいが、四世紀後半あたりということでほとんどの学者の意見が一致している。ピラトがエルサレムにいた当時、自ら書き記した文書が含まれているとのことだ。『ピラト行伝』は十五世紀から十六世紀にかけてイタリアで大評判となった。なんと、この時期に二十八回も重版されている」ドナーティは彼の電話をかざしてみせた。「いまそれを読もうと思ったら、こういうのがあればいい」

「ピラト関係の本はほかにもあったのか？」

「いくつか」

「例えば？」

「『ピラト回想録』『ピラトの殉教』『ピラトの報告書』——ざっと挙げただけでもこれだけある。『ピラトの引渡し』は、ローマに呼び戻されたピラトがティベリウス帝のもとに出頭したときの様子を描いたものだ。ピラトがローマに着いたときには、ティベリウス帝はすでに亡くなっていたが、まあ、それは気にしないでくれ。ほかには、『ピラトからクラウディウス帝への書簡』『ピラトからヘロデ王への書簡』『ヘロデ王からピラトへの書簡』『ティベリウス帝からピラトへの書簡』などがある……」ドナーティの声が細くなって消えた。「何が言いたいかわかるだろう？」

「『ピラトによる福音書』はどうなんだ？」

「そういう題名の聖書外典は聞いたことがない」

「いま挙げた本のなかに、信頼に足ると認められたものはあるのか？」

「一冊もない」ドナーティは答えた。「偽りの記述ばかりだ。そして、どの本もみな、イエスの死はピラトの責任ではないと主張し、同時に、ユダヤ人に責任をかぶせようとしている」

「正典と認められた福音書とまったく同じだな」サン・ピエトロ大聖堂の鐘が正午を告げた。「ヴァチカンの城壁の内側で何が起きていると思う？」

「わたしが推測するに、アルバネーゼ枢機卿がヨシュア神父を必死に捜していることだろう。見つけたらどういうことになるのか心配だ。アルバネーゼはカメルレンゴとして絶大な権力を持っている。目下、聖ヘレナ修道会がローマ・カトリック教会を牛耳っていると言ってもいい。問題は、その権力を放棄する気が修道会にあるのか、それとも、保持するつもりなのかということだ」

「修道会がルッケージを殺したことはまだ証明できていない」

「いまのところはな。だが、証拠を見つけるための時間は五日残っている」ドナーティは言葉を切った。「それから、もちろん、『ピラトによる福音書』を見つけるための時間も」

「どこから始める？」

「ロバート・ジョーダン神父」

「何者だ？」

「グレゴリアン大学時代のわが恩師」

「いまもローマに？」

ドナーティは首を横にふった。「数年前に修道院に入った。電話もｅメールも使っていない。われわれがそちらへ出向くしかないが、会ってもらえるかどうかは保証できない。きわめて聡明な人だ。だが、きわめて気むずかしい人でもある」

「修道院はどこにある？」

「ウンブリア州スバシオ山麓の台地に広がった、宗教上きわめて重要な意味を持つ小さな町に。きみも聞いたことがあるに違いない。たしか、きみとキアラはそこからそう遠くない土地で暮らしていたはずだ」

ガブリエルは思わず笑みを浮かべた。アッシジを訪れたのはずいぶん昔のことだ。

26

ローマ――アッシジ

〈オフィス〉の輸送課のほうから、追跡される心配のない車を用意するには最低四時間待ってもらう必要があると言ってきたため、ガブリエルは自分の服に着替えてからヴァチカンの城壁近くにあるハーツの営業所まで歩いて出かけ、オペル・コルサのハッチバックを借りた。営業所へ行くあいだ、バイクに乗った男に不器用に尾行された。黒いズボン、黒い靴、黒いナイロンの上着、色の入ったバイザーつきの黒いヘルメット。ガブリエルがイエズス会本部に戻ってドナーティを拾ったときも、同じ男がバイクで尾行してきた。

「あいつだ」サイドミラーを覗きながら、ドナーティが言った。「グラフ神父に間違いない」

「道路脇に車を寄せて、やつと静かに話をしてみようか」

「いや、尾行をまくだけにしてくれ」

向こうもかなり善戦した。ローマ中心部の渋滞がひどい通りではとくに健闘したが、高速道路《アウトストラーダ》に入るまでに、ガブリエルは尾行をふりきったことを確信した。午後から空が曇り、寒くなってきた。ガブリエルの気分も同様だった。片手をハンドルのてっぺんに軽くかけたまま、頭を窓にもたせかけた。

「わたしが何か言ったせいかね?」ついにドナーティが言った。

「なんのことだ?」

「この十分間、黙りこんでいたから」

「イタリアの田園地帯のみごとな美しさを堪能してたんだ」

「ほらほら、正直に答えて」

「母のことを考えていた。それから、母の腕に刺青《いれずみ》された番号のことを。それから、わたしが育ったイスラエルの小さな家で昼も夜も燃えていたろうそくのことを。ろうそくは祖父母のためのものだった。祖父母はアウシュヴィッツに到着するなりガス室へ連れていかれ、次に焼却炉の火に投げこまれた。そのろうそく以外に祖父母の墓はなかった。灰となって風に散ってしまったから」ガブリエルはしばらく黙りこんだ。「そんなことを考えてたんだ、ルイジ。教会が福音書を通じてわれわれに宣戦を布告していなければ、ユダヤ民族の歴史はどれほど違ったものになっただろうと考えていた」

「そういう言い方はフェアじゃないぞ」

「本当だったら、この世界にユダヤ人がどれぐらいいるはずだったか、知ってるか?　二億人だ。ドイツとフランスの人口を合わせたよりも多かったはずだ。だが、何度も迫害を受け、それが頂点に達したのが、すべてのユダヤ人虐殺を終わらせるための虐殺だった」

静かな声でガブリエルはつけくわえた。「それもみな、〝その血の責任は、我々と子孫にある〟という言葉が原因だった」

「ひとこと言わせてもらいたい。中世の時代には、教会はヨーロッパのユダヤ人を保護しようとし、数えきれないほど介入をおこなったのだぞ」

「そもそもなぜユダヤ人に保護が必要だったんだ？」ガブリエルは自分の質問に自分で答えた。「保護が必要になったのはローマ・カトリック教会の教えのせいだ。それから、わたしにもひとこと言わせてもらいたいが、西ヨーロッパのユダヤ人は解放されたあともずっと、教皇が権力をふるう都市のゲットーに押しこめられて暮らさなくてはならなかった。ユダヤ人にダビデの星を着けさせようというナチスのやり方がどこから来たと思う？　ローマを見れば充分だったはずだ」

「宗教上の反ユダヤ主義と人種差別としての反ユダヤ主義は区別すべきだ」

「違いのない区別だ。ユダヤ人が人々の怒りを買ったのは、商売や金貸しをやっていたからだ。なぜユダヤが商売や金貸しをやっていたか、あなたは知っているのか？　それ以外の職業につくことを千年以上も前から禁じられてきたからだ。そして、ホロコーストの恐怖を体験したあとも、さまざまな映画や本や回想録や努力が人々の意識を変えようとしたあとも、史上最長の憎悪はあいかわらず存在している。ドイツ政府はユダヤ系市民を危害から守りきれないことを認めている。フランスに住むユダヤ系の人々は反ユダヤ主義から逃れようとして、大挙してイスラエルへ移住している。アメリカでは、ネオナチの連中が堂々と行進するいっぽうで、ユダヤ人がシナゴーグで射殺されている。この理性なき憎悪の根本的な原因はどこにある？　教会が二千年近くにわたって、ユダヤ人全体に神殺しの責任がある、ユダヤ人が神を殺した張本人だ――そう教えてきたからではないのか？」

「そうだな」ドナーティは認めた。「だが、それに対してわれわれに何ができる？」

「『ピラトによる福音書』を見つけよう」

オルヴィエートの南で車はアウトストラーダを離れ、ドナーティの故郷ウンブリア州のなだらかな丘陵地帯と鬱蒼《うっそう》たる森のなかへ入っていった。ペルージャに着くころには、太陽が雲間に炎の穴を穿《うが》っていた。東のほうを見ると、スバシオ山の裾のほうでアッシジ独特のバラ色の大理石がきらめいていた。

「あれが聖ペテロ修道院だ」ドナーティが町の北端に見える鐘楼を指さした。「カッシーノ会の修道僧が少人数で暮らしている。聖ベネディクトの戒律に従って日々を送っている。オーラ・エ・ラボーラ。すなわち、〝祈り、そして、働け〟」

「〈オフィス〉長官の職務内容に少々似ている」

ドナーティは笑った。「修道僧たちは地元の多くの組織を支えている。例えば、病院や児童養護施設などを。ジョーダン神父がグレゴリアン大学を退職したとき、修道院内に神父の部屋が用意されることになった」

「なぜアッシジに？」

「イエズス会で研究と執筆の日々を四十年間送ったあと、黙想にふける暮らしに焦がれるようになったそうだ。だが、時間を見つけて研究と執筆を続けているのは間違いない。ジョーダン神父は外典福音書に関する世界最高の権威だからな」

「神父がわれわれに会うのを拒んだときはどうする？」

「きみのことだから、何か方法を見つけるに違いない」ドナーティは言った。

ガブリエルはオペルを町の城壁の外にある駐車場に入れ、ドナーティのあとに続いてアーチ形のサン・ピエトロ門を通り抜けた。修道院は建物が影を落とす通りの少し先にあり、バラ色の大理石の塀に囲まれていた。外側のドアは施錠されていた。ドナーティが呼鈴を押した。応答はなかった。

時刻をたしかめた。「ちょうど九時課の時間だな。そのへんを歩いてこよう」

二人は城壁の外へ向かうパッケージツアーの観光客の流れに逆らって歩きはじめた。ガブリエルはダークな色調のズボンに革のコート、ドナーティは赤紫の縁どりのあるカソック。誰もが通りすがりにちらっと彼を見る程度だった。聖ペテロ修道院だけがアッシジの修道院ではない。ここは信仰と共に生きる町なのだ。

ドナーティが解説した。

「ここがキリスト教の町になったのは磔刑からちょうど二百年後のことだった。聖フランチェスコは十二世紀の終わりごろにアッシジで生まれた。贅沢な衣装と金持ちの友人たちとのつきあいで有名な彼だったが、ある日の午後、市場で物乞いの男に出会い、深く心を動かされたので、ポケットに入っていたものをひとつ残らず男に与えた。二、三年もしないうちに、彼自身も物乞いをして暮らすようになった。ハンセン氏病の施療施設で患者の世話をし、修道院の厨房《ちゅうぼう》で下働きをし、一二〇九年には教団を設立した。何も持たない清貧の暮らしをメンバーに求めるのがこの教団の方針だった。

聖フランチェスコはローマ・カトリック教会でもっとも愛されている聖人の一人だが、貧しき者の世話をするという考え方は彼が生みだしたものではない。それはキリスト教信仰に最初から深くしみこんでいた。そして、二千年たった現在も、何千人という世界じゅうのローマ・カトリック教徒が来る日も来る日も、四六時中それを実践している。続けていく価値のあることだと思うが、どうだね？」

「わたしはかつてルッケージに言ったことがある――ローマ・カトリック教会のない世界には住みたくない、と」

「きみが？　ルッケージからはひとことも聞いていないぞ」二人はサン・フランチェスコ聖堂に着いた。「なかに入って絵を見るかね？」

「次の機会にしよう」ガブリエルは答えた。

　三時十五分になっていた。修道院までの道をひきかえし、ふたたびドナーティが呼鈴を押した。しばらくたってから、男性の声で応答があった。イタリア語だが、英語のアクセントが顕著だった。

「ようこそ。どのようなご用件でしょう？」

「ジョーダン神父にお目にかかりたくてまいりました」

「あいにくですが、外部の方の訪問はお断わりしております」

「わたしのためなら例外を設けてくださるはずです」

「お名前は？」

「ルイジ・ドナーティ大司教」ドナーティは通話ボタンから手を離し、横眼でガブリエルを見た。「メンバーになると、いろいろ特典があるんだ」

　錠がカチッとはずれた。剃髪《ていはつ》して黒い修道服を着たベネティクト会の修道士が暗がりで待っていた。「失礼いたしました、大司教さま。おいでになることを誰かが教えてくれればよかったのですが」修道士は柔らかな青白い手を差しだした。「シモンと申します。どうぞこちらに」

　一同は聖ペテロ教会の横の扉からなかに入り、身廊を通り抜けて中庭に出た。次の扉をあけると、そこが修道院だった。修道士が二人を連れて入ったのは簡素な家具が置かれた談話室で、緑豊かな庭に面していた。庭というより小さな農場のようだ、とガブリエルは思った。高い塀に囲まれているため、外の世界から覗き見ることはできない。

修道士が「どうぞお楽に」と二人に言い、部屋を出ていった。十分が過ぎ、ようやく戻ってきた。一人だった。

「申しわけありません、大司教さま。ジョーダン神父は祈りの最中でして、邪魔をしないでほしいそうです」

ドナーティはブリーフケースを開き、茶封筒をとりだした。「神父にこれをお見せしてほしい」

「しかし――」

「すぐにだ、ドン・シモン」

あわてて部屋を出ていく修道士を見て、ガブリエルは微笑した。「あなたの評判はかなりのものらしい」

「ジョーダン神父のほうは、簡単に恐れ入ってくれるとは思えないが」

さらに十五分が過ぎて、英国人修道士が戻ってきた。今回は浅黒い肌をした小柄な男性を連れていた。風雪に耐えてきた顔とぼさぼさの白髪頭の男性だった。これがジョーダン神父で、ベネディクト会の黒い修道服ではなく、普通のカソックを着ていた。右手に茶封筒が握られていた。

「わたしはローマから逃げだしてここに来た。今度はローマが追いかけてきたようだな」

ジョーダン神父の視線がガブリエルに据えられた。「ミスター・アロンとお見受けするが」

ガブリエルは沈黙を通した。

ジョーダン神父は茶封筒から紙片をとりだし、窓から流れこむ午後の日差しにかざした。

「子牛皮ではなく、紙に書かれている。十五世紀か十六世紀のもののようだ」

「先生のお言葉なら間違いありませんね」ドナーティは答えた。

ジョーダン神父は紙片を下に置いた。「わたしは三十年以上にわたってこれを捜していた。いったいどこで見つけたのだ？」

「秘密文書館で働く聖職者が渡してくれました」

「その聖職者の名前は？」

「ヨシュア神父と名乗っていました」

「たしかか？」

「なぜです？」

「文書館で働く者のことなら、わたしは一人残らず知っているが、そのような名前は聞いたことがない」ジョーダン神父はふたたびページに視線を落とした。「残りはどこにある？」

「教皇が亡くなられた夜、書斎から持ち去られました」

「誰がそのようなことを?」

「アルバネーゼ枢機卿です」

ジョーダン神父はいきなり顔を上げた。「亡くなられる前か、あとか?」

ドナーティはためらったが、やがて答えた。「あとでした」

「なんということだ」ジョーダン神父はつぶやいた。「きみがそう答えるのではないかと恐れていた」

27

聖ペテロ修道院、アッシジ

さきほどの修道士が陶製の水差しと、修道院の窯で焼いた素朴なパンと、修道院と提携している協同農場で作られたオリーブオイルの鉢を持って、ふたたびやってきた。去年の夏、ジョーダン神父はその農場で働いたそうだ。講義と研究の日々によって痛めつけられた肉体を修復するために。神父が最近も戸外で多くの時間を過ごしているのは明らかで、日に焼けた顔はテラコッタのような赤褐色を帯びていた。神父のイタリア語は生き生きしていて、非の打ちどころがなかった。ジョーダンという名字でなかったら、そして、彼の話す英語がアメリカ訛りでなかったら、ウンブリア州の丘と谷間で生涯を送ってきた人だとガブリエルは思いこんでいただろう。

じつをいうと、神父が生まれ育ったのはボストン郊外にあるブルックラインという裕福な地区だった。イエズス会の才気あふれる学者としてフォーダム大学やジョージタウン大学で教えたのちに、教皇庁立グレゴリアン大学に移り、歴史と神学の講座を担当した。しかしながら、個人的な研究のテーマは外典福音書だった。神父がとくに関心を寄せていたのがイエスの受難に関する外典で、とりわけ、ポンティオ・ピラトに焦点を当てた福音書と書簡が興味の対象だった。どれを読んでも気が滅入《めい》ると神父は言う。なにしろ、ただひとつの目的しかないように思えるからだ――イエスの死はピラトの責任ではないとし、その責任をユダヤ人と子孫に押しつけようとしている。ジョーダン神父は、福音書の著者たちが意識的か否かは別として、イエスの裁判と処刑に関して誤った記述をし、オリゲネスからアウグスティヌスに至るまでの教父たちの煽動的な教えによってこの誤りがさらに大きくなったのだ、と信じている。

一九八〇年代半ば、ジョーダン神父はこう信じているのが自分一人ではないことを知った。イエズス会総長にもグレゴリアン大学総長にも無断で、〈イエス・プロジェクトチーム〉に加わった。イエスの姿を史実に基づいて正確に描きだそうとするキリスト教学者たちが作ったチームだった。自分たちの研究成果を本にして出版し、物議をかもすこととなった。その本に描かれたイエスは次のような人物だった――巡回説教師にして信仰療法師であり、水の上を歩いたこともなければ、五つのパンと二匹の魚で五千人を満腹させるという奇跡を起こしたこともなかった。ローマ人によって処刑されたのは、神殿の司祭たちの権威に盾突いたからではなく、世間を騒がしたからであり、その肉体が死から復活したというのは事実ではない。復活の概念に関して、プロジェクトチームはこう結論している

――これはイエスの身近にいた弟子たちが見た幻覚と夢を土台にしていて、一八三五年、ドイツのプロテスタントの神学者ダーヴィッド・フリードリヒ・シュトラウスの著書で初めて論じられたものである。

「チームの本が刊行されたとき、わたしの名前は出なかった。それでも、本に関わっていたことが露見するのではないかと怯えていた。深夜になると、異端審問所の恐怖のノックがドアに響くのを待っていたものだった」

ドナーティはジョーダン神父に、いまは異端審問所ではなく教理省と呼ばれていることを思いださせた。

「バラを別の名前で呼んだところで同じことだ、ドナーティ神父」

「いまのわたしは大司教です」

ジョーダン神父は微笑した。さらに話を続けた。プロジェクトチームに参加したあとも、イエスの神性やキリスト教の核となる教義を信じる彼の心に揺らぎはなかった。どちらかと言えば、信仰はさらに篤くなった。新約聖書に書かれていることの――ついでに言うなら、旧約聖書に書かれていることの――すべてが現実の出来事だとはけっして思っていないが、それでも、聖書の核となる真理については心から信じている。だからアッシジに来たのだった。神にもっと近づくために。財産や所有物といった重荷を捨てて、イエスと同じ生き方をするために。

ただ、福音書に記された磔刑の描写にはいまも深く心を痛めていた。これがユダヤ民族の無数の死を、そして、筆舌に尽くしがたい災いを招くもととなったからだ。あの日エルサレムで本当は何があったのかを突き止めることを、ジョーダン神父は彼のライフワークにした。当事者による直接の記述がどこかにあるはずだと信じていた。聖書外典に含まれる文書ではなく、目撃者の正真正銘の報告が。磔刑に関わった者の手で書き記されたものが。

「ポンティオ・ピラトのことですか？」ドナーティが尋ねた。

ジョーダン神父はうなずいた。「ピラトが磔刑について何か書いたはずだと信じているのはわたし一人ではない。ラテン語による神学の祖であり、〝三位一体〟という言葉を最初に使った神学者のテルトゥリアヌスは、ピラトがティベリウス帝に詳細な報告を書き送ったと確信している。ほかならぬ〝殉教者ユスティヌス〟も同じ意見だ」

「僭越《せんえつ》ながら、テルトゥリアヌスとユスティヌスについて反論させてもらうと、それが事実かどうかを二人が知っていたとは思えません」

「同感だ。それどころか、少なくともひとつの重大な点において二人の主張は誤りだったとわたしは信じている」

「なんですか、それは？」

「ピラトが磔刑に関する報告書を書いたのは、ティベリウス帝の死後かなりたってからだった」ジョーダン神父は紙片に視線を落とした。「だが、話を急ぎすぎたようだ。何があったかを理解するには、時間をさかのぼる必要がある」

「どのあたりまで?」ドナーティが尋ねた。

「西暦三六年。イエスの死の三年後だ」

聖なる町アッシジにある聖ペテロ修道院の談話室で、ジョーダン神父はその時代までさかのぼって話の続きを始めた。

28

聖ペテロ修道院、アッシジ

最終的にピラトを破滅させたのはサマリア人《びと》たちだった。彼らにはゲリジム山という独自の聖地があった。ユダヤの民が約束の地にたどり着いたあと、十戒が刻まれた二枚の石板の入った契約の箱をモーセがこの山に安置したと言われている。ピラトの時代より八十年前に、ユダヤの叛徒《はんと》がここでローマ軍に屈辱的な敗北を与えたことがあった。ピラトは総督時代の最後の残虐行為によってそのときの借りを返している。数えきれないほど多くの者が虐殺され、十字架にかけられたが、生き延びた者もわずかにいた。その者たちがシリア総督にピラトの非道を訴え、シリア総督からティベリウス帝に報告が行ったため、皇帝は即刻ローマに戻るようピラトに命じた。ユダヤ属州総督としてのピラトの十年間の統治はこうして終わりを告げた。

身辺を整理し、周囲に別れの挨拶をし、後任者に引継ぎをおこなうために、三カ月の猶予が与えられた。個人的な書類の一部は確実に破棄しただろう。しかし、ローマへ持ち帰ったものもあったはずだ。ピラトの行為に裁断を下そうとして、ティベリウス帝が待っているローマへ。ピラトにとっては不本意な釈明の場になるはずだった。いちばん軽くて流刑。悪くすれば死だ。皇帝の命令で処刑されるか、自害させられるか。帰国を急ぐ気にはなれなかったに違いない。

西暦三六年十二月、ついに旅立ちの準備が整った。真冬は嵐のシーズンで船旅ができないため、ローマ街道を使って陸路で帰ることになった。ところが、運命の女神が彼に微笑《ほほえ》みかけた。ピラトがローマに到着したとき、ティベリウス帝はすでに亡くなっていた。

「ピラトがティベリウス帝の後継者に拝謁した可能性はある」ジョーダン神父は言った。「しかし、そのような記録は残っていない。新たな皇帝は自分の権力基盤を固めるのに忙しく、失脚して遠い属州から戻ってきた総督などに時間を割く余裕はなかっただろう。きみもたぶん、その皇帝の名前を聞いたことがあると思う。カリグラ帝だ」

ジョーダン神父の話はさらに続いた。このあたりでポンティオ・ピラトは歴史のページから姿を消し、伝説と神話の領域に入っていく。中世になると、捏造《ねつぞう》された記述からなる数々の外典福音書のほかにも、無数の物語や民間伝承がヨーロッパじゅうに広まった。十三世紀に編纂《へんさん》された『黄金聖人伝』——聖人たちの生涯を紹介した本——によると、ピラトはガリア属州へ追放されて比較的平和に一生を終えることができたという。十四世紀に人気があった騎士物語の著者はこれに異を唱えている。その物語では、ピラトは政敵によってローザンヌ近郊の深い井戸に投げこまれ、十二年ものあいだ、一人ぼっちで涙に暮れながら闇のなかで過ごしたとされている。

民間伝承の多くは、ピラトのことを、両手をイエスの血に染めて永遠に田舎をさまよい歩くよう運命づけられた不死の存在として描いている。ある伝承では、ピラトはルツェルンの近くにある山の頂上で暮らしていたことになっている。これが人々のあいだに深く浸透していたため、十四世紀になってから山の名前がピラトゥス山に変更された。毎年、復活祭の前の聖金曜日には、最後の審判を受けるために悪臭漂う湖の真ん中で椅子にすわったピラトの姿が見えると言われている。ほかのときには、岩の上に腰を下ろして書き物をする姿が見えることもあるという。一八五九年、リヒャルト・ワーグナーはそれを自分の目で見るためにピラトゥス山に登った。九年後、ヴィクトリア女王も供の者たちを従えて同じことをした。

「じつは、わたしも一度登ったことがあります」ドナーティは告白した。

「ピラトの姿を見たかね?」

「いいえ」

「ピラトがいたのはあそこではなかったからだ」

「どこにいたのです?」

「おおかたの教父は、ピラトがローマに戻ってほどなく自殺したと信じていた。しかし、初期教会最初の偉大な神学者にして哲学者だったオリゲネスは、ピラトが残りの生涯を平和に送ることができたと確信していた。少なくともこの点に関しては、わたしもオリゲネスと同意見だ。ただ、ピラトが余生をどのように過ごしたかとなると、われわれの意見は一致しないかもしれない」

「ピラトが手記を書いたと信じておられるのですか？」

「違う、ルイジ。わたしにはわかるのだ。ポンティオ・ピラトがローマ皇帝の命によりユダヤ属州の総督を務めていた激動の歳月をふりかえって、詳細な回想録を書いたことが。そこには人類史上もっとも重大な処刑のさいに彼が果たした役割も記されている」ジョーダン神父はクリアファイルにはさまれた紙片を軽く叩いた。「そして、それがピラトの名前を冠したこの外典福音書の資料として使われたのだ」

「本当の著者は誰だったのでしょう？」

「わたしが推測するに、高い教育を受けたローマ人で、ラテン語とギリシャ語に堪能、そして、ユダヤの歴史とモーセの十戒について深い知識を持っていた人物だろう」

「ユダヤ人と非ユダヤ人のどちらだったのでしょう？」

「たぶん、非ユダヤ人だろう。しかし、重要なのは、その男が敬虔なるキリスト教徒であったことだ」

「ピラトがキリスト教に改宗したと言われるのですか？」

「ピラトが？　とんでもない。それは外典に書かれているたわごとに過ぎん。ピラトが息をひきとる瞬間まで非キリスト教徒であったことに、わたしはなんの疑いも持っていない。『ピラトによる福音書』は信仰の書というより歴史書だ。正典となった福音書の著者たちと違って、ピラトはイエスをその目で見たことがあった。どんな外見か、どんな口調かを知っていた。それ以上に重要なのは、イエスが処刑された理由をピラトが正確に知っていたということだ。なにしろ、彼がイエスを十字架につけた張本人だったのだから」

「ピラトはなぜそのことを回想録に書いたのでしょう？」ガブリエルは尋ねた。

「いい質問だ、ミスター・アロン。役人や政治家が重大な事件で自分が果たした役割について執筆するのはなぜかね？」

「金儲《かねもう》けのため」ガブリエルは茶化した。

「一世紀のころは違っていた」ジョーダン神父は笑みを浮かべた。「しかも、ピラトは金に不自由していなかった。総督という地位を利用して私腹を肥やしていたからな」

「だったら」ガブリエルは言った。「おそらく、自分の視点から語ってみたくなったのでしょう」

「ご名答」ジョーダン神父は言った。「いいかね、ピラトはイエスよりわずか二、三歳年上だったに過ぎない。磔刑のあと十五年生きていれば、彼がエルサレムで処刑した男の弟子たちが新たな宗教を興す初期段階に入ったことを知っただろう。もし七十歳まで生きたなら――一世紀にもそんな例がなくはなかった――ローマ帝国で初期教会が力を持ちはじめたことに、いやでも気づかざるをえなかっただろう」

「ピラトが回想録を書いたのはいつごろだと思われます？」ドナーティが尋ねた。

「まったくわからない。だが、『ピラトによる福音書』と呼ばれるようになった本は『マルコ』とほぼ同時期に書かれたはずだ」

「『マルコ』の著者はその存在を知っていたでしょうか？」

「おそらく。また、『ピラトによる福音書』の著者が『マルコ』の存在を知っていた可能性もある。しかし、ここで考えねばならんのは、『マルコ』が正典と認められたのに、『ピラトによる福音書』が冷酷に握りつぶされたのはなぜかということだ」

「その答えは？」

「『ピラトによる福音書』は、イエスがエルサレムで送った最後の数日に関して、まったく異なる記述をしているからだ。ローマ・カトリック教会の教義と信条を否定する記述だ」ジョーダン神父はいったん言葉を切った。「さあ、次なる明白な質問をするがいい、ルイジ」

「『ピラトによる福音書』が教会の手で握りつぶされ、この世から抹殺されたのなら、先生はなぜこの本のことをご存じなのです？」

「うん、そうだな」ジョーダン神父は言った。「そこがまことに興味深い点だ」

29

聖ペテロ修道院、アッシジ

『ピラトによる福音書』の存在をどうやって知ったかを語るために、ジョーダン神父はまず、本がどのように広がり、どのように握りつぶされたかという説明から始めなくてはならなかった。最初に書かれたときは、正典福音書と同じくパピルスが使われた。ただし、ギリシャ語ではなくラテン語で書いてあった。そうした脆く不安定な状態で書き写され、さらにまた書き写されて、その回数はおそらく百回以上にのぼり、初期教会の時代に、ラテン語が読み書きできる人々のあいだで読み継がれていったのだろう。十一世紀に入るころ、初めて本という形になった。イタリア半島のどこかの修道院で製本されたと見てほぼ間違いあるまい。ルネサンス時代には、『ピラト行伝』と同じく『ピラトによる福音書』も広く読まれていた。

「『ピラト行伝』は数カ国語に翻訳され、キリスト教世界であまねく知られていた。しかし、『ピラトによる福音書』のほうは翻訳されることがなく、もとのラテン語のままだった。そのため、読者層はかなりのエリートに限られていた」

「例えば？」ドナーティは尋ねた。

「芸術家、知識人、貴族、そして、ローマの怒りを買うことを恐れなかった大胆不敵な聖職者や修道士」

ドナーティが次の質問をする前に、彼の電話がピッと鳴ってショートメッセージの着信を知らせた。

ジョーダン神父が非難の目でドナーティをにらみつけた。「そういうものは、ここでは禁じられている」

「申しわけありません、先生。しかし、わたしは現実の世界で生きていますので」ドナーティは無表情にメッセージを読んだ。それから電話の電源を切り、『ピラトによる福音書』が禁書になったのはいつごろのことかと尋ねた。

「十三世紀に入って、教皇グレゴリウス九世が異端審問の制度を確立してからだ。この教皇はカタリ派やワルド派によってカトリックの正統信仰が脅かされることを危惧していたが、異端リストの上のほうに来ていたのが『ピラトによる福音書』だった。わたしが異端審問の記録に目を通したところ、この福音書への言及が三カ所に見つかった。このことはわたし以外に誰も気づいていないようだ」

「グレゴリウス九世はたしか、ドミニコ会に異端審問をさせていたはずですが」

「ほかに誰がいる？」

「そちらに本が残っていないでしょうか？」

「ご心配なく。わたしも尋ねてみた」

「それで？」

ジョーダン神父は例の紙片の上に手を置いた。「どうやらこれが最後の一冊らしい。だが、わたしは当時、まだどこかにあるはずだと信じていた。おそらく、貴族の館の書斎か書庫に隠されているのだろう、と。何年もかけて、イタリア全土をくまなくまわって、崩れかけた古い館の扉をノックし、年老いた伯爵夫妻と、ときには、プリンスやプリンセスと、エスプレッソやワインを飲んだものだった。やがて、ある日の午後、トラステヴェレのかつては豪華だったであろう屋敷の、雨漏りのする地下室でついに見つけだした」

「本を？」

「手紙だ」ジョーダン神父は言った。「テデスキという男が書いたものだった。テデスキは手紙のなかで、読み終えたばかりのおもしろい本のことを詳しく述べている。本の題名は『ピラトによる福音書』。本からじかに引用した箇所がいくつかあり、そのなかに、過越祭のときに神殿の境内で騒ぎを起こしたガリラヤ人で、ナザレのイエスと呼ばれていた男の処刑が決まるまでの件《くだり》も含まれていた」

「そこの家族から手紙を預かってきたんですか？」

「頼むのは省略した」

「先生……」

ジョーダン神父はいたずらっぽく微笑した。

「いまどこにあるんです？」

「手紙か？　ある安全な場所だ。安心してくれ」

「渡してください」

「そういうわけにはいかん。それに、きみが知っておくべきことはすべて話した。『ピラトによる福音書』はキリスト教信仰を生みだした出来事に関する新約聖書の記述に疑いを差しはさむものだ。ゆえに、危険極まりない本と言っていいだろう」

さきほどのベネディクト会士がドアのところに姿を見せた。

「申しわけないが、今夜は食事当番なんだ」ジョーダン神父が言った。

「メニューはなんです？」

「たしか、石のスープだ」

ドナーティは微笑した。「大好物です」

「この修道院のお勧め料理でね。よかったら、ぜひ一緒に」

「次の機会に」

ジョーダン神父は立ちあがった。「再会できてよかった、ルイジ。きみがすべてのことから逃げだしたくなったら、ここの院長にきみのことを褒めておこう」

「わたしの世界は外にあります」

ジョーダン神父は微笑した。「まことの解放の神学者のような口ぶりだな」


ドナーティは修道院の塀の外へ出るまで待ってから、電話の電源を入れた。未読メッセージが数件、画面に現れた。どれも同じ人物からだった。『ラ・レプッブリカ』紙のヴァチカン担当記者、アレッサンドロ・リッチ。

「ジョーダン神父と話をしていたとき、メッセージをよこした男だ」

「用件は？」

「書いてなかったが、緊急であることはたしかだ。何を知らせたいのか、聞いたほうがよさそうだな。教会の内部事情に関しては世界じゅうのどの記者よりも詳しい」

「わたしがイスラエルの秘密諜報機関の長官だということを忘れたのか？」ガブリエルが言ったが、ドナーティは返事をしなかった。猛烈な勢いで電話にメッセージを打ちこんでいた。「あの男は嘘をついていた。あなたにもわかるだろう？」

「アレッサンドロ・リッチが？」ドナーティはうわの空で訊いた。

「ジョーダン神父だよ。あの男は『ピラトによる福音書』について、われわれに話した以上のことを知っている」

「人が嘘をつけば、きみにはわかるのか？」

「かならず」

「よくまあ、そんなふうに人生を送れるものだな」

「楽なことではない」ガブリエルは言った。

「神父は少なくともひとつだけ、本当のことを言っていた」

「なんだ、それは？」

ドナーティは電話から顔を上げた。「秘密文書館で仕事をしている者のなかに、ヨシュアという名前の神父はいない」

30

デッラ・パッリャ通り、ローマ

アレッサンドロ・リッチの住まいは、デッラ・パッリャ通りのひっそりした突き当たりに建つバラ色の小さなアパートメントだった。インターホンのパネルには名前を出していない。仕事でずいぶん敵を作っていて、リッチの死を望む者も何人かいる。

ドナーティが正しいボタンを押すと、すぐさま正面ドアがあいた。三階の踊り場で黒一色の装いのリッチが待っていた。しゃれた眼鏡のフレームまで黒だ。つやつやに磨かれたはげ頭のてっぺんに眼鏡がのっている。彼の視線は大司教のカソックをまとった背の高いハンサムな男性ではなく、その横に立つ革のジャケット姿の中背の人物に向いていた。

「これは驚きだ。あなたなのか！　偉大なるガブリエル・アロン。教皇の命の恩人」

リッチは二人を自分の住まいに招き入れた。ここが物書きの、しかも離婚した物書きの住まいであることに気づかない者は誰もいないだろう。平らな場所のどこを見ても、本や新聞が積み重なっていないところはなかった。リッチはこの散らかりようを詫びた。今日は朝からずっとBBCで仕事をしていたという。上品なアクセントの英語を話すので、ひっぱりだこなのだ。二時間後にはヴァチカンに戻ってCNNに出ることになっている。ゆっくり話をしている暇はない。

「残念だな」ガブリエルをちらっと見て、リッチはつけくわえた。「いくつかあなたに質問したいことがあるのに」

リッチは二脚の椅子から本をどけると、すぐさま上着の胸ポケットからくしゃくしゃになったマールボロの箱をとりだした。ドナーティのほうは優美な金のシガレットケースをとりだした。そのあとにへビースモーカーたちのお馴染みの儀式が続いた——ライターをつけて炎を差しだし、しばらく雑談をする。リッチはルッケージの逝去に悔やみの言葉を述べた。ドナーティは体調を崩しているリッチの母親のことを尋ねた。

「教皇さまからお手紙をいただき、母は感涙にむせんでいました、大司教さま」

「それなのに、一部の枢機卿の居室リフォームにヴァチカンがいかに金を注ぎこんだかという意地悪な記事を書くのを、思いとどまってはくれなかったのだね」

「あの記事に何か間違いがありましたか?」

「いや、ひとつもない」

話題は目前に迫ったコンクラーベのことに移った。リッチはドナーティから金塊をひきだそうとした。今夜、アメリカの視聴者に披露できそうな情報を。「世界を震撼させるニユースでなくてもいいんです。教皇庁がらみのおいしいゴシップがあればバッチリです」と言った。ドナーティはその期待に応えようとしなかった。「自分の用事を片づけるのに忙しくて、ルッケージの後継者選びのことなど考えている暇はなかった」と答えた。これを聞いて、リッチは笑みを浮かべた。何かを知っている記者の笑みだった。

「だから、先週木曜日にフィレンツェまで行ったんですか？　失踪したスイス衛兵を見つけるために？」

ドナーティはあえて否定しなかった。「なんで知っている？」

「ヴェッキオ橋の上に立つ大司教さまの写真が警察にありましてね」リッチはガブリエルを見た。「あなたの写真も」

「警察はなぜわれわれに連絡してこなかったのだろう？」ドナーティは尋ねた。

「連絡しないよう、ヴァチカンが頼んだからです。すると、どういうわけか、警察はあなたを巻きこまないことに同意した」

ドナーティは煙草を揉み消した。「ほかに何を知っている？」

「教皇さまが亡くなった夜、あなたがヴェロニカ・マルケーゼと食事をしていたことも知っています」

「いったいどこでそんなことを聞いた？」

「あのですね、ドナーティ大司教、ご存じのように情報源を明かすわけには——」

「どこで？」ドナーティは無表情に尋ねた。

「カメルレンゴに近い筋から」

「アルバネーゼからじかに聞いたという意味だな」

リッチは何も答えなかった。ドナーティの疑惑を認めたようなものだ。「なぜ記事にしなかった？」ドナーティは訊いた。

「書いたことは書いたんですが、活字にする前に、大司教さまにコメントの機会を差しあげたいと思いまして」

「具体的に言うと、何についてのコメントだ？」

「教皇さまが逝去された夜、あなたがいまは亡きマフィアの妻と食事をしていたのはなぜなのか？　そして、ニクラウス・ヤンソンがヴェッキオ橋で暗殺されたとき、わずか数メートル先にあなたが立っていたのはなぜなのか？」

「申しわけないが、きみの力にはなれない、アレッサンドロ」

「では、わたしがあなたの力になりましょう」

ドナーティは用心深く尋ねた。「どのように？」

「あの夜、教皇宮殿で本当は何が起きたのかを話してください。そうすれば、大司教さまがどこにいたのかはぜったい世間に漏れないようにします」

「わたしを脅迫する気か？」

「夢にも考えてませんよ」

「一人の老人がベッドのなかで亡くなった」しばらくしてから、ドナーティは言った。

「あの夜起きたことはそれだけだ」

「教皇さまは殺された。そして、大司教さまはそれをご存じだ。だから、今夜ここにおいでになった」

ドナーティはゆっくり立ちあがった。「きみは自分が利用されているという事実に気づくべきだ」

「わたしは記者ですからね。利用されるのには慣れっこです」

ドナーティはうなずいてガブリエルを差し招いた。

「お帰りになる前に」リッチは言った。「もうひとつお知らせしておきたいことがあります。二時間前に、わたしは世界各国のテレビ視聴者に向かってこう言いました――ローマ・カトリック教会の次の教皇になるのはホセ・マリア・ナバロ枢機卿だろう、と」

「大胆な予想をしたものだな」

「偽りのコメントですよ、大司教さま」

「初めてのことではあるまい」ドナーティはすぐさま自分の言葉を後悔した。「許してくれ、アレッサンドロ。長い一日だったのでね。いやいや、立たなくていい。勝手に出ていくから」

「次の教皇の名前をわたしに尋ねようとは思わないのですか、大司教さま?」

「きみにわかるはずは――」

「フランツ・フォン・エメリリヒ枢機卿。ウィーンの大司教です」

ドナーティは眉をひそめた。「エメリリヒ?　誰のリストにも出ていないが」

「重要なリストはひとつだけ。そこに出ているのです」

「誰のリストだ?」

「ハンス・リヒター司教のポケットに入っているリストです」

「リヒターが使徒座を盗みとろうとしている?　きみはそう言いたいのか?」

リッチはうなずいた。

「どうやって?」

「金の力で、閣下。ほかにどんな方法があります?　金が世界を動かす。聖ヘレナ修道会もそうです」

31

デッラ・パッリャ通り、トラステヴェレ

アレッサンドロ・リッチは話を進めるに当たって、まず、ヨハネ・パウロ二世が教皇だった最後の年に、聖ヘレナ修道会をテーマにしたリッチの著書がベストセラーになったことを、ドナーティに思いださせた。いまのアパートメントの状態はともかくとして、そのおかげで金持ちになった。「超大金持ちとまではいきませんが」と、急いでつけくわえた。しかし、母親と、これまで一度も働いたことのない弟を食べさせていけるだけの金を手にした。ヨハネ・パウロ二世はその本に眉をひそめた。執筆のためのインタビューを受けたハンス・リヒター司教も同じだった。以後、リヒター司教がジャーナリストのインタビューに応じることは二度となかった。

ドナーティは、〝リヒター司教のやつ、いい気味だ〟と思いつつ、満足の笑みを浮かべた。「司教のことがけっこう辛辣に書いてあったからな」

「読まれたんですか?」

ドナーティはわざとらしくシガレットケースから次の煙草をとりだした。「続けてくれ」

リッチは説明を始めた。

「わたしはあの本で、第二次世界大戦中の聖ヘレナ修道会とヒトラーおよびナチスとの密接な関係に容赦ない光を当てました。また、修道会の財政状況にも探りを入れました。修道会はつねに豊富な財力を誇っていたわけではありません。それどころか、一九三〇年代の不況の時代には、修道会の創立者であるウルリヒ・シラー神父が帽子を手にしてヨーロッパ諸国をまわり、金持ちの後援者に寄付を仰ぐしかない有様でした。ところが、ヨーロッパ大陸に戦争の暗雲が漂いはじめると、シラー神父はそれよりはるかに効率よく金庫を満たす方法を思いつきました。金持ちのユダヤ人たちから、身の安全を保障するという約束とひきかえに、現金や貴重品をとりあげることにしたのです。

シラー神父の被害者の一人がこのトラステヴェレに住んでいました。北のほうに工場をいくつか持っていた人物です。当人と家族の洗礼台帳を偽造してもらうかわりに、現金で数十万リラ、膨大な数のイタリアの巨匠の絵画、稀覯本《きこうぼん》のコレクションを修道会に寄付しました」

「その人物の名前を覚えてないかな？」ガブリエルは尋ねた。

「なぜそんなことに興味を？」リッチは年季の入ったジャーナリストらしく、鋭い耳を持っていた。

「単なる好奇心。それだけだ。美術関係の話には興味をそそられる」

「すべてわたしの本に書いてあります」

「どこかに一冊ころがってないか？」

リッチは本が並んだ壁のほうを頭で示した。『修道会』という題名です」

「覚えやすい」ガブリエルは本棚のほうへ歩き、首を斜めに伸ばした。

「二段目の端のほう」

ガブリエルはその本をとりだして自分の椅子に戻った。

「四章」リッチは言った。「いや、五章だったかもしれない」

「どっちだ？」

「五章です。五章に間違いない」

ガブリエルが本のページをめくるあいだに、著者であるリッチは聖ヘレナ修道会の財政状況に関する説明を再開した。第二次大戦の終わりごろには、修道会の金庫は空っぽになっていた。だが、冷戦の始まりと共に運が向いてきた。反共主義の十字軍戦士とも呼ぶべき教皇ピウス十二世が、神父と右派の聖職者たちにふんだんに金を与えたのだ。教皇ヨハネ二十三世の時代になると、修道会は予算削減を余儀なくされた。しかし、一九八〇年代に入ってから、修道会は財政的に自立しただけでなく、信じられないほど裕福になっていた。修道会の財政が急に豊かになった原因を調べようとしたものの、アレッサンドロ・リッチの力では突き止められなかった。少なくとも、訴えられるのを恐れてリスクを避けたがる出版社を納得させるには至らなかった。しかし、いまのリッチは修道会の最大の後援者の正体を突き止めたことに自信を持っている。それは隠遁《いんとん》生活を送るドイツ人富豪、ヨーナス・ヴォルフだった。

「ヴォルフは伝統を重んじるカトリック教徒で、自宅のチャペルで伝統的なラテン語のミサをあげています。また、〈ヴォルフ・グループ〉というドイツのコングロマリットのオーナーでもあります。控えめに言っても、企業の正体は不透明です。だが、わたしに言わせれば、まさに聖ヘレナ修道会株式会社ですよ。使徒座を金で買うための資金を出しているのがヨーナス・ヴォルフなのです」

「エメリヒというのは間違いないのか？」ドナーティが尋ねた。

「たしかな証拠があります。遅くとも来週の土曜の夜には、フランツ・フォン・エメリヒが白の法衣をまとってサン・ピエトロ大聖堂のバルコニーに立っているでしょう。しかしながら、真の教皇はハンス・リヒター司教です」リッチは嫌悪の表情で首を横にふった。

「結局のところ、教会はたいして変わっていないようだ。ねえ、大司教さま、一四九二年にロドリーゴ・ボルジアが使徒座を手に入れようとしたときは、競争相手だったスフォルツァ枢機卿にいくら渡しましたっけ？」

「わたしの記憶が正しければ、四頭のロバに積んだ銀だった」

「ヴォルフとリヒターが注ぎこんだ金に比べれば微々たるものです」

ドナーティは目を閉じ、鼻梁《びりょう》をつまんだ。「ヴォルフはいくら注ぎこんだのだ?」

「イタリアの裕福な連中は安くなかったです。発展途上国の貧しい高位聖職者たちは一人数十万ずつでした。大半が修道会の金を大喜びで受けとりました。しかし、脅しをかけて無理やり押しつけるしかなかった相手も何人かいました」

「どうやって脅すのだ?」

「アルバネーゼ枢機卿は秘密文書館長官という立場ゆえ、膨大な数のスキャンダルに通じています。ほとんどが性的なものです。リヒター司教がそれを容赦なく利用したと聞いています」

「賄賂はどのような形で支払われたのだ?」

「修道会は寄付とみなしています。賄賂ではないのです。つまり、教会から見れば、なんの差し支えもないわけです。はっきり言って、日常茶飯事ですよ。性的虐待スキャンダルが露見したアメリカの枢機卿のことを覚えておられますか? その枢機卿は自分のキャリアを守ろうとして、教皇庁のあちこちで鶏の餌みたいに金をばらまいた。もちろん、枢機卿自身の金ではありません。大司教区の信者たちの寄付でした」

「きみの情報源は誰なんだ?」ドナーティが尋ねた。「それから、高潔なジャーナリストという雄々しき隠れ蓑《みの》の陰にひっこもうとするのはやめろ」

「わたしの情報源はリヒターの陰謀をじかに知っている人物とだけ申しあげておきましょう」

「金を渡された者か？」

リッチはうなずいた。

「きみに何か証拠を見せてくれたのか？」

「金の話は口頭でなされたそうです」

「きみが活字にしなかった理由はそれだな」

「活字にする？　年齢がばれますよ」

「わたしはこの惑星に存在する最古の組織で働いているのだぞ」ドナーティは今後の禁煙を誓うかのような勢いで、煙草を揉《も》み消した。「さてと、わたしが知るかぎりのことを残らずきみに打ち明け、きみがそれを記事にすれば、コンクラーベを混乱に陥れることができるだろうなどと、きみは思っているのか？」

「これまでにわかったことを記事にしなければ、リヒター司教とその友達のヨーナス・ヴォルフに教会の実権を握られてしまう。そんなことを望んでおられるのですか？」

「きみは敬虔なカトリック教徒かね？」

「この二十年間、ミサには一度も出ていません」

「だったら、殊勝なことは言わないでくれ」ドナーティはシガレットケースに手を伸ばそうとしたが、思いとどまった。「木曜の夜まで待ってほしい」

「そんなには待てませんよ。遅くとも明日には記事にしないと」

「そのように焦ったら、記者生活最大のミスを犯すことになるぞ」

リッチは腕時計にちらっと目をやった。「CNNに出るため、ヴァチカンに戻らなくてはなりません。ほんとに何も情報を流してもらえないんですか?」

「次期ローマ教皇が誰になるかは、聖霊がお決めになることだ」

「まさか」リッチはいまだに本から顔を上げようとしないガブリエルのほうを向いた。「お捜しのものは見つかりましたか、ミスター・アロン?」

「ああ」ガブリエルは言った。「見つかったと思う」本をかざしてみせた。「しばらく借りるわけにいかないかな?」

「あいにく、これが最後の一冊なんです。でも、まだ絶版にはなってません」

「幸運な人だ」ガブリエルはリッチに本を返した。「ベストセラーに返り咲きそうな予感がする」

32

トラステヴェレ、ローマ

アレッサンドロ・リッチのアパートメントを出たあと、ガブリエルとドナーティはトラステヴェレ――ピラトの時代には第十四行政区と呼ばれていた地域――の街路を、方角も目的地も考えないまま、長いあいだ歩きまわった。ドナーティの気分は彼のカソックと同じく真っ黒だった。これがルイジ・ドナーティなのだ、とガブリエルは思った。教皇庁内で多くの敵を作ってきた人物。教皇に仕える無慈悲な男、鞭と権力を手にした黒衣の辣腕家。だが、篤き信仰心を持つ男であり、ガブリエルと同じく、断固たる正邪の観念という厄介なものを備えている。自分の手を汚すことを恐れはしない。反対側の頬を差しだそうとしないこともしばしばある。それどころか、チャンスがあれば、借りを返すほうを好んでいる。

前方に長方形の広場が見えてきた。片側にジェラートの店。反対側にはサンタ・マリア・デッラ・スカーラ教会。遅い時刻にもかかわらず、扉が開いていた。ローマの若者が何人か、いずれも二十代の男女だが、教会の前の石段に腰かけて談笑している。これを見て、ドナーティは一時的に元気が出た様子だった。

「ここにちょっと用がある」

二人で教会に入った。身廊はろうそくの光に照らされ、さらに多くの若いカトリック教徒でいっぱいだった。百人ほどいると思われ、そのほとんどが議論に夢中になっている。祭壇のそばで二人のフォークシンガーがギターを弾き、側廊では数人の司祭が折りたたみ椅子に腰かけて、魂の導きをおこなったり、告解に耳を傾けたりしている。

ドナーティはいかにも満足そうにこの光景を見渡した。「これは二、三年前にルッケージとわたしが企画したプログラムだ。週に一、二度、由緒ある教会のひとつを解放して、外の世界に煩《わずら》わされることなく一時間か二時間ほど過ごせる場所を、若い人々に提供しようと思ってね。ご覧のとおり、うるさい規則はたいしてない。ろうそくを灯《とも》し、祈りを唱え、新しい友達を見つける。ソーシャルメディアに自撮り写真を投稿する以外のことに興味を持つ者を。といっても、気が向いたときに自分の経験をオンラインで共有することに反対するつもりはない」ドナーティは声を低くした。「ローマ・カトリック教会といえども、時代に適応しなくてはならない」

「見上げた心がけだ」

「〝教会は死んだ〟と批判的な者たちは言うが、そんなことはない。これが活動中のわが教会だ。これが未来のローマ・カトリック教会だ」ドナーティは空いた信者席のほうを身ぶりで示した。「楽にしていてくれ。すぐ戻ってくる」

「どこへ行く?」

「ルッケージを失ったとき、わたしは聴罪司祭を失った」

ドナーティは側廊まで行き、驚いている若い司祭の前にすわった。顔を合わせた瞬間のぎこちなさが消えると、若い司祭は真剣な表情になり、かつて教皇の個人秘書だった人物が魂の重荷をおろすのに耳を傾けた。この旧友が教皇宮殿に閉じこもっていたあいだにどんな罪を犯したのか、ガブリエルには想像するしかない。カトリックの告解の秘蹟《ひせき》というものを、ガブリエルは昔から少々羨ましく思っていた。ユダヤ教徒が自らに課す終日の断食と贖罪に比べれば、告解のほうがはるかに楽だ。

ドナーティは両肘を膝につけて前かがみになっていた。ガブリエルはまっすぐ前方に目を向け、天蓋の上についている小さな金の十字架を見つめた。古代ローマの残虐さを示す道具。コンスタンティヌス帝がミルウィウス橋の上空にこれを見たと主張し、新たなる信仰の象徴にした。しかしながら、中世ヨーロッパに生きたユダヤ人にとっては、十字架は忌まわしきものだった。ライン地方に住んでいたガブリエルの先祖をエルサレムへ向かう途中の十字軍兵士たちが虐殺したとき、兵士の鎧の胸には赤い十字の印がついていた。また、トレブリンカ、ソビボル、ヘウムノ、ベルゼク、マイダネク、ビルケナウで何百万もの人々を炎のなかに投げこんだ殺戮者の多くも十字架をかけていた。この虐殺に対して、ローマにいる魂の導き手から非難の言葉が出たことは一度もなかった。

〝その血の責任は、我々と子孫にある〟

ドナーティは若い司祭から罪の赦しを受けたあと、身廊を横切り、ガブリエルのそばで膝を突くと、頭を垂れて祈りはじめた。最後に十字を切り、身を起こして信者席にすわった。

「きみのためにも祈っておいた。害はないだろうと思って」

「あなたのユーモアのセンスが健在だと知ってほっとした」

「いやいや、風前の灯火《ともしび》だ」ドナーティは二人のフォークシンガーを見た。「いま演奏しているのはなんという曲だ?」

「わたしに訊くのか?」

ドナーティは低く笑った。

「いいか」ガブリエルは言った。「わたしは妻子と休暇を楽しむはずだったんだぞ」

「休暇ぐらいいつでもとれるだろう」

「いや、無理だ」

ドナーティは返事をしなかった。

「現在の窮状から抜けだしたければ、比較的簡単な方法があるぞ」ガブリエルは言った。

「リッチの記事のために、二人目の情報源になればいい。リッチに何もかも話すんだ。新聞にすっぱ抜いてもらえ。そうすれば、修道会はもう前に進めない」

「リヒター司教を見くびらないほうがいい」ドナーティは身廊に視線を走らせた。「それに、これはどうなる？　ここにいる若い連中はローマ・カトリック教会のことをどう感じるだろう？」

「エメリヒ教皇聖下が誕生するより、一時的なスキャンダルのほうがまだましだ」

「たぶんな。だが、スキャンダルが表沙汰になれば、ルッケージが始めた仕事を次期教皇が完成させるための貴重な機会を奪われてしまう」ドナーティはガブリエルを横目で見た。「聖霊が教皇を選ぶなどというでたらめを、きみ、本気で信じているのではあるまいな？」

「聖霊がなんなのかも、わたしは知らない」

「心配するな。知らないのはきみだけではないから」

「あなたの有力候補は誰なんだ？」

「ルッケージとわたしはこれまで、立派な教皇になれそうな何人かの男に枢機卿のしるしである赤い帽子を与えてきた。いまのわたしがせねばならないのは、有権枢機卿たちが第一回の投票をおこなうためシスティーナ礼拝堂に入る前に、彼らに話をすることだけだ」

「金曜の午後に？」

ドナーティは首を横にふった。「それでは間に合わない。遅くとも木曜の夜には実行する必要がある。枢機卿たちは木曜に聖マルタ館に入る予定だ」

「外部との接触は禁止なんじゃないのか?」

「建前上はな。だが、現実にはけっこう穴だらけだ。とはいえ、わたしが彼らに話をしようとしても、枢機卿団の首席枢機卿が許可してくれる保証はない。聖ヘレナ修道会の陰謀に関して、わたしが否定しがたい強力な証拠をつかまないかぎりは」ドナーティはガブリエルの肩を軽く叩いた。「きみのような地位にいる者にとって、そう困難なことではないと思う」

「ニクラウス・ヤンソンのときも、あなたはそう言った」

「そうだったかな?」ドナーティは微笑した。「それから、修道会がルッケージを殺害した証拠も持ってきてもらいたい。それから、もちろん、例の本も。『ピラトによる福音書』のことを忘れてはならん」

ガブリエルは天蓋の上についている小さな金の十字架を見つめた。「ご心配なく。忘れてはいない」

33

イスラエル大使館、ローマ

ガブリエルはドナーティをイエズス会本部で降ろし、次にイスラエル大使館へ向かった。地下に下りて『ピラトによる福音書』の最初のページを〈オフィス〉の金庫にしまい、この至聖所の安全な通信回線を使って八二〇〇部隊のユヴァル・ガーションに電話をした。テルアビブはすでに真夜中過ぎだ。ガーションはベッドに入っていた。

「今度はなんだ?」警戒気味の声でガーションが尋ねた。

「〈ヴォルフ・グループ〉というドイツのコングロマリット」

「誰か特定の人物を?」

「ヘル・ヴォルフ」

「どこまで調べればいい?」

「肛門に至るまで徹底的に」

ガーションは彼の電話の送話口に向かってため息をついた。「理不尽な任務になりそうな予感がした」

「ほどなく理不尽な要求を出すつもりだ」

「何か特定のものを捜しているのか？」

ガブリエルはいくつかのキーワードと人名を挙げた。人名のひとつは彼自身のものだった。ほかに、西暦二六年ごろから三六年十二月までユダヤ属州の総督を務めたローマ軍士官の名前もあった。

「あのポンティオ・ピラト？」ガーションが訊いた。

「ポンティオ・ピラトという人物を何人ぐらい知ってるんだ、ユヴァル？」

「先日の秘密文書館訪問と何か関係がありそうだな」

ガブリエルはあると答えた。ついでに、文書館内にいたときになかなか興味深い本の最初のページを渡されたことも、それとなく告げた。

「誰から？」

「ヨシュア神父という名の聖職者から」

「変だな」

「なぜだ？」

「書庫にいたのはあなたとドナーティ大司教だけだった」

「わたしはその神父と話をしたぞ」

「まあ、そういうことにしておこう。ほかには？」

「宗教事業協会。ヴァチカン銀行という名前のほうがよく知られている。いま、人名リストをメールでそちらに送った。そのなかに最近多額の金を受けとった者がいないか、調べてもらいたい」

「多額の定義を言ってくれ」

「六桁かそれ以上」

「リストに出ている名前の数は？」

「百十六」

ガーションは低い声で悪態をついた。「司祭に扮《ふん》したあなたの写真がわたしの手元に何枚もあるってことを忘れたのか？」

「いつか埋め合わせをするから、ユヴァル」

「そいつらは何者なんだ？」

「次のローマ教皇を選ぶ枢機卿たちだ」

ガブリエルは電話を切って、〈オフィス〉のリサーチ課のチーフ、ヨッシ・ガヴィシュの番号をプッシュした。ガヴィシュはロンドンのゴールダーズ・グリーン生まれ、オックスフォード大卒で、彼の話すヘブライ語はいまも英語の訛りが強い。

「おやまあ、ガブリエル神父ですね？」

「受信箱を見るがいい、わが息子よ」

しばし時間が過ぎた。「すてきな男だ、ボス。しかし、何者です?」

「聖ヘレナとかいう修道会の平信徒だが、わたしの勘だと、われわれの同業者だな。〈オフィス〉のほうで回覧して、ベルリン支局へも送っておいてくれ」

「なぜベルリンへ?」

「その男のドイツ語にバイエルン地方の訛りがある」

「そう来るんじゃないかと思ってました」

ガブリエルは電話を切り、もうひとつ電話をかけた。キアラが出た。眠そうな声だった。

「いまどこ?」

「安全な場所だ」

「いつ帰ってくるの?」

「しばらくしたら」

「どういう意味?」

「その前に見つけなくてはならないものがあるという意味だ」

「価値のあるものなの?」

「エリとわたしがソロモン神殿の遺跡を見つけたときのことを覚えてるか?」

「どうして忘れられる?」

「それ以上に貴重なものかもしれない」

「わたしに手伝えることが何かない？」

「目を閉じて」ガブリエルは言った。「きみの寝息を聞かせてくれ」


その夜、ガブリエルは大使館内の簡易ベッドで眠り、翌朝七時半にチェーザレ・フェラーリ将軍に電話をかけた。ある文書を検査したいので設備の行き届いた美術班のラボを貸してほしい、と将軍に頼んだ。どんな文書なのか、どこで見つけたのかは伏せておいた。

「なぜうちのラボを借りたいんだ？　きみのところこそ世界最高なのに」

「イスラエルに送っている時間の余裕がない」

「どんな検査をしようというんだね？」

「紙とインクの分析。それと、年代も特定したい」

「古いのか？　その文書は」

「何世紀も前のものだ」ガブリエルは言った。

「紙に間違いないんだな？　子牛皮ではない？」

「紙だと言われた」

「わたしは十時半にパラッツォでスタッフ・ミーティングの予定だ」パラッツォというのは、聖イグナツィオ広場にあるクリーム色の優美な建物で、そこに美術班の本部がある。

「しかし、九時十五分に〈カフェ・グレコ〉の奥の部屋にきみがふらっと入ってくれば、カプチーノとコルネットを楽しむわたしに出会えるかもしれん。ついでに……」電話を切る前に、将軍は言った。「きみに見せたいものがある」

ガブリエルは約束の時刻より数分早く〈カフェ・グレコ〉に着いた。フェラーリ将軍が奥の部屋を独占していた。将軍は古びた革のブリーフケースから紙製フォルダーをとりだし、そこから大判の写真を八枚出してテーブルに並べた。最後の一枚に、ニクラウス・ヤンソンのポケットから財布を抜きだすガブリエルが写っていた。

「いつから美術班の責任者が殺人捜査班からまわってきた防犯カメラの写真に目を通すようになったんだ？」

「警察のトップから、きみに見せてほしいと言われたんだ。きみに訊けば暗殺者の正体がわかるんじゃないかと期待してたぞ」

将軍は別の写真をテーブルに置いた。バイク用ヘルメットと革ジャケットの男。右腕を伸ばし、その手に銃を握っている。近くにいた女性が銃に気づいて、口を開いている。悲鳴をあげたのだろう。ガブリエルは自分も気づけばよかったと悔やむばかりだった。気づいていれば、ニクラウス・ヤンソンの命を救えたかもしれない。

暗殺者の服装を調べた。「ヘルメットなしの写真はないだろうな？」

「残念ながら、ない」フェラーリは写真を紙製フォルダーに戻した。「さて、きみの文書とやらを見せてもらおうか」

　それはステンレスのブリーフケースに鍵をかけてしまってあった。ガブリエルはそれをとりだし、テーブル越しに無言で渡した。将軍はクリアファイルにはさまれた紙片をじっと見た。

「『ピラトによる福音書』？」顔を上げてガブリエルを見た。「どこで手に入れた？」

「ヴァチカン秘密文書館」

「ヴァチカンの連中がくれたのか？」

「そういうわけでもないが……」

「どういう意味だ？」

「ルイジとわたしが文書館に忍びこんで持ちだしたという意味だ」

　フェラーリ将軍はふたたび文書に視線を落とした。「教皇の死と何か関係がありそうだな」

「あれは殺人だ」ガブリエルは静かに言った。

　フェラーリ将軍の表情は変わらなかった。

「たいして驚いていないようだな、チェーザレ」

「ヴェネツィアにいるきみに連絡をとってほしいとドナーティ大司教から頼まれたとき、大司教が教皇の死の状況を不審に思っていることは、わたしにも察せられた」

「行方知れずのスイス衛兵のことをルイジから聞かなかったか?」

「聞いたかもしれん。それから、行方知れずの手紙のことも」将軍は紙片を高く掲げた。

「ルッケージがきみに見せたがっていたというのはこれか?」

ガブリエルはうなずいた。

「だったら、検査の必要はない。本物でなかったら、教皇がきみに渡そうとしたはずがない」

「いつ書かれたものか、紙とインクがどこのものかがわかれば、わたしの気持ちが楽になる」

将軍は天井のシャンデリアの光のほうへ紙片を持ちあげた。「きみの言ったとおりだ。紙に間違いない」

「いつごろのものだろう?」

「イタリア初の製紙工場は十三世紀後半にファブリアーノに造られ、十五世紀に入ると、本の装丁には子牛皮にかわって徐々に紙が使われるようになった。フィレンツェ、トレヴィーゾ、ミラノ、ボローニャ、パルマ、そして、きみの愛するヴェネツィアにも製紙工場が誕生した。そのなかのどこでこの紙が作られたか、突き止めることはできると思う。ただ、短時間で結果を出すのは無理だ」

「どれぐらいかかる?」

「丹念に調べるなら……数週間かな」

「もう少し早く結果がほしい」

将軍はため息をついた。

「あなたさえいなければ」ガブリエルは言った。「わたしはいまもヴェネツィアで家族と休暇を楽しんでたはずだぞ」

「わたし？」将軍は首を横にふった。「わたしはただの使い走り。きみを呼びだしたのはルイジ・ドナーティだ」紙製フォルダーにちらっと目をやった。「その写真は進呈しよう。きみの短いイタリア訪問の記念に。警察のことは気にしなくていい。わたしが何か口実を考えておくから。毎度のことだ」

その言葉を最後に、将軍は立ち去った。ガブリエルが電話をチェックすると、クリストフ・ビッテルからメッセージが入っていた。スイスの保安機関に籍を置くガブリエルの友人だ。

〝なるべく早く電話してくれ。重大な用件だ〟

ガブリエルは番号をタップした。

すぐさまビッテルが電話に出た。「まったくもう、何をぐずぐずしてたんだ？」

「頼むから、彼女は無事だと言ってくれ」

「シュテファニ・ホフマンのことか？　元気にしている。電話したのは、きみが書いた似顔絵の男の件だ」

「そいつがどうしたんだ？」

「電話で話せることじゃない。チューリッヒまで大至急来られるか？」

34

システィーナ礼拝堂

システィーナ礼拝堂のなかから、神聖とは言いがたい金槌《かなづち》の音が聞こえてきた。ドメニコ・アルバネーゼ枢機卿はゆるいステップを二段のぼって礼拝堂に入った。設置されたばかりの木製の傾斜路が、トランセンナ――礼拝堂を二分する大理石の仕切り――に向かって延びている。その奥に木の床のスペースが臨時に用意され、淡い黄褐色のカーペットが敷きつめられている。礼拝堂の縁に沿って長いテーブルが十二台置いてある。左右の縁にそれぞれ三台ずつ二列に並んでいて、フェルトに似た黄褐色の布で覆われ、裾には赤紫色のひだ飾りがついている。

スペースの中央に、曲線状の細い脚のついた華麗な小テーブルが置かれている。いまのところ、テーブルには何ものっていない。しかし、金曜の午後になり、有権枢機卿たちがコンクラーベ開始のために列を作って礼拝堂に入ったときには、ここに聖書が置かれることになる。『マタイによる福音書』の最初のページを開いた状態で。アルバネーゼも含めた枢機卿一人一人が福音書に手を置き、選挙の秘密を守ることを宣誓する。また、次期ローマ教皇の選出に圧力を加えようとする〝集団とも、個人とも〟共謀することはけっしてない、という宣誓もおこなう。この神聖な誓いを破るのは由々しき罪である。枢機卿《カーディナル》が大罪《カーディナル・シン》を犯すわけだな――アルバネーゼは思った。

金槌の音がアルバネーゼの夢想に割りこんだ。作業員たちがストーブのそばでテレビカメラ用の足場を組んでいる。コンクラーベの最初の一時間がテレビ中継されるのだ。枢機卿たちの行列、《来たり給え、創造主なる聖霊よ《ヴェニ・クレアトール・スピリトゥス》》の合唱、宣誓。そののちに、教皇庁儀典長が「全員退場《エクストラ・オムネス》」を宣言し、ドアが閉められ、外側から鍵がかけられる。

礼拝堂で最初の投票がおこなわれる。ただし、おおよその雰囲気をつかむための投票に過ぎない。開票係と審査係が細心の注意を払って票の集計・再集計をおこなう。コンクラーベ前の下馬評を信じてもいいのなら、まずホセ・マリア・ナバロ枢機卿がトップに躍でるだろう。そのあと、二台のストーブのうち古いほうで投票用紙が燃やされる。同時に、もう一台のストーブからは、化学薬品の混ざった黒い煙が立ちのぼる。この煙を見て、サン・ピエトロ広場に集まった敬虔な信者たちは――ついでに、プレスセンターでノートパソコンの上にかがみこんだ罰当たりな連中も――ローマ・カトリック教会の使徒座がまだ空位であることを知るわけだ。

二回目の投票では、ナバロのリードの幅が縮むだろう。そして、三回目の投票で新たな名前が浮上する。フランツ・フォン・エメリヒ枢機卿。ウィーンの大司教で、聖ヘレナ修道会の秘密メンバーでもある。五回目の投票がおこなわれるころには、エメリヒの勢いはもう止まらない。六回目で使徒座はエメリヒのものになる。いや――不意にアルバネーゼは思った――使徒座は修道会のものになるのだ。

アルバネーゼたちはルッケージとドナーティが始めた穏健な改革を、ときを移さず無効にするつもりでいる。すべての権力を教皇宮殿に集中させる。異を唱える者は容赦なく叩きつぶす。女性司祭や聖職者の結婚に関する議論は中止。教皇から全世界の司教に宛てて、気候変動、貧しき者の救済、労働者と移民の権利、西ヨーロッパにおける極右勢力の台頭がもたらす危険について真剣に論じた回勅が送られることは、今後二度とない。それどころか、新たに任命される国務省長官により、イタリア、ドイツ、オーストリア、フランスの独裁的指導者と教皇庁のあいだに緊密な絆《きずな》が結ばれる。どの指導者も狂信的なカトリック信者で、世俗主義、民主社会主義、そして、もちろん、イスラム教をも撃退するための防壁となってくれるはずだ。

アルバネーゼは祭壇のほうへ歩を進めた。祭壇の奥の壁に描かれているのが、ミケランジェロの《最後の審判》だ。魂が渦を巻きながら、一部は天へ昇っていき、一部は地獄の底へ堕《お》ちていく。これを見るたびに、アルバネーゼは胸を衝《つ》かれる。彼が聖職者になった理由はここにある。寂寞《せきばく》としたあの世で永遠に苦しまなくてはならない、という恐怖のせいだ。

その恐怖はアルバネーゼのなかで長年眠りについていたが、いまふたたび目をさました。ピエトロ・ルッケージ殺しで彼が果たした役割に対して、リヒター司教が赦免を与えてくれたのは事実だ。しかし、正直なところ、そのような大罪が本当に赦されるとは、アルバネーゼも信じていない。

たしかに、殺害を実行したのはグラフ神父かもしれない。しかし、アルバネーゼは犯行の前後に手を貸した従犯者だ。自分の役割を完璧にこなした。ただし、ひとつだけミスがあった。手紙を見つけることができなかった。ルッケージがガブリエル・アロンに宛てて書いていた手紙で、秘密文書館で見つけた本のことを知らせるものだった。ヤンソンが盗んだとしか考えられない。グラフ神父はヤンソンも殺害した。二件の殺人。アルバネーゼの魂に刻まれたふたつの黒い印。

だから、なおさらコンクラーベを計画どおりに進めなくてはならない。修道会から金を受けとった有権枢機卿たちが然るべきタイミングでエメリヒに投票するよう、調整をおこなうのがアルバネーゼの役目だ。エメリヒの勝利がいきなり確定したりしたら、選挙の不正を疑われてしまう。不審を招かないよう、一票また一票と徐々に得票数を伸ばしていく必要がある。エメリヒが白い法衣をまとってしまえば、聖ヘレナ修道会の関与が露見する危険はなくなる。ヴァチカンは世界最後の絶対君主国、神が統治し給う独裁国家だ。捜査がおこなわれることも、亡き教皇の遺体が掘りだされることもない。何事もなかったかのように日々が過ぎていくだろう。

ただし――アルバネーゼは思った――昨日の早朝に秘密文書館で起きたような予想外の事件がふたたび起きれば、話は違ってくる。ガブリエル・アロンとドナーティ大司教が何かを見つけたのは間違いない。なんだったのかはアルバネーゼにもわからない。わかっているのはただ、文書館を出たあと、アロンとドナーティがアッシジまで出かけ、ロバート・ジョーダンとかいう神父に会ったことだけだ。神父は外典福音書の分野における世界最高の権威だという。そののちに二人はローマに戻り、アレッサンドロ・リッチという人物に会いに行った。聖ヘレナ修道会のことを世界でいちばん詳しく知っているジャーナリストだ。元気の出る材料とはとうてい言えない。

「豪華絢爛《ごうかけんらん》。そうではありませんかな？」

アルバネーゼはびくっとしてふりむいた。

「これは失礼」リピター司教が言った。「驚かせるつもりはなかったのだが」

アルバネーゼは冷静かつよそよそしい態度で、修道会の総長に堅苦しい挨拶をした。

「おはようございます。どのようなご用でシスティーナに？」

「ここに来ればカメルレンゴに会えると言われて」

「何か問題が起きましたか？」

「いや、大丈夫。むしろ、いい知らせがある」

「なんでしょう?」

リヒターは微笑した。「ガブリエル・アロンが先ほどローマを離れた」

35

チューリッヒ

　ガブリエルがチューリッヒに到着したのは午後四時半だった。タクシーでスイス銀行業界のサン・ピエトロ広場ともいうべきパラーデ広場まで行き、次に、堂々たるバーンホーフシュトラーセを歩いてチューリッヒ湖の北端まで行った。ゲネラール・グイザン・クヴァイと呼ばれる湖岸の通りを歩く彼の傍らに、ＢＭＷのセダンがつき従っていた。ハンドルを握っているのはクリストフ・ビッテル。はげ頭に眼鏡のその姿は、職場でアラブのシークやロシアの新興成金の隠し資産を一覧表にして長い一日を過ごしたあと、湖畔の郊外にある自宅に戻ろうとする平凡な男にしか見えない。

　ガブリエルは助手席に乗りこんだ。「で、用件とは？」

「似顔絵の男のことだ」ビッテルはラッシュアワーの車の流れに楽々と入りこんだ。「思いだすのに時間がかかってしまって申しわけない。最後に姿を見たのが数年前のことだったから」

「そいつの名前は？」

「エスターマン」ビッテルは言った。「アンドレーアス・エスターマン」

ガブリエルの勘が当たっていて、エスターマンは諜報活動のプロだった。三十年にわたってBfV（連邦憲法擁護庁）——ドイツ国内の反憲法活動を調査する情報機関——の職員として働いてきた。当然ながら、BfVはスイスの情報機関NDBと密接な関係にある。ビッテルはNDBに配属されたばかりのころ、ケルンまで出かけて、ベルンとジュネーブにおけるソ連のスパイ活動についてドイツの情報部員たちにブリーフィングをおこなったことがあった。

「ミーティングが終わると、一杯やろうとエスターマンに誘われた。変な話だ」

「なぜ？」

「一滴も飲まないやつなのに」

「問題を抱えた男ってことか？」

「問題はどっさり抱えているが、アルコールは含まれていない」

初対面から数年のあいだ、ビッテルとエスターマンは折に触れて顔を合わせることになった。秘密の活動に従事する者にありがちなことだ。どちらもいわゆるアクションヒーローのタイプではなかった。現場の工作員ではなく、仕事内容は警察官と似たようなものだった。捜査をおこない、報告書を作成し、数えきれないほど多くの会議に出席する。会議でいちばん大変なのは居眠りを我慢することだ。二人は顔を合わせるたびに、ランチやディナーを共にした。エスターマンが通常のルート以外でビッテルに情報を送ってくることがしばしばあった。ビッテルも機会があればかならず借りを返していたが、つねに組織のトップの了承を得たうえでのことだった。トップの連中はエスターマンのことを貴重な情報源とみなしていた。

「やがて、世界貿易センターに飛行機が突っこんですべてが変わってしまった。とくにエスターマンが」

「どんなふうに?」

「エスターマンは9・11の二年前に、防諜《ぼうちょう》部門から対テロ部門へ異動になっていた。わたしもそうだったが。やつが言うには、最初からハンブルク・セル（ドイツのハンブルクに拠点を置いていたイスラム過激派集団）に目をつけていたそうだ。上の連中がまともに仕事をさせてくれれば、自分の力で陰謀を未然に防げたのに、と断言した」

「多少は真実が含まれていたのか?」

「史上最悪のテロ攻撃をエスターマンが独力で阻止できたかどうかって意味か?」ビッテルは首を横にふった。「ガブリエル・アロンならできたかもしれん。だが、アンドレーアス・エスターマンには無理だ」

「エスターマンはどんなふうに変わったんだ？」

「極端な憎悪を抱くようになった」

「誰に？」

「ムスリムに」

「アルカイダ？」

「アルカイダだけではない。すべてのムスリムを憎んでいた。とくに、ドイツに住む連中を。筋金入りのジハーディストと、よりよき暮らしを求めてヨーロッパにやってきた貧しいモロッコ人やトルコ人とを区別できないやつだった。ヴァチカンがテロ攻撃にあってから、それがさらにひどくなった。視野が極端に狭くなった。あの男とのつきあいがわたしには耐えられなくなってきた」

「だが、つきあいを続けたわけか？」

「うちは小規模な機関だからな。エスターマンは大きな影響力を持つ男だった」ビッテルは微笑した。「きみと同じようにな、アロン」

ビッテルは湖の西側の湖畔にあるマリーナの駐車場に車を入れた。防波堤の先端にカフェがあった。夕暮れの風が強いテラス席に二人で腰を下ろした。ビッテルはビールを二人分注文し、チューリッヒのダウンタウンからここまで車を走らせるあいだに届いていた数件のメッセージに返信した。

「申しわけない。目下、うちの連中が神経を尖《とが》らせているのでね」

「何に？」

「ドイツの爆弾テロ」ビッテルは彼の電話越しにガブリエルを見た。「背後に誰がいるのか、きみ、ひょっとして知らないか？」

「うちの情報分析の連中は、新たなネットワークの登場だと考えている」

「うう……最悪だ」

ウェイトレスが注文の品を運んできた。漆黒の髪をした二十五歳ぐらいの女性で、目をみはるような美人だった。イラク人か、もしかしたら、シリア難民かもしれない。ガブリエルの前にビールのボトルを置いたウェイトレスに、彼はアラビア語で礼を言った。短いやりとりがあとに続いた。やがて、ウェイトレスは微笑を浮かべて立ち去った。

「何を話してたんだ？」ビッテルが訊いた。

「われわれが暖かな店内ではなく、湖畔のテラス席にすわっているのを、彼女が不思議がっていた」

「きみはなんと答えたんだね？」

「われわれは情報部員で、誰が聞いているかわからない店内では話をする気になれないんだ、と」

ビッテルは渋い顔になり、ビールを少し飲んだ。「きみがウェイトレスとあんなふうに話しているところをエスターマンに見られなくて幸いだった。ムスリムの移民に礼儀正しく接することを、あの男は認めていない。ムスリムの言語を話すことも認めていない」

「ユダヤ人についてはどう思ってるんだろう?」

ビッテルはビールのボトルについているラベルの端をはがした。

「遠慮するなよ、ビッテル。わたしは傷ついたりしないから」

「反ユダヤ主義的なところのある男だ」

「そいつはショックだな」

「手を携える場合が多い」

「何が?」

「イスラム嫌いと反ユダヤ主義が」

「宗教についてエスターマンと議論したことは?」

「何度もある。ヴァチカンが攻撃されたあとはとくに。エスターマンは熱心なカトリック教徒なんだ」

「では、きみは?」

「わたしはニートヴァルデンの出身だ。カトリックの家庭で大きくなり、カトリックの女とカトリックの教会で式を挙げ、三人の子供はみな洗礼を受けている」

「しかし?」

「性的虐待スキャンダルが発覚して以来、ミサには一度も行っていない」

「ヴァチカンの教えを守っているかい？」

「連中が守っていないものを、どうしてわたしが守らなきゃならん？」

「エスターマンの意見は違うだろうな」

ビッテルはうなずいた。「やつはこのスイスを本拠地とする極端に保守的な修道会の平信徒メンバーだ」

「聖ヘレナ修道会か」

ビッテルの目が細くなった。「どうしてそれを？」

ガブリエルは返事をはぐらかした。「エスターマンのことだから、きみにも入会を勧めたんだろうな」

「福音伝道者みたいなやつだった。極秘で入会すればいい、やつのところの司教以外には誰にも知られる心配はない、と言っていた。また、修道会にはわれわれのような人間がたくさんいるとも言っていた」

「われわれ？」

「諜報や保安関係の仕事に従事する者たち。それから、著名な実業家や政治家もいるらしい。修道会のメンバーになれば、わたしがＮＤＢを退職したあとのキャリアに奇跡が起きると言っていた」

「それに対してきみは？」

「興味がないと答えて話題を変えた」

「エスターマンと最後に話したのはいつだった？」

「少なくとも五年前かな。いや、たぶん六年近くになる」

「なぜ会うことに？」

「エスターマンがＢｆＶをやめたときだった。新しい連絡先を知らせておきたいと向こうから言ってきた。あいつ、どうやら金鉱を掘り当てたようだった。ミュンヘンに本社があるドイツの大企業に入ったらしい」

「〈ヴォルフ・グループ〉か？」

「どうしてそれを……？」

「まぐれ当たりだよ」ガブリエルは言った。

「ＮＤＢをやめる気になったら連絡してほしい、とエスターマンは言っていた。このチューリッヒにも〈ヴォルフ・グループ〉の支社がある。悪いようにはしないからと言うんだ」

「ひょっとして、エスターマンの携帯番号を知らないか？」

「知ってるよ。なんでだ？」

「エスターマンの提案に応じてもらいたい。水曜の夜、ミュンヘンにいる予定だとやつに言ってくれ。将来のことで相談に乗ってもらいたいと言うんだ」

「だが、水曜にミュンヘンまで行くのは無理だ」

「エスターマンにそれを知らせる必要はない」

「何を企《たくら》んでいる？」

「酒。どこか静かな店」

「さっき言っただろう。エスターマンは一滴も飲まない。ダイエット・コーク派だ。いかなるときもダイエット・コーク」ビッテルはテーブルを軽く叩きながら考えこんだ。「ベートーヴェン広場に〈カフェ・アダージョ〉という店がある。すばらしくシックな店だ。しかも、人目につきにくい。問題は、エスターマンが現れたときに何が起きるかということだ」

「わたしからいくつか質問することになるだろう」

「何について？」

「聖ヘレナ修道会」

「なぜその修道会に興味があるんだ？」

「わたしの友人がそいつらに殺された」

「友人というのは？」

「ローマ教皇パウロ七世」

ビッテルの顔に感情はいっさい出ていなかった。とりわけ、驚きはまったくない。「あのホフマンという女から目を離さないよう、きみに頼まれた理由が、これでようやくわかった」

「メッセージを送ってくれ、ビッテル」

ビッテルの親指が電話の上で止まった。「わたしがこの件との関わりを疑われた場合、どうなるかわかってるのか?」

「〈オフィス〉は貴重なパートナーを失う。そして、わたしは友人を失う」

「きみの友人でいたいのかどうか、わたしにはよくわからない。きみの友人はみな、最後には死んでしまうようだし」ビッテルはメッセージを打ちこみ、〝送信〟をタップした。五分も待たされたあとでようやく、彼の電話がピッと鳴って返信の到着を知らせた。「交渉成立。水曜の夕方六時、〈カフェ・アダージョ〉で。エスターマンが会うのを楽しみにしているそうだ」

ガブリエルは黒い湖面を見つめた。「わたしも同じ気持ちだ」

36

ミュンヘン

一九七二年九月の何日間かを別にすれば、ミュンヘンは〈オフィス〉にとってさほど重要な都市ではなかった。しかし、感傷的な理由からかもしれないが、ハウスキーピング課では、イギリス庭園《エングリッシャー・ガルテン》からそう遠くないシュヴァービングというボヘミアン地区にある、塀をめぐらした大きな屋敷の維持管理を続けていた。翌日の午前十時十五分、エリ・ラヴォンが屋敷に到着した。堅苦しい客間に置かれた重厚なアンティークの家具を、暗い表情で見まわした。

「またここに来たなんて信じられん」ラヴォンはガブリエルを見て眉をひそめた。「あんた、休暇のはずだっただろ」

「ああ、わかっている」

「どうしたんだ?」

「身内に不幸があった」

「悔やみを言わせてもらう」

ラヴォンは小型の旅行カバンをカウチに無造作に放り投げた。髪は薄毛でぼさぼさ、表情に乏しく、印象に残らないタイプだ。天才的な肖像画家でさえ、その顔を油絵にしようとすれば手こずることだろう。人生の敗残者のように見える。ところが、じつは天性の捕食者で、世界のどんな場所であろうと、相手にいっさい気づかれることなく、鍛え抜かれた諜報部員や筋金入りのテロリストを尾行することができる。現在、〝ネヴィオット〟と呼ばれるセクションを統括している。監視係、すり、泥棒、施錠された部屋に忍びこんで隠しカメラや盗聴器を仕掛けるのが専門の連中を擁するセクションだ。

「先日、あんたの興味深い写真を見たぞ。聖職者の格好をして、仲良しのルイジ・ドナーティと一緒にヴァチカン秘密文書館に入っていくところだった。おれも同行できなかったことだけが残念だ」ラヴォンは微笑した。「何か興味深いものが見つかったかね？」

「そうとも言える」

ラヴォンは小さな手を持ちあげた。「聞かせてもらおう」

「ほかの連中が来るまで待ったほうがいいだろう」

「こっちに向かっているところだ。全員が」ラヴォンのライターが炎を上げた。「教皇パウロ七世の残念な逝去と関係がありそうだな」

ガブリエルはうなずいた。

「自然死ではなかったということか？」

「ああ、そうだ」

「犯人の目星はついてるのか？」

「スイスのツーク州に本部があるカトリックの修道会だ」

ラヴォンは煙の渦を透してガブリエルを凝視した。「聖ヘレナ修道会か？」

「聞いたことがあるのか？」

「不運にも、前世で修道会と渡りあったことがある」

ラヴォンはかつて〈オフィス〉を長く離れていた時期があり、ウィーンで〈戦争犯罪調査事務所〉という小さな調査機関を運営していた。乏しい資金でやりくりしながら、ホロコーストのときに略奪された何百万ドルもの資産の行方を突き止めていた。事務所を爆弾で破壊され、若い女性スタッフ二人が殺されることとなった。犯人はエーリッヒ・ラデックという元ナチス親衛隊員で、イスラエルの独房で亡くなった。ラデックをそこに送りこんだのはガブリエルだった。

「ウィーンに住むフェルドマンという一家に関わる事件だった」ラヴォンは説明を始めた。「家長はサムエル・フェルドマン。高品質の布地を扱う裕福な輸出業者だった。一九三七年の秋、オーストリアに戦争の暗雲が立ちこめてきたころ、聖ヘレナ修道会の二人の聖職者がウィーン一区のアパートメントに住むフェルドマンを訪ねてきた。片方が修道会の創立者、ウルリヒ・シラー神父だった」

「で、シラー神父はサムエル・フェルドマンになんの用だったんだ？」

「金さ。それ以外にあるか？」

「見返りとして何を？」

「洗礼台帳だ。フェルドマンは必死だったから、シラー神父に莫大な現金とその他の貴重品を差しだした。数点の絵画も含まれていた」

「それで、一九三八年三月にナチスがウィーンに進軍したときは？」

「シラー神父は見つからず、約束の洗礼台帳は渡してもらえなかった。フェルドマンと家族の大部分はポーランドのルブリン地区へ移送され、特別行動部隊《アインザッツグルッペン》に殺された。子供のうち、イザベルという娘がウィーンに身を隠して終戦まで生き延びた。スイスで金融スキャンダルが勃発したあと、彼女がわたしを訪ねてきて一部始終を語った」

「きみはどうした？」

「ハンス・リヒター司教に会うためにアポイントをとった。聖ヘレナ修道会の総長だ。スイスのメンツィンゲンにある中世の修道院で会うことになった。卑劣な人物だ、あの司教は。ローマ・カトリック教会の聖職者なんだぞと、おれは何度も自分に言い聞かせなきゃならなかった。言うまでもないが、なんの収穫もなく帰るしかなかった」

「あきらめたのか？」

「おれが？　あきらめるもんか。その後一年かけて、修道会が身辺保護の約束とひきかえにユダヤ人に寄付を強要したケースを、ほかに四件見つけだした。リヒター司教は二度と会ってくれなかったから、集めた資料はアレッサンドロ・リッチというイタリア人の調査報道記者に渡した。リッチはさらに数件の例を見つけだした。ローマに住んでいた裕福なユダヤ人のケースもそこに含まれていた。そのユダヤ人は一九三八年に修道会に数点の絵画と価値ある稀覯本を渡したという。残念ながら、名前を忘れてしまったが」

「エマヌエーレ・ジョルダーノ」

ラヴォンはくすぶっている煙草の向こうからガブリエルを見つめた。「なんでその名前を知っている？」

「おととい、ローマでアレッサンドロ・リッチに会った。聖ヘレナ修道会がコンクラーベで不正を働き、メンバーの一人を次期教皇にするための計画を進めているという話を聞かされた」

「あの修道会のことだから、金にものを言わせる気だな」

「そのとおり」

「そのために教皇を殺したのか？」

「そうではない」ガブリエルは答えた。「殺したのは、教皇がわたしに本を渡そうとしたからだ」

「なんの本だ？」

「ソロモン神殿の遺跡を見つけたときのことを覚えてるか？」

ラヴォンはうわの空で胸をさすった。「どうして忘れられよう？」

ガブリエルは微笑した。「それ以上に貴重な本だ」


〈オフィス〉もローマ・カトリック教会と同じく、古くからの教義に従っている。神聖にして冒すべからざるその教義によると、大規模作戦チームのメンバーは別々のルートで目的地へ向かわなくてはならない。しかしながら、事態が切迫していたため、チームのメンバー八人全員がエルアル航空の同じ便でミュンヘンへ飛ぶことになった。それでも、隠れ家への到着はばらばらだった。近所の人々から不要な注目を浴びるのを避けるためだけでも、それは必要なことだった。

最初にやってきたのはヨッシ・ガヴィシュ。ツイードを好んで着ている英国生まれの人物で、リサーチ課のチーフをしている。続いて、モルデカイとオデッドという二人組の万能の工作員と、コンピュータを動かす知識を備えたイランという若者。次にヤコブ・ロスマンとダイナ・サリドが到着した。ヤコブは特別作戦室のチーフ。ダイナはパレスチナとイスラム世界のテロリズムに関する人間データベースで、ほかの者が見落としがちな関連性を見つけだす不思議な才能を持っている。

　正午ごろ、ミハイル・アブラモフがふらっと入ってきた。長身痩せ形、血の気のない青白い肌と、氷河の氷のような目をした男で、十代のときにロシアからイスラエルに移住し、イスラエル国防軍のエリート部隊、サイェレット・マトカルの隊員になった。〝良心を持たないガブリエル〟と呼ばれることがしばしばあり、ハマスに始まってパレスチナ・イスラミック・ジハードに至るまで、テロ組織の最高指導者を何人か暗殺している。現在も〈オフィス〉のために同じような任務を遂行しているが、ミハイルの抜きんでた才能は射撃の腕前だけにとどまらない。一年前にはチームを率いてテヘランに侵入し、イランの核関連資料を残らず盗みだしてきた。

　ミハイルと一緒にやってきたのはナタリー・ミズラヒ。ついでに言うと、彼の妻でもある。フランスで生まれ、教育もフランスで受け、アラビア語のアルジェリア方言を流暢《りゅうちょう》に話す。将来有望だった医者のキャリアを捨てて、〈オフィス〉の潜入工作員という危険な人生を選んだ。初めての任務で、短命に終わったイスラム国の首都ラッカへ送られ、ISISのテロのネットワークに潜入した。ガブリエルとミハイルがいなかったら、これが彼女の最後の任務になっていただろう。

　チームのほかのメンバーと同じく、ミュンヘンに呼ばれた理由をナタリーも漠然としか知らなかった。いま、堅苦しい客間の薄暗い照明のもとで、一家そろって楽しむはずだったバカンスがお預けになったことをみんなに説明するガブリエルに、ナタリーは熱心に耳を傾けた。ルイジ・ドナーティからローマに呼びだされたガブリエルは、カトリック教会の反ユダヤ主義という忌まわしき遺産を消滅させるべく力を尽くしてくれた教皇パウロ七世が、不審な状況で死亡したことを知らされた。教皇は殺されたのだと言われても懐疑的なガブリエルだったが、〈オフィス〉の力を使って非公式な調査にとりかかることを承知した。手がかりを追ってフィレンツェまで行き、行方知れずだったスイス衛兵が射殺されるのを目にした。次に訪ねたのはスイスのフリブール郊外のコテージで、ゲッセマネの園で祈るイエスを描いた額縁入りの絵の裏から、書きかけの手紙が見つかった。

その手紙には、教皇がヴァチカン秘密文書館で見つけた本のことが書かれていた。イエスに十字架の死を宣告した、ユダヤ属州のローマ人総督の回想録をもとにして書かれたとされる本。正典福音書に出ているイエスの死をめぐる記述と矛盾する本。正典の記述こそが、二千年にわたるきわめて残忍な反ユダヤ主義を生みだしたのだ。

本は消えてしまったが、それを奪った連中の正体ははっきりしている。ドイツ南部で誕生した反動的かつ秘密主義のカトリック修道会のメンバーだ。創立者は、ヨーロッパの極右勢力の政治に、とりわけナチズムに心酔していた聖職者だった。ウルリヒ・シラーというこの聖職者の精神を受け継いだ者たちが、目の前に迫ったコンクラーベで不正を働き、仲間の一人をローマ・カトリック教会の次期教皇にしようと画策している。ガブリエルは〈オフィス〉長官として、そのような展開はイスラエル国のためにも、ヨーロッパで暮らす千五百万のユダヤ人のためにもならないと判断した。それゆえ、友人のルイジ・ドナーティがコンクラーベの不正を叩きつぶすのに力を貸すつもりでいる。

そのためには、修道会の陰謀を立証できる明白な証拠が必要だ。時間が何よりも重要だ。遅くとも、コンクラーベ前夜となる木曜の夜までに証拠を手に入れる必要がある。幸い、陰謀に加担している二人の大物平信徒の名前を突き止めることができた。一人は隠遁生活を送っているドイツの実業家、ヨーナス・ヴォルフ。もう一人は元憲法擁護庁の人間で、アンドレーアス・エスターマンという男。

水曜の午後六時、ベートーヴェン広場の〈カフェ・アダージョ〉にエスターマンが来ることになっている。クリストフ・ビッテルというスイスの情報機関の職員に会うつもりで。かわりに〈オフィス〉の連中と顔を合わせることになる。エスターマンを拉致したら、ただちにミュンヘンの隠れ家に運んで尋問にとりかかる。情報をひきだすための尋問ではない、とガブリエルは宣言した。チームのほうで用意した供述書をエスターマンに見せて署名させるだけでいい。コンクラーベで不正な勝利を収めようとする修道会の企みを詳細に記した書面だ。エスターマンもかつてはプロの情報部員だったのだから、簡単には折れないだろう。梃子《てこ》となるものが必要だ。それも見つけなくてはならない。このすべてをわずか三十時間以内で。

チームの面々は反論することも、質問することも、いっさいなかった。かわりに一人一人がノートパソコンを開いて、テルアビブの〈オフィス〉との安全な通信回線を確保し、作業にとりかかった。二時間後、ちらちら舞う雪がイギリス庭園の芝生を白く変えるころ、全員が行動に移った。

37

ミュンヘン

数秒後にアンドレーアス・エスターマンの電話に届いたメールは、クリストフ・ビッテルからのように見せかけて、じつはテルアビブの八二〇〇部隊に所属するマサチューセッツ工科大卒の二十二歳のハッカーが送ったものだった。エスターマンに届いてから二十分間も未読のままだったので、ガブリエルは最悪の事態を危惧しはじめた。ようやくエスターマンがメールを開き、添付ファイルをクリックした。十年前の写真で、ベルンで開催されたスイスとドイツのスパイの集まりを写したものだった。クリックと同時に精巧なマルウェアの攻撃が開始され、瞬時にして電話のオペレーティング・システムが乗っ取られてしまった。数分もしないうちに、一年分のメール、メッセージ、GPSデータ、電話のメタデータ、ネット閲覧履歴のすべてがエクスポートされていたが、エスターマンはまったく気づいていなかった。八二〇〇部隊はそれを安全な回線でテルアビブから隠れ家へ転送し、ついでに、電話のマイクの音声とカメラの映像が生で届くようにした。エスターマンのカレンダーの予定も、過去から未来まで好きなだけ目を通せるようになった。水曜の夜の予定はひとつだけだった。六時、〈カフェ・アダージョ〉で一杯。

エスターマンの連絡先には、ハンス・リヒター司教とその個人秘書グラフ神父のプライベートな携帯番号も含まれていた。両方とも八二〇〇部隊のマルウェア攻撃に屈した。ドメニコ・アルバネーゼ枢機卿と、修道会が次期教皇にするつもりでいるウィーンの大司教、フランツ・フォン・エメリヒ枢機卿の携帯番号も同じくだった。

エスターマンの連絡先を調べていくと、修道会の驚くべき勢力範囲を示す証拠が見つかった。まるで、シラー神父が使っていた革表紙の名簿の電子版がガブリエルたちの膝の上に落ちてきたかのようだった。次の人々のプライベートな電話番号とメールアドレスが見つかった――オーストリア首相イェルク・カウフマン、イタリア首相ジュゼッペ・サヴィアーノ、フランスの国民連合党首セシル・ルクレール、オランダ自由党のファン・デア・メーア、そして、もちろん、ドイツの極右勢力である国民民主党のアクセル・ブリュナー。電話のメタデータを分析したところ、エスターマンとブリュナーがこの一週間だけで五回も通話していることがわかった。ドイツの世論調査でブリュナーの支持率が急激に高まった時期と一致している。

ガブリエルのチームにとって幸いなことに、エスターマンは個人的な連絡にも、仕事上の連絡にも、もっぱら携帯メールを使っていた。機密に関わる連絡については、E2E暗号化と完璧なプライバシーを約束するサービスを使っていたが、その約束は八二〇〇部隊がとっくに反故《ほご》にしてしまった。チームのほうでは、現在のメッセージをリアルタイムで閲覧できるだけでなく、削除されたメッセージまで見られるようになった。

メールのやりとりのなかに、ガブリエルの名前が何度も出てきた。ドナーティの名前も出てきた。具体的に言うと、ドナーティの名前は、パウロ七世の死から数時間もしないうちに修道会から送信された早期警戒メールに出ていた。修道会では、ガブリエルがローマに着いたことも、フィレンツェへ出かけたことも承知していた。彼がスイスを訪ねたことも、レヒタールルテン村のエーリリヒ神父のほうから修道会へ報告が行っていた。通話履歴を調べたところ、エスターマンもスイスへ行っていたことがわかった。GPSデータから、教皇が亡くなったあとの土曜日に、エスターマンがフリブールの〈カフェ・デュ・ゴタール〉に四十五分間いたことが確認された。エスターマンはその後、車でボンへ行き、二時間五十七分のあいだ電話の電源を切っていた。

感心すべき点があるとすれば、エスターマンの私生活が清潔なことだった。愛人の存在やポルノ趣味を示すものはいっさい見つからなかった。エスターマンが仕入れるニュースは広範囲にわたっているが、はっきりと右に傾いている。彼が毎日のように訪れるドイツのサイトの一部はでたらめな話や人を惑わせる話を発信している。それがムスリム移民や左寄りの政治家に対する世間の反感を強めていると言っていいだろう。この点を別にすれば、非難すべき閲覧習慣はまったくなかった。

しかし、完璧な人間はどこにもいないし、弱点がひとつもない人間はほとんどいない。エスターマンの場合、弱点は金銭だった。暗号化メールを分析した結果、リヒテンシュタイン公国に住むプライベート・バンカーのヘル・ハスラーという人物と定期的に連絡をとっていることが判明した。ヘル・ハスラーの記録を本人の同意なしに分析したところ、エスターマン名義の口座の存在が明らかになった。チームはすでに、こうした口座が世界じゅうにいくつもあることを突き止めていたが、リヒテンシュタインという小国の口座はほかとは違っていた。

「エスターマンの妻のヨハンナ名義になってるわ」ダイナ・サリドが言った。

「現在の残高は？」ガブリエルは尋ねた。

「百五十万ユーロを超えている」

「口座はいつ開設された？」

「三カ月ほど前ね。十六回入金されている。一回の金額はぴったり十万ユーロ。わたしが推測するに、枢機卿たちに渡すお金をくすねてるんじゃないかしら」

「ヴァチカン銀行のほうはどうだ？」

「有権枢機卿十二人の口座に、この六週間のあいだに多額の送金がおこなわれている。そのうち四つの口座はそれぞれ百万ユーロ以上。残りは八十万ユーロぐらい。どれもエスターマンからの送金よ」

しかし、金のもともとの出所はミュンヘンに本社を置く秘密主義のコングロマリットで、アレッサンドロ・リッチはそれを〝聖ヘレナ修道会株式会社〟と呼んでいた。金融調査にかけてはチームでもっとも経験豊かなエリ・ラヴォンが、企業の防御を打ち破る任務を買って出た。防御は強固だったが、それは予想されたことだった。なにしろ、ラヴォンは前にも修道会とやりあった経験がある。二十年前の彼は圧倒的に不利な立場にあった。いまの彼には八二〇〇部隊がついているし、ヨーナス・ヴォルフという人物の存在もわかっている。

ヴォルフの名前を冠した企業と同じく、このドイツの実業家自身もとらえどころのない人物なので、まず基本的な経歴から見ていくことにした。ラヴォンにわかったかぎりでは、ヴォルフは戦争中のいずれかの時期にドイツのいずれかの土地で生まれたようだ。ハイデルベルク大学で学び――この点は間違いない――応用数学の博士号を取得した。一九七〇年、友人から借りた金で小さな化学薬品会社を手に入れた。十年のあいだに、海運業、製造業、建設業の分野へ進出した。そして、一九八〇年代半ばには桁外れの大金持ちになっていた。

ミュンヘンのマクスフォーアシュタット地区に優雅な古い屋敷を購入し、ベルヒテスガーデンの北東に位置するオーバーザルツベルクの山中の峡谷を買いとった。家族と子孫のために豪壮な安らぎの場を創りだすつもりだった。しかし、一九八八年に妻と二人の息子が自家用機の墜落事故で亡くなると、ヴォルフの山中の砦《とりで》は彼の牢獄《ろうごく》となった。天候が許せば週に一度か二度、ミュンヘンの北にある〈ヴォルフ・グループ〉の本社へヘリで出かける。しかし、たいていは少人数のボディガードに囲まれて、オーバーザルツベルクに閉じこもっている。インタビューには二十年以上応じていない。妻子の命を奪った墜落事故はヴォルフが仕組んだものだ、という内容の非公認の伝記が出版されて以来ずっと。ヴォルフの過去の密室をこじあけようとしたジャーナリストたちは財政的困難に陥ったり、口うるさい英国の報道ジャーナリストの場合のように暴力の犠牲になったりした。デヴォン州の近くの田舎道を自転車で走っていたとき、ひき逃げにあって亡くなったのだ。女性ジャーナリストの死にヴォルフが関わっているとの噂がかなり流れたものだった。しかし、立証されることはついになかった。

エリ・ラヴォンからすれば、ヨーナス・ヴォルフの華々しき成功物語は調子がよすぎて信じる気になれなかった。まず、ヴォルフが最初の会社を手に入れるために借りた金のことがある。ラヴォンは苦難の経験で身につけた勘により、ヴォルフに資金を提供したのはスイスのツーク州に本部がある聖ヘレナ修道会という名の組織だと見ている。さらに――充分な情報に基づいた推測だが――〈ヴォルフ・グループ〉は世に喧伝《けんでん》されているよりははるかに大規模ではないかというのが、ラヴォンの意見だった。

〈ヴォルフ・グループ〉は未上場企業で、ドイツ国内のいかなる銀行からも融資を受けたことがないため、ラヴォンが従来のやり方で金融調査をしようとするなら選択肢は限定されている。しかし、エスターマンの電話が〈ヴォルフ・グループ〉のコンピュータ・ネットワーク内のドアをいくつも開いてくれた。本来なら、さすがの八二〇〇部隊のサイバー探偵たちにも閉ざされていたはずのドアだ。その日の午後八時を少しまわったころ、八二〇〇部隊はヨーナス・ヴォルフの個人的なデータベースに入りこみ、王国の鍵を見つけた。それは二百ページのファイルで、〈ヴォルフ・グループ〉が全世界に所有する企業名と、そこから生まれる驚異的な収益が詳細に記されていた。

「去年だけでも二十五億の純益だ」ラヴォンは発表した。「それがすべてどこへ行くと思う？」

その夜、チームの面々は作業を中断して、みんなで伝統的な家庭料理の食卓を囲んだ。ミハイル・アブラモフとナタリー・ミズラヒの姿だけがなかった。ベートーヴェン広場の〈カフェ・アダージョ〉で食事をしていたからだ。広場の北側に建つ黄色い建物の地下の店だった。昼間はビストロとして営業し、夜はこの界隈でもっとも人気のバーのひとつになる。ミハイルとナタリーは、料理は凡庸だが、客の拉致に成功する確率はきわめて高いと結論を出した。

「ミシュランで言えば三ツ星だな」隠れ家に戻ってから、ミハイルは冗談を言った。「エスターマンが一人で〈カフェ・アダージョ〉に来たら、出ていくときはバンのうしろの席だ」

翌朝九時、チームのもとに、拉致に使う車――メルセデスのトランジットバン――が届いた。それと一緒に、アウディA8セダン二台、BMWのスクーター二台、ドイツの偽造ナンバープレート四枚、四五口径のジェリコ四挺《ちょう》、ミニタイプのウージ・プロ・マシンガン一挺、グリップにウォルナット材を使ったベレッタ一挺も届けられた。

この瞬間、隠れ家の緊張度が数段高まったように思われた。作戦開始時刻が近づくにつれて、よくあることだが、ガブリエルの気分は暗く沈んでいった。ミハイルが一年前のことを思いださせた。テヘランの陰気な商業地区にある倉庫のなかで、十六人編成のチームがトーチランプを使って三十二台の金庫をこじあけ、数百個のコンピュータ・ディスクと何百万ページ分ものファイルを盗みだした。チームは次に戦利品をトラックに積みこみ、船が待機しているカスピ海の海岸まで行った。この作戦は世界に衝撃を与え、たとえ不倶《ふぐ》戴天《たいてん》の敵国の首都であろうと〈オフィス〉が意のままに襲撃できることを、またしても証明したのだった。

「生きてあの国を脱出するために、イランの連中を何人殺さなきゃならなかった?」

「いちいちうるさいな」ミハイルはそっけなく言った。「大事なのは、今夜の作戦ぐらい、われわれなら目をつぶっててもやれるってことだ」

「できれば、目をあけていてほしい。成功率が飛躍的に高まる」

正午になるころ、自分たちは失敗する運命だとガブリエルは思いこんでいた。思いだすこともできないほど多くの罪により、ドイツの刑務所の独房で残りの生涯を送ることになるだろう。ほかの諜報員たちの目標となるはずのキャリアが不名誉な最期を迎えるわけだ。エリ・ラヴォンにはガブリエルの落ちこみの原因が正確にわかっていた。彼自身も同じ症状に苦しんでいるからだ。ミュンヘンにいるせいだ。そして、あの本のせいだ。

あの出来事が二人の脳裏を去ったことは一度もない。ラヴォンはとくにそうだ。ほかに例を見ないほど長い歴史を持つ憎悪によって人生を狂わされなかった者は、このチームのなかには一人もいない。ほぼ全員がホロコーストの炎に身内を奪い去られている。家族の一人がなんとしても生き延びようと決意したおかげで、この世に生を享《う》けた者もいる。イザベル・フェルドマンもそうした犠牲者の一人だ。偽りの洗礼台帳と保護の約束とひきかえに少なからぬ現金と貴重品を聖ヘレナ修道会に渡したサムエル・フェルドマンだが、その子供のうち、助かったのはイザベルだけだった。

似たような女性はほかにもいる。それはアイリーン・フランケル。ベルリン生まれで、一九四二年秋にアウシュヴィッツへ送られた。両親は到着後すぐにガス室送りとなったが、アイリーン・フランケルは一九四五年一月の〝死の行進〟のときにアウシュヴィッツをあとにした。新たに建国されたイスラエルに到着したのは一九四八年だった。そこでミュンヘン出身の男性と出会った。作家で、知的なタイプ。戦争が始まる前にパレスチナへ逃れた人物だった。ドイツではグリーンベルクという名字だったが、イスラエルに移住してからアロンに改姓した。結婚した二人は子供を六人作ろうと誓いあった。ホロコーストの犠牲者六百万人に対して、百万人につき一人ずつ。しかし、母の胎内に宿った子供は一人だけだった。母はその子をガブリエルと名づけた。神の使い。ダニエルが見た幻の意味を解き明かす者。

午後二時、数分前から誰もアロンの姿を見ておらず、声も聞いていないことに、全員が気づいた。あわてて隠れ家のなかを調べたが、彼の姿はどこにもなく、電話しても応答はなかった。八二〇〇部隊が調べたところ、電源が入っていて、イギリス庭園を歩行速度で移動していることが確認された。彼がどこへ向かっているのか、エリ・ラヴォンにはすでにわかっていた。アイリーン・フランケルの息子はあのときの現場を見ようとしているのだ。それを非難することはラヴォンにはできない。彼も同じ症状に苦しんでいるからだ。

38

ミュンヘン

一九三五年七月、選挙に勝利してドイツの国家権力を手にした三年後に、アドルフ・ヒトラーはミュンヘンを正式に〝ナチズム運動の首都〟とするという宣言をおこなった。この街とナチ党が掲げた国家社会主義の結びつきは否定しようがない。第一次世界大戦でドイツが敗北を喫したあとの混乱が続く時期に、ミュンヘンでナチ党が誕生した。また、ヒトラーがビアホールを拠点にクーデターを起こそうとして失敗し、ランツベルクの刑務所にしばらく収監されたことがあるが、その蜂起の舞台もミュンヘンで、一九二三年の秋のことだった。服役中に『我が闘争《マイン・カンプ》』と題する散漫な内容の声明書の第一巻を執筆し、そのなかで、ユダヤ人は病原菌だから根絶しなくてはならないと述べている。ヒトラーが首相に就任してドイツを一党独裁国家に変えた年に、『我が闘争』は百万部以上も売れた。

ナチスが権力を掌握していた激動の十五年のあいだ、ヒトラーはミュンヘンを頻繁に訪れていた。プリンツレーゲンテン広場十六番地に美術品で埋めつくされた広いアパートメントを所有し、ケーニヒス広場に面した場所に官邸を建設するよう命じた。総統館《フユーラーバウ》と呼ばれるその建物には、ヒトラーと副総統ルドルフ・ヘスの居住スペースや、一対の石の階段がついた大広間があり、そこから会議室へ行けるようになっていた。英国首相ネヴィル・チェンバレンは一九三八年九月二十九日に総統館でミュンヘン協定に署名した。ロンドンに戻った首相は、この協定が〝われらの時代に平和を〟もたらすだろうと述べた。一年後、ドイツ軍がポーランドに侵攻したために、世界は戦争の渦に投げこまれ、ヨーロッパに住むユダヤ人の絶滅につながる一連の出来事が動きだしたのだった。

一九四四年四月の二度にわたる連合国の激しい空襲によって、ミュンヘン中心部の多くが破壊されたが、どういうわけか総統館は無事に残った。終戦後すぐ、略奪された美術品の保管所として、連合国がこの建物を使用するようになった。現在はミュンヘン音楽・演劇大学の校舎に変わり、かつて殺人者たちが歩きまわったいくつもの部屋で、ピアニストやチェロ奏者やバイオリニストや俳優の卵が腕を磨いている。鉛色の建物の前に自転車が並び、玄関前の石段の下には退屈そうな顔をしたミュンヘンの警官が二人立っている。足を止めて今後の演奏会の予定表を見ている中肉中背の男性には、二人ともまったく注意を向けなかった。

男性はミュンヘンが世界に誇る美術館、アルテ・ピナコテークを通り過ぎ、それから左に曲がってヘスシュトラーセに出た。その十分後、オリンピック・パークにそびえる現代的なタワーが初めて目に入った。北のほうにかつてのオリンピック村がある。ＢＭＷの本社や、巨額の収益を挙げているドイツのコングロマリット〈ヴォルフ・グループ〉からそう遠くないところだ。コノリーシュトラーセを見つけだし、そこを歩いて、三十一番地のずんぐりした三階建てのアパートメントまで行った。

建物はとっくの昔に改装されて学生寮に変わったが、一九七二年九月上旬には、イスラエルのオリンピック選手団の宿舎になっていた。九月五日の午前四時半、トラックスーツを着たパレスチナのテロ組織のメンバー八人が警備手薄なフェンスを乗り越えた。カラシニコフ・ライフル、トカレフ・セミオートマティック拳銃、ソ連製手榴弾《しゅりゅうだん》を詰めこんだダッフルバッグを持った彼らは、盗んだ鍵を使ってアパートメント一号室のドアを開いた。占拠事件の最初の瞬間に、イスラエル人二人――レスリング・コーチのモシェ・ワインバーグとウェイトリフティング選手のユセフ・ロマノ――が殺された。あとの九人が人質にされた。

その日一日、世界じゅうのテレビ視聴者が恐怖のなかで見守るあいだ、ドイツ警察が厳重に顔を隠したテロリスト二人――一人はイッサ、もう一人はトニー――と交渉をおこない、そのあいだも通りの向こうではオリンピック競技が続いていた。最後は、午後十時に人質全員がヘリでフェルステンフェルトブルック空軍基地へ運ばれ、そちらでドイツ警察がなんとも不手際な救出作戦を展開することとなった。事件は人質九人全員の死で終わりを告げた。

人質殺害から数時間もたたないうちに、イスラエル首相ゴルダ・メイアは〈オフィス〉の伝説的工作員だったアリ・シャムロンに〝若者たちを送りだす〟よう命じた。その作戦には〈神の怒り〉というコードネームがつけられた。神意による制裁であることを示すためにシャムロンが選んだ名前だった。若者のなかに、ベザレル美術学校で学んでいたガブリエル・アロンという名の才能あふれる若き画家がいた。また、前途有望な聖書考古学者のエリ・ラヴォンもいた。暗殺チームが使っていたヘブライ語で言うなら、ラヴォンは〝アイン〟、すなわち追跡者。ガブリエルは〝アレフ〟、すなわち暗殺者だった。彼らはそれから三年のあいだ、獲物を追って西ヨーロッパと中東をまわり、夜間も日中も殺害を決行し、いつ地元の捜査当局に逮捕されて殺人罪で起訴されるかわからない恐怖のなかで暮らしつづけた。合計十二名のテロリストが彼らの手で殺害された。ガブリエル自身が二二口径のベレッタで殺したのは六名だった。状況が許すかぎり、相手に十一発の弾丸を撃ちこむことにしていた。ミュンヘンで殺されたユダヤ人一人につき一発というわけだ。イスラエルに帰国したときには、ガブリエルのこめかみのあたりの髪は白髪交じりになっていた。ラヴォンは無数のストレス障害を抱えこむこととなった。そのひとつがすぐ不調に襲われる胃で、いまだに悩まされている。

ラヴォンが音もなくガブリエルに近づき、コノリーシュトラーセ三十一番地の建物の前に彼と並んで立った。

「わたしがきみなら、二度とやらないだろう、エリ。撃たれずにすんで幸運だったな」

「少し音を立てようと努力したんだが」

「次回はもっと努力しろ」

ラヴォンはアパートメントのバルコニーを見上げた。「ここにはよく来るのか?」

「いや、久しぶりだ」

「どれぐらい?」

「百年ぶりかな」ガブリエルは遠くを見る表情で答えた。

「おれはミュンヘンにいるときはかならずここに来る。そして、いつも同じことを考える」

「どんなことを?」

「イスラエル選手団にこの宿舎が割り当てられたのが、そもそもの間違いだった。孤立している。オリンピックが始まる数週間前にこちらの懸念をドイツ側に伝えたが、向こうは、イスラエルのアスリートたちの身は安全だと断言した。じつは、パレスチナの密告者からドイツの情報機関のほうに、イスラエル選手団が狙われているという情報が入ってたんだが、不運なことに、ドイツ側はそれをわれわれに伏せていた」

「うっかり忘れてしまったに違いない」

「なぜこっちに警告してくれなかったんだ？　なぜアスリートの警備を強固にしてくれなかったんだ？」

「きみから説明してくれ」

「われわれに伏せていたのは、戦後の国際デビューの場を台無しにされたくなかったからだ。しかも、わずか三十年前にドイツが絶滅させようとした連中の子孫に危険が迫っている程度のことで。いいかね、ドイツの情報・保安機関はラインハルト・ゲーレンみたいな連中が創設したものだ。ヒトラーとナチスのために働いた連中。共産主義とユダヤ人を同じぐらい嫌っている連中。そういう連中がアンドレーアス・エスターマンのような男を重用したのは不思議でもなんでもない」ラヴォンはガブリエルのほうを向いた。「退職前にエスターマンがどの部署にいたか、あんた、知ってるかね？」

「第二部の部長だった。極右および極左対応の部署だ」

「だったらなぜ、アクセル・ブリュナーのような連中と電話でしょっちゅう連絡をとってるんだ？　それからなぜ、ヨーロッパの極右指導者一人一人のプライベートな携帯番号を知ってるんだ？」ラヴォンはちょっと言葉を切った。「それから、先日の夜、ボンで三時間も電話の電源を切っていたのはなぜだ？」

「愛人でもいるんだろう」

「エスターマンに？　聖歌隊の坊やみたいにまじめなやつだぞ」

「狂信的な聖歌隊の坊や」

　ラヴォンは建物の正面のほうへふたたび視線を上げた。アパートメント一号室の窓に明かりがついていた。「あんなことが起きなかったら、おれたちの人生がどれほど違ったものになったか、考えたことはあるかね？」

「ミュンヘンの事件か？」

「違う」ラヴォンは答えた。「すべてだ。二千年にわたる憎悪。神がアブラハムに約束したとおり、われわれは天の星のように、海辺の砂のように増えていただろう。わたしはウィーン一区の豪華なアパートメントに住み、聖書考古学の第一人者として世間に広く名を知られていただろう。午後は〈カフェ・ザッハー〉でコーヒーを飲み、シュトルーデルを食べ、夜はモーツァルトとハイドンを聴く。ときには美術館へ出かけて、ガブリエル・フランケルというベルリンの有名画家の作品を見る。アイリーン・フランケルの息子、ヴィクトル・フランケルの孫に当たる男で、たぶん、二十世紀最高のドイツ出身の画家だろう。もしかしたら、わたしだって彼の作品を一点か二点購入できるぐらいリッチになっていたかもしれない」

「人生はそんなふうには運ばないものだ、エリ」

「まあな。だが、われわれを憎むのをやめてくれと頼むのは虫がよすぎるかね？　なぜヨーロッパで反ユダヤ主義がふたたび勢いを増している？　ユダヤ人がこの国で安全に暮らせないのはなぜだ？　ホロコーストを恥じる気持ちが薄れてきたのはなぜだ？　なぜいつまでたっても終わらないんだ？」

「血の責任をめぐる言葉のせいだ」

二人のあいだに沈黙が落ちた。それを破ったのはラヴォンだった。

「どこにあると思う？」

「『ピラトによる福音書』のことか？」

ラヴォンはうなずいた。

「燃やされたかもな」

「ホロコーストのようなものか」ラヴォンの口調は、彼にしては珍しく苦々しかった。「煙草に火をつけようとしたが思いとどまった。「ヨーロッパのユダヤ人を根絶したのがナチスだってことは言うまでもない。だが、最初にキリスト教が土を耕していなければ、ナチスは最終的解決を実行に移せなかったはずだ。ヒトラーのもとで意欲的に処刑を担当した者たちには、ユダヤ人は邪悪だという何世紀も昔からの教会の教えが刷りこまれていた。死の収容所の職員を見てみると、オーストリア人のカトリック教徒の割合が異様に高く、カトリックの国々におけるユダヤ人生存率はきわめて低かった」

「だが、自らの命を盾にしてでもユダヤ人を守ろうとしたカトリック教徒だって、何千人もいたじゃないか」

「たしかにいた。ローマ教皇の勧めを待つのではなく、自発的に行動することを選んだ。結果として、そうした人々のおかげでローマ・カトリック教会は倫理の崩壊から救われた」ラヴォンの視線はかつてのオリンピック村のほうをさまよった。「隠れ家に戻らなくては。もうじき暗くなる」

「すでに暗い」ガブリエルは言った。

ラヴォンはとうとう煙草に火をつけた。「先日の夜、三時間も電話の電源を切っていたのはなぜだと思う?」

「エスターマンのことか?」

ラヴォンはうなずいた。

「わからん」ガブリエルは答えた。「だが、本人に訊いてみるつもりだ」

「『ピラトによる福音書』のことも訊いたほうがいいんじゃないか?」

「心配するな、エリ。ちゃんと訊くから」


ガブリエルとラヴォンが隠れ家に帰り着くと、拉致チームの面々がベートーヴェン広場のおしゃれなカフェで夜を過ごすための服に着替え、リビングに集まっていた。緊張した様子は誰にもない。ただ、ミハイルの人差し指が椅子のアームをしきりに叩いている。アンドレーアス・エスターマンの声に聴き入っているのだ。エスターマンは〈ヴォルフ・グループ〉関連の施設すべて――とくに化学プラント――のセキュリティを強化する必要があることを、警備部の上級スタッフに告げている。どうやら、ＢｆＶ（連邦憲法擁護庁）の昔の同僚からエスターマンのところに警告が入ったようだ。ガブリエルのチームもその警告を盗聴している。セキュリティ・システムに赤信号が点滅しているのだろう。

五時十五分には隠れ家の内部でも赤信号が点滅していた。拉致チームの面々はここに到着したときと同じやり方で出かけていった――近所の注意を惹《ひ》かないように、一人で、あるいは二人ずつ時間を置いて。五時四十五分までに、全員がそれぞれの持ち場についていた。

獲物が〈ヴォルフ・グループ〉の本社を出たのはその十七分後だった。ガブリエルは蓋を開いたノートパソコンでそれを追った。ハッキングされている電話のおかげで、ミュンヘン中心部の地図の上を青い輝点が点滅しながら移動していくのがわかる。聖ヘレナ修道会がコンクラーベで不正な勝利を得るのを阻止するのに必要な情報は、すでにこの電話がガブリエルに残らず提供してくれた。それでも、アンドレーアス・エスターマンに確認しなくてはならないことがひとつかふたつ残っている。エスターマンに少しでも分別があれば、抵抗はしないだろう。ガブリエルは物騒なほど機嫌が悪かった。なんといっても、ここはミュンヘン。ナチズム運動の首都。かつて殺人者たちが歩きまわっていた街だ。

39

ベートーヴェン広場、ミュンヘン

ミュンヘン中央駅のすぐ北側で、不意に車の流れが止まった。またしても警察の検問だ。市内に検問所がいくつか設けられている。主として、交通機関の拠点や広場や市場など、大人数の歩行者が集まる地点に。国全体が神経を尖らせ、次のテロ攻撃に備えて緊張している。

アンドレーアス・エスターマンのかつての職場であるＢｆＶ（連邦憲法擁護庁）ですら、ふたたび爆弾テロが起きるのは避けられないと確信している。エスターマンも同じ考えだ。じつを言うと、次なる攻撃が早くも明朝に起き、その場所はたぶんケルンだと彼が信じているのには、ちゃんとした根拠があった。テロが成功すれば、建造物の破壊と死亡者数がこの国の魂をひきさき、古代からの神経をえぐることになる。９・11のドイツ版になるだろう。すべてが変わってしまうはずだ。

エスターマンはｉＰｈｏｎｅで時刻を確かめ、低く悪態をついた。あわてて神に赦しを請うた。修道会では、神の名を含むものだけでなく、ありとあらゆる悪態を厳しく禁じている。エスターマンは煙草も酒もやらず、伝統的なドイツ料理には目がないものの、体重をキープするための断食とエクササイズを定期的におこなっている。妻のヨハンナも修道会のメンバーだし、六人の子供たちもそうだ。出生率が人口維持に必要とされるレベルを下回っている現代のドイツでは、このような大家族は珍しい。

ふたたび時刻を確かめた。六時四分……クリストフ・ビッテルに電話したが、応答がなかった。そこで急いでメッセージを打ちこみ、会社を出るのが予定より遅くなり、いまは交通渋滞にひっかかっていると説明した。すぐさまビッテルから返信があった。彼も同じく遅れている様子だった。珍しいことだ。ふだんはスイス製の時計のごとく時間に几帳面な男なのに。

ようやく、車がのろのろと動きだした。渋滞の理由がわかった。駅の玄関口の外で警察が配達用のバンを調べているのだ。車に乗っていたアラブ人かトルコ人と思われる若い男二人が歩道で大の字にさせられていた。

男たちの苦境にエスターマンは少なからぬ喜びを覚えた。少年時代のミュンヘンで外国人を見かけたことはほとんどなかった。茶色や黒い肌の人間となればとくに。一九八〇年代に入ると変化が訪れ、移民の数が急激に増えはじめた。現在では千二百万の移民がドイツ国内に住んでいる。これは全人口の十五パーセントに相当する。圧倒的に多いのがムスリム系。現在の傾向が逆転しないかぎり、生粋のドイツ人はもうじき、自分たちの故国でマイノリティーになってしまうだろう。

　エスターマンは古い優美なアパートメントが建ち並ぶゲーテシュトラーセという静かな通りに曲がり、六時十分過ぎ、車道の縁の空いたスペースに車を入れた。チケット発行機で駐車券を購入するのに三分、〈カフェ・アダージョ〉まで歩くのにさらに二分。店内の照明は薄暗く、中央のステージのまわりにテーブルがいくつか並んでいた。今夜遅く、アメリカから来たジャズトリオが演奏する予定だという。エスターマンはジャズがあまり好きではない。〈カフェ・アダージョ〉の客も気に食わなかった。暗い片隅のテーブルで女が二人——少なくとも、エスターマンは女だろうと思ったのだが——キスをしていた。ふたつ離れたテーブルには男が二人すわっていた。一人は気むずかしそうなあばた面。もう一人は針金のように細い。二人とも東欧系の顔立ちだ。たぶん、ユダヤ人だろう。とりあえず、ゲイではなさそうだ。エスターマンはゲイのことをユダヤ人やムスリム以上に嫌っている。

　ビッテルの姿はどこにもなかった。エスターマンはほかの客からできるだけ離れたテーブルを選んだ。ずいぶんたってから、紫の髪にタトゥーという姿の若い女がやってきた。秘密の合言葉を待つかのように、しばらくエスターマンを見つめた。

「ダイエット・コーク」

ウェイトレスが立ち去った。エスターマンは電話をチェックした。ビッテルのやつ、どこにいるんだ？　それに、なぜまた〈カフェ・アダージョ〉みたいな店を選んだんだ？

アンドレーアス・エスターマンが見るからに居心地の悪そうな様子だったので、ガブリエルはさらに十分待ち、それからようやく、ビッテルのふりをしてエスターマンに連絡を入れた——急に仕事が入ったため、予定どおり落ちあって一杯やるのが無理になった、と。ハッキングされている電話のカメラレンズを通して、エスターマンの顔が不機嫌に歪むのが見えた。そっけない返事を送り、五ユーロ紙幣をテーブルに放り投げると、勢いよく通りに出た。憤慨したまま、ゲーテシュトラーセの歩道を荒々しく歩いて車のところに戻ったところ、高まるいっぽうだった怒りがそこで沸点に達した。

車のボンネットに男が腰かけて、ブーツをバンパーにかけ、脚のあいだに女を抱きかかえていた。青白い肌が照明灯を受けて輝いていた。女はかなり浅黒い肌で、アラブ人のようだ。両手を男の腿にのせている。唇を重ねていた。

次に起きたことを、エスターマンはほんの少ししか覚えていないだろう。言葉の応酬、次いでパンチの応酬となった。エスターマンは強烈なパンチを一発見舞っただけで、あとは狙いすました鋭いパンチを肘と膝に何発か受けることになった。

動けなくなり、歩道に倒れこんだ。どこからかバンが現れた。エスターマンは戦場の死体のようにバンの後部に投げこまれた。首にチクッと痛みを感じたと思ったら、たちまち視界がぼやけてきた。意識を失う直前に目にしたのは女の顔だった。アラブ人に間違いないと思った。エスターマンはアラブ人が大嫌いだ。ユダヤ人が嫌いなのと同じぐらい。

40

ミュンヘン

秘密の世界で活動する者がよく言うように、完璧な隠密《おんみつ》作戦などありえない。慎重な立案者にできるのは、失敗して露見する可能性を、あるいは、もっと悲惨な場合は逮捕され処刑される可能性を低くすることだけだ。人命が危険にさらされたときや、立案者が自分の大義を信じているときは、わずかな危険を喜んで受け入れることもある。そして、自分の船が無事に帰港できるか、岩に叩きつけられて粉々に砕けてしまうかは、ときとして、わずかな幸運や神意によって決まるという事実を認めるしかないこともある。

ガブリエルはこの夜のミュンヘンで、作戦を司《つかさど》る神々とそうした取引をおこなった。そう、アンドレーアス・エスターマンを〈カフェ・アダージョ〉に呼びだし、エスターマンは昔の知りあいに会うものと思いこんでやってきた。しかし、拉致現場を選んだのはエスターマンであって、ガブリエルとそのチームではなかった。幸い、エスターマンはいい場所を選んでくれた。彼の失踪を記録する防犯カメラはどこにもなかったし、目撃者になったのは隣接するアパートメントの窓辺にいるダックスフントだけだった。

一時間半後、ミュンヘンの西の田園地帯で車のプレートを交換するために短時間だけ停止したあと、バンはイギリス庭園近くの隠れ家に帰り着いた。アンドレーアス・エスターマンは縛りあげられ、目隠しをされて、地下に用意された間に合わせの監禁部屋に放りこまれた。ガブリエルのいつものやり方なら、一日か二日ほどそこに閉じこめておき、視覚も聴覚も睡眠も奪ったまま、自分の運命について考えさせるのだが、今夜は十時半に、エスターマンの覚醒を早めるようナタリーに指示した。ナタリーは軽い興奮剤に意識を朦朧《もうろう》とさせる薬を少量加えて、エスターマンに注射した。現実感を歪める薬、口を軽くする薬。

その結果、モルデカイとオデッドによって監禁部屋から連れだされ、金属製の椅子に縛りつけられても、エスターマンは抵抗しなかった。テーブルの反対側には、ヤコブ・ロスマンとエリ・ラヴォンを左右に従えて、ガブリエルがすわっていた。三脚にのせたソラリスの電話が彼の背後に置いてある。目隠しをされたエスターマンには、こうしたことが何ひとつわからない。わかっているのは、とんでもない窮地に陥っていることだけだ。とはいえ、彼が直面している問題は簡単に解決できるものだった。必要なのは供述書にサインすることだけ。罪状明細書。いくつもの氏名と数字。

午後十時三十四分、エスターマンを尋問しようとする男が初めて口を開いた。エスターマンの顔のうち、目隠しされていない部分の表情をカメラがとらえた。のちに、キング・

サウル通りのスペシャリストたちがビデオ映像の分析をおこなった。ひとつの点で全員の意見が一致した。エスターマンの顔に浮かんでいたのは深い安堵の表情だった。

ガブリエルには完璧な記憶力という呪わしい才能があるのに、母親の顔を正確に思いだそうとすると、苦労することがある。エルサレムの彼の寝室には母親の自画像が二点かかっている。ガブリエルは毎晩、眠りの世界へ漂っていく前に、母親が自らを見ていたのと同じ目でその姿を見る。ドイツ印象派の様式で描かれた苦悶の姿を。

ホロコーストのなかを生き延びた多くの若い女性と同じく、ガブリエルの母親も子供の世話をするさいの重圧に苦しんでいた。鬱になりがちで、気分の浮き沈みが激しい人だった。祝いの席でも喜びを顔に出すことができず、贅沢な料理や酒には口をつけなかった。つねに左腕に包帯を巻いていた。左腕に刻まれている色褪《いろあ》せた数字を隠すために……二九三九五……その数字を、母親はユダヤ人の弱さの印、ユダヤ人の恥辱の象徴と呼んでいた。

子育てと同じく、絵を描くことも母親にとっては試練だった。母親がイーゼルの前で苦悩しながら絵を描くあいだ、ガブリエルは足元の床にすわり、スケッチブックにいたずら描きをしていたものだ。母親は辛さを紛らわすために、よく、ベルリンで送った子供時代の話をしてくれた。ベルリン訛りの強いドイツ語でガブリエルに語りかけた。それがガブリエルの母国語となり、いまも夢のなかで使う言語となっている。彼のイタリア語は、流暢ではあるが、紛れもなき外国語のイントネーションをかすかに含んでいる。だが、ドイツ語は違う。ドイツのどこへ出かけても、誰もが彼のことをドイツ語が母国語の人間、ベルリン中心部で育った人間だと思いこむ。

アンドレーアス・エスターマンもそう思いこんだのは明らかで、それゆえ、安堵という場違いな表情が浮かんだのだった。拘束の理由をガブリエルが説明したとたん、安堵の表情は消えた。ガブリエルは正体を明かさないまま、自分は聖ヘレナ修道会の秘密メンバーで、最近見つかった財務状況の不審な点について調査するよう、ヘル・ヴォルフとリヒター司教から依頼されている、とほのめかした。不審な点とは、リヒテンシュタイン公国の銀行口座の存在だ。ガブリエルは現在の残高を告げ、入金の日付を列挙した。それから、エスターマンに悪あがきをさせないために、彼がプライベート・バンカーのヘル・ハスラーと交わしたメッセージを読みあげた。

ガブリエルは次に、エスターマンが修道会から横領した金の出所に話を移した。修道会が今度のコンクラーベにある候補者を送りこもうとしていて、その人物への投票を承知した枢機卿たちに渡すはずの金だった。候補者の名前をガブリエルが口にしたとたん、エスターマンはびくっとし、初めて口を利いた。反論はほんのひとことで終わり、あとは陰謀の存在と、修道会が次期教皇にするつもりでいる枢機卿の名前の両方について、事実であることを認めた。

「どうしてエメリヒだとわかった?」

「どういう意味だ?」ガブリエルは尋ねた。

「コンクラーベの計画を知っている者は、修道会のなかでもひと握りしかいない」

「わたしもその一人だ」

「だが、それならきみが何者なのか、わたしにもわかるはずだ」

「なぜそう思う?」

「修道会の秘密メンバーの名前をすべて知っているからだ」

「どうやら」ガブリエルは言った。「そうではなかったようだな」

それ以上の抵抗はなかったので、ガブリエルは金の支払いに話を戻した。

「数名の高位聖職者からアルバネーゼ枢機卿に連絡が入り、約束の金額が口座にふりこまれていないと言ってきたそうだ」

「いや、そんなことはありえない! 先週、枢機卿全員が金を受けとったとグラフ神父が言っていた」

「グラフ神父はこの件をわたしと一緒に調査している。わたしに頼まれて、きみに嘘をついたのだ」

「あの野郎」

「修道会はそのような言葉遣いを禁じているはずだぞ、ヘル・エスターマン。聖職者のことを言う場合はとくに」

「リヒター司教には内緒にしておいてほしい」

「心配ご無用。ここだけの小さな秘密にしておこう」ガブリエルは言葉を切った。「ただし、有権枢機卿たちに渡すはずだった金をきみがどこへやったのか、正直に話してくれればだ」

「ヘル・ヴォルフとリヒター司教に指示されたとおり、枢機卿たちの口座に送金した。ただの一ユーロもくすねてはいない」

「枢機卿たちがなぜ嘘をついたりする？」

「わかりきったことじゃないか。われわれを強請《ゆす》って追加の金をせしめようとしているのだ」

「リヒテンシュタインの口座はどういうことだ？」

「活動資金を入れておく口座だ」

「きみの奥さんの名義になっている理由は？」

エスターマンはしばらく無言だった。「ヘル・ヴォルフとリヒター司教は口座のことを知っているのか？」

「まだ知らない。そして、きみがいまからわたしの言うとおりにすれば、永遠に知られずにすむ」

「何をさせるつもりだ?」

「明日の朝一番でヘル・ハスラーに電話を入れて、その金をわたし宛に送金するよう言ってもらいたい」

「ああ、わかった。ほかには?」

ガブリエルはエスターマンに指示をした。

「四十二人すべての名前を? ひと晩じゅうかかるぞ」

「ほかに行かなきゃいけないところでもあるのか?」

「妻が夕食の支度をして待っている」

「気の毒だが、夕食はとっくに食べそこねたぞ」

「せめて、目隠しと手を縛ったロープをはずしてくれないか?」

「名前だ、ヘル・エスターマン。いますぐ」

「どんな順序にする? 何かとくに希望でも?」

「アルファベット順はどうだ?」

「わたしの電話があれば楽なんだが」

「きみはプロだ。電話は必要ない」

エスターマンは天井のほうへ顔を向け、息を吸いこんだ。「アゼベード枢機卿」

「テグシガルパの?」

「枢機卿団にアゼベードは一人しかいない」

「いくら払った？」

「百万ユーロ」

「金はどこにある？」

「パナマ銀行」

「次は？」

エスターマンは軽く首をかしげた。「フィラデルフィアのバランタイン」

「いくらだ？」

「百万」

「金はどこにある？」

「ヴァチカン銀行」

「次は？」

エスターマンのリストに出ている最後の名前は、エステルゴム&ブダペストの大司教であるペーター・ジーコフ枢機卿だった。百万ユーロ。入金先はハンガリー庶民銀行にジーコフが持っている個人口座。合計すると、パウロ七世の後継者を選ぶための有権枢機卿百十六人のうち、四十二人が票とひきかえに金を受けとったことになる。買収にかかった総額は五千万ユーロをわずかに切る程度。すべて〈ヴォルフ・グループ〉の金庫から出ている。グローバルなコングロマリットで、別名〝聖ヘレナ修道会株式会社〟。

「名前はこれで全部か？」ガブリエルはさらに追及した。「誰一人省いていないな？」

エスターマンは勢いよくうなずいた。「エメリヒに投票する枢機卿はほかに十八人いるが、それは全員、修道会のメンバーだ。聖職給以外に何も受けとっていない」いったん言葉を切った。「それから、もちろん、ドナーティ大司教がいる。二百万ユーロ。ドナーティとイスラエルの男が秘密文書館に忍びこんだあとで、わたしが入金しておいた」

ガブリエルはエリ・ラヴォンにちらっと目を向けた。「入金したのがわたしの知らない口座ではないと断言できるかね？」

「できる」エスターマンは答えた。「ヴァチカン銀行にドナーティが持っている個人口座だ」

ガブリエルはノートの新しいページを開いた。もっとも、氏名も番号もこれまで何ひとつメモしていない。「もう一度最初から見ていこう。いいね？　見落としがないかどうか確認するために」

「勘弁してくれ」エスターマンは泣きついた。「あんたたちにクスリを打たれたせいで、頭痛がひどい」

ガブリエルはモルデカイとオデッドに目を向け、エスターマンを監禁部屋に戻すようドイツ語で二人に命じた。上の階の客間へ行き、ラヴォンと一緒にノートパソコンでいまのビデオ映像を見ることにした。

「あんた、このあいだ秘密文書館に忍びこむときに着た聖職者用スーツに、ずいぶん影響されたようだな。このおれでさえ、一瞬、あんたのことを修道会のメンバーだと思いこんだほどだ」

ガブリエルは映像を早送りしてから〝再生〟をクリックした。

〝二百万ユーロ。ドナーティとイスラエルの男が秘密文書館に忍びこんだあとで、わたしが入金しておいた〟

ガブリエルは〝停止〟をクリックした。「連中もなかなか利口だ。そう思わないか？」

「おとなしく降参する気はなさそうだな」

「わたしだって」

「これからどうする？」

「エスターマンと話をしようと思う」ガブリエルはいったん言葉を切った。「一対一で」

「必要なものはすべて手に入れたじゃないか」ラヴォンが言った。「ドイツのすてきな警官がドアをノックして、行方不明の〈ヴォルフ・グループ〉のシニア・エグゼクティブのことで何か知らないかと質問してくる前に、ここから逃げだそう」

「システィーナ礼拝堂の煙突から白い煙が上がるまで、エスターマンを解放するわけにはいかん」

「だったら、ローマへ向かう途中で、アルプス山脈のどこかの木に縛りつけていけばいい。運がよければ、氷河が融《と》けるまで誰にも見つからずにすむさ」

ガブリエルは首を横にふった。「エスターマンがなぜ、西ヨーロッパ諸国の極右指導者のプライベートな電話番号を知っているのか、聞きだしたい。それから、あの本も見つけたい」

「燃やされたかもしれないぞ。あんた自身そう言ったじゃないか」

「わたしの祖父母のように」

ガブリエルはそれ以上何も言わずに向きを変え、地下に下りた。エスターマンを監禁部屋から出すよう、モルデカイとオデッドに指示した。エスターマンは椅子に縛りつけられても、今度もやはり抵抗しなかった。午前零時四十二分、目隠しがはずされた。ソラリスのカメラ機能がエスターマンの表情をとらえた。のちに、キング・サウル通りではひとつの点で全員の意見が一致した。これはガブリエルにとって最高の瞬間だった。

41

ミュンヘン

　頭痛を訴えるエスターマンにナタリーがイブプロフェンを何錠かと、ついでに、テイクアウトしたトルコ料理の残りものの皿を渡した。エスターマンは頭痛薬をむさぼるようにのんだが、料理には顔を背けた。ナタリーが彼の前に置いたボルドーのグラスも同じく無視した。

「あの女、アラブ人のようだな」ナタリーが立ち去ってから、エスターマンは言った。

「いや、フランス出身だ。フランスに反ユダヤ主義が広まってきたため、両親と一緒にイスラエルに移住するしかなくなった」

「ずいぶんひどいと聞いている」

「ドイツに負けないぐらいひどい」

「問題を起こしているのは移民連中だ。生粋のドイツ人ではない」

「そう思ってれば楽だよな」ガブリエルは口をつけないままのワイングラスを見た。「少し飲め。気分がよくなるぞ」

「アルコールは修道会で禁じられている」エスターマンは顔をしかめた。「きみならそれぐらい知っているはずだが」皿の料理を食欲のなさそうな顔で見下ろした。「きみもまともなドイツ料理を食べたほうがいいんじゃないかね」

「それはいささかむずかしい。ここはもうドイツではない」

エスターマンは偉そうな微笑を浮かべた。「わたしは人生の大半をミュンヘンで送ってきた。どんな匂いがするか、どんな音がするかを知っている。わたしが推測するに、ここは市の中心部だ。イギリス庭園にけっこう近い場所だな」

「そいつを食べろ、エスターマン。これから体力が必要になる」

エスターマンはグリルした子羊肉ふた切れをバズラマと呼ばれる平たいパンで包み、ためらいがちにひと口食べた。

「悪くなかっただろ？」

「どこで買ってきた？」

「ミュンヘン中央駅の近くにある小さなテイクアウトの店だ」

「トルコの連中はみんなあのあたりに住んでいる」

「わたしの経験から言うと、トルコ料理を食べるならそういう場所が最高だ」

エスターマンは葡萄《ぶどう》の葉で包んだドルマデスという蒸し煮料理をひとつ食べた。「これはいける。お世辞抜きで。だが、最後の晩餐に選びたいとは思わない」

「なぜそう暗いことを言う？」

「どんな終わりを迎えるか、おたがいにわかっているではないか」

「終わりはまだ決まっていない」

「では、今夜を生き延びるために、わたしは何をすればいい？」

「こっちの質問のすべてに答えてもらう」

「いやだと言ったら？」

「無駄な弾丸を撃ってきみに命中させたくなるだろう」

エスターマンは声を低くした。「わたしには子供がいる、アロン」

「六人」ガブリエルは言った。「ユダヤ人家庭によくある人数だ」

「本当か？　知らなかった」エスターマンはグラスのワインを見た。

「飲んでみろ。気分がよくなる」

「禁じられている」

「少しは人生を楽しむがいい、エスターマン」

エスターマンはワイングラスに手を伸ばした。「それもそうだな」

アンドレーアス・エスターマンの話は、こともあろうに、ミュンヘン・オリンピックの虐殺事件から始まった。彼の父親も警官だった。「本物の警官だ」と、エスターマンはつけくわえた。秘密の世界に属する警官ではない。父親は一九七二年九月五日の早朝、パレスチナのテロリストがオリンピック村でイスラエルの選手数名を拉致したとのニュースに起こされた。一日じゅう交渉が続くあいだ、対策本部にこもり、フュルステンフェルトブルック空軍基地での救出作戦を見守った。作戦が失敗したにもかかわらず、その日の奮闘に対して最高の表彰状を授与された。父親はそれを引出しに放りこみ、二度と見ようとしなかった。

「なぜだ？」

「大惨事だと思っていたから」

「誰にとって？」

「もちろん、ドイツにとって」

「あの夜殺された罪なきイスラエル人たちにとっては？」

エスターマンは肩をすくめた。

「きみの父親はたぶん、連中の自業自得だと思っていたのだろうな」

「たぶん」

「父親はパレスチナの支持者だったのか？」

「まさか」

エスターマンは話を続けた。父親は教区の神父と同じく、聖ヘレナ修道会のメンバーだった。エスターマンもミュンヘンにあるルートヴィヒ・マクシミリアン大学の学生だったときに入会した。三年後、冷戦が新たな危機を迎えた時期に、ＢｆＶ（連邦憲法擁護庁）に入った。ハンブルクに拠点を置くイスラム過激派集団、ハンブルク・セルを叩きつぶすのに失敗したにもかかわらず、エスターマンは誰の目から見ても順調にキャリアを築いていった。二〇〇八年、テロリズム対応の担当部局を離れ、ネオナチその他の極右グループを監視する第二部の部長になった。

「キツネが鶏小屋を守るようなものだ。そう思わないか？」

「まあな」エスターマンは苦笑いを浮かべて認めた。さらに話を続けた。

最悪のなかでも最悪のグループに厳しく目を光らせ、連邦検事が何人かを刑務所に放りこむのに協力した。しかし、この国の右傾化を進めようとして動くことのほうが多く、そのために極右政党やグループの盾となり、資金提供をする組織についてはとくに念入りに庇ってきた。全体的に見て、第二部部長としてのエスターマンの任期は大成功だった。彼が部長だったあいだに、ドイツの極右勢力は規模も影響力も飛躍的に拡大させた。二〇一四年、エスターマンは予定より三年早く退職し、翌日から〈ヴォルフ・グループ〉の警備主任として働きはじめた。

「聖ヘレナ修道会株式会社か」

「アレッサンドロ・リッチの著書を読んだようだな」

「BfVを早期退職したのはなぜだ？」

「組織の内側でやれることはすべてやったからだ。それに、われわれは二〇一四年までにゴール達成に近づいていた。リヒター司教とヘル・ヴォルフから、プロジェクト推進のためにわたしの全面的協力が必要だと言われた」

「プロジェクト？」

エスターマンはうなずいた。

「なんだ、それは？」

「二〇〇六年の秋にヴァチカンで起きた事件への返礼だ。あんたも覚えてるんじゃないか？　いや、あんたはあの日、あそこにいたはずだ」


恐怖に満ちた詳細をエスターマンがガブリエルに思いださせる必要はなかった。攻撃が始まったのは正午を二、三分過ぎたころ、サン・ピエトロ広場で水曜におこなわれる一般謁見のときだった。三人の自爆テロ犯、三基の肩撃ち式ロケットランチャーRPG7。三位一体というキリスト教の教えをわざと侮辱するものだった。イスラム教徒から見ればキリスト教は多神崇拝の邪教なのだ。七百人以上の死者が出て、9・11以来最悪のテロ事件となった。死者には、スイス衛兵隊司令官、重要な地位にある枢機卿四人、司教八人、モンシニョールの称号を持つ聖職者三人が含まれていた。ガブリエルがその身を挺《てい》して、飛んでくる瓦礫《がれき》から教皇を守らなかったら、教皇もおそらく死んでいただろう。

「それなのに、ルッケージとドナーティは何をした？」エスターマンが尋ねた。「対話と和解を求めただけだった」

「修道会のほうにはもっといい案があったわけか」

「イスラムのテロリストどもがキリスト教世界の心臓部を攻撃したんだぞ。連中の最終目標は西ヨーロッパをカリフ制国家の植民地にすることだった。きみの質問にはこう答えておこう——リヒター司教もヨーナス・ヴォルフもキリスト教が降伏するさいの条件を交渉しようという気分ではなかった。じつをいうと、計画を討議するに当たっては、ユダヤ人の有名なモットーを借りることにした」

「どんな？」

「二度と許すまじ」

「光栄だ」ガブリエルは言った。「で、その計画というのは？」

「イスラム過激派がローマ・カトリック教会と西欧文明に対して宣戦を布告した。教会と西欧文明が反撃する力を持たないなら、かわりに修道会がやるまでだ」

その作戦を〝プロジェクト〟と呼ぼうと決めたのはヨーナス・ヴォルフだった。リヒター司教は反対し、聖書にちなんだ名称、歴史的な雰囲気と厳粛さを持つ名称にしたいと言った。しかし、ヴォルフは壮麗さより平凡さを重視すべきだと言って譲らなかった。彼が望んでいたのは、メールでも電話でも疑惑を招くことなく使える無害な響きの言葉だった。

「それで、プロジェクトの内容は？」

「イベリア半島からイスラム勢力を駆逐しようとした国土回復運動《レコンキスタ》の二十一世紀版になるはずだった」

「きみたちの野心はイベリア半島だけにとどまらなかったのだろうな」

「もちろん」エスターマンは言った。「われわれの最終目標は西ヨーロッパのイスラム勢力を絶滅させ、ローマ・カトリック教会を本来の優位な立場に戻すことだった」

「どうやって？」

「修道会の創立者シラー神父が共産主義との戦いで勝利を収めたのと同じ方法で」

「ファシストと結託するわけか？」

「ローマ・カトリック教会が優勢な西ヨーロッパの国々において、伝統主義を重んじる政治家たちを当選させるべく支援をおこなうのだ」エスターマンの言葉は政策文書のごとく無味乾燥だった。「現在の人口統計の傾向を逆転させるという、困難ではあるが必要な手段をとろうとする政治家たちを」

「どのような手段だ？」

「想像力を働かせたまえ」

「努力してはいるのだが。頭に浮かんでくるのは家畜輸送車と煙突だけだ」

「誰もそんな話はしていない」

「〝絶滅させる〟という言葉を使ったのはきみだぞ、エスターマン。わたしではない」

「イスラム移民がヨーロッパにどれぐらいいるか知っているかね？　一世代のちには、いや、長くとも二世代のちには、ドイツはイスラム系の国になっているだろう。フランスとオランダもそうだ。そうなったとき、ユダヤ人がどんな暮らしを送ることになるか、想像できるかね？」

「われわれのことはいいから、二千五百万人のムスリムをどうやって追い払うつもりか、説明してくれないか？」

「出ていくように勧める」

「向こうがいやだと言ったら？」

「強制送還が必要になるだろう」

「全員？」

「最後の一人に至るまで」

「この件におけるきみの役目は？　アドルフ・アイヒマンになるのか？　それとも、ハインリヒ・ヒムラーか？」

「わたしは作戦を担当するチーフだ。修道会が選んだ政党に金を送り、諜報や保安関係の任務を遂行する」

「おそらく、サイバー・ユニットを使っているはずだが」

「優秀なやつを。修道会にしろ、ロシアにしろ、西ヨーロッパの一般民衆に向けてネットで発信する情報はほとんどでたらめだ」

「連中と提携しているのか?」

「ロシアの連中と?」エスターマンは首を横にふった。「ただ、双方の利益が一致することは多い」

「オーストリア首相はクレムリンをたいそう気に入っている」

「イェルク・カウフマンのことか? われらがロックスターだ。アメリカ大統領までカウフマンに熱を上げているが、カウフマンは誰のことも好きではない」

「ジュゼッペ・サヴィアーノはどうなんだ?」

「修道会のおかげで、前回の選挙でいきなり勝利を収めた」

「セシル・ルクレールは?」

「本物の戦士だ。マルセイユと北アフリカのあいだに橋をかけるつもりだと言っていた。言うまでもないが、一方通行だぞ」

「残るはアクセル・ブリュナーだな」

「爆弾テロ以降、世論調査で支持率が跳ねあがっている」

「テロに関して何か知らないか？」

「ＢｆＶにいる昔の同僚たちは、ハンブルクにテロリストの拠点があると確信している。汚らしい街だ、ハンブルクは。過激派のモスクがたくさんある。ブリュナーが権力の座についたら、街をいっきにきれいにするだろう」

ガブリエルは微笑した。「そうすると、ブリュナーは掃除係にならないかぎり、首相官邸の内部を見ることはできないわけか」

エスターマンは無言だった。

「きみたちは望みのものを何もかも手に入れるところまで来ていた。それなのに、心臓が弱っていた老人を殺すことで、そのすべてを危険にさらしてしまった。なぜ殺した？　なぜ寿命が尽きるのを待たなかった？」

「計画ではそのつもりだった」

「なぜ変更を？」

「あの老人が秘密文書館で本を見つけたからだ」エスターマンは言った。「次に、その本をあんたに渡そうとした」

42

ミュンヘン

　問題が起きたことを修道会が知ったのは、十月上旬、教皇が夏の別荘のあるカステル・ガンドルフォで長い週末を過ごして戻ってきたあとのことだった。教皇は体調を崩していて、たぶん死期が近いことを悟ったのだろうが、ヴァチカンの最高機密に関わる文書の点検にとりかかった。とりわけ、初期教会と福音書関連のものに力を入れていた。教皇がとくに関心を寄せたのが外典福音書の数々。つまり、古《いにしえ》の教父たちが新約聖書から排除した福音書だった。

　秘密文書館長官のドメニコ・アルバネーゼ枢機卿は、教皇のための文献リストを慎重に作成し、教皇の目に入れたくない文書は除外しておいた。ところが、数人の枢機卿と一緒に教皇の書斎に伺候したとき、まったくの偶然から、ひび割れた革で装丁された数世紀前の小さな本が机のそばのテーブルにのっているのを目にした。それは初期キリスト教時代の福音書で、コッレッツィオーネに保管されているはずのものだった。どうしてここにあるのかと教皇に尋ねたところ、教皇はヨシュアという神父から渡されたのだと答えた。アルバネーゼが聞いたことのない名前だった。

危険を感じて、アルバネーゼはただちに修道会総長のハンス・リヒター司教に報告し、司教は修道会の保安・情報活動の責任者であるアンドレーアス・エスターマンに連絡をとった。それから数週間たった十一月中旬、エスターマンは教皇が手紙を書いていることを知った——ヴァチカンがテロ攻撃を受けたときに命を救ってくれた男に渡すつもりの手紙だった。

「こうして教皇の運命は決まったわけだ」

「きみはどうして手紙のことを知ったんだ？」

「何年か前に、教皇の書斎に盗聴器を仕掛けておいた。教皇があんたに手紙を書いていることをドナーティに話すのが聞こえてきた」

「だが、手紙を書いている理由まではドナーティに話していないぞ」

「それについては、教皇がほかの誰かに話すのを聞いた。相手が誰なのかはわからなかった。じつをいうと、相手の声はまったく聞こえなかった」

「ルッケージがわたしにその本を渡すことを、修道会はなぜそんなに警戒したんだ？」

「理由を挙げていこうか？」

「聖書に収められた福音書が歴史を正しく伝えているかどうかをめぐって疑惑が生じるの

を、修道会の連中は恐れていた」

「そのとおり」

「だが、それと同時に、本の来歴についても心配していた。その本は一九三八年にエマヌエーレ・ジョルダーノという裕福なユダヤ人が修道会に渡したものだ。莫大な額の現金や数点の美術品と一緒に。シニョール・ジョルダーノは敬虔な信仰心から寄贈をおこなったのではない。修道会は三〇年代にゆすりたかりをやっていた。金持ちのユダヤ人に狙いをつけて、現金や貴重品とひきかえに身の安全を保障し、命を救う洗礼台帳を渡すと約束していたのだ。その金が〈ヴォルフ・グループ〉への投下資本として使われた」ガブリエルはいったん言葉を切った。「わたしが教皇からその本を託されたら、すべてを暴いていただろう」

「なかなかやるな、アロン。あんたは切れ者だと昔から噂に聞いていた」

「なぜまた『ピラトによる福音書』が秘密文書館に？」

「シラー神父が一九五四年にピウス十二世に渡したのだ。そのとき燃やしてしまえばよかったのに、ピウス十二世は文書館にしまいこんだ。ヨシュア神父が見つけたりしなければ、パウロ七世はいまも生きていただろう」

「グラフ神父はどうやってパウロ七世を殺したんだ？」

その質問はエスターマンには意外だったようだ。しばらく躊躇したあとで右手の人差し指と中指を上げ、親指を動かして、注射器のプランジャーを押すしぐさをしてみせた。

「何を注射した？」

「フェンタニルだ。教皇はかなり抵抗した。グラフ神父がスータンの上から注射針を刺し、教皇が死ぬまで片手で口をふさいでいた。カメルレンゴの仕事のひとつが、教皇の遺体の埋葬準備を指揮することだ。右腿の小さな穴が誰にも気づかれないように、アルバネーゼが神経を配った」

「今度グラフ神父に会ったら、やつの身体に穴をあけてやる」

ガブリエルはテーブルに写真を置いた。バイク用ヘルメットをかぶった男。場所はフィレンツェのヴェッキオ橋。右腕を伸ばし、銃を握っている。

「あの射撃の腕はかなりのものだ」

「わたしが訓練してやった」

「殺害の夜、ニクラウスがグラフ神父を教皇の居室に通したのか？」

エスターマンはうなずいた。

「グラフ神父が何をするつもりか、ニクラウスは知っていたのか？」

「聖ニクラウスが？」エスターマンは首を横にふった。「あいつは教皇とドナーティを敬愛していた。グラフ神父が舌先三寸でやつを丸めこみ、ドアをあけさせたのだ。グラフ神父が出ていった数分後に、やつが書斎に入る音が聞こえた。そのとき、机の手紙を持ち去ったのだろう」

　ガブリエルは手紙をテーブルに置き、写真と並べた。

「どこで見つけた？」

「ニクラウスが殺されたとき、やつのポケットに入っていた」

「どんなことが書いてある？」

「アルバネーゼが『ピラトによる福音書』を教皇の書斎から持ちだしたのちに本がどうなったかを、きみからわたしに話すべきだと書いてあるぞ」

「アルバネーゼはリヒター司教に本を渡した」

「では、リヒター司教はそれをどうしたんだ？」

「シラー神父とピウス十二世が遠い昔にやっておくべきだったことをした」

「燃やしたのか？」

　エスターマンはうなずいた。

　ガブリエルは腰のうしろからベレッタを抜いた。「どんな結末が望みだ？」

「もう一度子供たちに会いたい」

「正解だな。では、続けて第二問」ガブリエルはエスターマンの頭部にベレッタの狙いをつけた。「本はどこにある？」

激しい口論が始まった。しかし、考えてみれば、〈オフィス〉の作戦が口論なしで完了することはけっしてない。ヤコブ・ロスマンが反対派の代表者を買って出た。チームはすでに、不可能に近いことをなしとげている。厳戒態勢の都市に大急ぎで集合し、かつてドイツの情報機関に所属していた男をなんの痕跡も残さず拉致することに成功した。巧みな尋問で男を誘導し、ヨーロッパの極右勢力と結びついている悪質かつ反動的な修道会にローマ・カトリック教会が牛耳られるのを阻止するため、必要な情報を吐きださせた。修道会の陰謀という森のなかで、中心となる木はすでに音もなく倒れている。調子に乗って最後の危険な賭けをするのはやめたほうがいい──ヤコブはそう言った。エスターマンを殺し、時間の余裕をたっぷりとってミュンヘン空港へ向かったほうがいい。

「あの本を持たずにここを離れるつもりはない」ガブリエルは言った。「しかも、エスターマンがわたしのために手に入れてくれるはずだ」

「何を根拠にあの男が承知するなどと?」

「もうひとつの運命よりましだから」

「エスターマンが嘘をついてるとしたら?」ヤコブが訊いた。「無駄骨に終わったらどうする?」

「そんなことはない。それに、エスターマンの話の裏をとるのは簡単だ」

「どうやって?」

「電話を使う」

ガブリエルが言っているのはグラフ神父の電話のことだった。番号が判明したあとで八二〇〇部隊がその電話にアクセスできるようになっていたので、ストレージに保存されているGPSデータをチェックするよう、ガブリエルが部隊のほうへ命じた。ミュンヘン時間で午前五時を少しまわったころ、指揮官のユヴァル・ガーションから連絡が入り、チェックの結果を報告してきた。GPSデータはエスターマンの話と一致していた。

その時点で口論は終了した。ただし、輸送という小さな問題が残った。

「向こうで何か問題が起きたら」エリ・ラヴォンが言った。「今夜じゅうにローマに戻ることができなくなる」

「自家用機がないと無理だな」ガブリエルは認めた。

「そんなもの、どこで調達するんだ?」

「一機ぐらい盗めばいいさ」

「面倒なことになるぞ」

「だったら、かわりに一機借りるとしよう」

スイスの投資家であり、慈善にも熱心であるマルティン・ランデスマンは、一日わずか三時間の睡眠時間で有名だった。そのため、五時十五分に電話に出たときには、きびきびした声だったし、企業家らしいバイタリティーにあふれていた。うん――ランデスマンは言った――事業は好調だ。絶好調と言ってもいいほどだ。いや――おもしろくもなさそうに笑いながら答えた――核開発の材料をふたたびイランに売りつけているわけではない。きみのせいで、それはすべて過去のことになってしまった。

「で、きみはどうなんだ？」熱のこもった声でランデスマンは尋ねた。「最近、仕事のほうはどうだね？」

「国際的な大混乱というのは成長産業だ」

「わたしはつねに投資の機会を窺っている」

「金融の話はやめておこう、マルティン。わたしが必要としているのは飛行機だ」

「午前中の遅い時間にボーイング・ビジネスジェットでロンドンへ出かける予定だが、ガルフストリームなら貸してもいい」

「それで我慢するしかなさそうだな」

「場所と時間は？」

ガブリエルはランデスマンに告げた。

「目的地は？」

「テルアビブ。途中で短時間だけローマのチャンピーノ空港に寄る」

「請求書はどこへ送ればいい？」

「わたしにつけておいてくれ」

ガブリエルは電話を切って、ローマのドナーティにかけた。

「永遠に連絡が来ないのではないかと心配していたところだ」ドナーティは言った。

「心配ご無用。あなたが必要とするものはすべて手に入れた」

「どれぐらいひどい状況だ？」

「リヒタースケールならぬリヒター司教スケールで表示するなら、マグニチュード12だな。ただ、困ったことに、前教皇の身近にいた人物が厄介なことに巻きこまれているようだ。できれば電話では話したくない」

「いつこっちに来られる？」

「出発前にあとひとつかふたつ、片づけなくてはならない用がある。それから、わたしがそっちに着くまで、イエズス会本部の外に出ようなんて夢にも考えるんじゃないぞ」

ガブリエルは電話を切った。

「教えてほしいことがあるんだが」ラヴォンが頼んだ。「おれがあんただったら、どう感じるだろう？」

「疲労困憊だ」

「われわれが荷造りをするあいだ、二時間ぐらい寝たらどうだね？」

「そうしたいのはやまやまだが、われらが最新の協力者にあとひとつだけ質問したいことがある」

「どんなことだ？」

ガブリエルは質問に答えた。

「それじゃ質問がふたつになる」

ガブリエルは笑みを浮かべ、エスターマンの電話を持って地下に下りた。エスターマンはミハイルとオデッドに監視されながら、尋問用のテーブルでコーヒーを飲んでいた。髭を剃っていないし、右頬にあざができている。剃刀《かみそり》を使い、少しメークをすれば、新品のようになるだろう。

向かいの椅子にすわるガブリエルを、エスターマンは警戒の目で見た。「今度はなんだ？」

「きみを清潔にしてやろう。それから車で出かける」

「どこへ？」

ガブリエルは無表情にエスターマンを見つめた。

「検問所の警備員のそばを通り抜けるのはぜったい無理だぞ」

「わたしが通してもらう必要はない。きみがかわりに頼むんだ」

「うまくいくわけがない」

「きみのために、うまくいくよう祈っている。出かける前に、あとひとつだけ質問に答えてもらいたい」ガブリエルはエスターマンの電話をテーブルに置いた。「シュテファニ・ホフマンと話をしたあと、なぜボンへ行った？　二時間五十七分間も電話の電源を切っていたのはなぜだ？」

「ボンへは行っていない」

「きみの電話は〝行った〟と言ってるぞ」ガブリエルは画面を軽く叩いた。「電話のデータからすると、きみは午後二時三十四分に〈カフェ・デュ・ゴタール〉をあとにし、七時十五分ごろボンの郊外に着いた。かなりいいタイムだ。きみはそこで電話の電源を切っている。理由を知りたいものだ」

「いまも言っただろう。ボンへは行っていない」

「どこへ行ったんだ？」

エスターマンは返事をためらった。「グロースハオにいた。ボンの西数キロのところにある小さな農村だ」

「グロースハオには何がある？」

「森のなかにコテージが」

「誰が住んでいる？」

「ハミード・ファウジという男」

「何者だ？」

「うちのサイバー・ユニットが創りだした」

「ドイツで爆弾テロが続いている原因はそいつか？」

「違う」エスターマンは言った。「わたしだ」

43

ケルン、ドイツ

連邦憲法擁護庁長官ゲールハルト・シュミットには、長時間勤務の人物という評判はなかった。たいてい、ケルンにある擁護庁本部で上級スタッフ・ミーティングが始まる一分か二分前に出勤し、緊急事態が起きた場合を除いて、遅くとも五時には公用リムジンのリアシートに乗りこむ。毎晩のように、市内の高級バーのひとつに寄って一杯やる。だが、一杯だけだ。何事もほどほどに。これがシュミットの座右の銘だ。墓石にもこの言葉が彫られることだろう。

ベルリンとハンブルクの爆弾テロのせいで、シュミットの快適な日課は崩れてしまった。その日の朝、シュミットは午前八時というとんでもない時刻に職場のデスクについていた。いつもならまだベッドにいて、コーヒーを飲みながら新聞を読んでいる時間だ。だが、今日は職場にいたので、安全な回線を使っている彼の電話にテルアビブから八時十五分に着信があったとき、その場で応答することができた。

イスラエルの秘密諜報機関の伝説の長官、ガブリエル・アロンの声が聞こえてくるものと思っていた。ところが、聞こえてきたのは副長官ウージ・ナヴォトの声で、シュミットに向かって流暢なドイツ語で愛想よく朝の挨拶をした。アロンにはしぶしぶながら敬意を抱いているシュミットだが、ナヴォトのことは大嫌いだった。このイスラエル人は長年にわたってヨーロッパで隠密活動を続け、スパイ網を指揮したり、工作員を勧誘したりしてきた人物で、ＢｆＶの元職員三人もそこに含まれていた。

しかしながら、シュミットは数秒もしないうちに、安全な回線の向こうにいる男にかって嫌みな言葉を投げたことを――それどころか、名誉毀損になりそうな考えを抱いたことを――深く後悔することになった。毎度のことではあるが、イスラエルの連中は魔法のような情報活動をくりひろげていたらしい。今回は、ドイツを大混乱に陥れている新たなテログループの情報を提供してくれた。情報の入手経路については、案の定、ナヴォトははぐらかそうとした。人的資源と電子機器の盗聴を組み合わせたのだと主張した。多くの人命が危険にさらされている。ぐずぐずしている暇はない。

どこから入ってきた情報にしろ、内容はきわめて具体的だった。グロースハオという小さな農村の不動産物件に関するものだった。ヒュルトゲンヴァルトと呼ばれる鬱蒼たるドイツの森のはずれにある村だ。不動産物件の所有者はＯＳＨホールディングスとかいうハンブルクに本社がある企業だ。建物は二棟。伝統的なドイツふう農家と、波形金属板で造られた納屋。農家の家具はほとんど運び去られている。しかしながら、納屋のほうには十年落ちのミツビシの軽トラックが置いてあり、荷台に、硝酸アンモニウム肥料、ニトロメタン、トーヴェクスの入ったドラム缶が二ダース並んでいる。ANNM爆弾の材料だ。

トラックはハミード・ファウジ名義になっている。ダマスカス生まれの難民で、シリアが内戦状態になったあと、フランクフルトに腰を落ち着けた。というか、ソーシャルメディアのページにはそう記され、頻繁にアップデートされている。エンジニアの経験を積んでいたので、ドイツのコンサルティング会社でIT分野のスペシャリストとして働いている。この会社もOSHの傘下にある。妻のアスマは、住んでいるアパートメントを出るときにはかならず顔全体を覆うベールを着ける。子供は二人いる。サルマという娘、ムハンマドという息子。

ナヴォトの情報によれば、この日の朝十時に、その農家に一人の工作員がやってくるとのことだった。ハミード・ファウジ本人かどうかは予測できないが、テロのターゲットになる場所はわかっている。大きな人気を集めているケルンのクリスマス・マーケットが、目下、歴史ある大聖堂で開催中だ。

ゲールハルト・シュミットにはナヴォトに質問したいことがいくつもあったが、深い感謝を述べるだけの時間しかなかった。電話を切ったシュミットがすぐ内務大臣に連絡を入れると、内務大臣は連邦首相に、そして、連邦警察でシュミットと同等の地位にいる人物に電話をした。最初の警官隊が八時半に農家に到着。九時数分過ぎ、GSG9（ドイツ連邦警察の対テロ特殊部隊）の四チームが合流。

隊員たちは頑丈な錠がかかった納屋には入ろうとしなかった。かわりに、周囲の森に身を潜めて待った。午前十時きっかりに、わだちのついた車道をフォルクスワーゲン・パサートのステーション・ワゴンががたがた揺れながらやってきた。運転席の男はサングラスをかけ、毛糸の防寒用帽子をかぶっていた。手袋もはめていた。

男は農家の外にフォルクスワーゲンを止めると、納屋まで歩いた。GSG9の隊員たちは男が納屋の錠をはずすまで待ったのちに、木々の陰から飛びだした。驚いた男はコートの内側に手を入れた。武器をとろうとしたのだろうが、対峙《たいじ》した警官隊の人数を目にした瞬間、賢明にも手を止めた。GSG9の隊員たちにとっては意外な成行きだった。ジハードに身を捧げるテロリストなら、死ぬまで戦うことを前提に訓練を受けているはずだ。

隊員たちが二度目の驚きに見舞われたのは、男に手錠をかけたあとでサングラスと毛糸の帽子をはずしたときだった。金髪に青い目、ナチスの宣伝ポスターから抜けだしたような男だった。手早く身体検査をしたところ、グロックの九ミリ、携帯電話三台、数千ユーロの現金、クラウス・イェーガー名義で発行されたオーストリアのパスポートが見つかった。連邦警察がすぐさまウィーンの警察に連絡をとったところ、そちらではイェーガーのことがよく知られていた。以前オーストリアで警官をしていたが、有名なネオナチの連中と関わりを持ったために免職になったという。

ドイツでもっとも評価の高い新聞、『ディー・ヴェルト』のウェブサイトにいきなりこのニュースが出たのは、ちょうど十時半になったときだった。匿名の情報によるもので、次のようなことが書かれていた。連邦憲法擁護庁長官ゲールハルト・シュミットから提供された情報に基づき、連邦警察はベルリンとハンブルクの爆弾テロの犯人の一人を逮捕した。前々から関与を疑われていたイスラム国のメンバーではなく、アクセル・ブリュナーや極右のドイツ国民民主党と関係のある、名前を知られたネオナチの人間だった。一連のテロ事件は、総選挙の前にブリュナーの支持率を上げておこうとする利己的な策略の一部であった。

数分もしないうちに、ドイツは政治的な大混乱の渦に投げこまれた。しかしながら、突然、ゲールハルト・シュミットがこの国でもっとも人気の高い人物になった。シュミットは首相との電話を終えたあと、テルアビブのウージ・ナヴォトに電話した。

「おめでとう《マーゼル・トフ》、ゲールハルト。いまニュースを見たところだ」

「どうやってお礼をすればいいのかわからない」

「きっと何か思いつくさ」

「ただ、ひとつだけ問題がある」シュミットは言った。「そちらの情報源の名前を知る必要があるのだが」

「口が裂けても言えないね。だが、わたしがきみだったら、ＯＳＨホールディングスを徹底的に調べるだろう。興味深い場所にたどり着くかもしれんぞ」

「それはどこだ？」

「せっかくのサプライズを台無しにしたくない」

「爆弾テロの背後にブリュナーと極右の連中がいることを、きみとアロンはどうやって知った？」

「極右？」ナヴォトは信じられないという口調になった。「想像もしなかった」

44

バイエルン州、ドイツ

ウージ・ナヴォトに驚くほど正確な情報を渡した人物は、アウディのトランクに閉じこめられて、十時十五分にミュンヘンをあとにした。車がバイエルン州のイルシェンベルクという村に着くまで、縛られて猿ぐつわをはめられたまま、トランクのなかだったが、それ以後はリアシートでガブリエルと並んですわることになった。車がオーバーザルツベルクに向かって坂をのぼりはじめるころ、ラジオから流れるニュースに二人は耳を傾けた。

「どうやら、ブリュナーの小さなブームも終わったようだ」ガブリエルは振動しているエスターマンの電話に視線を落とした。「噂をすればってやつだな。これであの男から三度目の電話だぞ」

「向こうはたぶん、あんたが『ディー・ヴェルト』に流したニュースの陰にわたしがいると思ってるだろう」

「なぜそう思うんだ?」

「爆弾テロ作戦は極秘で進められていた。総選挙でブリュナーを勝たせようとする修道会の計画の一部であることを知っていたのは四人だけで、わたしがそのうちの一人だった」

「とんでもないフェイクニュース作戦だな」ガブリエルは言った。

「ところが、『ディー・ヴェルト』にあんたが情報を流した」

「だが、わたしは本当のことしか言ってないぞ」

前の助手席でエリ・ラヴォンが低く笑い、それから煙草に火をつけた。ミハイルはドイツ語がほとんどできないので、運転に専念していた。

「あんたの同僚があの煙草を消してくれるよう、心から願っている」エスターマンが文句を言った。「それと、もう一人のほうはああやって指を叩きつけてなきゃいられないのか？ひどく神経にさわるんだが」

「かわりにきみに指を叩きつけるほうがいいかね？」

「ゆうべ、さんざんやられた」エスターマンは顎を左右に動かした。「なぜわたしから連絡がないのか、ヴォルフが首をひねっているだろう」

「一時間ほどしたら、ヴォルフに連絡してやれ。きみの顔を見れば、やつもたぶん安心すると思う」

「わたしには、そこまでは断言できん」

「検問所にいる警備員の数は？」

「前に言ったはずだ」

「ああ、わかっている。だが、重ねて聞きたい」

「二人だ。二人とも武装している」

「誰かが検問所に到着したとき、警備員がどういう対応をするのか、もう一度説明してくれ」

「チーフのカール・ヴェーバーに電話を入れる。来訪が予定されていれば、ヴェーバーは車を通すように指示する。来訪者リストにのっていない場合は、ヴェーバーがヴォルフに確認する。ヴォルフは日中ほとんど書斎にこもったきりだ。書斎があるのは山荘の三階。福音書は金庫に入っている」

「金庫の番号は？」

「八七、九四、九八」

「覚えにくい数字ではないな」

「ヴォルフの指示だ」

「何か感傷的な理由からか？」

「知らん。ヘル・ヴォルフは私生活のこととなるとひどく用心深い」エスターマンはアルプス山脈のほうを指さした。「きれいだろう？　ああいう山は、イスラエルにはひとつもないはずだ」

「たしかにない」ガブリエルは認めた。「だが、きみのような人間もいない」

いまの時代、どのようなイデオロギーを持つ政治家であろうと、本を執筆して――もしくは執筆する人間を雇って――私腹を肥やすのが当然のこととされている。回想録の場合もあれば、その政治家が深く気にかけている問題に対して行動を起こそうと力強く呼びかける内容の場合もある。そうした本は、支持者たちにまとめて販売されるケースを除いて、たいてい、倉庫やジャーナリストのリビングで埃《ほこり》をかぶることになる。ケーブルテレビかソーシャルメディアで好意的なことをつぶやいてもらえないかと期待して、出版社がジャーナリストに献本するのだ。この茶番劇で唯一の勝者となるのは政治家で、たいてい、多額の前払い金をふところに入れる。政府で仕事をして個人的にも金銭的にも莫大な犠牲を払ってきたのだから、この程度の金をもらったところで罰は当たらない、と自分に言い聞かせる。

アドルフ・ヒトラーの場合、そのふところを潤してくれた本は彼が権力の座にのぼりつめる十年前に書かれていた。ヒトラーは印税の一部を使って、ベルヒテスガーデンを見下ろす山中にハオス・ヴァッヘンフェルトというささやかな山荘を購入した。一九三五年、軍需相アルベルト・シュペーアから借りたボードにヒトラーがざっとスケッチを描き、それに基づいて山荘の大々的な改装が命じられた。そこで誕生したのがベルクホーフである。

シュペーアはこの住まいのことを、〝公式の客を迎えるにはこのうえなく不便〟と評していた。

ヒトラーの権力とパラノイアが高まるにつれて、オーバーザルツベルクにおけるナチスの影響も増大していった。ケールシュタインの山頂にあったのが〈鷹の巣〉と呼ばれる山荘で、党の高官たちが会合や社交的な集まりに使っていた。また、ベルクホーフから歩いて行ける距離に豪華なティーハウスがあり、ヒトラーはここでエーファ・ブラウンや、可愛がっていたシェパードのブロンディと一緒にゆったりと午後を過ごしたものだった。一九四五年四月二十五日、英国空軍のランカスター重爆撃機数百機がこの一帯を爆撃し、ベルクホーフを大破させた。一九五〇年代に入ると、ドイツ政府がティーハウスを解体したが、〈鷹の巣〉は今日《こんにち》に至るまで、ベルヒテスガーデンの町と並んで人気の観光スポットになっている。

アンドレーアス・エスターマンはこぎれいな石畳の通りに雪が舞い落ちるのを見つめた。

「初雪だ」

「気候変動だな」ガブリエルは応じた。

「そんなくだらんことを本気で信じているわけではあるまい？　このあたりの天候パターンだよ。それだけのことだ」

「たまには、週刊新聞の『デア・シュテルマー』以外のものも読んだほうがいいぞ」

　エスターマンは渋い顔をして、絵ハガキのように愛らしい商店やカフェを指さした。

「これは守る価値があると思うが、どうだね？　光塔《ミナレット》が造られたりしたら、この町がどんな雰囲気になるか、想像できるか？」

「もしくは、シナゴーグとか？」

　ガブリエルの皮肉はエスターマンには通じなかった。「オーバーザルツベルクにユダヤ人は一人もいない、アロン」

「いまはもう」

　ガブリエルはちらっとふりむいた。すぐうしろに二台目のアウディがいた。ヤコブが運転席に、ヨッシとオデッドがうしろの席にいる。ダイナとナタリーはメルセデスのバンでついてきている。ガブリエルはナタリーに電話をかけて、村で待つよう指示した。

「どうして一緒に行っちゃいけないの？」

「物騒な事態になるかもしれないから」

「物騒な場にはぜったい連れてってくれないのね」

「明日の朝一番で人事課に苦情を申し立てるといい」

　ガブリエルは電話を切って、通りの先で左折するようミハイルに指示した。車は花崗岩《かこうがん》の色をした川の土手を疾走し、小さなホテルや別荘をいくつも通り過ぎた。

「あと三キロもない」エスターマンが言った。

「やつに警告しようとしたらどうなるか、覚えているだろうな?」

「あんたの手で深い穴に放りこまれる」

ガブリエルはエスターマンに電話を返した。「スピーカーモードにしておけ」

エスターマンは番号をタップした。応答がないまま呼出音が鳴りつづけた。「出ない」

「提案がある」

「なんだ?」

「もう一度かけてみろ」

45

オーバーザルツベルク、バイエルン州

ヨーナス・ヴォルフはあまりテレビを見ない人間だった。テレビとは大衆を蝕《むしば》む阿片《あへん》であり、西欧社会を快楽主義、世俗主義、倫理面の相対主義へ押しやった元凶であるとみなしていた。しかしながら、この日は午前十一時十五分にテレビをつけ、快適な書斎でニュースを見ることにした。古い歴史を持つケルンの大聖堂が大規模なテロ攻撃を受けたという第一報を見るつもりだった。ところが、ドイツ西部の人里離れた農家でトラック爆弾が発見され、極右団体とつながりのあるオーストリアの元警官が拘束されたことを知った。『ディー・ヴェルト』はその男をベルリンとハンブルクの爆弾テロに結びつけ、さらにまずいことには、アクセル・ブリュナーと国民民主党に結びつけていた。これらのテロは、総選挙前夜にドイツの有権者の怒りを煽《あお》るためにブリュナーと極右勢力が仕組んだ冷酷な作戦の一部と思われる、というのだった。

少なくともいまのところ、明らかになりつつあるスキャンダルの報道にヴォルフの名前

は出ていなかった。だが、今後も詮索を逃れられるかどうかは疑問だ。それにしても、連邦警察はそもそもグロースハオの農家のことをどうやって知ったのか？　また、『ディー・ヴェルト』の記者は爆弾テロとブリュナーの選挙運動をどうしてこうも早く結びつけたのか？　ヴォルフはある人物を疑った。

ガブリエル・アロン……。

ヴォルフがアンドレーアス・エスターマンのｉＰｈｏｎｅからの電話に最初は出なかったのも、それが理由だった。携帯から連絡をよこす共犯者と話などしているときではない、と考えたのだ。しかし、ふたたび電話があったので、ためらいながら受話器を耳に当てた。

エスターマンの声はふだんより一オクターブ高く響いた。明らかに焦っている声だった。いまもＢｆＶに所属している修道会のメンバーから、エスターマンとヴォルフが爆弾テロとの関連でもうじき逮捕されるという警告を受けたのだろう。電話でエスターマンは次のように言った。〝部下を何人か連れてそちらへ向かっている。到着時に階下で待っていてほしい。プラチナ・フライト・サービス――ザルツブルク空港を拠点にして運行支援をおこなっている業者――のほうへ、ガルフストリームのうち一機の離陸準備をしておくよう指示してある。モスクワ行きのフライト・プランはすでに提出済み。一時間以内に離陸できる。パスポートと、それから、ブリーフケース一個に詰められるだけの現金を持ってきてほしい〟

「それと、福音書も、ヘル・ヴォルフ。何があってもそれだけは忘れないでください」

電話が切れた。ヴォルフは受話器を戻し、テレビの音量を上げた。ベルリンの国民民主党本部の外で記者団がブリュナーをとりかこんでいる。爆弾テロへの関与を否定するブリュナーの言葉は、血まみれのナイフを握りしめたまま無実を訴える殺人犯と同じく、説得力に欠けていた。

ヴォルフは音声を消した。次に、電話に手を伸ばし、プラチナ・フライト・サービスの事業部長のオットー・ケスラーにかけた。挨拶を交わしたあとで、ヴォルフは彼の自家用機の離陸準備ができているかどうかを尋ねた。

「どの機でしょう、ヘル・ヴォルフ?」

「社の者がきみに電話したはずだが」

ケスラーは誰からも連絡を受けていないと断言した。「しかし、離陸用滑走路は問題なく使用できます。午後から離陸予定の自家用機はほかに一機だけですので」

「誰だね、それは?」ヴォルフはさりげなく訊いた。

「マルティン・ランデスマンです」

「あのマルティン・ランデスマン?」

「そうです。ただ、ランデスマンが搭乗するのかどうか……。到着時は無人でした」

「行き先はどこだね?」

「テルアビブです。途中でローマに寄って」

ガブリエル・アロン……。

「で、ランデスマンの離陸予定時刻は？」

「二時です。天候が許せば。予報では午後から雪がひどくなるそうなので。四時ごろには離着陸の全面停止を覚悟しておくよう言われています」

ヴォルフは電話を切るとすぐさま、ローマのジャニコロの丘の修道会本部にいるリヒター司教にかけた。「ニュースをご覧になったと思いますが」

「困った展開になったものだ」リヒターは例によって控えめな返事をした。

「さらにひどいことになりそうです」

「どの程度のひどさだ？」

「ドイツは失われました。少なくとも当分のあいだ。しかし、使徒座はまだ手の届くところにあります。イエズス会のあのご友人を枢機卿たちに近づけないよう、全力を挙げていただかねばなりません」

「あの男が口をつぐむべき理由は二百万もある」

「二百万プラス一です」ヴォルフは言った。

電話を切り、書斎の壁にかかっている川の風景画をじっと見た。オランダ絵画の巨匠、ヤン・ファン・ホイエンの作品で、かつてはウィーンに住む裕福なユダヤ人実業家、サムエル・フェルドマンが所有していた。フェルドマンはそれを聖ヘレナ修道会の創立者シラー神父に渡した。それとひきかえに、彼と家族のための洗礼台帳を偽造してもらう約束だった。不幸なことに洗礼台帳が届かなかったせいで、フェルドマンと家族はドイツの占領下にあったポーランドのルブリン地区へ移送され、そこで殺された。

風景画の奥に金庫が隠してある。ダイヤル錠をまわして——八七、九四、九八——鋼鉄製の重い扉を開いた。現金で二百万ユーロ、金塊五十個、七十年前のルガー、そして、『ピラトによる福音書』の現存する最後の一冊が入っていた。

ヴォルフは福音書だけをとりだした。本をデスクに置き、ナザレのイエスと呼ばれていたガリラヤ人の逮捕と処刑について、ローマ人総督ピラトが意見を述べているページを開いた。グラフ神父がこれをローマから運んできた夜、ヴォルフはリヒター司教の忠告を無視して、このページに目を通した。恥ずべきことに、以後何度も読んでいる。幸い、これを目にするのは彼が最後になるだろう。

本を持って書斎の窓辺へ行った。そこから山荘の正面部分と、彼が所有する峡谷の端まで延びる長い道路を見渡すことができる。降る雪を透かして遠くにぼうっと見えているのがウンタースベルク、赤髭王《バルバロッサ》と呼ばれた神聖ローマ皇帝フリードリヒ一世が〝立ちあがれ。そして、ドイツの栄光をとりもどせ〟という伝説の呼び声を待っていた山だ。ヴォルフも同じ呼び声を聞いている。祖国は失われた。少なくとも当分のあいだ……。しかし、彼の教会を救うチャンスはたぶん残っているだろう。

〝予報では午後から雪がひどくなるそうなので。四時ごろには離着陸の全面停止を覚悟しておくよう言われています……〟

ヴォルフは時刻を確認した。それから、警備のチーフ、カール・ヴェーバーの番号をプッシュした。いつものように、最初の呼出音でヴェーバーが出た。

「もしもし、ヘル・ヴォルフですね？」

「もうじきアンドレーアス・エスターマンが到着する。外の車寄せで待っていてほしいと言われたが、計画を変更しようと思う」


ミハイルは車のハンドルを切ってヴォルフの敷地の私道に入り、トウヒと樺の木が鬱蒼と茂る森の道を安定したスピードでのぼっていった。しばらくすると木々がまばらになり、前方に峡谷が見えてきた。三方をそびえ立つ山々に囲まれている。山頂に雲がかかっている。

ガブリエルがベレッタを抜いた瞬間、エスターマンが反射的にびくっとした。

「心配するな。きみを撃つつもりはない。もちろん、ほんの少しでも撃つ口実があれば、話は別だが」

「警備員詰所は道路の右側にある」

「わたしは助手席側にすわっている。銃撃戦になったら、わたしが集中砲火を浴びることになりそうだ」

「何が言いたい？」

「おかげでこっちの生き延びる確率が高くなる」

背後でヤコブがヘッドライトを点滅させた。

「なんの用だろう？」ミハイルが言った。

「チェックポイントに差しかかる前に追い越したいのかも」

「どうする、ボス？」

「銃撃と運転を同時にできるか？」

「教皇はカトリック教徒かい？」

「目下、教皇は存在しない、ミハイル。だから、コンクラーベが予定されてるんだ」

前方に警備員詰所が見えてきた。降りしきる雪のベールに包まれている。黒いスキージャケット姿の警備員が二人、それぞれヘッケラー&コッホMP5サブマシンガンを構えて道路の真ん中に立っていた。猛スピードで近づいてくる二台の車のことは気にも留めていないように見える。また、その場からどこうという様子もない。

「轢《ひ》き殺してもいいか？」ミハイルが訊いた。

「もちろん」

ミハイルは前とうしろの助手席側の窓を下ろし、アクセルを踏みこんだ。警備員二人は詰所の陰に逃げこんだ。通り過ぎる二台の車に礼儀正しく手をふった。

「作戦が功を奏したようだな、アロン。たぶん、すべての車を停止させるよう命じられてるんだろう」

ミハイルは車の窓を閉めた。左のほうを見ると、雪に覆われた草原の向こうのヘリパッドに、エアバス・エグゼクティブ・ヘリが捨てられたおもちゃみたいに悲しげな姿で置かれていた。ほどなくヴォルフの山荘が見えてきた。車道に誰か立っていた。警備員詰所の男たちが着ていたのと同じ黒のスキージャケット姿だ。手には何も持っていない。

「あの男がヴェーバーだ」エスターマンが言った。「ジャケットの下に九ミリを隠している」

「右利きか？　左利きか？」

「なんの違いがある？」

「三十秒後のやつの生死がそれで決まる」

エスターマンは顔をしかめた。「たしか右利きだった」

ミハイルはブレーキをかけて停止し、ウージ・プロを手にして車を降りた。背後では、ヤコブとオデッドがそれぞれジェリコを構えて二台目の車から飛びだした。

ガブリエルはヴェーバーが武器をとりあげられるまで待ち、それからミハイルたちに加わった。落ち着き払ってヴェーバーに近づくと、母親譲りのベルリン訛りのドイツ語で話しかけた。

「ヘル・ヴォルフがわれわれを待っているはずだ。なんとしても、いますぐ空港へ向かわなくてはならん」

「なかへ案内するよう、ヘル・ヴォルフから言われている」

「どこにいるんだ？」

「上の階だ」ヴェーバーは言った。「大広間に」

46

オーバーザルツベルク、バイエルン州

階段は広くて、まっすぐに伸び、鮮やかな赤いカーペットが敷いてあった。ヴェーバーが両手を上げたまま先頭を歩き、その腰のくびれにウージ・プロを突きつけてミハイルが続いた。ガブリエルはエリ・ラヴォンとエスターマンを左右に従えていた。エスターマンは見るからに落ち着かない様子だった。

「何をびくついてるんだ、エスターマン?」

「もうじきわかる」

「いま話したほうがいいぞ。わたしはサプライズ大好き人間ではないんでね」

「ヘル・ヴォルフが大広間で客を迎えることはめったにない」

階段をのぼりきると、ヴェーバーは左へ曲がり、一同を連れて控えの間に入った。華麗な両開きドアの前で足を止めた。「わたしが入れるのはここまでだ。なかでヘル・ヴォルフが待っている」

「ほかに誰がいる？」ガブリエルは尋ねた。

「ヘル・ヴォルフだけだ」

ガブリエルはベレッタでヴェーバーの頭に狙いをつけた。「間違いないな？」

ヴェーバーはうなずいた。

ガブリエルはベレッタをアームチェアのひとつに向けた。「すわれ」

「許可されていない」

「いま許可する」

ヴェーバーは椅子に腰を下ろした。オデッドが向かいの椅子にすわり、四五口径のジェリコを膝に置いた。

ガブリエルはエスターマンを見た。「何をぐずぐずしている？」

エスターマンが両開きドアをあけて一同をなかへ案内した。


そこは二〇×一五メートルほどの広々とした部屋だった。壁のひとつのほぼ全面が一枚ガラスの窓になっている。残りの三方の壁には、ゴブラン織りのタペストリーや巨匠の絵画らしきものがかかっている。堂々たる古典様式の陶磁器用飾り棚、鷲の飾りがついた巨大な時計、アルノー・ブレーカーの作品と思われるワーグナーの胸像が置いてある。ブレーカーはヒトラーやナチスの高官お気に入りの建築家であり、彫刻家であった。

応接セットが二カ所に置かれていた。ひとつは窓の近く、もうひとつは暖炉の前。ガブリエルは部屋を横切り、暖炉の前に立つヴォルフのそばまで行った。暖炉の熱は火山のようだ。燃えさしの石炭の上に本がのっていた。残っているのは革の表紙だけだった。

「本を燃やすぐらい、あんたのような人にとっては自然なことなんだろうな」

ヴォルフは無言だった。

「武器は持ってないだろうね、ヴォルフ？」

「拳銃がある」

「出して見せてくれないか？」

ヴォルフはカシミアのブレザーの内側に手を入れた。

「ゆっくり」ガブリエルは注意した。

ヴォルフが拳銃をとりだした。旧式のルガーだった。

「頼みがある。向こうの椅子の上へそれを放ってもらいたい」

ヴォルフは言われたとおりにした。

ガブリエルは黒く焦げた本の残骸を見た。「あれが『ピラトによる福音書』か？」

「いや、アロン。福音書だった」

ガブリエルはベレッタの銃口をヴォルフの首筋に押しつけた。引金をひくのをどうにか思いとどまることができた。「見てもいいか？」

「好きにしろ」

「とってもらえないかな?」

ヴォルフは動こうとしなかった。

ガブリエルはベレッタの銃口をねじった。「同じことを二度言わせないでくれ」

ヴォルフは火ばさみのほうへ手を伸ばした。

「違う」ガブリエルは言った。

ヴォルフはうずくまり、炎のほうへ手を伸ばした。背中を蹴られて、炎のなかへ頭から突っこんだ。ようやく暖炉から抜けだしたときには、銀色の豊かな髪は過去のものになっていた。

ガブリエルはヴォルフの苦痛の叫びには興味のないふりをした。「どんなことが書いてあった、ヴォルフ?」

「一度も読んでいない」ヴォルフはあえぎながら言った。

「信じがたい返事だ」

「あれは異端の書だった!」

「読んでいないのなら、どうしてわかった?」

ガブリエルは絵のひとつに歩み寄った。横たわる裸婦の絵で、ティツィアーノの画風だ。そのとなりもやはり裸婦の絵。これはティツィアーノの弟子の一人、ボルドーネの作品だ。

シュピッツウェーク作の風景画と、パンニーニが描いたローマの遺跡の絵もあった。ただし、どの絵も本物ではない。すべて二十世紀の模写だ。

「誰に描かせたんだ?」

「ドイツの絵画修復師で、名前はグンター・ハース」

「三流だ」

「ひと財産請求された」

「本物の絵が戦時中どこにかかっていたか、やつは知っていたのか?」

「そういう話は一度もしなかった」

「知ったところで、グンターなら気にかけなかっただろう。昔からナチス的なところのあるやつだった」

ガブリエルはエリ・ラヴォンに目をやった。ラヴォンはワーグナーの胸像とのにらめっこに没頭している様子だった。しばらくすると、胸像がのっている大きな木製の戸棚に手を置いた。「プロジェクション・システムのスピーカーがここに隠してある」その上の壁を指さした。「それから、スクリーンはあのタペストリーのうしろだ。ヴォルフが客のためにフィルムを上映したいときには、タペストリーを上げればいい」

ガブリエルは長い長方形のテーブルの脇をまわり、巨大な窓の前に立った。「それから、この窓は下げることができる。そうだな、エリ?　残念なことに、ヒトラーがベルクホーフの設計図を描いたときは、大広間の真下にガレージを持ってきてしまった。風向きによって、ガソリンの悪臭が耐えがたくなることがあった」ガブリエルは肩越しにヴォルフをちらっと見た。「あんたのことだから、同じミスをするはずはないよな」

「ガレージは別のところに造ってある」ヴォルフは得意そうに言った。

「窓をあけるボタンはどこだ？」

「右側の壁」

ガブリエルがボタンを押すと、ガラスが音もなくすべって壁に収納された。雪が吹きこんできた。激しい降りになっている。飛行機が一機、ザルツブルクの空へ向かってゆっくり上昇していくのを目にして、腕時計をこっそり見た。

「そろそろ出たほうがいいんじゃないか、アロン。きみがマルティン・ランデスマンに借りたガルフストリームは二時にローマへ向けて飛び立つ予定だろう？」ヴォルフは横柄な笑みを浮かべた。「空港まで少なくとも四十分かかる」

「じつは、警察があんたに手錠をかけるのを見届けるまでここに残ろうかと思っていた。ドイツの極右勢力は二度と立ち直れないだろう、ヴォルフ。もうおしまいだ」

「戦争が終わったときもそう言われた。だが、われわれはいまや、あらゆる場所に入りこんでいる。警察、情報機関、保安機関、法廷」

「だが、ドイツの首相の座は無理だぞ。ローマ教皇の座も」

「今度のコンクラーベはわたしのものだ」

「もはやそうではない」ガブリエルは開いた窓辺でふりむき、室内を見渡した。吐きけがしてきた。「ここまでにするにはずいぶん手間がかかったことだろう」

「家具調度がいちばん大変だった。昔とまったく同じ大広間ができあがった。古い写真を参考にして、すべて特別注文しなくてはならなかった。昔とまったく同じ大広間ができあがった。ただし、あのテーブルだけは別だ。昔はいつも、テーブルの中央に花を活けた花瓶が置いてあったそうだ。わたしは大切な写真を飾るのに使っている」

写真は銀のフレームに入れてきれいに配置されていた。ヴォルフと美しい妻。ヴォルフと二人の息子。ヨットの舵《かじ》をとるヴォルフ。新設工場のオープニングでリボンをカットするヴォルフ。聖ヘレナ悪徳修道会の総長ハンス・リヒター司教の指輪に口づけをするヴォルフ。

ひときわ大きな写真が一枚あり、フレームもほかのものより華麗だった。昔のテーブルの前にすわったアドルフ・ヒトラーの写真で、二歳か三歳の男の子を膝にのせている。開閉式の窓はあいている。ヒトラーはやつれた感じで、顔色も悪い。男の子は怯えた表情だ。ナチス親衛隊の上級将校の制服を着た男性だけが満足そうな顔をしている。手を腰に当て、喜びにあふれた様子で顔をしゃんと上げて、にこやかな表情で立っている。

「総統の顔はきみもわかると思う」ヴォルフが言った。

「親衛隊将校の顔もわかる」ガブリエルはしばらくヴォルフの顔を見つめた。「驚くほどよく似ている」

ガブリエルは写真をテーブルに戻した。ザルツブルクの空へ向かって、新たな飛行機が上昇していた。腕時計を見た。もうじき一時。あとひとつだけ話をする時間は充分にある。

47

オーバーザルツベルク、バイエルン州

エリ・ラヴォンにもヴォルフの父親の顔がわかった。名前はルドルフ・フロム。ナチス親衛隊の国家保安本部第四局B課に所属していた事務畑の殺人者だ。この課が〝ユダヤ人問題の最終的解決〟を遂行したのだ。フロムはオーストリア生まれでローマ・カトリック教徒、妻のイングリッドもそうだった。二人とも、ヒトラーの故郷でもあるドナウ河畔の街リンツの出身だった。ヴォルフは二人のあいだに生まれた一人息子で、本名はペーター――ペーター・ヴォルフガング・フロム。この写真が撮られたのは一九四五年、ヒトラーが最後にベルクホーフを訪れたときだった。撮影のとき、ヴォルフの母親はレンズに写らない場所でエーファ・ブラウンとしゃべっていた。ヒトラーは疲労困憊の状態で、手の震えが止まらなかったため、カメラの前でそれ以上ポーズをとるのは拒絶した。

この訪問の一カ月後、ソ連の赤軍がベルリンに迫ってきたとき、ルドルフ・フロムは親衛隊の制服を脱ぎ捨てて姿を消した。どうにか逮捕を免れ、一九四八年に聖ヘレナ修道会

の司祭に助けられてローマにたどり着いた。そこで赤十字の身分証と、ジェノヴァからブエノスアイレスまでの乗船切符を手に入れた。フロムの息子は母親と一緒にベルリンに残ったが、一九五〇年にひと部屋だけのみすぼらしいアパートメントで母親が首を吊《つ》って亡くなった。天涯孤独になった息子はかつて父親を助けてくれた修道会の司祭にひきとられた。

ベルゲンで修道会が運営している神学校に入り、聖職者になるための勉強をした。ところが、彼が十八歳のときにシラー神父が訪ねてきて、ナチスの戦争犯罪人の聡明でハンサムな息子のために神が別の計画を立てておられると告げた。息子は新たな名前をもらって神学校を去り、ハイデルベルク大学に入って数学を専攻した。一九七〇年、最初の会社を買いとる資金をシラー神父に出してもらい、数年もしないうちにドイツでもっとも裕福な人物の一人になっていた。戦後ドイツがなしとげた奇跡の経済発展をまさに象徴する存在だった。

「シラー神父にいくらもらったんだ？」

「たしか、五百万ドイツマルクだったと思う」ヴォルフは暖炉のそばに置かれた椅子のひとつに崩れるようにすわった。「いや、一千万だったかな。正直なところ、覚えていない。昔のことだから」

「その金がどこから出たのか、シラー神父は話してくれたかね？　ウィーンのサムエル・

フェルドマンやローマのエマヌエーレ・ジョルダーノなどの恐怖に駆られたユダヤ人たちから強請りとった金だということを」ガブリエルはしばらく沈黙した。「そんな名前は聞いたこともないと言ってみろ」

「なぜこだわる？」

「金の一部は、あんたの父親のような連中を逃亡させるのに使われたはずだ」

「皮肉なものだ。そう思わないか？」ヴォルフは微笑した。「フェルドマンの件はうちの父が担当した。家族の一人が網の目を逃れてしまった。たしか娘だったと思う。その娘は終戦後何年もたってから、ウィーンで調査事務所をやっているユダヤ人に自分の悲しい身の上話をした。ユダヤ人の名前は忘れてしまったが」

「エリ・ラヴォンじゃなかったか？」

「ああ、それだ。そいつはリヒター司教から金を強請りとろうとした」ヴォルフは馬鹿にしたように笑った。「まさに骨折り損というやつだな。ついでに当然の報いを受けた」

「ウィーンの事務所が爆弾で破壊されたことを言っているのか？」

ヴォルフはうなずいた。「事務所のスタッフ二人が死んだ。もちろん、どちらもユダヤ人だった」

ガブリエルは旧友に目をやった。ラヴォンが暴力行為に走るのを見たことは一度もない。だが、いまここで弾丸の入った銃を渡されたら、それでヨーナス・ヴォルフを殺すに違いない、と思った。

ヴォルフは右手の火傷の具合を調べていた。「なんともしつこい男だった、そのラヴォンというやつは。融通のきかないユダヤ人の典型だな。何年もかけてわたしの父を捜しだそうとした。もちろん、見つかるわけがない。アルゼンチンのバリローチェで悠々自適の日々を送っていたのだから。わたしは二、三年おきに父を訪ねていた。名字が違うから、われわれが親子だとは誰も思いもしなかった。父は年老いてからじつに信心深くなった。人生にとても満足していた」

「後悔することはなかったのか？」

「何を？」ヴォルフは首を横にふった。「父は自分がやったことを誇りにしていた」

「あんたも誇りに思っていたのだろうな」

「大いに」ヴォルフはうなずいた。

ガブリエルは心臓にナイフを突き立てられたような気がした。話を続ける前に心を静めた。「わたしの経験から言うと、ナチスの戦犯の子供たちが父親の狂信的な言動を受け継いでいる例はほとんどないようだ。もちろん、ユダヤ人への愛はまったくないが、親が始めた仕事を完成させようとは夢にも思っていない」

「もっと出歩く必要がありそうだな、アロン。連中の夢は立派に生きつづけている。もはや、パレスチナを支持する集会で上がる空虚なシュプレヒコールではなくなっているのだぞ。この流れがどこへ向かっているのかも見えないなら、盲目と言わねばなるまい」

「わたしにはよく見えている、ヴォルフ」

「だが、いかに偉大なガブリエル・アロンといえども、それを止めることはできん。ユダヤ人にとって安全な国は、西ヨーロッパにはもはやひとつもない。もうひとつの故郷だったアメリカですら、ユダヤ人は歓迎されなくなっている。アメリカに住む白人の国粋主義者たちは、移民や、白人の政治権力の弱体化に不満を持っているが、本当の憎悪の的はユダヤ人だ。ペンシルヴェニア州のあのシナゴーグで銃を乱射した男に訊いてみるがいい。もしくは、ヴァージニア州のカレッジタウンで松明《たいまつ》を掲げて行進した立派な若者たちに。あのヘアスタイルとナチスふうの敬礼は誰をまねたものだと思う?」

「人の好みもいろいろだな」

「そのユダヤ的ユーモア感覚は、たぶん、きみの性格のなかでいちばん可愛げのない部分だろう」

「いまのところ、あんたの脳みそを吹き飛ばさずにすんでいるのは、ひとえにそのユーモア感覚のおかげだ」ガブリエルは暖炉の前に置かれた応接セットのところに戻った。本はほとんど残っていなかった。火かき棒を手にして、残り火をかきまわした。「どんなことが書いてあった、ヴォルフ?」

「教えるつもりはない」

ガブリエルはさっとふりむくなり、鉄製の重い火かき棒をヴォルフの左肘に力いっぱい叩きつけた。骨の折れる音が聞こえた。

ヴォルフは激痛に身悶《みもだ》えした。「悪党め！」

「さあ、ヴォルフ。もう少し利口になったらどうだ？」

「わたしはエスターマンよりはるかに根性がある。その火かき棒でズタズタになるまで殴られたところで、本の内容をきみに教えるつもりはない」

「何をそんなに恐れている？」

「ローマ・カトリック教会が間違っているはずはない。ましてや、故意に間違いを犯すことはありえない」

「教会が間違っていたなら、あんたの父親も間違っていたことになるからな。父親の行動を信仰によって正当化することができなくなる。父親は大量虐殺をおこなった異常者に過ぎなくなってしまう」

ガブリエルの手から火かき棒がすべり落ちた。不意に疲れてぐったりした。彼の心を占めていたのは、ドイツを離れたい、こんなところには二度と来たくないという思いだった。『ピラトによる福音書』を持たずにここを去るしかない。しかし、手ぶらでは出ていくまいと決心した。

ガブリエルは骨折した肘を抱えこんでいるヴォルフを見下ろした。「信じがたいことかもしれんが、あんたの立場はさらに悪くなろうとしている」

「おたがいになんらかの合意に達することはできないのか？」

「『ピラトによる福音書』を渡してくれれば考えてもいい」

「わたしがさっき燃やしただろう、アロン。なくなってしまった」

「だったら、取引のしようがないな。だが、刑務所に入れられる前に、せめてひとつぐらいいいことをしたらどうだ？　ユダヤ教で言う善行《ミツバー》だと思ってくれ」

「何をさせるつもりだ？」

「こちらから提案するわけにはいかない。あんたの心から出たものでなくてはならん、ヴォルフ」

ヴォルフは激痛のあまり目を閉じた。「わたしの書斎に川の風景を描いた名画がかかっている。約四〇×六〇センチ。画家はオランダ絵画の巨匠で、名前は――」

「ヤン・ファン・ホイエン」

ガブリエルもヴォルフも声がしたほうを向いた。声の主はエリ・ラヴォンだった。

「なぜ知っている？」ヴォルフが驚いて尋ねた。

「数年前、ウィーンの女性に悲しい身の上話を聞かされた」

「きみが――」

「そう」ラヴォンは言った。「わたしだ」

「女はいまも生きているのか？」

「たぶん」

「だったら、この絵を女に渡してくれ。絵の奥に隠し金庫がある。運べるだけの現金と金塊を持っていけ。ダイヤル錠の数字は――」

ヴォルフのかわりにガブリエルが言った。「八七、九四、九八」

ヴォルフはエスターマンをにらみつけた。「この男にまだ話していないことが何か残っているのか？」

質問に答えたのはガブリエルだった。「あんたがなぜその数字を選んだかを、エスターマンは知らなかった。唯一考えられるのは、あんたの父親の親衛隊ナンバーってところかな。八、七、九、四、九、八。入隊したのは一九三二年に違いない。ヒトラーが権力者の座につく数カ月前だ」

「父は風向きを読むのに長《た》けていた」

「さぞかし自慢の父親だっただろうな」

「そろそろ出発したほうがいいぞ、アロン」ヴォルフはぞっとする笑みを浮かべた。「嵐がどんどんひどくなるそうだ」

ガブリエルが書斎の絵を壁からはずすあいだに、エリ・ラヴォンが札束と光り輝く金塊をヴォルフの高価なチタン製スーツケースのひとつに詰めこんだ。金庫が空っぽになると、ルガーを戻し、カール・ヴェーバーからとりあげたヘッケラー&コッホの九ミリも入れた。

「ヴォルフとエスターマンも一緒に押しこんでやれないのがなんとも残念だ」ラヴォンは金庫の扉を閉めてダイヤル錠をまわした。「こいつらをどうする?」

「イスラエルへ連れていくこともできる」

「ヨーナス・ヴォルフみたいなやつらと同じ飛行機に乗るぐらいなら、イスラエルまで歩いて帰ったほうがまだましだ」

「一瞬、きみがヴォルフを殺すんじゃないかと思ったぞ」

「おれが?」ラヴォンは首を横にふった。「手荒いまねは一度もしたことがない。だが、あんたがあの火かき棒でヴォルフを殴りつけるのを見たときはスカッとした」

ガブリエルの電話が振動した。キング・サウル通りのウージ・ナヴォトからだった。

「ディナーの時間まで居すわるつもりか?」

ガブリエルは思わず笑いだした。「待ってくれないか? 目下、少々忙しくしている」

「わが新たな親友、ゲールハルト・シュミットからたったいま電話があったことを、きみに伝えておこうと思ってね。連邦警察がヴォルフの逮捕に向かっているそうだ。連中が到着する前にそこを離れたほうがいい」

ガブリエルは電話を切った。「そろそろ行こう」

ラヴォンがスーツケースの蓋を閉め、ガブリエルに手伝ってもらってキャスターのついた側を下にした。「自家用機で来てよかったよ。このスーツケース、少なくとも七十キロはありそうだ」

二人でスーツケースをがらがら押して大広間に戻った。エスターマンとカール・ヴェーバーがミハイルとオデッドの監視のもとでヴォルフの怪我《けが》の手当てをしていた。ヨッシはゴブラン織りのタペストリーのひとつを調べていた。ヤコブは開いた窓の前に立ち、遠くから聞こえるサイレンの音に耳を傾けていた。

「だんだん近くなってくる」と言った。

「こっちに向かっているからな」ガブリエルはミハイルとオデッドを手招きし、ドアのほうへ歩きだした。

部屋の反対側からヴォルフがガブリエルに呼びかけた。「誰になると思う?」

ガブリエルは足を止めた。「なんのことだ、ヴォルフ?」

「コンクラーベだよ。誰が次の教皇になるだろう?」

「噂では、ナバロがすでに教皇の居室に入れる新しい家具を注文しているそうだ」

「ああ」ヴォルフは笑顔で言った。「そういう噂だな」

第三部

全員退場
エクストラ・オムネス

48

イエズス会本部、ローマ

ルイジ・ドナーティは数多くの美徳と立派な特質を備えた人物だが、そのなかに忍耐心は含まれていなかった。生まれつきじっとしていられないタイプで、愚かな相手にも、ほんのわずかな遅れにも我慢がならない。ローマは毎日のように彼に試練を与えていた。ヴァチカンの城壁の奥で送る人生も同じく試練だった。陰口をきくのが大好きな教皇庁の役人たちと顔を合わせるたびに、怒りが爆発しそうになる。教皇宮殿内の会話はすべて婉《えん》曲《きょく》的で、慎重で、野心と過失への恐怖に満ちている。ひとつでも過ちを犯せば、前途有望だったキャリアが破滅してしまう。人々が本音を口にすることはめったにないし、書面にすることはぜったいにない。それは危険すぎる。教皇庁では大胆さや創造性は評価されない。無気力でいることが聖なる義務なのだ。

しかし、ドナーティは退屈したことだけはなかった。また、銃創の治療のためにジェメッリ・クリニックに入院していた六週間を除いて、無気力だったことは一度もなかった。

しかしながら、いまはその両方に悩まされていた。先に述べた忍耐心の欠如がそこに加われば、致命的な組み合わせとなる。

責められるべきは旧友のガブリエル・アロンだ。彼がローマを離れてから三日になるが、ドナーティに連絡をよこしたのは一度だけ、この日の朝五時二十分のことだった。〝あなたが必要とするものはすべて手に入れた〟と、ガブリエルは断言した。あいにく、何を見つけたのかは言ってくれなかった。ただ、〝リヒタースケールならぬリヒター司教スケールで表示するなら、マグニチュード12だな〟と言っただけだった。なかなか気の利いた駄《だ》洒落《じゃれ》であることはドナーティも認めざるをえない。また、〝前教皇の身近にいた人物が厄介なことに巻きこまれているようだ。できれば電話では話したくない〟とも言っていた。

以後十一時間にわたって、旧友からの連絡は途絶えてしまった。そのため、ドナーティはイエズス会の塀の奥にこもったまま、どうにも落ち着かない一日を過ごすことになった。ドイツからのニュースが、衝撃的ではあったがせめてもの気晴らしになった。ドナーティは何人かの聖職者と一緒に談話室のテレビでニュースを見た。ケルン大聖堂を標的にしたトラック爆弾によるテロをドイツの警察が未然に阻止した。テロリストとされる連中はイスラム国の者ではなく、極右政治家アクセル・ブリュナーとつながりを持つ不気味なネオナチ組織の者たちだった。その一人でオーストリア国籍の男が逮捕された。アクセル・ブリュナー自身も逮捕された。四時半、ドイツの内務大臣から、陰謀に関わっていたさらに二人の男がオーバーザルツベルクの山荘で遺体となって発見されたとの発表があった。二人とも同じ拳銃で撃たれていて、殺人&自殺のケースのようだった。殺されたのはドイツの情報機関の元職員で、名前はアンドレーアス・エスターマン。自殺したのは隠遁生活を送っていた大富豪のヨーナス・ヴォルフ。

「なんてことだ」ドナーティはつぶやいた。

そのとき、彼のノキアが振動して電話の受信を知らせた。ドナーティは〝応答〟をタップして電話を耳に当てた。

「申しわけない」ガブリエルが言った。「この街の道路状況ときたら悪夢だな」

「ドイツのニュースを見たか?」

「スカッとしただろう?」

「〝あとひとつかふたつ、片づけなくてはならない用がある〟と言っていたのは、このことだったのか?」

「人間ってのは、暇になるとろくなことをしないからな」

「頼むから、わたしには正直に――」

「引金をひいたのはわたしではない。あなたが尋ねたいのがそのことなら」

ドナーティはため息をついた。「いまどこだ?」

「なかに入れてもらうのを待っている」

ガブリエルは入口に立っていた。ドアの枠がまるで額縁のようだ。この三日間で彼の姿はずいぶんみすぼらしくなっていた。正直なところ、猫にひきずられてきた何かという感じだ。ドナーティは彼を連れて上階の部屋に戻り、ドアにチェーンをかけた。時刻をたしかめた。四時三十九分。

「リヒター司教スケールでマグニチュード12だとか言っていたな。もう少し具体的に話してくれないか」

ガブリエルはブラインドの隙間から通りの様子を窺いながら、これまでのことをざっと話した。短い説明だったが、詳細にわたっていて、省いたのはほんの一部だった。西ヨーロッパからイスラム教徒を消し去ろうという修道会の謀略、教皇パウロ七世の殺害をめぐる状況、ナチスの戦犯の息子ヨーナス・ヴォルフが『ピラトによる福音書』の最後の一冊を燃やしてしまった不気味な大広間などについて、ガブリエルは詳しく語った。修道会が抱いている大きな政治的野心の中枢をなすのが、使徒座を手中に収めることだ。有権枢機卿のうち四十二人がすでに、コンクラーベの票とひきかえに金を受けとっている。ほかに修道会の秘密メンバーが十八人いて、リヒター司教の操り人形である教皇候補に票を入れることになっている。その候補とは、ウィーン大司教を務めるフランツ・フォン・エメリヒ枢機卿。

「そして、何よりも大きな収穫は、それをすべてビデオに収めたことだ」ガブリエルは肩越しにドナーティをちらっと見た。「ここまで具体的なら、満足してくれるだろう?」

「六十票にしかならないぞ。使徒座を射止めるには七十八票が必要だ」

「徐々に弾みがついてエメリヒがトップに押しあげられることを、修道会は計算に入れている」

「四十二人の枢機卿の名前はすべてわかっているのか?」

「なんなら、アルファベット順のリストにしてもいいぞ。それぞれいくらずつもらったのか、金がどこに預けてあるのかもわかっている」ガブリエルはブラインドから手を離してふりむいた。「遺憾ながら、状況はさらに悪化している」

電話の画面をタップした。次の瞬間、二人の男がドイツ語で話すのが聞こえてきた。

〝あの男が口をつぐむべき理由は二百万もある〟

〝二百万プラス一です……〟

ガブリエルは再生を停止した。

「リヒター司教とヨーナス・ヴォルフのようだが?」

ガブリエルはうなずいた。

「わたしが修道会の陰謀について知ったことをコンクラーベの場で公表できない二百万の理由とはなんなのだ?」

「ヴォルフとリヒターがヴァチカン銀行のあなたの口座にふりこんだ金額だ」

「わたしまでが腐敗しているように見せかけるつもりなのか?」

「そのようだ」

「では、〝プラス一〟というのは?」

「わたしのほうで調べているところだ」

ドナーティの目に怒りが燃えあがった。「こんな見え透いた策略に二百万ユーロも浪費するとは……」

「何か有効な使い道が見つかるだろう」

「心配無用。そのつもりだ」

ドナーティは枢機卿団の首席枢機卿、アンジェロ・フランコーナに電話をかけた。応答はなかった。

ふたたび時刻をたしかめた。四時四十五分になっていた。

「では、名前を教えてもらおうか」

「テグシガルパのアゼベード」ガブリエルは言った。「百万。パナマ銀行」

「次は?」

「フィラデルフィアのバランタイン。百万。ヴァチカン銀行」

「次は?」

ちょうどそのころ、アンジェロ・フランコーナ枢機卿は聖マルタ館の受付デスクの横に歩哨《ほしょう》のごとく立っていた。足元の白大理石の床に置いてあるのはアルミ製の大型ケース。数十台の携帯電話、タブレット、ノートパソコンがぎっしり詰めこまれ、そのひとつひとつに持ち主の名前を書いた紙がきちんと貼ってある。セキュリティ上の理由から、聖職者たちの宿泊施設となる聖マルタ館の電話交換台はいまも機能しているが、電話とテレビとラジオは百二十八の部屋と続き部屋からすでに運びだされている。フランコーナの携帯電話はカソックのポケットに入っている。マナーモードにしてあるが、電源は入ったままだ。最後の枢機卿がドアを通り抜けるのと同時に、電源を切るつもりでいる。その瞬間、次期ローマ教皇を選ぶ者たちは外の世界から完全に隔離される。

目下、百十六人の有権枢機卿のうち、百十二人が聖マルタ館の屋根の下に無事に集まっている。数人がロビーを歩きまわっていて、ナバロとゴベールという、ルッケージの後継者として有力視される二人もそこに含まれている。さきほどチェックをしたときは、ドメニコ・アルバネーゼ枢機卿は上の階にある彼の続き部屋にいた。偏頭痛のせいで。とにかく、本人はそう言っている。

フランコーナもコンクラーベを目前にして頭痛が始まるのを感じていた。教皇選挙はこれまで一度しか経験していない。あのときはヨハネ・パウロ二世の後継者として、ヴェネツィアからやってきた無名に近い小男が教皇に選ばれた。フランコーナはコンクラーベをルッケージに有利な方向へ持っていったリベラル派の一人だった。残念ながら、ルッケージの教皇任期に関しては、サン・ピエトロ大聖堂へのテロ攻撃と、ローマ・カトリック教会を倫理面と財政面で破綻寸前にまで追いこんだ性的虐待スキャンダルが、人々の記憶に残ることになるだろう。

それだけに、明日の午後から始まるコンクラーベは、文句のつけようのないものにしなくてはならない。だが、早くも暗雲が立ちこめている。あの気の毒なスイス衛兵がフィレンツェで殺されたせいだ。あの件には何かもっと事情があるとフランコーナはにらんでいる。いまの彼に課せられた任務は、スキャンダルとは無縁のコンクラーベを遂行することだ。ローマ・カトリック教会の傷を癒し、教会内の派閥の融和を図り、教会を未来へ導くことのできる教皇を選ぶために。可能なかぎり迅速にコンクラーベを終わらせたかった。手に負えない展開となって何かが起きることを、フランコーナはひそかに危惧している。

聖マルタ館のガラスの両開きドアがあいて、ウィーンの独善的な大司教フランツ・フォン・エメリヒ枢機卿が、彼専用のコンベヤベルトで運ばれてきたかのごとく、流れるような足どりでロビーに入ってきた。ひっぱっているスーツケースは船旅用のトランク並みの特大サイズだ。受付デスクで修道女から部屋の鍵を受けとり、次に、iPhoneをフランコーナにしぶしぶ渡した。

「わたしは続き部屋のひとつを割り当てられた幸運な人間ではなさそうですな」

「残念ながら、エメリヒ枢機卿」

「だったら、早く結果が出るよう願うばかりです」

エメリヒはエレベーターのほうへ向かった。ふたたび一人になったフランコーナは自分の電話をチェックし、不在着信が三回もあったことを知って驚いた。すべて同じ人物からだった。留守電メッセージはない。いつもの彼には似合わないことだ。

フランコーナは電話の画面に人差し指をかざしたまま躊躇した。伝統を踏みにじるやり方だが、厳密に言えば、ヨハネ・パウロ二世が発布した使徒憲章〝ウニヴェルシ・ドミニ・グレギス〟に定められている、コンクラーベにおける行動を規制したルールに反するものではない。

あれこれ迷って貴重な時間をさらに一分無駄にしてから、フランコーナはようやく番号をタップし、電話を耳元へ持っていった。数秒後、目を閉じた。手に負えない展開になりつつあると思った。何が起きても不思議はない。何が起きても……。

通話は三分四十七秒続いた。ドナーティは何を話すべきかを選択し、その結果、差し迫った緊急の問題だけに焦点を合わせることにした。つまり、使徒座を手に入れて西ヨーロッパをファシズム信奉の過去の暗黒時代にひきもどそうという、反動的な聖ヘレナ修道会の陰謀について。

「エメリヒ?」フランコーナはまさかという声だった。「だが、エメリヒに枢機卿の赤い帽子を与えたのはきみとルッケージだったじゃないか」

「いまになって、間違いだったとわかった」

「有権枢機卿が何人ぐらい関わっているんだ?」

ドナーティはそれに答えた。

「なんたること! そのいずれかを立証できるのか?」

「枢機卿のうち十二人はヴァチカン銀行へ送金するよう修道会に頼んだ」

「口座を調べてみたんだな?」

「情報をもらったのでね」

「イスラエルのお友達からか?」

「アンジェロ、いい加減にしろ! 時間がないんだ」

フランコーナが突然、苦しげな息遣いになった。

「大丈夫か、アンジェロ?」

「ニュースに大きな衝撃を受けた。それだけだ」

「その気持ちはわかる。問題はこの件をどう扱うかだ」

沈黙があった。ようやく、フランコーナが言った。「枢機卿たちの名前を教えてくれ。

一人一人と個別に話をしてみる」

「きみは善良な人格者だ、フランコーナ枢機卿」ドナーティは言葉を切った。「きみほどの人格者をこんなことに巻きこむわけにはいかない」

「何が言いたい？」

「枢機卿たちと話をするのはわたしに任せてくれ」

「有権枢機卿とスタッフを除いて、聖マルタ館は立入禁止になる」

「お手数だが、例外を認めてもらいたい。でなければ、わたしは公開討論の場を探すしかなくなる」

「メディアのことか？　きみにできるわけがない」

「まあ、見てろ」

ドナーティは、フランコーナが覚悟を決めようとしている気配を、その耳で聞きとったような気がした。

「じっくり考えるから、しばらく待ってほしい。心が決まったら、こちらから電話する」

そこで電話が切れた。午後四時五十二分だった。ドナーティの電話がふたたび鳴ったのは五時十分過ぎだった。

「晩餐の前に礼拝堂に来るよう、枢機卿たちに伝えておいた。くれぐれも礼儀を忘れないように。いいかね、きみはもう教皇の個人秘書ではない。部屋いっぱいの枢機卿を前にした、名目だけの大司教に過ぎない。枢機卿たちにはきみの話に耳を傾ける義務はない。正直なところ、敵意を向けてくるかもしれない」

「時刻は？」

「五時二十五分に聖マルタ広場で会おう。一分でも遅れたら――」

「待て！」

「今度はなんだ、ルイジ？」

「わたしはもうヴァチカンの通行証を持っていない」

「だったら、鐘のアーチを警備するスイス衛兵の横を通り抜ける方法を、きみが自分で見つけるしかない」

フランコーナはそれ以上何も言わずに電話を切った。ドナーティは連絡先アプリを開くと、Mのところまでスクロールしてから番号をタップした。「出てくれ」とつぶやいた。

「頼むから電話に出てくれ」

49

ヴィッラ・ジュリア、ローマ

ヴェロニカ・マルケーゼは国立ヴィッラ・ジュリア・エトルスコ博物館の館長になって以来、減るいっぽうの入館者数を増やそうとしてたゆみない努力を続けてきた。ローマのような都市では、なかなか達成できないことだ。コロッセオやトレヴィの泉に集まる汗まみれのバックパッカーたちがヴィッラ・ジュリアまで足を延ばすことはめったにない。ボルゲーゼ公園の北の端に建つ十六世紀の優美な館で、エトルリア美術と工芸品の分野における世界最高のコレクションが所蔵され、館長のいまは亡き夫が個人的に蒐集していた逸品も何点か含まれている。夫のカルロは死後、ほかにもさまざまな形で博物館に貢献してきた。不正な手段で築いた財産の一部が、時代遅れになっていたウェブサイトのリニューアルの資金にまわされた。また、莫大な費用を要するグローバルな新聞広告キャンペーンや、イタリアのスポーツ界とエンタメ業界の無数のセレブが参加した派手なガラパーティにも、カルロの財産が注ぎこまれた。しかしながら、そのパーティの夜のスターはルイジ・ドナーティ大司教だった。教皇の個人秘書をしている息をのむほどハンサムな男性で、最近、『ヴァニティ・フェア』誌が彼を大いに持ちあげる特集記事を出したこともある。ヴェロニカはパーティの夜、知らない相手であるかのように彼に挨拶をし、彼のあらゆる言葉にうっとりと聴き入る若い美女たちには気づかないふりをした。

昔のルイジ・ドナーティの姿を人々に見せたいものだと思った。彼は一九九二年の春、ある麗《うら》らかな日の午後に、ウンブリア州の遺跡発掘現場にふらっと姿を現した。背が高く、顎鬚を生やし、破れたジーンズに履き古したサンダル、ジョージタウン大学のロゴがついたスウェットシャツという格好だった。よくこのスウェットシャツを着ていた。ぼろぼろになった何冊ものペーパーバック以外、ほとんど所持品がなかったからだ。ペルージャに近い丘陵地帯の小さなヴィラで二人が寝ていたベッドのそばの、カーペットも敷いていないタイルの床に、彼の本が積みあげられていた。至福の数カ月のあいだ、彼はヴェロニカだけのものだった。二人で将来の計画を立てた。彼が聖職を離れ、弱者のために闘う弁護士になる。ヴェロニカと結婚して子供を何人も作る。だが、彼がピエトロ・ルッケージと出会ったとき、すべてが変わってしまった。打ちのめされたヴェロニカはカルロ・マルケーゼと結婚し、それで悲劇は完璧なものになった。

カルロがサン・ピエトロ大聖堂のドームから転落したのをきっかけに、ヴェロニカとルイジのあいだで昔の関係のごく一部が復活した。ヴェロニカは心ひそかに、ルッケージが亡くなったあとで残りの部分も復活することを期待していた。だが、いまでは、くだらない幻想に過ぎなかったのだと悟っている。この年齢と社会的地位の女性には似つかわしくない幻想だ。運命と境遇が二人をひきはなすべく画策してきた。ヴィクトリア朝の小説の登場人物みたいに、毎週木曜の夜に二人で行儀よく食事をするだけの運命なのだ。おたがいに年老いていくが、一緒に年をとることはない。とても孤独だわ――ヴェロニカは思った。とても悲しくて孤独。でも、聖職者に心を奪われたんだから、罰を受けるのも当然ね。ルイジはモンテ・クッコのあの発掘現場に現れたときよりずっと前に、聖職者の誓願を立てていた。彼の人生に登場したもう一人の女性は〝キリストの花嫁〟、つまりローマ・カトリック教会だった。

ガブリエル・アロンとその妻キアラと食事をした夜以来、二人が話をしたのは一回だけだった。それがこの日の朝のこと、ヴェロニカが車で仕事に出かける途中のことだった。ルイジは例によって、いかにも教皇庁の人間という感じの曖昧な言葉遣いだった。それでも、ルイジの話にヴェロニカは衝撃を受けた。ピエトロ・ルッケージの死は教皇の居室での殺人だった。その陰に反動的な聖ヘレナ修道会の存在がある。修道会は今度のコンクラーベでローマ・カトリック教会の実権を握ろうと画策している。

「あなた、あのときフィレンツェにいたの――？」

「いた。たしかにきみの言ったとおりだった。ヤンソンはグラフ神父と特別な関係にあった」

「次のときは、あなたも耳を貸してくれるかもしれないわね」

「わが過失《メア・クルパ》。わが最大の過失《メア・マキシマ・クルパ》だ」

「今夜は会えそうもないんでしょ？」

「残念ながら、予定が入ってしまった」

「気をつけてね、ドナーティ大司教」

「きみも気をつけて、シニョーラ・マルケーゼ」

　博物館の入館者数を増やす試みのひとつとして、ヴェロニカは閉館時刻を以前より遅くした。現在、国立エトルスコ博物館は午後八時までオープンしている。しかし、いまは十二月の寒く陰気な木曜の午後五時、展示室は墓場のように静まりかえっていた。管理部のスタッフとキュレーターたちはすでに帰ってしまった。ヴェロニカの秘書も帰った。そばにいてくれるのはピアニストのマウリツィオ・ポリーニだけだ——シューベルトのピアノソナタ第十九番ハ短調、崇高な第二楽章。ペルージャの近くのヴィラでルイジと暮らしていたころ、二人で何度も聴いたものだった。

　五時十五分、バッグに持ちものを入れ、オーバーをはおった。ヴェネト通りで友達と一杯飲むことになっている。女友達と。最近は友達といえば女性ばかりだ。お酒のあとは、辺鄙《へんぴ》な場所にあるローマっ子しか知らないようなリストランテで食事。パスタとチーズを混ぜあわせたカーチョ・エ・ペペをボウルに入れたまま出してくれる。ヴェロニカは美味なるパスタを残らず平らげて、それから皮がパリパリしたパンでボウルの内側をきれいに拭きとるつもりだった。テーブルの向かいにルイジがすわっていたらどんなに幸せだろう。

一階に下りたヴェロニカは、古代ギリシャのエウフロニオスが絵付けをしたクラテールの前で足を止めた。この博物館を代表する展示品で、かつてこの世に生みだされた芸術品のなかでもっとも美しい品だと広く認められている。ガブリエルの意見は違っていたことを、ヴェロニカは思いだした。

〝ギリシャの甕《かめ》はお好きじゃないの？〟

〝そのようなことを言った覚えはありませんが〟

ルイジがガブリエルを大いに気に入っているのも不思議ではない。二人とも宿命論者のようなユーモアのセンスを備えている。

ヴェロニカは警備員たちに愛想よく別れの挨拶をし、車のところまでお送りしましょうという申し出を退けて、肌寒い夕暮れの戸外に出た。ヴェロニカの車は玄関から二、三メートル先の彼女専用のスペースに置いてある。ベンツの派手なコンバーティブルで、色はメタリックグレイ。いつの日かルイジを説得して、この車に乗せよう。彼がいやがっても、ペルージャに近い丘陵地帯の小さなヴィラまで車を走らせよう。一本のワインを二人で飲んで、シューベルトに耳を傾けよう。いえ、メンデルスゾーンのピアノ三重奏曲第一番ニ短調がいいかしら。〝抑えつけた情熱を表現した曲〟……。情熱は表面すれすれのところに潜んでいる。休眠中だけど消えてはいない。怖いほどの渇望。わたしが手を触れさえすればいい。二人とも若さをとりもどす。かつての計画を実現させよう。三十年遅くなっただけ。ルイジが聖職を離れ、わたしと結婚する。ただ、子供を持つことはない。わたしが年をとりすぎたし、彼を独占したいから。もちろん、スキャンダルになるだろう。わたしの名声に泥を塗ることになる。二人でどこかにひきこもって暮らすしかない。カリブ海の島はどうかしら。カルロのおかげで、お金の心配はしなくていい。

あなたらしくないわね——リモートキーでベンツのロックをはずしながら、ヴェロニカは自分に言い聞かせた。でも、想像するだけなら、なんの害もないわ。いや、害はあった。想像に夢中になるあまり、車に向かって歩いてくる男に気づけなかった。三十代半ばの男で、金髪をきれいに梳《と》かしつけていた。顎の下にローマンカラーが白く覗いていたので、ヴェロニカは安心した。

「シニョーラ・マルケーゼ？」

「そうですけど？」反射的に答えていた。

男はコートの下から銃をとりだし、美しい笑顔を見せた。ニクラウス・ヤンソンが彼のとりこになったのも不思議ではない。

「なんのご用？」

「バッグとキーを落としてもらいたい」

ヴェロニカはためらったが、やがて、キーとバッグを手から放した。

「大いにけっこう」グラフ神父の笑みが消えた。「では車に乗るとしよう」

50

サン・ピエトロ広場

スイス衛兵隊司令官のアロイス・メッツラー大佐がエジプトのオベリスクの下で待っていると、ガブリエルとドナーティがサン・ピエトロ広場にやってきた。サント・スピーリト通りを急いで走ってきたため、二人とも息を切らしていた。だが、メッツラーのほうはまるで公式の肖像画用のポーズをとっているかのようだ。身を守るために、私服の護衛を二人連れてきていた。教皇のイスラエル訪問を含めて、スイス衛兵隊と共同で任務に当たった経験が山ほどあるガブリエルは、二人の護衛がそれぞれシグ・ザウアーP二二六の九ミリを携行していることを承知していた。ついでに言っておくと、メッツラーもそうだ。

メッツラーがガブリエルに物憂げな視線を据え、笑みを浮かべた。「どうされました、アロン神父？　誓願を捨てたんですか？」次の質問はドナーティに向けられた。「あなたとご友人が秘密文書館であの離れ業を演じたあと、どういう状況になったかご存じですか？」

「アルバネーゼが少々機嫌を損ねたことだろう」

「コンクラーベが終わったらわたしを解任すると言いました」

「カメルレンゴにはスイス衛兵隊司令官を解任する権限などない。それができるのは国務省長官だけだ。もちろん、教皇の承認を得たうえで」

「アルバネーゼ枢機卿は自分が次の国務省長官になるような口ぶりでした。じっさい、自信満々という感じで」

「では、アルバネーゼは誰が次の教皇になるのかも教えてくれたかね？」返事がなかったので、ドナーティは鐘のアーチのほうを指さした。「行かせてくれ、メッツラー大佐。フランコーナ枢機卿が待っている」

「あいにくですが、お通しするわけにはいきません」

「なぜだ？」

「アルバネーゼ枢機卿から警告されているのです。ドナーティ大司教が今夜、ヴァチカン市国の立入禁止区域に強引に入ろうとしたら、何人かの首が飛ぶことになる、と。まあ、そのような意味のことを言われました」

「きみの心にふたつのことを尋ねてくれ、メッツラー大佐。アルバネーゼはどうしてわたしが来ることを知ったのか？　そして、何をそんなに恐れているのか？」

メッツラーは大きく息を吐いた。「フランコーナ枢機卿との待ち合わせは何時ですか？」

「いまから四分後だ」

「だったら、二分余裕がありますから、どういうことなのか具体的に話してください」

この日の夕方、聖マルタ館に入ったすべての有権枢機卿と同じく、ドメニコ・アルバネーゼも枢機卿団の首席枢機卿に自分の電話を差しだした。だが、電話が使えなくなったわけではない。週の初めに、聖マルタ館の続き部屋に一台隠しておいた。使い捨てタイプの安物だった。まるで犯罪者だなと苦笑混じりに思った。

アルバネーゼは左手に電話を握りしめていた。右手で居間の窓にかかった紗《しゃ》のカーテンに隙間を作っていた。運のいいことに、窓は聖マルタ館の正面の小さな広場に面していて、アンジェロ・フランコーナ枢機卿が広場の石畳の上を行きつ戻りつしているのが見えた。誰かを待っているのは明らかだ。鐘のアーチのところで警備についているスイス衛兵たちを言葉巧みに説得して入りこもうとしている人物を。

五時二十五分、フランコーナは電話をチェックし、それから聖マルタ館の玄関へ向かった。広場に駆けこんできた三人の男のほうをスイス衛兵の一人が指さしたので、フランコーナはぴたっと足を止めた。三人の一人が衛兵隊司令官のアロイス・メッツラー大佐だった。ガブリエル・アロンとルイジ・ドナーティ大司教も一緒だ。

アルバネーゼはカーテンから手を離し、電話をかけた。

「どうだね？」リヒター司教が尋ねた。

「やつが鐘のアーチを通り抜けました」

電話が切れた。その直後に、ドアをガンガン叩く音がして、アルバネーゼの部屋を揺るがした。アルバネーゼはギクッとして電話をポケットにすべりこませ、それからドアをあけた。廊下に立っていたのはボストンの大司教で、枢機卿団の副首席枢機卿、トマス・ケリガンだった。

「何事ですか？」

「首席枢機卿からの伝言で、礼拝堂へお越しいただきたいとのことです」

「どういう理由で？」

「首席枢機卿がドナーティ大司教を招き、有権枢機卿たちに話をしてもらうことになりました」

「なぜわたしのところに連絡がなかったのだ？」

ケリガンは微笑した。「いま連絡しました」

ドナーティはフランコーナ枢機卿のあとから聖マルタ館のロビーに入った。最初に目にしたのはロサンゼルスのケヴィン・ブレイディの顔だった。ブレイディは同じ教義を信奉する仲間だ。それでも、ドナーティの姿を見て呆然《ぼうぜん》としていた。そっけなく会釈を交わし、そのあと、ドナーティは大理石の床に視線を落とした。

フランコーナが彼の腕をつかんだ。「大司教！　あなたがそのようなものを持ちこんだとは信じられない」

電話が鳴っていることにドナーティは気づいていなかった。あわててカソックのポケットからとりだし、画面をチェックした。発信者の名前を見て愕然《がくぜん》とした。

ブルネッティ神父……。

それはドナーティが連絡先に登録しているヴェロニカ・マルケーゼの偽名だった。二人の関係にはいくつかルールが定めてあり、彼女から電話するのは厳禁だった。それなのにどうして電話を？

ドナーティは〝拒否〟をタップした。

間髪を容れずふたたび電話が鳴りだした。

ブルネッティ神父……。

「電源を切ってくれないか、ルイジ？」

「もちろん、切るとも」

ドナーティは電源ボタンに親指を置いたが、そこでためらった。

〝あの男が口をつぐむべき理由は二百万もある〟

〝二百万プラス一です……〟

電話に出た。冷静に尋ねた。「彼女に何をした？」

「まだ何も」マルクス・グラフ神父が答えた。「だが、あなたが向きを変えてそこから出ていかなかったら、彼女を殺す。ゆっくりとな、大司教。なぶり殺しにしてやる」

ルイジ・ドナーティが聖マルタ館の玄関から飛びだすのを、ドメニコ・アルバネーゼは上の階から見守っていた。ドナーティは電話を手にしていて、その画面がグラフ神父からの着信の名残りで光っていた。救いを求めるかのように、ドナーティは必死の形相でアロンの肩をつかんだ。それから向きを変え、聖マルタ館の上階の窓を順に見ていった。知っているのだ――アルバネーゼは思った。だが、どうするだろう？　かつて愛した女を救うのか？　それとも、教会を救うのか？

十五秒が過ぎた。アルバネーゼは答えを知った。

使い捨て携帯の画面をタップした。

すぐさまリヒター司教が出た。

「もうおしまいです、閣下」

「様子を見てみよう」

通話が切れた。

アルバネーゼは廊下に出た。五階下にいるルイジ・ドナーティと同じように考えをまとめながら、嘘と真実を選《よ》り分けた。前教皇はローマ・カトリック教会の重みをその肩で支えてきた。だが、死を迎えると同時に羽根のように軽くなってしまった。

51

コンチリアツィオーネ通り

「なぜ最初からわたしを頼ってくれなかったんだ？」アロイス・メッツラーが言った。

「協力を承知してくれたかい？」

「教皇の死をめぐるひそかな調査に？　そりゃ無理だな」

メッツラーはヴァチカンのプレートをつけたベンツEクラスのハンドルを握っていた。コンチリアツィオーネ通りに曲がり、屋根の赤い回転灯を点滅させながら猛スピードで川のほうへ向かった。

「念のために言っておくと」ガブリエルは言った。「わたしはニクラウス・ヤンソン捜しをひきうけただけだ」

「衛兵隊のデータベースからニクラウスの個人ファイルを削除したのはあなただったのか？」

「違う。あれはアンドレーアス・エスターマンがやったことだ」

「エスターマン？　ＢｆＶの元職員の？」

「知りあいか？」

「二、三年前、聖ヘレナ修道会に入るよう、あの男にしつこく勧められた」

「きみだけではない。やつがわたしにも勧めてくれなかったのが、正直なところ、がっかりだ。話は変わるが、ニクラウスが失踪した数日後に、エスターマンはシュテファニ・ホフマンに会いにスイスのフリブール州まで行っている」

「ヤンソンも修道会のメンバーだったのか？」

「慰み者と言ったほうがいいかな」

　メッツラーは危険なほどのスピードでテヴェレ川を渡った。ガブリエルは電話のメッセージをチェックした。聖マルタ館を出たあとすぐに八二〇〇部隊のユヴァル・ガーションに電話して、グラフ神父の電話の現在位置を正確に突き止めるよう頼んでおいたのだ。いまのところ、返事は来ていない。

「どこへ行けばいい？」メッツラーが訊いた。

「国立エトルスコ博物館。場所は――」

「場所ぐらい知ってるよ、アロン。この街の住人だからな」

「きみたちスイス人はヴァチカン市国のこぎれいな兵舎を出るのが嫌いなのかと思っていた」

「たしかに嫌いだ」メッツラーは収集されていないゴミの山を指さした。「この場所を見てくれ、アロン。ローマはめちゃめちゃだ」

「しかし、料理は信じられないほど美味だぞ」

「わたしはスイス料理のほうが好きだ。完璧なラクレットほどうまいものはない」

「茹《ゆ》でたジャガイモにエメンタールチーズを溶かしてかけたやつ？　それがきみの考える料理か？」

メッツラーは右折してベッレ・アルティ通りに出た。「あなたがヴァチカンに近づくたびに惨事が起きるってことに、これまで気づいたことはあったかい？」

「こっちは休暇のはずだったんだぞ」

「教皇のイスラエル訪問を覚えているか？」

「昨日のことのように」

「教皇はあなたを心から愛していた、アロン。教皇に愛されたと言える者は多くない」

右手に国立ヴィッラ・ジュリア・エトルスコ博物館が見えてきた。メッツラーはスタッフ用の狭い駐車場に車を入れた。石畳にヴェロニカのバッグが落ちていた。派手なベンツのコンバーティブルはどこにもなかった。

「彼女が出てくるのをやつが待ち伏せしていたに違いない」メッツラーは言った。

ガブリエルの電話が振動してメッセージの受信を知らせた。ユヴァル・ガーションからだった。「それほど遠くではない」

ガブリエルはヴェロニカのバッグを拾いあげ、ふたたび車に乗りこんだ。

「どっちへ？」メッツラーが訊いた。

ガブリエルは右を示した。メッツラーは大通りに出てアクセルを踏みこんだ。

「彼女とドナーティの噂は本当なのか？」メッツラーが訊いた。

「古い友達だ。それだけのことさ」

「聖職者がヴェロニカ・マルケーゼのような容貌の友達を持つことは許されない。災厄のもとだ」

「グラフ神父も災厄だ」

「やつが彼女を殺すと本気で思っているのか？」

「いや」ガブリエルは言った。「その前にわたしがやつを殺してやる」

52

聖マルタ館

聖マルタ館の南側の壁とカーキ色をしたヴァチカンの城壁のあいだに三角形の敷地があり、そこに聖マルタ礼拝堂が建っている。明るくて、現代的で、どちらかというと平凡だ。よく磨かれた床を見るたびに、ドナーティはバックギャモンのボードを連想する。礼拝堂にこれほどの大人数が詰めかけたのを見るのは初めてだった。確認する術《すべ》はないが、百十六人の有権枢機卿の全員が集まっているようだ。ニス仕上げの木製の椅子はすべて埋まり、遅れてやってきたカメルレンゴ枢機卿を含む高位聖職者何人かは、飛行機が予約できなかった乗客のようにうしろに立つしかなかった。

説教壇のところにフランコーナ首席枢機卿が立っていた。一枚の紙を手にして連絡事項を読みあげていた——食事や清掃に関する事柄、警備関連の事柄、聖マルタ館とシスティーナ礼拝堂を往復するシャトルバスの運行予定。マイクのスイッチは切ってあった。フランコーナの声は細く、両手は震えていた。ドナーティの手も震えていた。

〝彼女を殺す。ゆっくりとな、大司教。なぶり殺しにしてやる〟

本気か？　それとも、はったりか？　まだ生きているのか？　殺されてしまったのか？　この毒蛇の巣に足を踏み入れ、彼女を運命の手に委ねることにしたのは、わが人生最大のミスだったのか？　それとも、もっと昔、彼女と結婚するかわりに教会に戻ったのがそそものミスだったのか？　まだ手遅れではない。沈みかけているこの船を捨てて彼女と逃げだすための時間は残っている。もちろん、スキャンダルになるだろう。わたしの名前に泥を塗ることになる。二人でどこかにひきこもって暮らすしかない。カリブ海の島あたりで。もしくは、ペルージャに近い丘陵地帯の小さなヴィラで。シューベルトのソナタ、絨毯《じゅうたん》も敷いていないタイルの床に散らばった何冊かのペーパーバック、古びたジョージタウン大学のスウェットシャツ一枚だけを着たヴェロニカ。至福に満ちた数カ月のあいだ、ヴェロニカは彼一人のものだった。

フランコーナの声がドナーティを過去から現在にひきもどした。コンクラーベ開始の前夜にドナーティがなぜ聖マルタ館に来ているのかを、フランコーナはまだ説明していない。だが、フランコーナの話に耳を傾ける者たちがそのことしか考えていないのは明らかだった。このうち四十二人が票とひきかえに修道会の金を受けとっている。それは聖ペテロの鍵を次の教皇に渡すための聖なる儀式コンクラーベに対する犯罪だ。少なくとも、その犯罪はいまも進行中だ。

〝ゆっくりとな、大司教。なぶり殺しにしてやる〟

全員が腐敗しきっているわけではない――ドナーティは思った。それどころか、祈りと瞑想を大切にする善良な人格者がたくさんいる。ローマ・カトリック教会を未来へ導く力を充分に備えた者たちが。本命と言われているナバロ枢機卿なら立派な教皇になるだろう。ゴベールも、あるいは、マニラの大司教ドゥアルテも。もっとも、教会のほうはまだアジア人教皇を受け入れる気になっていない。

しかしながら、アメリカ人教皇なら受け入れるはずだ。選ぶとしたら、ロサンゼルスのケヴィン・ブレイディあたりだろう。若い部類に入り、テレビ映りがよく、アイルランド系のおしゃべりの才能に恵まれているおかげでスペイン語も流暢だ。聖職者二人と過ちを犯したことはあるが、大多数の者に比べれば比較的浅い傷でスキャンダルを乗り切った。ドナーティとしては、ここで手の内を明かすことだけは避けねばならない。死の接吻《せっぷん》になりかねない。それはフランツ・フォン・エメリヒ枢機卿のためにとっておくつもりだった。

フランコーナは手にした紙をコンクラーベの投票用紙のように半分に折りたたみ、さらに半分にたたんだ。ドナーティはここに集まった男たちに何を言えばいいのか、まだ決めていないことに気づいた。たしかに、説教は彼の得意とするところではない。彼は言葉よりも行動の男、路上や貧民街の聖職者、宣教師なのだ。

〝弱き者を守る戦士……〟

フランコーナがわざとらしく咳払いをした。「さて、最後の案件に移ります。ドナーティ大司教から、きわめて緊急を要する問題についてみなさんの前で話をする許可を求められました。慎重に考慮したのちに、わたしはそれを了承し——」

大声で反論したのはドメニコ・アルバネーゼだった。「フランコーナ首席枢機卿、きわめて異例のことです。わたしはカメルレンゴとして反対せざるをえません」

「ドナーティ大司教に話をしてもらうかどうかを決める権限はわたしにあります。ただ、そうは言っても、ここにお残りになる義務はありません。出ていきたいとおっしゃるなら、いますぐどうぞ。これはほかの方々についても言えることです」

出ていく者は一人もいなかった。アルバネーゼも含めて。「これはコンクラーベに対する外部の干渉に当たるのではありませんか、フランコーナ首席枢機卿？」

「コンクラーベが始まるのは明日の午後です。干渉に関しては、わたしよりあなたのほうがよくご存じと思いますが」

アルバネーゼは憤慨したが、あとはもう何も言わなかった。フランコーナは説教壇から退き、そこに立つようドナーティにうなずきかけた。ドナーティはかわりに最前列の椅子のほうへゆっくり歩いて、ケヴィン・ブレイディの真ん前に立った。

「こんばんは、わがキリストの兄弟たち」

挨拶を返した者は一人もいなかった。

53

ボルゲーゼ公園

ルイジ・ドナーティが聖職者の世界に戻ったあとの暗く孤独な何カ月かのあいだ、ヴェロニカ・マルケーゼはしばしば、黒一色に身を包んだハンサムな若い男たちの夢を見たものだった。ときには愛を交わす夢もあったが、それもやはり、ヴェロニカの肉体と感情にとっては大きな苦しみだった。しかし、彼女に銃を突きつけてボルゲーゼ公園を歩かせた男はこれまで一人もいなかった。マルクス・グラフ神父は予想を超える人物だった。

煙草が吸いたくてたまらなくなった。煙草は博物館の駐車場で落としたバッグのなかだ。電話、財布、ノートパソコン、現代社会で生き延びるために必要なその他すべての品と一緒に。でも、関係ないわ。もうじき死ぬんだから。ボルゲーゼ公園なら、死に場所としてまだましなほうだ。ただ、横を歩いている聖職者がルイジ・ドナーティだったらいいのに、聖職者の衣装をまとった聖ヘレナ修道会のネオナチでなければいいのに、と思うだけだった。

とはいえ、グラフ神父はすばらしくハンサムだ。それだけは認めよう。聖ヘレナ修道会の聖職者の大半がそうだ。十三歳か十四歳の少年だったころの彼がどんな感じだったかも想像がつく。噂によると、リヒター司教は見習い修道士たちを自分の部屋に呼んで個人的な指示を与えていたとか。どういうわけか、それが外に漏れることはなかった。ローマ・カトリック教会の基準からいっても、聖ヘレナ修道会は秘密厳守が徹底している。

ヴェロニカは暗いなかを歩きつづけた。土埃のひどい小道を縁どるカサマツが冷たい夜風に揺れていた。公園は日没時に閉園となる。人の姿はどこにもなかった。

「もしかして、煙草持ってない？」

「禁じられている」

「じゃ、教皇宮殿でスイス衛兵たちとセックスするのはどうなの？　それも禁じられてるの？」ヴェロニカは肩越しにちらっと神父を見た。「あなた、口の軽い人だったのね、グラフ神父。わたし、あなたとヤンソンのことを大司教に話したのよ。信じてもらえなかったけど」

「大司教もあなたの言葉に耳を傾けたほうが賢明だっただろう」

「どうやって殺したの？」

「フィレンツェの橋の上で弾丸を撃ちこんだ。三発。一発は父のため、一発は子のため、そして、最後の一発は聖霊のため。あなたの愛人がすべてを見ていた。アロンとその妻もそばにいた。妻はあなたよりさらに美人だ」

「わたしが訊いたのは教皇さまのことなんだけど」

「教皇は心臓発作で亡くなった。個人秘書が愛人とベッドにいたときに」

「わたしたちはそういう関係じゃないわ」

「二人でどんなふうに夜を過ごすんだ？　聖書を読むとか？　それとも、聖書は大司教をめいっぱい喜ばせたあとかね？」

叙階された聖職者の口からこんな言葉を聞いたことが、ヴェロニカには信じられなかった。お返しをしようと決めた。

「じゃ、あなたはどんなふうに夜を過ごすの、グラフ神父さま？　いまも呼びだされることがあるの？　それとも、あちらの現在のお気に入りは――」

なんの前触れもなく、いきなり後頭部を殴られた。しかも拳銃のグリップで。激痛が走った。視界がかすんだ。ヴェロニカは指先で頭皮を探った。生温かく濡《ぬ》れていた。

「痛いところを突かれたようね」

「好きなだけしゃべってろ。おまえを殺すのがそれだけ楽になる」

「神さまがいるのなら、聖ヘレナ修道会のメンバーだけを殺す疫病を世界に解き放ってくださるでしょうね」

「おまえの夫もわれわれの仲間だった。知っていたか？」

「いいえ。でも、驚きはしないわ。カルロには昔からファシスト的なところがあったから。いま考えてみれば、彼の性格のなかでは、それがいちばん可愛げのある部分だったわね」

二人はすでにシエナ広場まで来ていた。造られたのは十八世紀の終わりで、ボルゲーゼ一族の出身地にちなんでこう呼ばれるようになった。ヴェロニカはごく稀《まれ》に運動しようという気になったときなど、楕円形《だえんけい》の広場を一周か二周ジョギングしたりするが、やがて我に返って煙草に火をつけることになる。大半のイタリア人と同じく、彼女も定期的に身体を動かすのが健康のためになるなどとは思っていない。日々の運動といえば、カプチーノとコルネットで休憩するために〈カフェ・ドニィ〉までゆっくり歩く程度だ。

グラフ神父が銃口でヴェロニカを小突いて、広場の中心部のほうへ歩かせた。広場を縁どる糸杉が黒いシルエットとなっていた。星々がきらめいていた。そうね――ヴェロニカはふたたび思った。ボルゲーゼ公園のシエナ広場なら、死に場所としてまだましなほうだ。ルイジがそばにいてくれればいいのに。それなら……。

グラフ神父の電話が鉄製の鐘のような響きを立てた。メッセージを読む神父の顔を画面の光が照らしだした。

「刑の執行を延期してもらえるのかしら」

グラフ神父は無言で電話を上着のポケットに入れた。

ヴェロニカは天のほうへ視線を上げた。「幻が見えたような気がする」

「どんな？」

「白に身を包んだ男性」

「何者だ？」

「あなたの教会を救うために神がお選びになった男性よ」

「おまえの教会でもある」

「もう違うわ」

「最後に告解をおこなったのはいつだ？」

「あなたが生まれる前」

「だったら、自分の罪を告白するがいい」

「どうして？」

「わたしがおまえを殺す前に罪の赦しを与えられるように」

「もっといい考えがあるわ、グラフ神父さま」

「なんだ？」

「ご自分の罪を告白なさい」

54

聖マルタ館

ドナーティは以前、ピエトロ・ルッケージから、人前でのスピーチについて貴重なアドバイスを受けたことがある。迷ったときはまず、イエスの言葉を引用するように――ルッケージはそう言った。ドナーティが選んだのは『マタイによる福音書』の十九章二十四節だった。〝重ねて言うが、金持ちが神の国に入るよりも、らくだが針の穴を通るほうがまだ易しい〟。この言葉がドナーティの口から出るか出ないかのうちに、またしてもドメニコ・アルバネーゼが文句をつけた。

「われらはみな福音書に慣れ親しんでいる。本題に入っていただきましょうか」

「イエスが今夜われわれのなかにおられたら、どうお思いになるか――わたしはそれが気がかりなのです」

「われわれのなかにだと！」こう叫んだのはパレルモからやってきたタルディーニだった。現在七十九歳、伝統を重んじる古代の遺物のような人物で、ヨハネ・パウロ二世の時代に枢機卿に任命された。コンクラーベの票とひきかえに、聖ヘレナ修道会から百万ユーロを受けとっている。金はヴァチカン銀行の彼の口座に入っている。「だが、教えてほしい、ドナーティ大司教。イエスがどうお思いになるというのだ?」

「このような教会はお認めにならないはずです。教皇宮殿の豪華さと、宮殿の壁にかかった値踏みできないほど貴重な絵画を見て、愕然となさることでしょう。テーブルをひとつかふたつ、ひっくりかえしてやろうとお思いになるに違いありません」

「きみ自身、つい最近まで教皇宮殿に住んでいたではないか。きみが仕えていた教皇も」

「それが慣習だったからです。しかし、教皇さまもわたしもきわめて質素に暮らしておりました」ドナーティはナバロ枢機卿を見た。「同意してくださいますね?」

「するとも」

「では、あなたはどうです、ゴベール枢機卿?」

前国務省長官のゴベールは外交手腕に長けた人物なので、一度だけうなずいたが、意見は述べなかった。

「では、あなたは?」ドナーティはアルバネーゼに尋ねた。「教皇宮殿におけるパウロ七世の暮らしぶりを、あなたはどのように描写されますか?」

「質素だった。つつましかったと言ってもいい」

「もちろん、それはご存じですよね。なんといっても、パウロ七世が亡くなられた夜に教皇さまを訪ねた最後の人物はあなただったのだから」

「そうだ」アルバネーゼはこの場にふさわしい厳粛な面持ちで答えた。

「あの夜、あなたは二回、教皇さまを訪ねておられる。違いますか？」

「一度だけだ」

「間違いありませんね、アルバネーゼ枢機卿？」

ざわめきがあがったが、すぐさま消えた。

「簡単に忘れられるようなことではない」アルバネーゼは落ち着き払って答えた。

「なぜなら、ご遺体を発見したのはあなたですから」ドナーティはここで間を置いた。

「教皇さまの書斎で」

「チャペルだ」

「あ、そうそう。ついうっかりしておりました」

「無理もない。あの夜、きみはあそこにいなかった。昔の友人と食事をしていた。わたしの記憶違いでなければ、女性と。きみの顔をつぶしてはいけないと思って、広報局で出す声明からその点を省いた。たぶん、それが間違いだったのだろう」

不意に、マニラ大司教のドゥアルテがうんざりした表情で立ちあがった。リオ・デ・ジャネイロから来たロペスも同様だった。二人はそれぞれの母国語でフランコーナに向かって同時にまくしたて、血みどろのやりとりにピリオドを打つよう求めた。フランコーナは決断しかねて立ちすくんでいる様子だった。

ドナーティは全員に聞こえるように声を張りあげた。「パウロ七世が亡くなられた夜、わたしがどこにいたかをアルバネーゼ枢機卿が公にされた以上、わたしにもその件についてお話しする義務があると思います。たしかに友人と食事をしておりました。友人の名前はヴェロニカ・マルケーゼ。わたしが自分の信仰と葛藤し、聖職を離れようとしていたときに巡り会った女性です。だが、ピエトロ・ルッケージとの出会いをきっかけに彼女をあきらめ、教会に戻ることにしたのです。いまではいい友達です。それ以上の仲ではありません」

「あの女性はカルロ・マルケーゼの未亡人だ」アルバネーゼが言った。「そして、きみはローマ・カトリック教会の聖職者だぞ」

「わたしの良心は澄みきっています、アルバネーゼ枢機卿。あなたはどうです？」

アルバネーゼはフランコーナに訴えた。「聞きましたか？　いまの言葉を」

フランコーナはドナーティを見た。「続けてください、大司教。残り時間が少なくなっています」

「神に感謝だ」タルディーニがぼやいた。

ドナーティは腕時計をじっと見た。ヴェロニカからプレゼントされたもので、彼の所持品のなかで唯一の高価な品だ。「先日知ったところによりますと」しばらくしてから、ドナーティは言った。「このなかの何人かが聖ヘレナ修道会の秘密のメンバーのようです」

ブエノスアイレスのエステバン・ベラスケスに目を向け、流暢なスペイン語で尋ねた。

「そうではありませんか、猊下?」

「わたしが知るわけはない」ベラスケスもスペイン語で答えた。

ドナーティはメキシコシティの大司教のほうを向いた。「どう思われます、モントーヤ?今夜、修道会の秘密メンバーがここに何人ぐらい来ているでしょう? 十人? 十二人?」ドナーティは言葉を切った。「それとも、十八人?」

「わたしなら、全員だと言うだろう」またしてもアルバネーゼが口をはさんだ。「もちろん、ブレイディ枢機卿は例外だが」神経質な笑いのさざ波を心地よさそうに聞いた。「聖ヘレナ修道会に入ることは罪ではありませんぞ、ドナーティ大司教」

「しかし、コンクラーベの票とひきかえに――例えば――金などを受けとるのは罪になると言えましょう」

「由々しき罪だ」アルバネーゼも同意した。「ゆえに、そのような非難を浴びせる前に、きわめて慎重に調べる必要がある。また、そうしたケースを立証するのは不可能に近いことを心に留めておかねばならない」

「犯罪の証拠が歴然としていれば、不可能ではありません。慎重さについては、時間がないので無理です。ですから、残された最後の時間を使って、これまでにわかったことと、こちらの要求が受け入れられなかった場合にわたしがどうするつもりかを、みなさんに申しあげておきましょう」

「要求?」タルディーニは信じられないという口調だった。「要求などと、何さまのつもりだ?　きみが仕えていた教皇は亡くなったのだぞ。きみはもう何者でもない」

「わたしはあなたの将来をこの手に握っている者です」ドナーティは言った。「あなたがいくら受けとったのかも、いつ受けとったのかも、その金がどこにあるのかも知っています」

タルディーニはよろよろと立ちあがった。顔色が枢機卿の帽子と同じになっていた。

「もう我慢がならん!」

「でしたら、健康を害する前におすわりください。そして、わたしの話を最後まで聞いてください」

タルディーニはしばらく立ったままだったが、やがて、ナポリのコロンボ大司教に支えられて危なっかしく椅子に腰を下ろした。

「われらの教会は、何世紀にもわたって」ドナーティは言った。「どちらを向いても敵と脅威に囲まれていました。科学、世俗主義、人文主義、多元論、相対主義、社会主義、アメリカ中心主義」ドナーティはここでひと息入れ、それから静かに続けた。「ユダヤ人。しかし、みなさん、敵はもっと身近にいるのです。今夜、その人物はまさにこの礼拝堂にいます。そして、みなさんが明日の午後に最初の投票をおこなうときも、その人物はシスティーナ礼拝堂にいるでしょう。このなかの四十二人が誘惑に屈して、票とひきかえに金を受けとりました。そのうち十二人は腐りきっていて、その金を図々《ずうずう》しくもヴァチカン銀行の口座に入れています」ドナーティはタルディーニに笑顔を向けた。「そうじゃありませんか、猊下？」

タルディーニを庇《かば》うという失態をしでかしたのはコロンボだった。「その誹謗《ひぼう》中傷をいますぐ撤回するよう要求する！」

「わたしがあなただったら、慎重に行動するでしょう。あなたも金を受けとっている。もっとも、あなたへの支払いは狡猾《こうかつ》なタルディーニ老が受けとった額に比べるとずいぶん少ないようですが」

アルバネーゼが中央の通路を歩いてきた。「で、きみはどうなんだ、ドナーティ大司教。いくら受けとった？」

「二百万ユーロ」ドナーティは地獄のような騒ぎが静まるまで待ち、それから話を続けた。「不審にお思いの方がおられるといけないので申しあげておきますが、わたしは聖ヘレナ修道会のメンバーではありません。それどころか、エルサルバドルのモラサン県で宣教師をしていたころは、修道会と対立する立場にありました。修道会は軍事政権と〝死の部隊〟の側に立ち、わたしは弾圧された貧しき人々のために働いていたのです。また、わたしは選挙権を持つ枢機卿ではありません。ですから、わたしの口座に入った金に説明をつけるとしたら、わたしの評判を落とそうとする無意味な企みだったと言うしかないでしょう」

「自分で自分の評判を落としたくせに」アルバネーゼが言った。「あの娼婦《しょうふ》のベッドにもぐりこんだときに！」

「さっきから鳴りつづけているのはあなたの電話ではありませんか、アルバネーゼ枢機卿？　出たほうがいいですよ。この礼拝堂で何が起きているかをリヒター司教が知りたくてうずうずしているに違いない」

アルバネーゼは大声で否定したが、その声は礼拝堂の喧騒《けんそう》にかき消されてしまった。いまや枢機卿の大半が立ちあがっていた。ドナーティは騒ぎを静めようと片手を上げたが、効果はなかった。全員の耳に届くように大声でどなるしかなかった。

「その金で何人の貧しい人々に衣服と食べものを配ることができるか考えていただきたい。あるいは、何人の子供にワクチン接種ができるか。あるいは、学校をいくつ建てられるか。いや、それだけの大金があれば、わたしが滞在していた村の人々全員を一年間養うことだってできるでしょう」

「だったら、その金をばらまくがいい」アルバネーゼが言った。

「ええ、そのつもりです。すべてを」ドナーティは怒りで震えているタルディーニを見た。

「あなたはどうです？　同じことをしてくれますか？」

　タルディーニはシチリアの血の復讐《ふくしゅう》を誓った。

「では、あなたは、コロンボ？　貧しき人々と病める人々を救うための募金活動に、あなたも参加してくれませんか？　ご参加を期待しています。じつのところ、今年はカトリック教会の慈善活動の当たり年になりそうな気がします。修道会から受けとった金を全員が寄付してくださるでしょうから。最後の一ペニーに至るまで。拒絶なさるなら、わたしが一人ずつ破滅させるまでです」ドナーティの視線がアルバネーゼに冷たく据えられた。

「ゆっくりと。なぶり殺しにしていきます」

「わたしは金など受けとっていない」

「だが、あの夜、あなたはあそこにいた。教皇さまの遺体を見つけたのはあなただった」

ドナーティはいったん言葉を切った。「書斎で」

　ドゥアルテ枢機卿はいまにも泣きだしそうな顔だった。「ドナーティ大司教、何を言っているのだ？」

　礼拝堂に静寂が広がった。ドナーティは思った――サン・ピエトロ大聖堂の祭壇の地下にある墓所の静寂に似ている。ピエトロ・ルッケージの遺体は三重の棺に納められてそこに安置されている。右の太腿に注射針の小さな跡を残して。

「わたしが言いたいのは、わが主《あるじ》であったパウロ七世がわれわれのもとから連れ去られたのが早過ぎたということです。なすべき仕事がまだまだ残っていました。完璧な人間にはほど遠かったものの、パウロ七世は祈りと信仰を大切にする善良な人格者であり、牧者であり、教会を導いて激動の時代を乗り切るべく最善を尽くした人でした。あなたがたがコンクラーベに入ったとき、パウロ七世のような人を、つまり、先進諸国と発展途上諸国のカトリック教徒に刺激を与え、教会を過去へひきもどすのではなく未来へ導くことのできる人物を選ぼうとしないのなら……」ドナーティは声を低くした。「わたしがこの神殿を打ちこわします。それが終わったとき、ひとつの石もここで崩されずに他の石の上に残ることはありません」

「われわれのあいだに悪魔がいる」タルディーニが激高した。

「反論はしません、猊下。しかし、悪魔に通じる扉を開いたのはあなたと修道会のお仲間です」

「信仰を打ちこわすと脅しているのはきみではないか」

「信仰ではありません、猊下。打ちこわすのは教会だけです。聖ヘレナ修道会の汚らしい手に教会を委ねるぐらいなら、瓦礫となるのを見るほうがまだましです」

「では、そのあとは？」タルディーニが尋ねた。「われらの教会が破壊されたあと、われわれにどうしろというのだ？」

「最初からやりなおすのです、猊下。個人の家に集まり、パンとワインという質素な食事を分けあう。聖書の詩編《しへん》を暗唱し、イエスの教えと死と復活の話をする。新しい教会を建設する。主イエスに認めてもらえる教会を」ドナーティはフランコーナ枢機卿を見た。

「ありがとうございました、首席枢機卿。心ゆくまで話をさせてもらいました」

55

ボルゲーゼ公園

公園に通じる道路の突き当たりに置かれた柵の前に、ヴェロニカの車が乱暴に止めてあった。助手席のドアがわずかにあいている。車の床に鍵束が落ちていた。ガブリエルはそれをポケットに入れ、ベレッタをとりだした。

「ほかに方法はないのか？」メッツラーが訊いた。

「どんな方法を考えている？　紳士らしく交渉するとか？」

「向こうは聖職者だぞ」

「教皇を殺したやつだ。わたしがきみの立場だったら――」

「わたしはあなたとは違う、アロン。グラフ神父の審判は神に委ねるつもりだ」

「わたしの神でもある。だが、その議論はまたにしよう」ガブリエルは彼の電話に視線を落とした。グラフ神父の電話の位置は二百メートルほど東だ。シエナ広場の中央あたり。

「車のそばにいてくれ。すぐ戻ってくる」

ガブリエルは木々の陰に身を隠して歩きはじめた。何歩か行くと、チューダー様式のグローブ座のファサードが見えてきた。ロンドンにあった伝説の劇場を復元したものだ。高い人気を誇るシェイクスピア作品の多くが、かつてその劇場で初演を迎えたという。こちらのグローブ座は高くそびえるカサマツの木立に囲まれているため、なんとも場違いな感じで、まるでネゲヴ砂漠にイヌイットのイグルーを持ってきたかのようだ。

劇場のすぐ横にあるのがシエナ広場。ガブリエルは記憶だけで絵が描けるぐらい、この広場のことをよく知っているが、いまはあたりが真っ暗なため、何ひとつ見分けられない。このどこかに二人の人間がいる――聖職者に絶望的な恋をした女と、ローマ教皇を殺害した神父が。しかも、ガブリエル自身はヨーナス・ヴォルフがオーバーザルツベルクに造ったヒトラーふうの恐怖の館を出てから、まだ五時間にもならない。わたしだってスーパーマンじゃないんだ――ガブリエルは自分に言い聞かせた。

不意に、楕円形のトラックのことを思いだした。広場の中央まで行くにはそこを横切らなくてはならない。ガブリエルのような体格の敏捷《びんしょう》な男ですら、音を立てずに砂利敷きのトラックを歩くのが無理なことは、やってみるまでもなく明らかだ。グラフ神父がヴェロニカを連れてきた理由もそこにあるのだろう。結局、紳士的な交渉が必要になるかもしれない。連絡をとるのはむずかしいことではない。グラフ神父の電話番号はわかっている。

ガブリエルのソラリスに入っているインスタント・メッセージ・アプリを使えば、匿名でメッセージを送ることができる。画面を慎重に手で覆って、〝カンポ・デ・フィオーリ広場の〈ラ・カルボナーラ〉でディナーはどうか〟という短いメッセージを、くだけた感じのイタリア語で打ちこんだ。次に〝送信〟のアイコンをタップした。数秒後、広場の真ん中にマッチの炎のような光が見えた。驚くほどの明るさのおかげで、二人がいる方角と位置関係をつかむことができた。グラフ神父は左手に電話を持っている。ガブリエルに近いほうの手だ。神父はヴェロニカと向かいあっている。磁石の針のごとく真北を向いている。

ガブリエルはアスファルトの小道を通って反対方向へ移動した。次に、カサマツの木立を抜けて忍び足で東へ向かい、ヴェロニカとグラフ神父のすぐ近くまで行った。

神父に宛てて匿名で新たなメッセージを送った。

〝ハロ〜〜〜〟

広場の中央がふたたび明るく光った。ガブリエルの位置だけが変わっていた。いまはグラフ神父の背後に立っていた。二人を隔てているのは三十メートルの草むらと、土と砂利でできた楕円形のトラックだけだ。草むらは家猫のごとく忍び足で横切ることができた。だが、トラックは罠《わな》のようなものだ。幅がありすぎて、オリンピック級のアスリートでないかぎり、ひとっ跳びで越えるのは不可能だ。ガブリエルにはとうていできない。どんどん年をとっているし、最近、腰椎骨の二カ所にひびが入ったりした。

とはいえ、射撃の腕はいまも超一流だ。ベレッタ九二FSを手にすればとくに。あとはもう一度メッセージを送信して、ターゲットを明るく照らしだせばいい。そうすれば、教皇を殺害したマルクス・グラフ神父はこの世からいなくなる。たぶん、天上の法廷にひきだされて刑の宣告を受けるだろう。グラフ神父が被告席に立つ番になったとき、神が不機嫌であるようガブリエルは願った。

〝いまどこだ？〟という短いメッセージを打ちこんで送信した。今回は、風向きのせいかもしれないが、グラフ神父の電話から鐘のような音が聞こえた。数秒後、まばゆい光が広場中央の人影を照らしだした。まずいことに、二人の位置が変わっていた。いまは二人とも北を向いている。ヴェロニカは地面に膝を突いている。グラフ神父が彼女の後頭部を拳銃で狙っている。

ガブリエルの足の下で砂利が音を立てた瞬間、神父がふりむいた。たちまち、広場中央で光が炸裂《さくれつ》した。銃口が火を噴いたのだ。ガブリエルの左肩から数センチのところの空気を灼熱《しゃくねつ》の弾丸が切り裂いた。それでも、ガブリエルはベレッタを握った手をまっすぐ伸ばし、ターゲットに向かって突進した。シエナ広場なら死に場所としてまだましなほうだと思った。あとは、自分が天上の被告席に立つ番になったとき、神が上機嫌でいてくれることを願うのみだ。

ドナーティは聖マルタ館を出るまで待ってから電話の電源を入れた。枢機卿たちに向かって話をしていたあいだ、電話もメッセージもいっさい入っていなかった。ヴェロニカの番号に電話してみた。応答はなかった。ガブリエルの番号をタップしかけたが、手を止めた。いまはやめておこう。

聖マルタ館の入口に立つスイス衛兵が二人、ドナーティがあとに残してきた大混乱に気づきもせず、夜の闇に空虚な視線を向けていた。ああ、わたしはなんてことをしたんだ？マッチをすってしまった。炎に包まれたコンクラーベの進行役はフランコーナが務めてくれる。そこからどんな教皇が生まれるかは、天だけが知っている。いまのドナーティには、結果にこだわる気はなかった。次期教皇がハンス・リヒター司教の操り人形でさえなければいい。

サン・ピエトロ大聖堂の南側のファサードがまばゆくライトアップされていた。側面のドアのひとつが細くあいているのに気づいた。そこから大聖堂に入って左側の翼廊を通り抜け、ベルニーニが設計した高くそびえるバルダッキーノのところまで行って、冷たい大理石の床にひざまずいた。この下の地下墓所に彼の主人が眠っている。右の太腿に注射針の小さな跡を残して。ドナーティは目を閉じ、もう何年も感じたことのなかった熱情をこめて祈った。

殺してやる、と思った。ゆっくりと、なぶり殺しにしてやる。

　夜がガブリエルの味方となり、彼の姿をすっかり隠してくれた。ところが、グラフ神父のほうは、やみくもに引金をひくたびに自分の位置をさらけだしていた。ガブリエルは危険を回避しようとはせず、突進する方向を変えることもなかった。かわりに、全速力でターゲットに向かって直進した。一九七二年の秋にシャムロンから叩きこまれたとおりのやり方で。

〝十一発。ミュンヘンで殺されたイスラエル人一人につき一発ずつ……〟

　グラフ神父が何発撃ったのか、ガブリエルにはわからなかった。神父自身もきっとわかっていないだろう。ベレッタには九ミリの弾丸が十五発装塡《そうてん》されている。だが、必要なのは一発だけだ。誤ってヴェロニカを撃つ心配はないと確信できたら、その一発を神父の眉間に撃ちこむつもりだった。ヴェロニカはいまも膝を突いたまま、両手で耳をふさいでいる。彼女の口が開いていたが、ガブリエルの耳には銃声以外に何も聞こえなかった。広場の音響のいたずらにより、四方八方から銃声が聞こえてくるような気がする。

　グラフ神父まであと二十メートルとなった。ここまで近づけば、銃口の閃光に頼らなくても相手の姿がはっきり見える。つまり、グラフからもガブリエルの姿が見えるわけだ。これ以上待つことも、これ以上近づくこともできない。警官ならここでいったん足を止め、軽く身体をひねって、標的にされる面積を減らすだろう。だが、偉大なるアリ・シャムロンに訓練された〈オフィス〉の暗殺者は違う。弾丸をターゲットに叩きつけようとするかのように、ガブリエルは容赦なく進みつづけた。

ついに腕を伸ばし、グラフ神父の顔にベレッタの狙いを定めた。ところが、ガブリエルが引金にかけた指に力をこめる直前に、グラフの顔の一部が吹き飛んだ。次の瞬間、グラフ神父が視界から消え去った。まるで彼の足元の地面が口をあけたかのように。

弾丸がどちらの方向から飛んできたのかわからず、ガブリエルはよろめきながら立ち止まった。しばらくすると、伸ばした手にシグ・ザウアーP二二六を握って、闇のなかからアロイス・メッツラーが現れた。

メッツラーは拳銃を下ろしてヴェロニカを見た。「警察が来る前に彼女をここから連れだしたほうがいい。あとはわたしが処理しておく」

「すでに処理してくれたじゃないか」

メッツラーは息絶えた神父をじっと見た。「心配するな、アロン。こいつの血の責任はわたしにある」

56

グレゴリアーナ通り、ローマ

翌日の午前十時十五分、ガブリエルは窓の下の通りから聞こえてくる口論の声に起こされた。一瞬、通りの名前も、自分がいまどこにいるのかも思いだせなかった。どんな事情でこの寝場所に、つまり、窮屈でひどく寝心地の悪いカウチにたどり着いたのか、まったく覚えていなかった。

不意に鮮明な記憶がよみがえった――このカウチは、スペイン階段をのぼってすぐのところにある〈オフィス〉の古い隠れ家のリビングに置いてあるものだ。ヴェロニカ・マルケーゼがカウチで寝ると言ったのだが、ガブリエルは愚かな騎士道精神を発揮して、寝室で寝るよう彼女に強く勧めた。二人でトスカーナの赤ワインを飲みながら午前二時過ぎまで起きていたため、ガブリエルは鈍い頭痛を抱えていた。背中の下のほうの痛みとなかなかいいコンビだ。

カウチのそばの床に服が落ちていた。それを着てキッチンへ行き、ペットボトルの水を電気ケトルに注いだ。コーヒーの粉をスプーンですくってフレンチプレスに入れてから、バスルームに入って鏡で自分の顔を見た。この顔が絵画なら、ダメージを消し去ることができるのだが。現実には、キアラが到着する前にわずかな修復をするだけで精一杯だ。ガブリエルの提案で、コンクラーベの開始に合わせてキアラと子供たちがローマに来ることになっている。オープニング・セレモニーのテレビ中継をイエズス会本部で見るよう、ドナーティが勧めてくれた。ヴェロニカも誘ってあるそうだ。興味深い午後になるだろう。

フレンチプレスに湯を注いで、コーヒーができるのを待つあいだに、電話でイタリアの新聞を読んだ。ドイツで起きた衝撃的な事件に、ローマとミラノの新聞社はほとんど興味がなかったようだ。コンクラーベの話題一色だった。ヴァチカン担当の記者たちは、よほどのことがないかぎりはナバロが最有力候補だといまも確信している。記者の一人は、ピエトロ・ルッケージを最後として、イタリア出身の教皇は今後出なくなるだろうと予言した。反動的なカトリック修道会のメンバーだった聖職者が亡くなったことや、ボルゲーゼ公園で銃撃事件が発生し、イタリア屈指の博物館の館長が事件に巻きこまれたことを報じる記事は、どの新聞にも出ていなかった。アロイス・メッツラーがうまく抑えこんでくれたようだ。少なくともいまのところは。

ガブリエルはコーヒーを持ってリビングへ行き、テレビをつけた。聖職者と平信徒を合わせて一万五千人のカトリック信者が〝教皇選挙のためのミサ〟を捧げるためにサン・ピエトロ大聖堂に集まっていた。さらに二十万人が外の広場で特大スクリーンを見つめている。司式者はアンジェロ・フランコーナ首席枢機卿。彼の前に半円形に並べられた四列の椅子には、高齢のため数時間後に迫ったコンクラーベに参加できない枢機卿たちも含めて、枢機卿団の全員が着席している。そのすぐうしろにドナーティがすわっている。聖歌隊の衣装をまとった姿は、どこから見てもローマ・カトリック教会の高位聖職者そのものだ。表情は重々しく、固い決意が感じられる。ガブリエルはその厳しい視線を受ける側には立ちたくないと思った。

「この人、何を考えてると思う?」

ガブリエルは顔を上げ、ヴェロニカ・マルケーゼに笑みを向けた。ヴェロニカはキアラの古いコットンのパジャマを着ている。片手をヒップに当て、反対の手で右耳をひっぱっていた。

「まだ何も聞こえないのよ」

「プロテクターなしで何発もの銃声にさらされたからな。数日かかるだろう」

彼女の片手が後頭部にあてがわれた。

「気分はどうかな?」

「カフェインを少しとればましになるかも」ヴェロニカは彼のコーヒーに物欲しそうな目を向けた。「わたしの分もある?」

ガブリエルはキッチンに入り、彼女のためにコーヒーを注いだ。ヴェロニカはひと口飲んで顔をしかめた。

「そんなにまずいか？」

「あとで〈カフェ・グレコ〉まで歩きましょう」ヴェロニカはテレビを見た。「ショーの上演方法をよく心得てる人たちね。不都合なことが起きてるなんて誰にもわからないわ」

「そのほうがいい」

「わたしはそこまで断言できない」

「シエナ広場でゆうべ何があったかを世界じゅうに知られてもいいのか？」

「新聞に何か出てた？」

「ひと言もなし」

「いつまで隠しおおせるかしら」

「次期教皇が誰になるかで変わるだろう」

テレビカメラがふたたびドナーティをとらえた。「魅惑のルイジ」ヴェロニカが言った。「彼、『ヴァニティ・フェア』のあの記事をすごくいやがってたけど、あれでローマ・カトリック教会のスターになったのよね」

「〈ピペルノ〉のウェイターたちをあなたに見せたかった」

「なんて幸せな人なの、ガブリエル。わたしも一度でいいから、爽やかなローマの午後に人前で彼とランチをとってみたい」ヴェロニカは横目でちらっとガブリエルを見た。「あの人、わたしの話をしたことはあった？」

「頻繁に」

「本当？　どんなふうに？」

「いい友達だと」

「で、それを信じてる？」

「いや。あなたは彼に熱烈な恋をしているに違いない」

「わたし、そんなにわかりやすいの？」ヴェロニカは悲しげに微笑した。「じゃ、ルイジはどう？　わたしのことをどう思ってるかしら」

「本人に訊いてもらわなくては」

「どんなふうに訊けばいいの？　あなたはいまもわたしに恋をしていますか、大司教さま？　誓願を捨てて、手遅れにならないうちにわたしと結婚してくれますか？」

「一度も訊いたことがないのかい？」

ヴェロニカはうなずいた。

「なぜ？」

「彼の返事を聞くのが怖かったから。ノーと言われたら、わたしの心臓ははりさけてしまう。そして、もしイエスと言われたら……」

「自分が世界一の悪人になったように感じる」

「とても洞察力のある人ね」

「恋愛がらみのことはだめだな」

「完璧な結婚をしてるじゃない」

「完璧な女性を妻にしたからだ。ふたつを混同しないでほしい」

「じゃ、もしあなたがわたしの立場だったら？」

「自分の気持ちをルイジに伝えるだろう。なるべく早く」

「いつ？」

「今日の午後あたりはどうかな？」

「イエズス会本部で？　あれぐらい居心地の悪い場所はないわよ。聖職者だらけ。しかも、全員にじろじろ眺められるに決まってる」

「いや、そんなことはないと思う」

ヴェロニカは考えるふりをした。「コンクラーベのパーティには何を着ていけばいいの？」

「白だな、きっと」

「ええ。あなたの言うとおりね」

ミサが終わると、有権枢機卿たちは列を作って大聖堂をあとにし、昼食をとるために聖マルタ館に戻った。アロイス・メッツラーが騒々しいロビーからガブリエルに電話してきて、次のように説明した――グラフ神父は現在、ローマのモルグで氷の上に横たわっている。コンクラーベの結果が出るまで、わたしが神父に付き添い、そののちに、ローマ郊外の丘で遺体が発見されることになる。明らかに自殺という状況で。ヴェロニカの名前がニュースに出ることはいっさいない。ガブリエルの名前も。

「なかなかのものだな、メッツラー」

「わたしはヴァチカンのために働くスイス市民だぞ。真実を隠すぐらい、目をつぶっていてもできる」

「リヒター司教から何か連絡は？」

「ゆうべ、プライベート・ジェットでローマを離れた。どうやら、スイスのツーク州にある修道会の修道院に逃げこんだようだ」

「聖マルタ館はどんな雰囲気だ？」

「これ以上死体を増やさずにコンクラーベを終わらせることができたら」電話を切る前にメッツラーは言った。「まさに奇跡と言えるだろう」

時刻はすでに十二時半近くになっていた。ヴェロニカの派手なコンバーティブルがアパートメントの外の通りに止めてあった。ガブリエルが彼女を車に乗せてヴェネト通りから脇に入ったところに建つ豪邸に送り届け、彼女がシャワーを浴びて着替えるあいだ階下で待った。ふたたび姿を見せたヴェロニカはエレガントなクリーム色のパンツスーツに着替え、金のブレードを編んだネックレスを着けていた。

「わたしが間違っていた」ガブリエルは言った。「イエズス会本部の連中は一人残らずあなたに見とれるに違いない」

ヴェロニカは微笑した。「手ぶらで行くのはまずいわね」

「ワインを持ってくるようルイジに頼まれた」

ヴェロニカはキッチンに姿を消し、よく冷えたピノ・グリージョを四本持って戻ってきた。テルミニ駅までは車で五分だ。二人が外の環状交差路で待っていると、キアラと子供たちが駅から出てきた。

「おっしゃるとおりだわ」ヴェロニカは言った。「あなたは完璧な女性を妻にしたのね」

「そう」ガブリエルはうなずいた。「わたしはじつに幸せ者だ」

57

イエズス会本部、ローマ

イエズス会本部のダイニングホールには薄型テレビが二台あり、部屋の両側に一台ずつ置いてあった。二台のテレビにはさまれて、黒いカソックや聖職者用スーツの聖職者が百人ほどと、教皇庁立グレゴリアン大学の学生の一団がすわっていた。招待を受けた部外者の一行――幼い子供二人、美しい女二人、そして、イスラエルの秘密諜報機関の長官――が入ってきた瞬間、男性的なバリトンの喧騒が一時的に静まった。

ドナーティは聖歌隊の衣装を脱いでヴァチカン版ビジネススーツに戻っていた。銀髪の男性と真剣な会話に没頭している様子で、あの人がイエズス会の総長だとヴェロニカが教えてくれた。

「〝黒い教皇〟よ」とつけくわえた。

「みんながドナーティをそう呼んでいたが」

「そんな呼び方をするのは彼の敵だけ。本物の黒い教皇はアギュラー神父よ。ベネズエラ出身の政治学者で、かなりの左翼。保守的なアメリカの雑誌のライターからマルクス主義者という レッテルを貼られたことがあったけど、アギュラー神父は褒め言葉として受けとったわ。熱烈なパレスチナ支持者でもあるし」

「あなたとドナーティのことをどの程度まで知ってるんだ?」

「ルイジがルッケージの個人秘書になったあと、わたしとの関係はルイジのファイルからすべて削除されたわ。イエズス会からすれば、そんな事実はなかったということなの」ヴェロニカはソフトドリンクや赤と白のワインのボトルが並んでいるテーブルのほうへうなずきを送った。「飲んでもかまわない? しらふじゃ乗り切れそうもないわ」

ガブリエルはヴェロニカが持参した四本のピノ・グリージョをテーブルのワインに加えた。それから、抜栓されたフラスカーティのボトルの生ぬるい白ワインを三つのグラスに注ぎ、いっぽう、キアラはとなりのビュッフェテーブルに並んだ保温容器から子供たちのためにパスタをとりわけていた。片方のテレビの近くに空いたテーブルが見つかった。有権枢機卿たちはすでに聖マルタ館を出て、パウロ礼拝堂に集まっている。コンクラーベを開始するためシスティーナ礼拝堂に入る前に、枢機卿たちが最後に立ち寄るのがこの礼拝堂だ。

ヴェロニカはためらいがちにワインをひと口飲んだ。「室温のフラスカーティ以上にまずいものがあって?」

「いくつか挙げられる」ガブリエルは答えた。

ドナーティと笑顔のアギュラー神父がテーブルのほうにやってきた。ガブリエルは立ちあがってイエズス会総長に握手の手を差しだし、次にキアラと子供たちを紹介した。「そして、こちらがわれわれの親しい友人、ヴェロニカ・マルケーゼです」いつもの彼には似合わない陽気な口調だった。「ドットーラ・マルケーゼは国立エトルスコ博物館の館長でもあります」

「お会いできて光栄です、ドットーラ」アギュラー神父はガブリエルに目を向けた。「わたしは中東の出来事を丹念に追っております。お帰りになる前に少しお話しできれば嬉しいのですが」

「承知しました、アギュラー神父さま」

アギュラー神父はテレビをじっと見た。「誰になるとお思いかな?」

「下馬評ではナバロだそうですが」

「このへんでそろそろスペイン語をしゃべる教皇が登場してもいいころだ。そうは思われませんか?」

「イエズス会士でないのが惜しまれます」

アギュラー神父は笑いながら立ち去った。

ドナーティがガブリエルとラファエルのあいだの椅子をひいて腰を下ろした。ヴェロニカのほうへは目を向けようとしない。小声でガブリエルに尋ねた。「彼女、どんな様子だ？」

「気丈に持ちこたえている」

「それにしても、あの姿にはうっとりさせられる」

「メッツラーがグラフ神父を殺した直後の彼女の姿を見せたかったな」

「メッツラーの隠蔽工作はみごとだった。さすがのアレッサンドロ・リッチも闇のなかに置き去りだ」

「どうやってリッチを説得して、コンクラーベの陰謀を記事にするのを止めたんだ？」

「『修道会』の続編となるベストセラーを書くときに、必要な情報をすべて提供しようと約束した」

「わたしの名前をその本から削除するよう言っといてくれ」

「少しは名前を出してもらってもいいはずだ。カトリック教会を救ったのだから」

「いや、まだだ」ガブリエルは言った。

ドナーティはテレビを見上げた。「明日の夜までにははっきりする。遅くとも月曜までに」

「なぜ今夜じゃないんだ？」

「今日の午後の投票は形だけのものだ。枢機卿の大半は親しい友人か、恩のある人に投票する。今夜のうちに新教皇が決まるとすれば、システィーナ礼拝堂のなかで何やら尋常ならざる事態が発生したということだ」ドナーティはラファエルを見た。「気味が悪いほどよく似ているな。あとはこめかみに白髪があれば……」

「うん、わかっている」

「絵は描けるのか？」

「かなりの腕前だ、はっきり言って」

「では、アイリーンは？」

「物書きになりそうだ。残念ながら」

ドナーティはキアラと冗談を言いあっているヴェロニカを見た。「あの二人、何を話しているると思う？」

「あなたのことだろう、たぶん」

ドナーティは眉をひそめた。「きみ、わたしの私生活に干渉したわけではあるまいな？」

「ほんの少し」ガブリエルは声を低くした。「ヴェロニカからあなたに話があるそうだ」

「えっ？　どんな話だ？」

「手遅れになる前に、ひとつ質問したいと言っていた」

「もう手遅れだ。わたしは聖職者として生きることにしたのだ、友よ。その件は終わった」ドナーティはガブリエルのグラスのワインを飲み、顔をしかめた。「室温のフラスカーティ以上にまずいものがあるだろうか？」

　三時を少しまわったころ、有権枢機卿たちが列を作ってシスティーナ礼拝堂に入った。テレビカメラが見守る前で、一人一人が『マタイによる福音書』に手を置いて宣誓をおこなう。とりわけ強く誓うのは、教皇選挙に関与しようとする外部勢力の介入に左右されることはないという点だ。ドメニコ・アルバネーゼは聖人のような表情を浮かべ、やけにもったいぶって宣誓文をくりかえした。テレビのコメンテーターたちが使徒座空位期間中の彼の働きを褒め称えた。そのうち一人は、コンクラーベでアルバネーゼが次期教皇に選ばれる可能性もわずかながらあるとまで言った。

「勘弁してくれ」ドナーティはつぶやいた。

　枢機卿の最後の一人が宣誓をおこなったときは、時刻はすでに五時近くになっていた。しばらくすると、教皇庁の儀典長――グイード・モンティーニという眼鏡をかけた痩せ形のイタリア人高位聖職者――がマイクの前に立ち、柔らかな口調で「全員退場《エクストラ・オムネス》」と告げた。五十人の司祭、高位聖職者、ヴァチカンに関わりのある平信徒が列を作って礼拝堂を出ていった。ルネサンス時代から伝わる正装に身を包み、白い羽根飾りつきの兜をかぶったアロイス・メッツラーもその一人だった。

「ゆうべのメッツラーがあんな格好でなくて助かったよ」ガブリエルは言った。

　モンシニョール・モンティーニがシスティーナ礼拝堂の両開き扉を閉めるのを見ながら、

ドナーティは微笑した。

「これからどうする?」

「冷えたワインのボトルを見つけよう」ドナーティは言った。「そして、ひたすら待つ」

58

システィーナ礼拝堂

最初におこなうのは投票用紙の配布だ。投票用紙の上半分に〝エリゴー・イン・スムム・ポンティフィケム〟、つまり〝わたしは教皇に選挙する〟と印刷してある。次は抽選で開票係を選ぶ。枢機卿のなかから三人が選ばれて票の集計に当たる。次に、開票係の作業を綿密に調べるために審査係三人が選ばれ、最後に、体調が悪くて聖マルタ館のベッドから出られない枢機卿の票を回収しに行く病人係三人が選ばれる。ルイジ・ドナーティのリストに出ている四十二人のなかに、この九人に選ばれた者は一人もいなかったので、アンジェロ・フランコーナ枢機卿は胸をなでおろした。数学者ではないものの、こういう結果になる確率は天文学的に低いことを知っている。コンクラーベに残された高潔さを守ろうとして聖霊が手を貸してくださったに違いない、と思った。

選挙の準備が整ったところで、フランコーナはマイクに近づき、目の前に整列している百十五人に視線を向けた。「長い一日だったことは承知していますが、いまから投票をおこないたいと思います」

厄介な事態が起きるとすれば、いまがそのときだろう。一人でも反対すれば、コンクラーベは明日まで延期となり、枢機卿たちは聖マルタ館に帰っていく。外の世界からは、ローマ・カトリック教会内部に深い憎悪と分断が存在する証拠だと思われるだろう。ひとことで言うなら、大惨事だ。

フランコーナは息を止めた。

礼拝堂内には静寂があるのみだった。

「よろしいでしょう。ご自分が選んだ枢機卿の名前を投票用紙にお書きください。それと、ひとこと申しあげておきますが、文字が判読できない場合は無効票となります」

フランコーナは彼に割り当てられた席にすわった。目の前に投票用紙が置かれ、鉛筆が添えてある。本当なら、コンクラーベの伝統に則《のっと》って、第一回の投票では儀礼的な投票をするつもりだった。だが、もはやそんなことをしている場合ではない。ゆうべ、聖マルタ館であれだけ派手な花火が打ち上げられたのだ。旧友や恩人を喜ばせるために投票している場合ではない。ローマ・カトリック教会の未来はきわめて不安定な状態だ。

〝わたしは教皇に選挙する〟……。

フランコーナは視線を上げ、周囲にすわった人々を見つめた。誰にしよう？　あなたにしようか、ナバロ？　それともあなたか、ブレイディ？　いや――不意に思った。教会を救える人物は一人しかいない。心の底からそう信じる気になった。

鉛筆を手にとり、投票用紙に鉛筆の先端をのせた。有権枢機卿は筆跡を変え、誰が投票したのかわからないようにするのが慣例となっている。しかしながら、フランコーナはみんなによく知られている派手な文字で手早く名前を書いた。それから用紙をふたつに折り、さらに四つ折りにしてから、マイクの前に戻った。

「さらに時間を必要とする方はおられますか？　はい、よろしいでしょう。それでは投票に移ります」

投票の手順も、コンクラーベにおけるその他すべてのことと同じく、不正行為の危険を回避するために工夫されたものである。上位の者から順に投票をおこなう。枢機卿団の首席枢機卿として、フランコーナが最初に進みでた。

開票係が祭壇のところに集まっていて、祭壇には投票箱が置かれ、銀の聖体皿がそれを覆っている。フランコーナは投票用紙を高く掲げて、新たに別の宣誓をおこなった。

「わたしが神の御前にあって選ばれるべきと判断した人に、わたしの票が正しく投じられたことを証してくださいますよう、わたしは主キリストを呼び求めます」

フランコーナは投票用紙を聖体皿に置き、両手で皿を持って左へ軽く傾けた。投票用紙は投票箱にするっと入った。これもまた聖霊が本当に存在することを示すしるしだ――フランコーナは思った。聖体皿をもとに戻して自分の席にひきかえした。

投票の手順はじりじりするほど煩わしく、時間がかかる。すわっていることが多い六十代と七十代の男性がほとんどだし、歩くのに杖の助けが必要な者も何人かいる以上、なおさら大変だ。エネルギッシュなロスっ子のケヴィン・ブレイディですら、宣誓をおこない、投票用紙を投票箱に無事に入れるのに三十秒かかった。エメリヒは心ゆくまで時間をかけたし、クラクフからやってきたマエフスキも同じだった。最短時間ですませたのはアルバネーゼで、ディナー皿に残った骨を捨てるような感じで投票箱に用紙を投げこんだ。

票の集計に移ったときは六時半近くになっていた。聖体皿をのせたままの箱を第一開票係が何回もふって投票用紙をよく混ぜる。次に、第三開票係が開票前の投票用紙を数え、百十六人の選挙者が一票ずつ投じたことを確認する。フランコーナが大いに安堵したことに、人数と票数が一致した。一致しない場合は、開票せずに用紙を焼却しなくてはならない。

投票用紙は現在、ひとまわり小ぶりなもうひとつの箱に移されていた。三人の開票係が祭壇の前のテーブルに箱を置き、椅子にすわった。それに続く秘密めいた儀式はローマ・カトリック教会自体と同じぐらい古いものだ。第一開票係が投票用紙を一枚とりだし、しばらく躊躇してから、彼の前に置かれていた印刷済みの氏名リストの最後のページに、小さな、しかし重大な修正を加えた。次に投票用紙を第二開票係に渡すと、そちらも同じことをした。第三開票係は無言で名前を読むあいだ、驚きを隠しきれない様子だった。しばらくすると、赤い糸を通した針を投票用紙の〝選挙する〟という文字のところに突き刺してから、マイクに向かって名前を読みあげた。

コンクラーベの会場に低いざわめきが広がった。名前を聞いて誰よりも驚いたのはアンジェロ・フランコーナだった。彼が投票用紙に書いたのがその名前だったからだ。控えめに言っても、フランコーナが推す人物は正統な教皇候補ではない。わたしの投票用紙が真っ先にとりだされたに違いない、と思った。自分のリストにその名前を書き足し、横にチェックマークをつけた。

第一開票係が次の投票用紙をとりだした。驚愕の表情になり、心配そうな視線をフランコーナにちらっと向けてから、第二開票係に投票用紙を渡した。第二開票係が彼の氏名リストにチェックマークをつけ、用紙を第三開票係にまわすと、第三開票係は糸を通した針を突き刺した。彼がマイクに向かって読みあげたのは、最初の投票用紙に書かれていたのと同じ名前だった。

「ああ、神さま」アンジェロ・フランコーナはつぶやいた。新たなざわめきがコンクラーベの会場に広がった。上空を通過する航空機の爆音のように。フランコーナと同じことを考えた者がいたに違いない。

三人の開票係はペースを上げた。フランコーナの腕時計によれば、わずか四分のあいだに十枚の投票用紙という速さだった。ナバロに三票、タルディーニに一票、ゴベールに一票、そして、フランコーナも投票したダークホースの候補者に五票。その候補は最初に開票された十二票のうち七票を獲得している。こんなことが続くわけはない――フランコーナは思った。

ところが、続いたのだった。次に開票された十票のうち六票をダークホースの候補者が獲得し、次の十票では七票獲得という衝撃の展開となった。フランコーナはそのたびに彼のリストにチェックマークを入れた。最初の三十二票のうち二十票が彼の推す候補者のものになった。ほぼ三分の二に近い。

未開票の投票用紙がまだ八十四枚あった。次に集計された二十票のうち半分をダークホースの候補者が獲得したとき、タルディーニ枢機卿から、第一回投票を無効にすべきだとの意見が出た。

「何を根拠にそのようなことを、猊下？」根拠など何もないことをフランコーナは確信していた。三人の開票係を見た。「次の投票用紙をお願いします」

それもダークホースの候補者のものだった。次の二十票のうち十五票がそうだった。この時点でコンクラーべの会場が騒然となった。

「声を抑えてください、兄弟たち」叱責するようなフランコーナの口調だった。教室にぎっしりの手に負えない生徒たちを校長が叱りつけるという感じだ。フランコーナは開票係たちに目を向けた。「次の投票用紙を」

なんとまあ、それはアルバネーゼに投票されていた。本人が自分の名前を書いたに違いない。だが、大勢には影響のないことだった。次の二十票のうち十七票をダークホースの候補者が獲得した。すでに開票された九十四票のうち六十三票がその候補者のものだ。開票を待っている投票用紙があと二十二枚。そのうち十五枚にダークホースの候補者の名前が書かれていれば、その人物がコンクラーベの勝者となる。

続けざまに四票がその候補者のものとなり、次の十票のうち六票も獲得、得票数は七十三となった。当選に必要な七十八票まであと五票だ。次の票はナバロに入った。あとはもう疑いようがなかった。最後の何票かが集計されるあいだに、地獄のような騒ぎとなった。今度はもう、アンジェロ・フランコーナも秩序を回復させようとはしなかった。ミケランジェロが天井に描いた《創世記》をじっと見上げていたからだ。

「われわれは何をしたのか？」フランコーナはつぶやいた。「神の名において、われわれはいったい何をしたのか？」

開票係と審査係がもう一度得票数を数え、集計結果を再確認した。ミスはなかった。たったいま、思いもよらぬことが起きたのだ。世界にそれを告げるときが来た。もちろん、十億を超えるローマ・カトリック教徒の精神的指導者に選ばれたばかりの男性にも。

システィーナ礼拝堂に置かれた二台のストーブのうち古いほうに、フランコーナが投票用紙と集計用紙を入れて火をつけた。次に、もう一台のストーブのスイッチを入れると、塩素酸カリウム、乳糖、松脂《まつやに》の混合物を詰めたティッシュの箱ぐらいの大きさの燃料が燃えあがった。数秒後、サン・ピエトロ広場に集まった何十万人という信者のあいだから歓声が沸き起こった。礼拝堂の煙突から白い煙が立ちのぼるのを目にしたのだ。

フランコーナは礼拝堂の扉まで歩き、二回ノックした。扉はただちにモンシニョール・グイード・モンティーニの手であけられた。その表情からすると、彼も広場の歓声を耳にしたのは明らかだった。

「電話を持ってきてください」フランコーナは言った。「大至急」

59

イエズス会本部、ローマ

　同じころ、イエズス会本部のダイニングホールでは、ルイジ・ドナーティ大司教がシスティーナ礼拝堂の煙突から立ちのぼる白い煙をテレビで見ていた。顔が真っ青だった。この決定の速さからすると、腐りきった枢機卿たちが彼の警告を無視してエメリヒに投票したに違いない。もしそうなら、ドナーティは脅しを徹底的に実行する覚悟だった。それが終わったとき、ひとつの石もここで崩されずに他の石の上に残ることはないだろう。新しい教会を建てよう。イエスが認めてくれる教会を。

　しかしながら、ドナーティの仲間のイエズス会士たちは、異例のスピードで新教皇が選出されたことに興奮していた。室内の喧騒があまりにひどいため、テレビのコメンテーターが何を言っているのか、ドナーティには聞きとれなかった。それどころか、ガブリエルの電話と並んでテーブルに置かれていたノキアの電話の音も聞こえないほどだった。ようやく電話をチェックすると、この二分間に不在着信が五回もあったのを見て衝撃を受けた。

「なんてことだ……」

「どうした?」ガブリエルが訊いた。

「誰がわたしと連絡をとろうとして必死になっていたのか、きみには想像もつかないだろうな」

ドナーティは番号をタップして、すぐさま電話を耳に持っていった。

「そろそろ時間だ」アンジェロ・フランコーナ枢機卿が言った。

「何事です、首席枢機卿?」

「白煙を見ただろう?」

「ええ、もちろん。お願いだから、あの男に決まったなどとは――」

「予想外の展開になった」

「そのようだね。しかし、いったい何が?」

「こちらに来ればわかる」

「どこに?」

「階下で車がきみを待っている。数分後に会おう」

電話が切れた。ドナーティは自分の電話を下ろしてガブリエルを見た。「わたしの勘違いかもしれないが、たったいま、システィーナ礼拝堂に呼びだされたようだ」

「なぜ?」

「フランコーナは言おうとしない。つまり、いい用件とは思えない。なあ、きみも一緒に来てくれると心強いんだが」

「システィーナ礼拝堂へ？　冗談はやめてくれ」

「一度も行ったことがないような口ぶりだな」

「コンクラーベの最中に行ったことはない」ガブリエルは革ジャケットの襟をひっぱった。「しかも、そんな場に出られるような服装ではないし」

「コンクラーベには何を着ればいいんだ？」ドナーティが訊いた。

ガブリエルはヴェロニカを見て微笑した。「白だな、きっと」


サン・ピエトロ広場の群衆を避けるために、車は教理省の建物近くの車両専用路からヴァチカンに入った。そこから大聖堂の裏へまわって、システィーナ礼拝堂を出たところにある小さな中庭まで行った。モンシニョール・グイード・モンティーニがホテルのベルボーイみたいにドナーティの側のドアに飛びついた。衝動的にひざまずきたいのを我慢しているような様子だった。

大聖堂の鐘が鳴り響くなかで、モンティーニはドナーティの耳に届くよう声を張りあげなくてはならなかった。「こんばんは、ドナーティ大司教。なかへご案内するよう指示されています」ガブリエルを見た。「ですが、お友達のシニョール・アロンにはここでお待ちいただかねばなりません」

「なぜです？」

モンティーニの目が丸くなった。「コンクラーベですぞ」

「もう終わったのでしょう？」

「そうとも言い切れなくて……」

「どういうことです？」

「さあ、こちらにどうぞ。枢機卿たちが待っています」

ドナーティはガブリエルのほうを身ぶりで示した。「この男も一緒に行くか、わたしが礼拝堂に入るのをやめるか、ふたつにひとつです」

「なるほど、わかりました。そうお望みでしたら」

ドナーティはガブリエルと心配そうな視線を交わした。二人で狭い石段をのぼって〝王の部屋〟という意味のサーラ・レギアまで行った。壁一面にフレスコ画が描かれた華麗な部屋で、システィーナ礼拝堂の控えの間として使われている。入口の扉の外にスイス衛兵が二人、ブックエンドのように立っていた。ガブリエルは躊躇し、それからドナーティに続いて礼拝堂に入った。

ミケランジェロの祭壇画《最後の審判》に圧倒されて小さく見える祭壇の前で、枢機卿たちが待っていた。トランセンナ——礼拝堂を二分する大理石の仕切り——の入口を通り抜けたあとで、ドナーティが不意に足を止めてふりむいた。

「何が起きているか、きみにはわからないのか？」

「いや」ガブリエルは答えた。「わかっているつもりだ」

「正気だったら、こんなことは誰も望むまい。どれほど苛酷な重荷となるかを、わたしはこの目で見てきた」ドナーティは片手を差しだした。「しっかり握ってくれ。手遅れになる前にわたしをここから連れだしてくれ」

「もう手遅れだ、ルイジ。ローマ・カトリック教会がすでに宣言をおこなった」

ドナーティの手は二人のあいだで宙ぶらりんになっていた。ドナーティはその手をガブリエルの肩に置き、驚くほどの力でつかんだ。「これまでのわたしを覚えておいてくれ、古き友よ。なぜなら、その人物はもうじきいなくなる」

「急げ、ルイジ。みんなを待たせてはいけない」

ドナーティは祭壇のところで待っている百十六人の男たちに目を向けた。

「そうじゃない、ルイジ。広場にいる人々のことだ」

「彼らにどう言えばいい？　ああ、わたしにはまだ名前もついていない」ドナーティはガブリエルの首に両腕をまわし、溺れかけた人間のようにしがみついた。「彼女に伝えてほしい——すまない、こんなことになるとは思いもしなかった、と」

ドナーティはガブリエルから離れ、肩に力を入れた。不意に落ち着きをとりもどして礼拝堂の奥まで進み、フランコーナ枢機卿の真ん前で立ち止まった。

「わたしに尋ねたいことがおありだと思います、猊下」

フランコーナはラテン語で質問をした。「教皇に選挙されたことを受け入れますか《アツケプタスネ・エレクチオネム・デ・テ・カノニケ・ファクタム・イン・スムムム・ポンティフィケム》?」

「受け入れます」ドナーティは躊躇なく答えた。

「どんな名前を選びますか《クオ・ノミネ・ウイス・ヴォカーリ》?」

ドナーティは助言を求めるかのように、ミケランジェロの天井画を見上げた。「正直なところ、見当もつきません」

笑い声がシスティーナ礼拝堂にあふれた。幸先《さいさき》のいいスタートだ。

60

システィーナ礼拝堂

教皇となったドナーティの最初の公務は、しきたりどおり、ヴァチカン秘密文書館の静寂のなかで永遠に保管されることになる書類への署名だった。モンシニョール・モンティーニが大急ぎで用意したその書類に、ドナーティの新たな教皇名と受諾の件が正式に記録される。ドナーティは開票係と審査係が票の集計をおこなったテーブルで書類に署名をした。第一回の投票で八十票がドナーティに入った。衝撃的な結果だ。発声によって教皇が選出されていた時代以来、これほど短時間のうちに、これほど大きな得票差で選ばれた教皇は一人もいなかった。

　ドナーティが次に〈嘆きの部屋〉へ移ると、一七九八年から教皇ご用達《ようたし》の仕立屋をしているガムマレッツリ家の当主が、白麻で仕立てた三種類のサイズのカソック、選び抜かれた短い白衣《ロシエトゥム》、フードつきの短いケープ《モゼタ》、頸垂帯《ストラ》、赤い絹の室内履きを用意して待っていた。ピエトロ・ルッケージがSサイズのカソックを選んだのは有名な話だ。ドナーティにはL

サイズが必要だった。ロシェトゥムもモゼタもストラも省略し、差しだされたずっしりと重い黄金の十字架のかわりに、いつもかけている銀めっきの古い十字架を着けた。赤い室内履きも拒否した。聖マルタ館で枢機卿団の前に立つために自分で磨いておいたイタリア製のローファーがあれば充分だった。

教皇の衣装を着ける儀式をガブリエルが見ることは許されなかった。そこで、システィーナ礼拝堂に残ることになった。枢機卿たちも、さきほど王国の鍵を渡したばかりの男性を迎えるために礼拝堂で待っていた。あたりには興奮がみなぎっているが、不安定な雰囲気も感じられる。堂内の音響効果のおかげで、ガブリエルの耳にも会話の一部が届いた。枢機卿の多くが、仲間の大多数も同じことをする気でいるとは夢にも思わずに、ドナーティにいわゆる〝儀礼的な〟票を入れたのは明らかだった。リヒター司教と聖ヘレナ修道会ではなく、聖霊がコンクラーベに介入したのだというのが、おおかたの意見だった。

礼拝堂の誰もがこの結果を喜んでいるわけではなかった。とりわけ不満そうなのがアルバネーゼ枢機卿とタルディーニ枢機卿だった。エメリヒ枢機卿が獲得したのはわずか三十六票。つまり、金を受けとった四十二人のうち何人かがドナーティに投票したことになる。その連中はたぶん、ドナーティが収賄に目をつぶり、現在の地位にとどまることを許してくれるかもしれないなどと、道理にはずれた期待を抱いたのだろう。枢機卿団のあいだでじきに辞任や異動が相次ぐだろうとガブリエルは見ている。遅きに失した変化がようやくカトリック教会に訪れようとしている。ヴァチカンの権力の梃子をどのように使えばいいかを、ルイジ・ドナーティ以上によく心得ている者はいない。さらに重要なこととして、ヴァチカンがどんな秘密のスキャンダルを抱えているか、内輪の恥がどこに隠されているかを、ドナーティは熟知している。現体制の守護者であるローマ教皇庁はついに理想の相手に巡り会ったのだ。

ようやく、雪のように白い衣装をつけ、小帽子をかぶったドナーティが〈嘆きの部屋〉から出てきた。光り輝いていて、まるで彼一人がスポットライトを浴びているかのようだった。あまりの変わりように、ガブリエルでさえ、それがドナーティだとはわからないほどだった。この男はもうルイジ・ドナーティではない――ガブリエルは思った。聖ペテロの後継者、地上におけるキリストの代理人。

ローマ教皇になったのだ。

数分もすれば、世界でもっとも名前と顔を知られた男になるだろう。しかし、その前にまず、カトリック教会そのものと同じぐらい古い儀式が待っていた。枢機卿が上位の者から順に一人ずつ進みでて、祝辞を呈し、従順を誓う。教皇が十億人にのぼるカトリック教徒の精神的指導者というだけでなく、世界に最後まで残っている専制君主の一人でもあることを示すものだ。ドナーティは枢機卿たちの挨拶を受けるさいに、聖座にすわるよりも立ったままでいるほうを選んだ。挨拶の大半は温かなもので、騒々しいことすらあった。

たまに冷たくこわばった挨拶もあった。タルディーニは最後まで喧嘩腰で、新教皇に対して指をふった。ドナーティもお返しに同じく指をふってみせた。ドメニコ・アルバネーゼはひざまずいて赦しを請うた。ドナーティは立ちあがるようアルバネーゼに言い、前教皇を殺された痛みをいまも胸に抱えたまま、彼を下がらせた。アルバネーゼの未来に待っているのは修道院だろう、とガブリエルは思った。どこか、寒くて、辺鄙で、食べもののまずいところ。ポーランドあたりか。いや、カンザスのほうがよさそうだ。

その夜、最後にもうひとつ異例の事態が起きた。それは午後七時三十四分のことで、ドナーティが長い腕を親しげにふってガブリエルを差し招いたのだ。新教皇は彼の肩をつかんだ。ガブリエルが自分をこんなに小さく感じたのは初めてだった。

「おめでとう、聖下」

「お気の毒にという意味だな」ドナーティの自信に満ちた笑みは、彼が早くも教皇という立場に馴染んだことを示していた。「きみはいま、ひと握りの者しか見たことのない光景を目にしたのだ」

「ちゃんと記憶しておけるかどうか自信がない」

「わたしもだ」ドナーティは声をひそめた。「まだ誰にも言っていないだろうな？」

「ひとことも」

「だったら、イエズス会本部にいるわれわれの友人たちは、いまから生涯最大の驚きに出会うことになる」ドナーティはそう思ってわくわくしている様子だった。「わたしと一緒にバルコニーに出てくれ。こんなチャンスを逃すわけにはいかないぞ」

ドナーティはサーラ・レギアに入り、コンクラーベ参加者の多くをうしろに従えて、大聖堂の正面部分へ向かった。彼がこれまで仕えてきたピエトロ・ルッケージと違って、道案内は不要だった。バルコニーの奥にある控えの間に入り、ドアが開くと同時に厳粛な面持ちで十字を切った。広場に集まった群衆から耳を聾《ろう》する歓声があがった。助祭枢機卿の最年長者が「新教皇誕生《ハベームス・パパム》！」と宣言するあいだに、ドナーティは最後にもう一度だけガブリエルに笑顔を見せた。それから、目もくらむばかりの白い光の輪に向かって足を踏みだし、姿を消した。

枢機卿の一団と共に残されたガブリエルは、不意に、自分を場違いな存在のように感じた。かつてルイジ・ドナーティとして知られていた男は、いまガブリエルから離れ、枢機卿たちのものになってしまった。ガブリエルは一人でシスティーナ礼拝堂に戻った。それから石段を下りて教皇宮殿の青銅の大扉まで行った。

外に出ると、サン・ピエトロ広場はろうそくと携帯電話の光で輝いていた。銀河の星々が地上に舞い降りてきたかのようだ。ガブリエルはキアラに電話してみたが、つながらなかった。ベルニーニの列柱のあいだを通り抜けた。群衆は狂乱状態に陥っていた。ドナーティが選ばれたのは激震だった。

ガブリエルはようやく列柱から離れてピウス十二世広場に入った。イエズス会本部に戻ろうとするなら、どうにかして広場の反対側に出なくてはならない。たちまちあきらめた。ドナーティの足元からテヴェレ川のほとりまで人々の波が延々と続いている。ガブリエルはそれ以上一歩も進めなかった。

突然、キアラと子供たちに名前を呼ばれていることに気づいた。家族を見つけるのにしばらくかかった。子供たちが大張り切りで大聖堂のほうを指さしている。友人がバルコニーに立っていることに、父親がまだ気づいていないかのように。キアラは泣き崩れるヴェロニカ・マルケーゼを両腕で包みこんでいた。

ガブリエルはみんなのところへ行こうとしたが、無駄なあがきだった。人波をかき分けるのはとうてい無理だ。ふりむくと、サン・ピエトロ広場を埋めつくした金色に輝く光の絨毯の上に、白い衣をまとった男性が浮かんでいるのが見えた。名画のようだとガブリエルは思った。《教皇聖下》油彩・画布、画家不詳……

第四部

新教皇誕生《ハベームス・パパム》

61

カンナレッジョ区、ヴェネツィア

イスラエル首相にこっそり連絡をとり、夫が月曜の朝キング・サウル通りのデスクにつくのは無理だと伝えたのはキアラだった。本来は休暇のはずだったのに、ケルンを狙った大規模な爆弾テロを未然に防ぎ、ヨーロッパの極右勢力に壊滅的な打撃を与え、親しい友がローマ・カトリック教会の教皇になるのを見てきたのだ。何日か休養する必要がある。

最初の三日間を、ガブリエルはほとんどミゼリコルディア小運河に面したアパートメントにこもって過ごした。というのも、無限の知恵を備えた神の手により、聖書に記されたような豪雨がヴェネツィアにもたらされたからだ。吹き荒れる風と、ラグーナの異常な高潮も加わって大惨事となった。歴史に彩られた六つの区《セスティエーレ》はどこも大洪水に見舞われ、サン・マルコ寺院にも被害が及んで、千二百年のあいだに六回しかなかったことだが、寺院の地下が水浸しになった。カンナレッジョ区ではわずか三時間のうちに水位が一メートル九十センチに達した。とくに大きな被害を受けたのが、一五一六年にヴェネツィア大評議会の命令で市内のユダヤ人が強制的に移住させられた狭い地区だった。ゲットー・ヌオーヴォ広場の博物館が浸水、高齢者のための介護ホーム〈カーザ・イスラエリティカ・ディ・リポーゾ〉の一階も同じく浸水。ホロコーストの犠牲者を追悼する浅浮彫りの碑に波が打ち寄せ、警官も防弾仕様のボックスから退避するしかなくなった。

ヴェネツィア市内のほぼすべての住民と同じく、アロン一家もバリケードと砂袋の陰で身を寄せあい、それなりに楽しく過ごしていた。ラファエルとアイリーンにとって、水に閉じこめられた日々はとびきりの冒険だったし、ガブリエルにとっては天の恵みだった。市内が水浸しになった三日のあいだ、みんなで本を朗読し、ボードゲームをやり、絵を描き、アパートメントの質素な書斎で見つけたDVDを残らず——たいてい二回ずつ——見た。将来の暮らしを垣間《かいま》見るような気がした。ガブリエルが長官の座を退いたら、故国を離れたユダヤ人の暮らしに戻るだろう。気が向けば絵画の修復を手がけ、空いた時間はすべて子供たちのために使う。時計の針の歩みが遅くなり、彼が負った多くの傷も癒えるはずだ。彼の物語はこの地で終わりを迎える。アドリア海の北端にあって海中に沈みつつある、教会と絵画に満ちあふれた街で。

ガブリエルは毎日、早朝と夕方にナヴォットと連絡をとっていた。もちろん、ローマからのニュースも追っていた。ローマではドナーティが時を移さずヴァチカンの改革にとりかかっていた。まず、住まいを教皇宮殿の居室ではなく、聖マルタ館の簡素な続き部屋にした。初めてのアンジェラスの祈りは、サン・ピエトロ広場を埋めた二十万人ほどの信者に向けて唱えられ、ドナーティが教会を新たな方向へ導くつもりでいることを疑問の余地なく示した。

しかし、サン・ピエトロ大聖堂の使徒座についたこの男は何者なのか？　どういうわけでこの男が衝撃的かつ歴史的な選出を受けることになったのか？　『ヴァニティ・フェア』の記事を書いた女性記者は、彼女がかつて〝魅惑のルイジ〟と呼んだ魅力的な大司教に関するネット記事を次々と見ていった。いくつかの記事は、イエズス会という彼のルーツや、戦火で疲弊したエルサルバドルで宣教師として活動していた時期のことをとりあげていた。若き聖職者だった彼が〝解放の神学〟として知られる物議をかもす教義の支持者だったことは、けっして立証はされないものの、広く知られている。そのため、アメリカ政界の右派の一部からはよく思われていない。現に、ある保守派議員などはドナーティのことを〝チェ・ゲバラ教皇〟と呼んでいるほどだ。また、別の議員は、ドナーティが数年のあいだ司祭を務めていたヴェネツィアが洪水に見舞われたのは、コンクラーベの結果に神が満足していない証拠ではないかと言っている。

投票をおこなった枢機卿たちは秘密厳守の誓約に縛られているため、システィーナ礼拝堂で何があったかについてはけっして口外しようとしなかった。『ラ・レプッブリカ』の粘り強い報道記者、アレッサンドロ・リッチですら、コンクラーベという鎧に剣を突き刺すことはできないようだった。かわりに、ヨーロッパの極右勢力と反動的な聖ヘレナ修道会の結びつきに関する長い記事を新聞に掲載した。この修道会はリッチがかつて刊行したベストセラー本のテーマだった。イスラム過激派の犯行に見せかけようとしたドイツの爆弾テロの首謀者のうち、ヨーナス・ヴォルフ、アンドレーアス・エスターマン、アクセル・ブリュナーの三人は修道会の秘密メンバーと思われる。オーストリアのイェルク・カウフマン首相と、イタリアのジュゼッペ・サヴィアーノ首相もそうだ。

カウフマンは即座にこの記事を否定した。『ラ・レプッブリカ』に彼の結婚式の写真が出て、修道会総長ハンス・リヒター司教が式をとりおこなったことが公になると、カウフマンはなんらかの説明をするしかない立場に追いこまれた。サヴィアーノに至っては、この記事を図々しくも〝フェイクニュース〟だと切って捨て、記者を反逆罪で起訴するようイタリアの検察に要求した。反逆罪が適用されるケースではないと言われたサヴィアーノは、彼を支持する乱暴なフーリガン連中に向かって、リッチを容易に忘れられない目にあわせてやるようにとツイッターで呼びかけた。リッチは殺害の脅迫を何百回も受けているので、トラステヴェレのアパートメントを出て姿をくらました。

リヒター司教はスイスのツーク州にある修道会所有の中世の修道院に閉じこもったきりで、記事へのコメントを求められても拒絶した。ニューヨークの弁護士たちが修道会を相手どって連邦裁判所に集団訴訟を起こしたときも、声明を出すことはなかった。一九三〇年代の終わりに、なんとか助かろうと必死のユダヤ人たちに偽の洗礼台帳とナチスからの保護を約束し、それとひきかえに現金と貴重品を奪いとったことで、修道会が訴えられたのだった。原告代表はイザベル・フェルドマン。サムエル・フェルドマンの娘で、彼女だけがあの時代を生き延びた。ウィーンで開かれた出席者のまばらな記者会見の席で、イザベルは父親が一九三八年に修道会に渡した絵画を披露した――川の風景画で、オランダ絵画の巨匠、ヤン・ファン・ホイエンの作品だ。画布が枠からはずしてあり、著名なホロコースト調査員のエリ・ラヴォンがイザベルに渡してくれたのだった。ただ、ラヴォンはスケジュールの都合でこの記者会見には出られなかった。

絵画をとりもどした詳しい経緯が公表されていないため、オーストリアの新聞に事実無根の憶測がいくつも出る結果となった。つねに偽情報や紛らわしい情報を流しているウェブサイトなどは、ラヴォンのことをイスラエルの工作員だと非難する始末だった。偶然ながら、真実を言い当てていた。〝想像もつかないことが起こりうる〟というラビ・ヤコブ・ゾッリの主張がこれで証明されたわけだ。普通なら、ガブリエルはいっさいとりあわなかっただろう。しかし、ヨーロッパで目下反ユダヤ主義の風潮が強まっていることと、オーストリアの小さなユダヤ人社会がつねに暴力の脅威にさらされていることを考慮し、ウィーンのイスラエル大使館を通じて否定の声明を出すのが最上の策だと考えた。

しかしながら、歴史的なコンクラーベの夜、システィーナ礼拝堂に彼の姿があったという英国のタブロイド紙に出た記事については、しいて否定しなかった。ロシアとイランの連中を苛立たせてやれれば、それだけで満足だった。連中ときたら、ガブリエルの能力と勢力範囲を病的なほど気にしている（まあ、それが正しい反応だが）。しかし、この話があちこちの媒体に感染症のごとく広がりはじめたため、〝途方もないでたらめ〟として却下するよう、首相の報道官を務める短気な女性にしぶしぶ指示を出した。報道官の声明は〝否定のように見えて、厳密に言うと否定ではない〟という表現法を駆使した典型例だった。それにはもっともな理由があった。この噂が真実であることを、新教皇と彼を選出した百十六人の枢機卿を含めて、ヴァチカン内部の無数の人々が知っているからだ。

ガブリエルの子供たちも知っていた。ヴェネツィアの街に雨が絶え間なく降りつづけた至福の三日のあいだ、ガブリエルは子供たちを独占することができた。ボードゲーム、お絵描き、ＤＶＤで見る昔の映画。ときたま、光と影の組み合わせがいい具合になると、ガブリエルはパウロ七世の紋章に飾られた封筒の蓋を開き、上質の便箋三枚をとりだした。書きだしの言葉は形式ばらないものだった。ファーストネームだけが使われていた。時候の挨拶も社交辞令も抜きだった。

〝ヴァチカン秘密文書館でリサーチをしていたとき、きわめて重大な本に出会い……〟

四日目の朝、ようやく雲間から太陽が顔を出して街全体に光をふりまいた。朝食がすむと、ガブリエルとキアラは子供たちにレインコートを着せ、ゴム長をはかせてから、キアラの実家の掃除を手伝うために、水浸しの道路をみんなでよたよた歩いてゲットー・ヌオーヴォ広場へ向かった。被害を免れたものはひとつもなくて、とくに、博物館に併設されている美しい書店の被害がひどく、在庫の大半がだめになっていた。〈カーザ・イスラエリティカ・ディ・リポーゾ〉のキッチンと談話室も水浸しだし、ポルトガル系のシナゴーグとスペイン系のシナゴーグは両方ともひどい被害を受けていた。破壊の跡を見渡しながら、ガブリエルは思った――またしても、ヴェネツィアのユダヤ人に災厄が降りかかった。

みんなで一時まで働き、マセナ通りの奥にひっそりたたずむ小さなリストランテでランチにした。二カ所のアパートメントのうち、最初のほうは歩いてすぐのところにあった。キアラがガブリエルに無断で、この日、物件を見に行く約束をしていたのだ。そこは広くて風通しがよく、ヴェネツィアではたぶん何よりも大切なことだろうが、よく乾燥していた。キッチンはリフォームしたばかり、バスルーム三つもそうだった。購入価格は高いが、法外な額ではない。これなら、サン・マルコ広場で観光客にグッチのバッグのコピー商品を売らなくても、余分の出費という重荷を負うことができるだろう。

「どう思う？」キアラが訊いた。

「よさそうだ」ガブリエルは曖昧に答えた。

「でも？」

「もうひとつのアパートメントも見せてくれないか？」

そちらのアパートメントは、大運河のサン・トーマというヴァポレット乗場の近くにあった。主階《ピアノ・ノビーレ》を全面的に改装したもので、専用のルーフテラスと、天井が高くて日当たりのいい部屋がついていた。ガブリエルがアトリエとして使えそうな部屋だ。購入資金を用意するために、個人的に報酬をはずんでもらえる仕事をひきうけ、昼も夜も修復作業に没頭することになりそうだ。男が人生の秋を過ごそうとするとき、これよりはるかに惨めな生き方もたくさんあるのだからと思って、ガブリエルは自分を慰めた。

「ナルキス通りの家を売れば……」キアラが言った。

「あれは売らない」

「無理なことはわかってるわ、ガブリエル。でも、わたしたちがヴェネツィアで暮らすとしたら、ここに住みたいと思わない？」

「そりゃ思うさ。だけど、誰かが生活費を稼がなきゃ」

「誰かがね」

「きみが？」

キアラは微笑した。

「やつの帳簿を見てみたいな」

「わたしたちがいまからどこへ行くと思う？」

フランチェスコ・ティエポロのオフィスはサン・マルコ区の3月22日通りにあった。デスクの背後の壁に、ティエポロの友人だったピエトロ・ルッケージの写真が額に入れて何枚かかけてある。その一枚に、ルッケージの後継者となった男の若き日の姿があった。

「たぶん、きみが何か関わりを持ったんだろうな」

「なんのことだ？」

「枢機卿団のメンバー以外から教皇が選出されたのは十三世紀以来のことだ」

「十四世紀以来だ」ガブリエルは言った。「それから、言っておくが、新教皇を選んだのは聖霊であって、わたしではない」

「カトリック教会でずいぶん長い時間を過ごしてきたようだな、わが友よ」

「労働災害さ」

ティエポロの帳簿は完全無欠とはとうてい言えなかったが、ガブリエルが心配していたよりもはるかにいい状態だった。負債がほとんどなく、月々の経費もわずかだ。その大部分がサン・マルコ区のオフィスと本土の倉庫の賃貸料である。目下、彼の会社はこなしきれないほど仕事を抱えているし、プロジェクトの準備もいくつか進んでいる。そのうち二件はガブリエルが長官の職を退いたあとでスタートする予定だ。つまり、キアラが本格的に経営に乗りだすことになる。ティエポロは社名をこのまま残し、年間の利益の半分をよこすよう主張した。社名を残すことについては、ガブリエルも同意した——自分がどこに住んでいるかを数多くの敵に知られるのは避けたい——しかし、利益を折半というティエポロの要求には渋い顔をして、かわりに二十五パーセントを提案した。

「そんなケチな金額でどうやって生きていけというんだ？」

「なんとかなるさ」

ティエポロはキアラを見た。「この男、どっちのアパートメントを選んだ？」

「広いほう」

「やっぱりな！」ティエポロはガブリエルの背中をどんと叩いた。「あんたはヴェネツィアに戻ってくるとわたしはいつも言っていた。そして、あんたが死んだら、サン・ミケーレ島の糸杉の木陰に埋葬されるんだ。あれだけの業績を残した男にふさわしい巨大な霊《れい》廟《びょう》を造ってもらって」

「まだ死んでないぞ、ティエポロ」

「人はみな死んでゆく」ティエポロは壁の写真をじっと見た。「わが親友ピエトロ・ルッケージまでも」

「そして、いまはドナーティが教皇だ」

「あんた、ほんとに関わっていないのか？」

「いない」ガブリエルはうわの空で答えた。「あの人がやったことだ」

「誰だね？」ティエポロは当惑して尋ねた。

ガブリエルはオフィスの窓の外を通りすぎるマントとサンダル姿の人物のほうを指さした。

それはヨシュア神父だった。

62

サン・マルコ広場

ガブリエルは急いで通りに出た。サン・マルコ区の大部分と同じく、通りも十センチほど浸水していた。黄昏《たそがれ》の光が消えゆくなかで、数人の観光客がうろついていた。すりきれたマントとサンダル姿の男に気づいた者は誰もいない様子だった。

「何を見てるの？」

あわててふりむくと、すぐうしろにキアラと子供たちが立っていた。ガブリエルは暗くなりつつある通りを指さした。「フードつきのマントをはおったあの人がヨシュア神父だ。『ピラトによる福音書』の最初のページを渡してくれた人だよ」

キアラは目を細めた。「マントの人なんて見えないわ」

ガブリエルにも見えなかった。神父はすでに視界から消えていた。

「あなたの目の錯覚じゃない？」キアラは言った。「あるいは、見たと思いこんだのかも」

「幻覚って意味かい？」

キアラは何も言わなかった。

「ここで待っててくれ」

ガブリエルは通りを歩きながら、世界でもっとも贅沢な店が軒を連ねる界隈で貧しい身なりの聖職者の姿を捜した。ついにコッレール博物館の下のアーチを抜けてサン・マルコ広場に出た。ヨシュア神父が〈カフェ・フローリアン〉の前を通り過ぎ、鐘楼のほうへ向かっているところだった。浸水した広場を、水面を乱すことなく歩いているように見える。マントの裾を持ちあげようとする様子もない。

ガブリエルは足を速めて神父を追った。「ヨシュア神父さまですね？」

神父は鐘楼の下で立ち止まった。

ガブリエルはイタリア語で話しかけた。秘密文書館の書庫で神父が使っていた言語だ。

「わたしを覚えておられませんか、ヨシュア神父さま。いつぞや――」

「あなたのことは知っています」神父の微笑は慈愛に満ちていた。「大天使の名前を持つ人だ」

「どうしてわたしの名前をご存じなのです？」

「あなたが秘密文書館に来たあと、非難の応酬があったのです。それをたまたま耳にしました」

「あそこで仕事をしておられるのですか？」

「なぜそんなことを訊くのです？」

「スタッフの名簿にあなたの名前は出ていません。それに、わたしの記憶違いでなければ、あの日、あなたは身分証のたぐいをいっさい身に着けておられなかった」

「わたしのような者にどうして身元確認の必要があるのでしょう？」

「あなたは誰なのです？」

「誰だと思います？」

神父のイタリア語は流暢だが、紛れもない訛りがあった。

「アラビア語もできますか？」ガブリエルは尋ねた。

「あなたと同じく、わたしも多くの言語を話します」

「ご出身はどちらです？」

「あなたと同じところです」

「イスラエル？」

「わたしはガリラヤ人《びと》です」

「なぜヴェネツィアに？」

「友人に会いに来ました」神父はガブリエルに両手を見られていることに気づいた。「わたしの身体には主イエスと同じ傷があるのです」と説明した。

二人の女性が水しぶきを上げてそばを通り過ぎた。胡散臭《うさんくさ》そうな目でガブリエルを見たが、サンダルとマント姿でくるぶしまで水に浸《つ》かって立っている男には気づいていない様子だった。

「福音書の残りの部分は見つかりましたか？」神父が訊いた。

「すでに燃やされていました」

「教皇聖下はそうなることを恐れておられた」

「教皇さまに福音書を渡したのはあなただったのですか？」

「もちろん」

「鍵がないのに、どうしてコッレッツィオーネのドアを開けることができたのです？」

神父はいたずらっぽい笑みを浮かべた。「むずかしいことではありません」

「教皇さまは福音書をほかの誰かに見せたのでしょうか？」

「あるイエズス会士に」ヨシュア神父は渋い表情になった。「どういうわけか、わたしの言葉だけでは教皇聖下は得心がいかなかったようです。そのイエズス会士はわたしと同じ意見で、福音書は本物だと認めました」

「アメリカの人ですか？　そのイエズス会士は」

「はい」

「名前をご存じですか？」

「教皇聖下はどうしても教えてくれませんでした。そのイエズス会士の調査が完了してから、福音書をあなたに渡すつもりだと言っておられました」

「どのような調査だったのでしょう?」

「それも教えてくれなかった」

「そのやりとりのとき、あなたはどこにおられたのです?」

「教皇聖下の書斎に。だが、なぜそんなことを訊くのです?」

「教皇さまを殺害した連中が立ち聞きしていたのです。教皇さまの声は聞こえたが、あなたの声は聞こえなかったそうです」

神父の表情が暗くなった。「あなたは罪悪感を抱いているに違いない」

「何に対して?」

「教皇聖下の死に対して」

「ええ」ガブリエルは認めた。「大きな罪悪感です」

「その必要はありません」神父は言った。「あなたの責任ではないのだから」

神父は向きを変えて立ち去ろうとした。

「ヨシュア神父さま?」

神父は足を止めた。

「福音書の最初のページをいつ破りとったのです?」

神父は包帯を巻いた手を上げた。「そろそろ行かなくては。主の平和がいつもあなたと共にありますように。また、奥さんとお子さんたちと共にありますように。ご家族のところに戻りなさい、ガブリエル。みんながあなたを捜していますよ」

　ヨシュア神父はそう言うと、聖マルコと聖テオドーロの円柱のあいだを通って歩き去った。ガブリエルはあわてて電話をとりだし、写真を撮ろうとしたが、画面を見ても神父の姿はどこにもなかった。スキアヴォーニ河岸のゴンドラ乗場まで走り、右を見て、次に左を見た。

　ヨシュア神父は行ってしまった。


　翌日の午後二時、カラビニエリの美術班のチェーザレ・フェラーリ将軍からガブリエルに電話があった。将軍は別件でヴェネツィアまで来たと言い、ガブリエルがイスラエルへ帰る前にいくつか質問に答える時間をとってほしいと頼んだ。

「どこで？」

「カラビニエリのヴェネツィア支部で」

　ガブリエルはかわりに〈ハリーズ・バー〉を提案した。四時数分前にバーに着いた。将軍は四時数分後だった。二人ともベッリーニを頼んだ。ガブリエルは飲んだとたん頭痛に襲われた。それでも飲んだ。この甘美な味には抵抗できない。それに、今日は休暇の最終日だ。

「不完全だった一日が完全な形で終わった」将軍が言った。

「なんのことだ?」

「来年度の予算だよ」

「ファシスト連中は文化遺産を愛するものだと思っていた」

「税収が充分にあって支払いに充てることができればな」

「移民を叩いたところで、結局のところ、経済が好転するとは思えない」

「ヴェネツィアのこの洪水が移民のせいだというのは本当か?」

「ロシア・トゥデイのニュースでそんなことを言っていた」

「では、けさの『ラ・レプップブリカ』に出ていたアレッサンドロ・リッチの記事は読んだかね?」将軍はテーブルの真ん中に置かれた深皿から緑色の大粒のオリーブをつまみあげた。「時事問題が大好きなおしゃべり階級の連中は、サヴィアーノの連立政権は持たないだろうと見ている」

「なんと残念な」

「大人気の新教皇に個人的に謁見できれば、サヴィアーノの地位に奇跡が起きるだろうという噂だ」

「わたしだったら期待しないでしょうね」

「あのスイス衛兵が殺された夜、新教皇もフィレンツェにいたという事実を考慮すると、彼のほうで考え直す気になるかもしれん。わたしの記憶が正しければ、きみもそこにいたはずだ。さらに、聖ヘレナ修道会から姿を消した聖職者の件もある。名前が思いだせないが」

「グラフ神父」

「神父がいまどこにいるのか、きみ、ひょっとして知らないかね?」

「見当もつかない」ガブリエルは本当のことを言った。

「今回の騒ぎをめぐるピースのすべてがどんなふうにまとまるのかを、いつの日か、きみの口から聞くことができるだろう」将軍はベッリーニをさらに二杯注文し、〈ハリーズ・バー〉の店内を見まわした。「みごとに修復したものだ。浸水被害にあったなどとは誰にもわかるまい」ガブリエルを横目で見た。「浸水にはきみもいまに慣れるさ」

「どうやら、フランチェスコ・ティエポロと話をしたようだな」

フェラーリは微笑した。「きみがもうじき妻の下で働くことになる、とティエポロが言っている」

「わたしから出した条件を、妻がまだ呑《の》んでくれない」

「きみの奥さん、わたしがときどききみを借りても許してくれると思うか?」

「なんのために借りるんだ?」

「わたしは盗難絵画をとりもどす仕事をしている。そして、わが友よ、きみはものを見つけだす名人だ」

「『ピラトによる福音書』を除いて」

「あ、そうそう。福音書の件だが」将軍はブリーフケースから紙製のフォルダーをとりだし、テーブルに置いた。「きみから預かった紙はボローニャの近くの工場で生産されたものだった。小規模な工場だ。じつをいうと、たった一人でやっている。品質はきわめて高い。ほかの事件でも、その男の作ったものが無数に見つかっている」

「どんな事件だ？」

「偽造事件」フェラーリはフォルダーを開いて福音書の最初のページをとりだした。いまもクリアファイルにはさんだままだ。「ルネサンス期に作られたもののように見える。だが、じつは二、三カ月前のものだ。つまり、教皇パウロ七世の殺害をひきおこすきっかけとなった『ピラトによる福音書』は偽物だったということだ」

「作られた時期がどうしてそこまで正確にわかるんだ？」

「その製紙業者がわたしの使っている情報屋だからだ。紙の鑑定結果がラボから届いたあとで、わたしはやつに会いに行った」フェラーリはそのページを軽く叩いた。「こいつはやつが大量注文を受けてルネサンス期の紙を復元したものの一部だった。できあがったのは数百枚。本を作るのにちょうどいい枚数だ。注文主はひと財産はたいただろうな」

「誰なんだ、注文したのは？」

「聖職者だ」

「その聖職者に名前はあるのか?」

「ロバート・ジョーダン神父」

63

ヴェネツィア——アッシジ

ヴェネツィアのマルコ・ポーロ空港から翌朝十時のエルアル航空の便でイスラエルに帰るというのが、ガブリエルのもともとの予定だった。だが、かわりにローマを夕方発つ便に四人分の座席を予約するよう、トラベル課のほうへ指示を出した。ヴェネツィアを出発したのは彼の希望より三十分も遅い十時半になり、アッシジには正午数分過ぎに到着した。キアラと子供たちを横で待たせておいて、ガブリエルは聖ペテロ修道院のインターホンを押した。応答がなかったので、もう一度押した。

ようやく、英国人のベネディクト会士、ドン・シモンが応答した。「ようこそ。どのようなご用件でしょう?」

「ジョーダン神父にお目にかかりたくてまいりました」

「約束がおありですか?」

「いえ」

「お名前は？」

「ガブリエル・アロン。先日、ある人と一緒に――」

「覚えています。しかし、なぜジョーダン神父に二度目の訪問を？」

ガブリエルは指を十字の形に重ねた。「教皇さまからの使いで伺いました。緊急の用件なのです」

数秒のあいだ沈黙が続いた。やがて、錠がカチッとはずれた。

ガブリエルはキアラを見て微笑した。「メンバーになると、いろいろ特典があるんだ」


修道士は緑豊かな庭に面した談話室へガブリエルたちを案内した。十分ほどたったころ、ジョーダン神父を連れて戻ってきた。新教皇の友人を見ても、このアメリカ人イエズス会士が喜んでいる様子はなかった。

ようやく、ドン・シモンのほうを見た。「シニョール・アロンの奥さんとお子さんたちに庭を見せてあげてはどうだろう？　本当に美しい庭だから」

キアラがガブリエルにちらっと目を向けると、ガブリエルは一度だけうなずいた。しばらくすると、部屋にいるのは彼とジョーダン神父だけになった。

「本当に教皇さまに頼まれてこちらに？」神父が訊いた。

「いいえ」

「その正直さは見上げたものだ」

「わたしも同じことが言えればいいのですが」

ジョーダン神父は窓辺へ行った。「どの程度まで話をつなぎあわせることができたのかね？」

「先日のお話のほぼすべてが嘘だとわかりました。そもそも、あなたの名前も嘘です。また、最近、あなたがルネサンス時代の紙を復元したものを大量に注文し、受けとったこともわかっています。あなたはそれを使って『ピラトによる福音書』と呼ばれる本をこしらえた。問題は、その福音書がまやかしだったのか、それとも、オリジナルの写しだったのかということです」

「きみの意見は？」

「写しのほうに賭けます」

ジョーダンはガブリエルを窓辺へ手招きした。ベネディクト会士と並んで庭の小道を歩いていくキアラと子供たちを、二人は一緒に見守った。

「美しい家族をお持ちだ、ミスター・アロン。わたしはユダヤの子供たちを目にするたびに、まさに奇跡だと思う」

「では、イエズス会出身の教皇を目にしたときは？」

「きみの手仕事であることが見てとれる」ジョーダン神父は共犯者めいた笑みをガブリエ

ルに向けた。「イスラエルに帰らなくてもいいのかね？」

「空港へ向かう途中なんです」

「フライトの時刻は？」

「六時」

ジョーダン神父は庭で遊んでいる二人の幼子を見下ろした。「だったら、ミスター・アロン、最後にもうひとつ話を聞いてもらう時間がありそうだ」


神父はまず、些細《ささい》ではあるが無意味ではない点について、ガブリエルに反論した。本名は間違いなくロバート・ジョーダンだというのだ。一九三九年に彼の両親がヨーロッパからの難民としてアメリカに到着し、ほどなく名字を変更した。元の名字を英語っぽくしたもので、元の名字というのは、北ガリラヤから始まって死海へ流れこむ川の名前につけられたイタリア語だった。

「ジョルダーノですね」ガブリエルは言った。

ロバート・ジョーダン神父はうなずいた。「わたしの父はエマヌエーレ・ジョルダーノという裕福なローマの実業家の息子だった。三人の息子の一人だ」はっきりとつけくわえた。「母はデルヴェッキオという旧家の出だった。イタリア系ユダヤ人によくある名字だ。正直なところ、それに比べると、わたしの名前はじつに平々凡々たるものだ。改名しようかと何度も考えた。とくに、グレゴリアン大学で教えることになってイタリアへ越したときには」

「ユダヤ人の両親から生まれた子供が、どういうわけでカトリックの聖職者になったのですか？」

「両親はローマに住んでいたころでさえ、あまり信心深いほうではなかった。アメリカに渡ったとき、周囲に溶けこむためにカトリック教徒のふりをした。両親にとってむずかしいことではなかった。ローマで暮らしていたから、カトリックの儀式には馴染んでいた。だが、わたしは本物のカトリック教徒になった。洗礼を受け、初聖体を拝領した。教区教会でミサの侍者まで務めるようになった。小さなカソックを着けて壇上に立つわたしを見たとき、哀れな両親はいったいどう思ったことだろう」

「聖職者になりたいとあなたが言いだしたとき、ご両親はどう反応されました？」

「父はわたしのカソックとローマンカラーに目を向けることができなかった」

「なぜあなたに本当のことを話してくれなかったのでしょう？」

「罪悪感だろうな、たぶん」

「信仰を捨てたことへの？」

「父が自分の信仰を捨てたことはなかった」ジョーダン神父は言った。「カトリックのふりをしていたときでさえ。父が罪悪感を持っていたのは、母ともども戦争を生き延びたからだ。親戚の人々がそこまで幸運ではなかったことを、両親はわたしに知られないようにしていた。親戚はローマで一九四三年十月におこなわれたユダヤ人狩りでとらえられ、アウシュヴィッツ送りになってそこで殺された。ローマ教皇から抗議の言葉はいっさいなかった。ユダヤ人狩りが実施されたのは目と鼻の先だったというのに」

「それでも、あなたはカトリックの聖職者になったのですね」

「とんでもない話だな」

「いつ真実を知ったのです？」

「一九八九年の十一月に初めて知った。父の葬儀に出るため、ボストンに帰省したときだった。葬儀がすむと、わたしが神学校に入るために家を出たあとで父が書いたという手紙を母から渡された。当然ながら、大きな衝撃だった。わたしはユダヤ人であるばかりか、ホロコーストで絶滅した一族のわずかな生き残りでもあったのだ」

「誓願を捨てようと思ったことはなかったのですか？」

「あったとも」

「なぜ捨てなかったのです？」

「キリスト教徒とユダヤ人という立場を両立できると思ったのだ。そもそも、イエスはユダヤ人だった。十二使徒もそうだ。使徒たちは現在、彫像となってサン・ピエトロ大聖堂の柱廊の上からヴァチカンを守っている。十二使徒だ」ジョーダン神父はくりかえした。

「イスラエルの十二部族に対してそれぞれ一人ずつ。最初のキリスト教徒は自分たちのことを新たなる宗教の創始者だとは思っていなかった。ユダヤ人であり、イエスの弟子でもあった。わたしも自分をそのように見ていた」

「イエスは神の子だといまも信じていますか？」

「これまで一度も信じたことはなかったと思う。使徒たちもそうだった。イエスのことを、至高の存在が地上に遣わされたのではなく、人間が天に召されたのだと信じていた。神の子という考えはもっとあとになって生まれたものだ。福音書がいくつも書かれ、初期教会によってキリスト教の正統的信仰が定められたあとで。そこで大きな派閥争いが生まれた。教父たちは次のように宣言した——神とその選民たちの契約は破られた。古き律法は新たな律法にとってかわられた。神が世界を救うためにわが子をお遣わしになったのに、ユダヤ人は神の子を拒絶した。さらに、だまされやすくなんの罪もないローマ人総督を巧みに操って、イエスを十字架にかけさせた。このような者たちには——神を殺した者たちには——いかなる罰も苛酷すぎることはない、と」

「ユダヤの人々はあなたの同胞だった」ガブリエルは言った。

「だからこそ、わたしはユダヤ教とキリスト教のあいだの傷を癒すことを、わが生涯の仕事にしたのだ」

「『ピラトによる福音書』を見つけることによって？」

ジョーダン神父はうなずいた。

「お父さんの手紙に、それに言及した箇所があったわけですね？」

「かなり詳しく書いてあった」

「では、先日ドナーティとわたしにしてくれた話は？　『ピラトによる福音書』の最後の一冊を捜し求めて、イタリア全土をくまなくまわったということでしたが？」

「ただの話さ。作り話。シラー神父が父の本をピウス十二世に献上し、ピウス十二世が秘密文書館の奥深くにしまいこんだことを、わたしは知っていた」

「どうやって知ったのです？」

「シラー神父を問い詰めたのだ。神父が亡くなる少し前のことだった。神父は最初、福音書の存在を否定した。だが、父の手紙を見せたところ、真実を白状した」

「シラー神父に話したのですか？」

「わたしが福音書を聖ヘレナ修道会に渡した裕福なローマのユダヤ人の孫であることを？」ジョーダン神父は首を横にふった。「わたしにとって永遠の恥辱となるだろうが、そのことは伏せておいた」

「本気で見つけようとしたのですか？　それとも、それもまた作り話だったのですか？」

「いや。二十年以上かけて秘密文書館のなかを捜しつづけた。索引室を調べても福音書に関する項目はなかったから、文字どおり、干し草の山から針を捜すようなものだった。十年ほど前に、残念だがあきらめることにした。あの本のせいでわたしの人生はめちゃめちゃになったのだ」

「そのあとは？」

「誰かが教皇さまに本を渡した。そして、教皇さまはそれをきみに渡そうと決めた」

64

聖ペテロ修道院、アッシジ

「最初は誰かのいたずらだと思った。たしかに、電話の声は教皇さまに似ていたが、ご本人のはずはないと思った。翌日の夜九時半に居室に来てほしいと言われた。呼びだしを受けたことは誰にも言わないように、一分たりとも早く到着してはならない、とのことだった」

「それはたぶん木曜日ですね」ガブリエルは言った。

「なぜわかった?」

ガブリエルは微笑し、片手をふってジョーダン神父に話の先を促した。神父は次のように語った。

「わたしは九時半きっかりに教皇さまの居室に到着した。身辺のお世話を担当する修道女が専用チャペルへ案内してくれた。教皇さまは温かく出迎えてくださり、わたしが〝漁師の指輪〟に唇をつけようとすると拒否して、それからきわめて貴重なあの本をわたしにお見せになった」

「あなたが福音書に個人的な関わりを持っていることを、ルッケージは知っていたのでしょうか?」

「いや、知らなかった。わたしもそのことには触れなかった。重要なのは、わたしとドナーティの個人的な師弟関係だった。教皇さまはわたしを信頼してくださった。まさに偶然の幸運だった」

「ルッケージはあなたにも読ませてくれたのでしょうね」

「もちろん。そのために呼ばれたのだから。本物かどうかについて、教皇さまはわたしの意見を求めておられた」

「それで?」

「平易な内容で、ときに官僚的な表現が目につき、細かい点に至るまで詳しく記されていた。創作を得意とする人間が書いたものではなかった。書面もしくは口頭によるピラトの回想に基づいて書かれた貴重な歴史文書だった」

「それからどうなりました?」

「翌週の木曜にふたたび教皇さまに呼びだされた。このときもドナーティは不在だった。友達との食事に出かけていたようだ。ヴァチカンの城壁の外へ。本をきみに渡すつもりだと教皇さまがおっしゃったのは、その夜のことだった」ジョーダン神父はいったん言葉を切り、それからつけくわえた。「ヴァチカン秘密文書館長官には内緒で」

「アルバネーゼが聖ヘレナ修道会の秘密メンバーだということを、ルッケージは知っていたのでしょうか?」

「推測はしておられたようだ」

「だから、本の写しを作るよう、あなたに頼んだわけですね」

ジョーダン神父は微笑した。「なかなかの名案だ。そう思わないか?」

「作業はあなたご自身で? それとも、プロの手を借りたのですか?」

「両方を少しずつ。わたしは若いころ、イラストとカリグラフィーの才能にけっこう恵まれていた。もちろん、きみのようなレベルではない。だが、そう悪くもなかった。紙を古《こ》色蒼然《しょくそうぜん》たるものに加工する作業と製本は、当人の名前を出すことはできないが、プロがやってくれた。みごとな仕上がりだった。アルバネーゼには本物との区別がつかなかっただろう。高度な検査をおこなわないかぎり」

「しかし、ルッケージが殺害された夜、アルバネーゼが書斎から持ち去ったのはどちらの福音書だったのでしょう?」

「写しのほうだ」ジョーダン神父は答えた。「オリジナルはわたしが持っている。教皇さまがわたしに保管を託されたのだ。その身に何かが起きたときのために」

「では、いまはわたしのものです」

「聖ヘレナ修道会に奪われる以前、それはわたしの祖父のものだった。ゆえに、わたしが正当な所有者だ。ちょうど、先週末に魔法のごとく姿を現したあの絵画の正当なる所有者が、イザベル・フェルドマンであるのと同じように」ジョーダン神父はしばらくガブリエルに視線を据えた。「あれにもきみが関わっていたのだろうな」

ガブリエルは何も答えなかった。

「消えることはけっしてない。そうだろう？」

「なんのことです？」

「生き残った者の罪悪感。世代から世代へ受け継がれていく。きみの緑色の目と同じように」

「この目は母から受け継いだものです」

「やはりどこかの収容所に？」

「ビルケナウに」

「ならば、きみの存在も奇跡だ」ジョーダン神父はガブリエルの手の甲を軽く叩いた。「遺憾ながら、初期教会の教えと、アウシュヴィッツのガス室と焼却炉は直線でつながっている。そんなことはないと主張するのは、トマス・アクィナスが言った〝イグノランティア・アフェクタータ〟、つまり、見て見ぬふりをするのと同じことだ」

「何もかも忘れ去ったほうがいいのではないでしょうか？」

「どうすればそんなことができる？」

「あの本をわたしに譲るのです」

ジョーダン神父は首を横にふった。「本の存在を公にしたところで、なんの役にも立たない。それどころか、欧米における現在の情勢を考えたら、事態を悪化させることになりかねない」

「かつての教え子が使徒座についていることをお忘れですか？」

「教皇には対処せねばならない問題がたくさんある。キリスト教の核をなす信念に疑問を投げかけている場合ではない」

「本にはどんなことが書いてあるのです？」

ジョーダン神父は沈黙した。

「お願いです」ガブリエルは言った。「どうしても知りたいんです」

神父は日に焼けた両手をじっと見た。「キリストの受難に関する記述の中心をなす要素は否定しえないものだ。ナザレ村からやってきたイエスという名のユダヤ人が、過越祭の日かその前後にローマ人総督によって処刑された。たぶん、西暦三三年のことだろう。四種類の福音書に書かれていることの大半は頭から疑ってかからねばならない。いずれも文学的な捏造であり、もしくはさらに悪質で、四人の福音書記者と初期教会が意図的に歪《わい》曲《きょく》したものだ。イエスの死の責任をユダヤ人にかぶせ、同時に、真犯人を無罪にするために」

「真犯人とはポンティオ・ピラトとローマ人のことですね」

ジョーダン神父はうなずいた。

「捏造の例としては？」

「最高法院《サンヘドリン》のメンバーの前でおこなわれた裁判」

「なかったと言われるのですか？」

「過越祭の日の真夜中だぞ？」ジョーダン神父は首を横にふった。「そのような集まりはモーセの律法で禁じられていたはずだ。そこまで非常識な話をこしらえることができたのは、ローマに住んでいたキリスト教徒だけだろう」

「大祭司カイアファはなんらかの形で関わったのでしょうか？」

「もしそうだったとしても、『ピラトによる福音書』にはなんの記述もない」

「裁判はどのようなものだったのです？」

「きみがそれを〝裁判〟と呼びたければな。きわめて短時間で終わった。ピラトはイエスを見ようともしなかった。じっさい、ピラトが言うには、イエスの外見も覚えていないそうだ。裁判記録にメモをして、片手をふると、兵士たちが任務にとりかかった。その日は善良なユダヤ人がほかにもたくさん処刑された。ピラトにしてみれば、ふだんと同じように仕事をしただけのことだ」

「群衆はいたのですか？」

「いるわけがない」

「イエスの罪状はなんだったのでしょう？」

「暴動を煽動した罪」

「なるほど」

「裁判はどこでおこなわれたのでしょう？」

「神殿の境内」

「では、逮捕は？」

ジョーダン神父が質問に答える前に、アッシジの村じゅうの鐘が二時を告げはじめた。

「すでに多くを語りすぎてしまった。それに、きみと家族は飛行機に乗らなくてはならない」神父は立ちあがって片手を差しだした。「神の祝福がありますように、ミスター・アロン。それから、旅の無事を祈ろう」

外の廊下に足音が響いた。しばらくすると、ベネディクト会の修道士に付き添われて、キアラと子供たちがドアのところに姿を見せた。

「ちょうどいいタイミングだ」ジョーダン神父は言った。「ドン・シモンに門まで案内させよう」

修道士はガブリエル一家を外の通りまで送ると、急いで門を閉めた。ガブリエルはインターホンに片手をかざしたまま、しばらくその場に立っていたが、とうとうアイリーンがガブリエルの袖をひっぱり、母親そっくりの顔で彼を見上げた。

「どうしたの、アバ？　なんで泣いてるの？」

「悲しいことを考えてたんだ。それだけさ」

「なに？」

おまえだよ――ガブリエルは思った――おまえのことを考えていた。

娘を両腕で抱えあげると、サン・ピエトロ門を通り抜け、車を置いてきた駐車場まで歩いた。ラファエルのシートベルトを締めてやってから、車の底の部分をいつもより丹念に調べ、それからようやく運転席に乗りこんだ。

「エンジンをかけてみて」キアラが言った。「そしたら安心できるわ」

ボタンを押すガブリエルの手が震えた。

「わたしが運転したほうがいいかもね」

「大丈夫だよ」

「ほんとに？」

ガブリエルはバックで駐車スペースから離れ、スロープをのぼって外の通りに出た。町を出るにはこの道路を通るしかなく、やがて、サン・ピエトロ門の前に出た。白髪の聖職者がベッリーニの絵に描かれた人物のごとく立っていた。門のアーチがまるで額縁のようだ。手には古い革のカバン。

ガブリエルはあわててブレーキを踏み、車を降りた。ジョーダン神父がカバンを差しだした。爆弾が入っているかのように。「気をつけるのだぞ、ミスター・アロン。すべてが危機に瀕している」

ガブリエルは年老いた聖職者を抱擁してから、急いで車に戻った。スピードを上げてスバシオ山の坂道を下りるあいだに、キアラがカバンをあけた。『ピラトによる福音書』の最後の一冊が入っていた。

「読めるかい？」ガブリエルは訊いた。

「わたしはね、ローマ帝国史の研究で修士号をとったのよ。ラテン語の数行ぐらい、ちゃんと読めます」

「なんて書いてある？」

キアラは最初のふたつの文章を読みあげた。「ソルス・エゴ・スム・レウス・モルティス・エーユス。エゴ・クリメン・オポールテト」

「訳してくれ」

「彼の死はわたしだけの責任である。わたし一人が罪を負うべきものである」キアラは顔を上げた。「続けましょうか？」

「いや」ガブリエルは言った。「それで充分だ」

キアラは本をカバンに戻した。「普通の人たちは休暇に何をすると思う?」

「われわれも普通だよ」ガブリエルは笑った。「ただ、興味深い友人たちがいるだけだ」

著者ノート

本書『教皇のスパイ』はエンターテインメント小説。あくまでもそのつもりで読んでいただきたい。作中に登場する氏名、人物、場所、事件はすべて著者の想像の産物であり、小説の材料として使っているに過ぎない。実在の人物（生死を問わず）、企業、事件、場所とのあいだにいかなる類似点があろうと、それはまったくの偶然である。

ミュンヘンを訪れた人々が〈ヴォルフ・グループ〉というドイツのコングロマリットの本社を捜しても、徒労に終わるだろう。架空の会社なのだから。また、ベートーヴェン広場へ出かけても、〈カフェ・アダージョ〉というレストラン＆ジャズバーを見つけることはできない。ありがたいことに、国民民主党という名の極右政党はドイツには存在しないが、似たような党がいくつかある。そのひとつが〈ドイツのための選択肢〉で、現在、連邦議会で九十四議席を占め、第三党となっている。二〇一八年、ＢｆＶ（連邦憲法擁護庁）のハンス＝ゲオルク・マーセン長官は、その政治姿勢が極端な右寄りで〈ドイツのための選択肢〉が議会で躍進できるよう陰で協力しているとの非難を浴び、辞任に追いこまれた。

ヴァチカンの秘密文書館にコッレッツィオーネと呼ばれる極秘のセクションは存在しない。少なくとも、わたしが執筆のためのリサーチをしていたときはどこにもなかった。秘密文書館の電力供給と警備システムをシャットダウンしたことについては、秘密文書館長官に深くお詫びするが、ガブリエルとルイジ・ドナーティを文書館の書庫にひそかに送りこむためには、それしか方法がなかったのだ。二人が『ピラトによる福音書』の最初のページを渡されたということはありえない。実在の本ではないからだ。『教皇のスパイ』でとりあげたその他の外典福音書に関する描写は正確である。オリゲネス、テルトゥリアヌス、殉教者ユスティヌスといった初期教会の人物像についても然り。

パラッツォ・サン・カルロのアパートメント二戸を大々的に改装して、広さ六千五百平方フィートのルーフテラスつきの贅沢な住まいを造りあげたのは、タルシジオ・ベルトーネ枢機卿だった。しかし、ベルトーネのこの住まいも、フランツ＝ペーター・テバルツ＝ヴァン・エルスト、通称〝ブリングの司教〟が四千万ドルもかけて改装したと噂されるドイツのリンブルクの豪邸に比べれば、納屋のようなものだ。二〇一二年五月、ヴァチカン銀行頭取エットーレ・ゴッティ・テデスキは、のちに〝ヴァチ・リークス〟と呼ばれることになるセックスと金銭がらみのスキャンダルで解任された。フランシスコ教皇が選出された二〇一三年のコンクラーベは、教会の高位聖職者たちの救いがたい腐敗を告発するヴァチカンの内部文書の影響を受けたと言われている。ヴァチカン国務省長官は、メディアによるコンクラーベ前のスキャンダル報道を、次期教皇選出に干渉するための陰謀として非難した。

噂によると、ワシントンDCのセオドア・マカリック前枢機卿は、ほとんど知られていない大司教区の口座から六十万ドル以上の金をヴァチカンの友人と恩人に送金し、そのなかには教皇ヨハネ・パウロ二世とベネディクト十六世も含まれていたという。金を受けとったヴァチカン高官のうち何人かは、マカリックの性的ハラスメントを告発する訴えに対して判定を下す当事者だったことが、『ワシントン・ポスト』の調査によって判明した。ちなみに、訴えのなかには、告解のあいだに性行為を強要されたというようなものもあった。二〇一八年七月に出たスイス司教会議の報告書によると、性的虐待事件でスイスの聖職者たちを新たに告発するケースが急増しているという。わが作品に登場するクリストフ・ビッテルも含めてスイスのカトリック教徒がこぞって教会に背を向けたのも、驚くには当たらない。

スイスのメンツィンゲンという村に、あるカトリックの宗教団体が本部を置いているのは事実だが、それは本書に登場する聖ヘレナ修道会ではない。聖ピオ十世会（略称SSPX）といって、一九七〇年にマルセル＝フランソワ・ルフェーブル司教が創立したものだ。反ユダヤ主義の反動的な修道会である。ルフェーブル司教の父親はフランスの裕福な工場主で、君主制の復活を支持する人物であった。第二次世界大戦中、フィリップ・ペタン元帥率いるヴィシー政府がナチス親衛隊に協力してフランスに住むユダヤ人の絶滅に手を貸していたというのに、当時神父だったルフェーブルは謝罪する気などないまま、ヴィシー政府を支持していた。ヴィシー政権下で活動していた悪名高き民兵団〈ミリス〉の指揮官ポール・トゥヴィエは、終戦後、ニースのSSPXの修道院に逃げこんだ。一九八九年に逮捕され、フランス人として初めて、人道に対する罪で有罪判決を受けた。ルフェーブル司教はまた、意外なことでもないが、フランスの極右政党〈国民戦線〉の党首でホロコースト否認者でもあるジャン＝マリー・ル・ペンへの支持を表明していた。ムッシュー・ル・ペンと同じ考えを持っていたのがリチャード・ウィリアムソンといって、一九八八年にルフェーブルによって司教に叙階されたSSPXの四人の聖職者の一人だった。ただ、この叙階は教皇ヨハネ・パウロ二世じきじきの命令に逆らって実施されたものである。ウィリアムソンは英国出身で、ユダヤ人のことをつねに〝キリストの敵〟と呼び、ユダヤ人の最終目的は世界を征服することだと言っていた。アメリカのミネソタ州ウィノナにあるSSPXの北米神学校で教鞭をとっていた時期に、「ガス室で殺されたユダヤ人は一人もいない。みんな嘘だ、嘘だ、嘘だ」と断言している。二〇一二年に聖ピオ十世会から追放されたが、その理由は彼の反ユダヤ主義思想ではなかった。SSPXはこの追放について〝苦渋の決断だった〟と述べている。

ルフェーブル司教が亡くなったのは一九九一年で、彼はそのころすでに教義の点でヴァチカンと対立し、厄介者扱いされていた。しかし、ヨーロッパ在住のユダヤ人の頭上に暗雲が広がりつつあった一九三〇年代であれば、ルフェーブルのような思想を持つ高位聖職者がカトリックの主流派になっていただろう。ローマ・カトリック教会が社会主義者やさらにはリベラルな民主主義者よりも専制君主や右派の独裁者を好んでいたことは、はっきり記録されているし、ヴァチカンを代表する広報担当者や政策立案者の多くが熱心な反ユダヤ主義者だったことも記録に残っている。ユダヤ人をヨーロッパ社会から消し去ることを支持したカトリック聖職者はほとんどいなかったのに対して、ヴァチカンの新聞『オッセルヴァトーレ・ロマーノ』やイエズス会の雑誌『ラ・チヴィルタ・カットーリカ』は、ユダヤ人が法律、医療、銀行、報道などの専門職につくことを禁じる法律に――例えばハンガリーにそのような法律があったのだが――喝采を送っていた。一九三八年にイタリアでベニート・ムッソリーニが似たような法律を定めたとき、ヴァチカンからは抗議の言葉がほとんど出なかった。〝残酷な真実を告げるなら〟と、歴史学者のスーザン・ズッコッティがイタリアのホロコーストに関するすぐれた研究書に書いている。〝ヴァチカンはユダヤ人に身の程をわきまえさせようとしたのだ〟。

これはローマのオーストリア・ドイツ系教会の主任司祭であったアロイス・フーダル司教にも間違いなく当てはまる。カトリック信仰と国家社会主義の結びつきをめざして残忍なまでに反ユダヤ主義的な本を書き、一九三六年に刊行したのは、本書に登場するシラー神父ではなくフーダル司教だった。アドルフ・ヒトラーに贈呈した一冊に、フーダルは追従的な献詞を書いている。〝偉大なドイツを造りだす建築家へ〟。

フーダル司教はオーストリア国籍で、ユダヤ人に病的な憎悪を抱いていたと言われ、戦時中は大ゲルマン帝国の旗がひるがえる運転手つきの車でローマの街を走っていた。連合国側が勝利を収めた二年半後、フーダル司教はクリスマスパーティを主催し、彼の庇護《ひご》を受けてローマで暮らしていた何百人ものナチスの戦犯を招待した。以後、フーダルの協力を得て多くの者が南米へ逃亡することになる。アドルフ・アイヒマンも、トレブリンカ絶滅収容所の所長だったフランツ・シュタングルも、フーダル司教の力を借りている。教皇ピウス十二世にすべて了解してもらい、暗黙の支援を得たうえでのことで、ソビエト共産主義にグローバルな戦いを挑むとき、こうした怪物たちが貴重な資産になると教皇は信じていたのだ。

ピウス十二世がホロコーストをあからさまに非難せず、死の収容所のことをヨーロッパのユダヤ人たちに警告しなかった件をめぐって、教皇を批判する者と擁護する者が何十年にもわたって口論を続けてきた。しかし、指名手配中のナチスの大量殺人鬼たちを教皇が支援した事実に弁護の余地はなく、支援したその事実こそ、教皇のなかにユダヤ人への本質的な敵意が存在することを示す明らかな証拠と言っていいだろう。ピウス十二世はニュルンベルク裁判に反対し、ユダヤ人国家の建設に反対し、キリスト教信仰とそれを生みだした信仰との和解を図ろうとする戦後の試みに反対した。一九四九年に全世界の共産主義者を一人残らず破門したが、ナチ党員や殺人を重ねてきた親衛隊員を破門することはけっしてなかった。ホロコーストで六百万のユダヤ人が命を落としたことへの悔恨を率直に表明することもなかった。

それゆえ、ユダヤ教とキリスト教の和解を進めるには、一九五八年にピウス十二世が逝去するまで待たなくてはならなかった。次に教皇となったヨハネ二十三世は第二次世界大戦中、イスタンブールの教皇使節だったときに、ユダヤ人を保護するという異例の行動に出た。彼らの命を救う偽造パスポートを発行したのもその一環だった。ヨハネ二十三世が〝漁師の指輪〟をはめたときはすでに高齢になっていて、悲しいことに、教皇の座にあった期間は短かった。一九六三年に亡くなる少し前に、ロルフ・ホーホフートの痛烈な戯曲『神の代理人』でピウス十二世がさんざんな描かれ方をしていることについて、なんとか修正できないものかと尋ねられたことがある。「修正する？」教皇はまさかという顔で訊き返したそうだ。「どうすれば真実を修正できるのです？」

ホロコースト後のカトリック教とユダヤ教の関係を修復しようというヨハネ二十三世の努力が実を結んだのが、第二ヴァチカン公会議のときに出たノストラ・エターテと呼ばれる画期的な宣言である。ローマ・カトリック教会の保守派の多くに反対されたものの、〝イエスの死の責任をユダヤ人全体に負わせることはできない。ユダヤ人が神の永遠の呪いを受けることはない〟という宣言が出された。歴史的に見て大きな悲劇は、そもそもこのような宣言を出さなくてはならなかったという点にある。しかし、教会は二千年近くにわたって、ユダヤ人全体に神殺しの責任がある、まさに彼らが神を殺したのだ、と教えてきた。神学者のオリゲネスは〝イエスの血の責任は、当時のユダヤ人だけでなく、世界が終末を迎えるまですべての世代のユダヤ人にあるとされるだろう〟と書いている。イノケンティウス三世は心から同意した。「〝その血の責任は、我々と子孫にある〟という民の言葉により、罪がユダヤ人全体に受け継がれ、彼らが生まれたときも死ぬときも、彼らが暮らす場所と働く場所に呪いとしてつきまとうことになった」いまの時代にこんな発言があったら、当然、ヘイトスピーチの烙印《らくいん》を捺されるだろう。

古代キリスト教の神殺しの罪が反ユダヤ主義の基礎をなしているのは、世界じゅうの学者が認めるところだ。だが、第二ヴァチカン公会議で歴史的な教令を公布するに当たっては、〝ユダヤの支配階級とその指図に従う者たちがイエスの死をせがんだのは事実である〟という言葉をどうしても省くことができなかった。しかし、司教たちはどんな出典に基づいて、二千年近くも前にローマ帝国の辺鄙《へんぴ》な属州で起きたことについてここまではっきり言い切ることができたのだろう？　答えは明白。新約聖書の四つの福音書に書かれたイエスの死をめぐる記述を根拠としたのだ。ローマ・カトリック教会がようやく捨てようとしている邪悪な中傷の根源がこれだったのだ。

言うまでもないことだが、第二ヴァチカン公会議では、キリスト教の正典から煽動的な箇所を削除しようという提案はいっさいなかった。だが、それでもなお、ノストラ・エターテをきっかけとして、本書にも登場する正典福音書を学術的に再検討しようという動きが出はじめた。聖書の無《む》謬《びゅう》性を信じるキリスト教徒の人々は、福音書の著者は誰なのか、どんな経緯で福音書が書かれたのかをめぐる本書の描写にきっと異議を唱えるだろう。だが、聖書学者の大半はわたしに同意するはずだ。

四つの正典福音書の草稿として現存しているものはどこにもない。後世の写しが断片的に残っているだけだ。どの福音書も――たぶん『ルカ』を除いて――題名にその名前を冠した人物が書いたものではないという説が、学者のあいだで広く受け入れられている。福音書の著者に関して現存する最古の資料は二世紀のもので、それを書き残したのはヒエラポリスの司教パピアス、使徒教父文書のひとつである。そのころ世に出まわっていた数多くの福音書のうち、本物と呼べるのは四種類だけだと断言したのは、フランスの初期教会で異端者狩りを担当していたエイレナイオスだった。エイレナイオスはこう書いている。〝これが真実であるのは明らかだ。なぜなら、宇宙の角《かど》は四つあり、主な風も四種類あるのだから〟。ポール・ジョンソンは大著『キリスト教の二〇〇〇年』のなかで、エイレナイオスのことを〝福音書の起源に関してわれわれと同程度の知識しかない人物、いや、はっきり言ってわれわれ以下だ〟と切り捨てている。

ジョンソンはさらに続けて、福音書を〝文学作品〟だと評し、あとから手を加え、編集し、書き直し、神学的な事柄の改竄《かいざん》と年代変更をおこなった証拠が歴然としている、と述べている。ノース・カロライナ大学の高名な神学教授、バート・D・アーマンは、福音書は〝矛盾と脚色と作り話と歴史上の問題点〟に満ちているため、〝額面どおりに受けとって、現実の出来事が正確な歴史として伝えられているなどと信じるわけにはいかない〟と主張している。アーマンに言わせれば、〝福音書に記されたイエスの逮捕と処刑の場面は眉唾もの〟だそうだ。

無数の聖書批評学者と現代の歴史学者は以下のように結論している——ローマの支配下で暮らすユダヤ人をキリスト教に惹きつけ、ローマ人自身には警戒心を抱かせないようにするため、初期教会の福音書記者とその編纂《へんさん》者たちがイエスの死の責任をローマ人からユダヤ人のほうへ意識的に転嫁したのだ、と。福音書記者たちがイエスの死をユダヤ人の責任にするために使ったふたつの大きな出来事は、最高法院での裁判と、もちろん、ポンティオ・ピラトによる刑の宣告である。

刑の宣告場面については、四つの正典福音書の描写がそれぞれ微妙に異なっているが、『マルコによる福音書』と『マタイによる福音書』を比較するのが、たぶんもっとも参考になるだろう。『マルコ』では、ピラトがユダヤの群衆の圧力で仕方なくイエスに死刑を宣告する。ところが、『マタイ』になると、〝群衆〟が突然〝民はこぞって〟という表現に変わる。ピラトは彼らの前で手を洗い、「イエスの血について自分には責任がない」と言い放つ。すると〝民がこぞって〟答える。「その血の責任は、我々と子孫にある！」

どちらのバージョンが正確なのか？　本当に一人の反対もなく〝民がこぞって〟こんな異様なことを叫んだのだろうか？　また、ピラトが手を洗った件はどうだろう？　現実にあったことなのか？　些細な問題として片づけるわけにはいかない。両方とも正確ということはありえない。片方が正確なら、当然、もう一方は間違いだ。『マルコ』より『マタイ』のほうがより正確なだけだと主張する人がいるかもしれないが、それは言い逃れというものだ。新聞記者がそんなミスをしたら、その場でクビにならずにすんだとしても、編集長から大目玉を食らうだろう。

もっとも納得できる説明をつけるとしたら、この場面全体が創作だということだろう。最高法院へ連れていかれたイエスをめぐる福音書の煽動的な描写についても、同じことが言える。宗教学者のレザー・アスランは、人の心をとりこにするイエスの伝記『イエス・キリストは実在したのか？』のなかで、福音書に記された最高法院の裁判の場面は〝問題点が多すぎて数えきれない〟と述べている。カトリックの聖職者で、二十世紀後半のもっとも偉大な新約聖書学者として広く知られている故レイモンド・ブラウンは、裁判やモーセの律法に関する福音書の記述を比べて二十七の矛盾点を見つけだした。ボストン大学の教授、ポーラ・フレドリクセンも彼女の代表作 *Jesus of Nazareth, King of the Jews* のなかで、最高法院の裁判が事実かどうかに同じく疑問を抱いている。〝この男たちは神殿の務めをこなし、自宅で祝いの食卓を囲んで、すでに長い一日を過ごしていたはずだ。それに、急ぐ必要がどこにあっただろう?〟。フレドリクセンはローマ人総督の前で裁きがおこなわれたという記述にも、やはり疑いを持っている。〝イエスがピラトから短時間の尋問を受けた可能性もなくはないが、現実にはどうも考えにくい。そんな必要はないのだから〟。イエスがピラトの前にひきだされたかどうかという点に関して、アスランの意見はもっと明確だ。〝裁判は開かれなかった。裁判の必要はなかった〟。

この問題に対して、シカゴのデポール大学で宗教学を教えていた名誉教授で、かつては叙階を受けた聖職者でもあったジョン・ドミニク・クロッサン以上に説得力のある意見を持つ者は、たぶんいないだろう。ピラトの前で裁きがおこなわれたという福音書の刺激的な情景は〝ローマ史に刻まれた一場面〟なのか、それとも〝キリスト教のプロパガンダ〟なのかを、クロッサンは彼の著書『誰がイエスを殺したのか』のなかで問いかけている。その問いに対する答えの一部が次の箇所に出ている。〝たとえその起源に説明をつけることができ、罵倒を弁護することができ、生き延びるために闘ってきたキリスト教徒たちの動機を理解することができたとしても、くりかえし伝えられてきた結果、いまではそれが史上最長の嘘となってしまった。われわれキリスト教徒が誠実に生きていくためには、結局のところ、それが嘘であることを認めるしかない〟。

しかし、キリスト教とユダヤ教の苦難の歴史に、わたしが新たにスポットを当てようとするのはなぜか？　それは、史上最長の憎悪――福音書に記された磔刑の場面から生まれた憎悪――がふたたび猛烈な勢いで台頭しつつあるからだ。人種差別を土台とする過激な政治の流れも勢いを増している。その流れを擁護者たちは〝ポピュリズム〟と呼んでいる。このふたつの現象には間違いなく関連性がある。証拠が必要なら、二〇一七年にヴァージニア州シャーロッツヴィルで開催された〝ユナイト・ザ・ライト・ラリー〟を見てみるがいい。そこでは白人至上主義者たちが南部連合の記念碑の撤去に抗議し、「ユダヤ人をのさばらせるな！」と叫びながら松明を掲げて行進し、さっと腕を突きだしてナチス式の敬礼をしていた。あるいは、ピッツバーグのスクワレル・ヒルの近くにあるツリー・オブ・ライフ・シナゴーグの例もある。ヒスパニック系移民に怒りを抱く白人至上主義者がユダヤ人十一人を殺害し、さらに六人を負傷させた。犯人はなぜユダヤ人を標的にしたのか？

より良き暮らしを求めてアメリカに渡ってきた褐色の肌の移民に対する怒りよりも、ユダヤ人へのさらに激しい理不尽な憎悪でがんじがらめになっていたのだろうか？

『ニューヨーク・タイムズ』のコラムを担当する、才気あふれる経済学者ポール・クルーグマンは、本書のエピグラフに引用したのと同じコラムのなかで、反ユダヤ主義と、人種差別を土台としたポピュリズムの同時期の台頭には、関連性があると言っている。〝偏見が野放しになったとき、自分が犠牲者の一人になる確率が高いことを、われわれの大部分は承知しているのだと思う〟。不幸なことに、地球規模のパンデミックが起き、急激な経済の落ちこみと相俟《あいま》って、事態はさらに悪化しそうな雲行きだ。インターネット世界のもっとも深い闇に満ちた一隅では、パンデミックがユダヤ人のせいにされている。十四世紀の黒死病がユダヤ人のせいだと言われていたのと同じように。

『教皇のスパイ』の2章でラビ・ゾッリがガブリエルに言う。「どうか忘れないでくれ——想像もつかないことが起こりうるのだ」と。地球規模のパンデミックの発生がそれを立証しているのではないだろうか。しかし、ヨーロッパにおける反ユダヤ主義はCovid-19の危機以前からすでに、前世紀の半ば以来、類を見なかったほどのレベルに達していた。ただ、西ヨーロッパ政界の指導者たちのためにひとこと言っておくと、彼らは反ユダヤ主義の再燃を徹底的に非難してきた。フランシスコ教皇もそうだ。教皇はまた、規制なき資本主義の倫理性に疑問を持ち、気候変動への対処を呼びかけ、移民の権利を擁護し、ローマ教皇を敵とみなすヨーロッパの極右勢力の台頭がもたらす危険を警告している。一九三九年にフランシスコのような高位聖職者が〝漁師の指輪〟をはめていたら、どんなによかっただろう。ユダヤ人の歴史も、ローマ・カトリック教会の歴史も、おそらく違うものになっていたはずだ。

謝辞

妻のジェイミー・ギャンゲルに永遠の感謝を捧げたい。教皇殺害、長らく隠蔽されてきた福音書の発見、ローマ・カトリック教会の実権を握ろうとするヨーロッパの極右勢力の陰謀などを含む、複雑なプロットのディテールと構成をわたしが練りあげようとするあいだ、妻が相談相手になってくれた。第一稿が完成すると、妻は三種類の貴重な提案をしてくれて、そのあと、最終稿にも丁寧に手を入れてくれた。しかも、ＣＮＮの特派員として大統領の弾劾裁判を取材し、地球規模のパンデミックのなかで家族の世話をしながらのことだった。わがシリーズの主人公ガブリエル・アロンとわたしには共通点がたくさんあるが、二人とも完璧な女性と結婚しているという事実もそのひとつだ。ジェイミーへの感謝の念は計り知れない。愛もまた然り。

本当は『教皇のスパイ』をローマで書きあげるつもりだったが、イタリアで新型コロナウイルスが爆発的な感染拡大を見せたため、旅行の予定をキャンセルするしかなくなった。ヴァチカンをめぐる長篇《ちょうへん》をこれまでに二作書きあげ、ヴァチカン内部もしくは周辺を舞台にした作品をほかにもいくつか書いたおかげで、わたしは世界最小の国家の城壁の奥で仕事をしている男女と貴重な友情を育むことができた。スイス衛兵の兵舎のロビーに立ったことも、ヴァチカンの薬局やスーパーで買物をしたことも、ヴァチカン美術館の修復ラボを訪れたことも、システィーナ礼拝堂に置かれたストーブの扉をあけたことも、ローマ教皇によるミサに出たこともある。執筆期間中ずっと貴重な情報を提供してくれたマーク・ヘイデュー神父に感謝を捧げたい。また、並ぶ者なき才人、ジョン・L・アレンにも感謝。コンクラーベの場面はほぼ彼が書いたようなものだ。念のために言っておくと、福音書に記されたイエスの死の場面に関してわたしが本書で反ユダヤ的要素を問題にしているのは、この二人の影響ではない。

絵画修復と美術史に関するアドバイスを、そして、友情をくれたデイヴィッド・ブルとパトリック・マシーセンには、一生かかっても返しきれない恩がある。大切な友人であり、古くからの担当編集者でもあるルイス・トスカーノは、原稿に無数の改善を加えてくれた。鷹のような目をした校閲者のキャシー・クロスビーもそうだ。この二人の厳しい検閲を逃れた印刷ミスがあるとすれば、悪いのはわたしであって、二人に責任はない。

『教皇のスパイ』の執筆中、何百という新聞雑誌の記事や何十冊もの書籍を参考にさせてもらった。せめて以下のものだけでも名前を挙げておかないと、わたしの怠慢になってしまう。

Ann Wroe　Pontius Pilate

James Carroll　Constantine's Sword: The Church and the Jews

Paul Johnson　A History of Christianity

Paula Fredriksen

Jesus of Nazareth, King of the Jews: A Jewish Life and the Emergence of Christianity

From Jesus to Christ:The Origins of the New Testament Images of Jesus

John Dominic Crossan

Who Killed Jesus? : Exposing the Roots of Anti-Semitism in the Gospel Story of the Death of Jesus

Reza Aslan Zealot: The Life and Times of Jesus of Nazareth

Bart D. Ehrman

How Jesus Became God: The Exaltation of a Jewish Preacher from Galilee

Bart D. Ehrman and Zlatko Pleše The Apocryphal Gospels: Text and Translations

Robert S. Wistrich Anti -Semitism; The Longest Hatred

Daniel Jonah Goldhagen

A Moral Reckoning: The Role of the Catholic Church in the Halocaust and Its Unfulfilled Duty of Repair

Hitler's Willing Executioners: Ordinary Germans and the Holocaust

John Cornwell

Hitler's Pope: The Secet History of Pius XII

A Thief in the Night; Life and Death in the Vatican

Michael Phayer

The Catholic church and the Holocaust, 1930 - 1965

Pius XII, the Holocaust, and the Cold War

Susan Zuccotti   Under His Very Windows: The Vatican and the Holocaust in Italy

David I. Kertzer

The Popes Against the Jews; The Vatican's Role in the Rise of Modern Anti-Semitism

Uki Goñi   The Real Odessa: Smuggling the Nazis to Perón's Argentina

John Follain   City of Secrets: The Truth Behind the Murders at the Vatican

Carl Bernstein and Marco Politi

His Holiness: John Paul II and the Hidden History of Our time

John L. Allen Jr.

Conclave: The Politics, Personalities, and Process of the Next Papal Election

Thomas J. Reese

Inside the Vatican: The Politics and Organization of the Catholic Church

Frederic J. Baumgartner   Behind Locked Doors: A History of the Papal Elections

Gianluigi Nuzzi

Merchants in the Temple: Inside Pope Francis's Secret Battle Against Corruption in the Vatican

わたしは家族と友人に恵まれていて、執筆に行き詰まったときは、みんなが愛と笑いでわたしの人生を満たしてくれる。次の人々に特別の感謝を捧げたい。ジェフ・ザッカー、フィル・グリフィン、アンドリュー・ラック、ノア・オッペンハイム、スーザン・セント・ジェイムズとディック・エバーソル、エルサ・ウォルシュとボブ・ウッドワード、マイクル・ジェンドラー、ロン・マイヤー、バカラック夫妻（ジェインとバート）、ウィンクラー夫妻（ステイシーとヘンリー）、キティ・ピルグリムとモーリス・テンプルズマン、バス夫妻（ドナとマイクル）、ヴァージニア・モーズリーとトム・ナイズ、ナンシー・デュバックとマイクル・キジルバッシュ、スザンナ・アーロンとゲイリー・ギンズバーグ、バージャー夫妻（シンディとミッチェル）、アンディ・ラスナー、マリー・ブレナンとアーニー・ポメランツ、ペギー・ヌーナン。

どんなミステリ作家にも想像できなかった状況下で出版に漕ぎつけてくれた、ハーパーコリンズのすばらしいチームに心からの感謝を。とくに、ブライアン・マレー、ジョナサン・バーナム、ジェニファー・バース、ダグ・ジョーンズ、リーア・ワジーレフスキー、マーク・ファーガソン、レスリー・コーエン、ロビン・ビラルデッロ、ミラン・ボジッチ、フランク・アルバネーゼ、ジョシュ・マーウェル、デイヴィッド・コラル、リーア・カールソン＝スタニシック、キャロリン・ボドキン、シャンタル・レスティーヴォ＝アレッシ、ジュリアンナ・ヴォイチェク、マーク・メネセス、サラ・リード、ベス・シルフィン、ライザ・エリクソン、エイミー・ベイカーに。

最後にもうひとつ。厄介なコロナウイルスの感染拡大により、締切までに本書を完成させるべくわたしが悪戦苦闘していたときに、わが子リリーとニコラスがふたたび同じ屋根の下で暮らすことになった。そのことにわたしは深く感謝している。もっとも、子供たちも同じことを言うかどうかはわからないが。専門職についているアメリカの若者の多くと同じく、リリーとニコラスもロックダウンのあいだ、子供時代を過ごした部屋でテレワークをしていた。ときどき子供たちのビデオ会議の場に乱入するのがわたしの楽しみだった。二人がそばにいてくれると、とても癒され、心が弾み、創作意欲が湧いてくる。いろいろな意味で、この子たちもまさに奇跡だ。

訳者紹介　山本やよい

同志社大学文学部英文科卒。主な訳書にシルヴァ『亡者のゲーム』をはじめとするガブリエル・アロン・シリーズ（ハーパーBOOKS）や、フィッツジェラルド『ブックショップ』（ハーパーコリンズ）、クリスティー『ポケットにライ麦を』、パチェット『ベル・カント』（早川書房）など。

ハーパーBOOKS

教皇《きょうこう》のスパイ

2021年3月20日発行　第1刷
2021年8月20日発行　第2刷

著　者　ダニエル・シルヴァ
訳　者　山本《やまもと》やよい
発行人　鈴木幸辰
発行所　株式会社ハーパーコリンズ・ジャパン
東京都千代田区大手町1-5-1
03-6269-2883（営業）
0570-008091（読者サービス係）
印刷・製本　中央精版印刷株式会社

ISBN978-4-596-54150-5